História de Recomeços

KERRY FISHER

História de Recomeços

Tradução
Maryanne Linz

1ª edição

BERTRAND BRASIL

Rio de Janeiro | 2018

Copyright © Kerry Fisher 2015

Título original: *The island escape*

Capa: Renata Vidal

Texto revisado segundo o novo
Acordo Ortográfico da Língua Portuguesa

2018
Impresso no Brasil
Printed in Brazil

CIP-BRASIL. CATALOGAÇÃO NA PUBLICAÇÃO
SINDICATO NACIONAL DOS EDITORES DE LIVROS, RJ

F565h   Fisher, Kerry
        História de recomeços / Kerry Fisher; tradução de Maryanne Linz. –
        1ª ed. – Rio de Janeiro: Bertrand Brasil, 2018.

        Tradução de: The island escape
        ISBN 978-85-286-2307-9

        1. Ficção inglesa. I. Linz, Maryanne. II. Título.

                                                CDD: 823
18-47648   CDU: 821.111-3

Antonio Rocha Freire Milhomens – Bibliotecário – CRB-7/5917

Todos os direitos reservados. Não é permitida a reprodução total ou parcial desta obra,
por quaisquer meios, sem a prévia autorização por escrito da Editora.

Direitos exclusivos de publicação em língua portuguesa somente para o Brasil
adquiridos pela:
EDITORA BERTRAND BRASIL LTDA.
Rua Argentina, 171 – 2º andar – São Cristóvão
20921-380 – Rio de Janeiro – RJ
Tel.: (21) 2585-2000 – Fax: (21) 2585-2084

Atendimento e venda direta ao leitor:
mdireto@record.com.br ou (21) 2585-2002

Agradecimentos

Contei com tanto apoio desde que meu primeiro romance, *The School Gate Survival Guide*, foi publicado, em 2014, que é difícil saber por onde começar a expressar minha gratidão desta vez. Recebi imenso incentivo dos leitores, então gostaria de agradecer a todos que me seguiram nas redes sociais ou deixaram uma resenha na Amazon para que eu soubesse que haviam gostado do romance; isso realmente deixou meus dias mais felizes. Também quero agradecer muito aos blogueiros literários, pois trabalham bastante para promover os autores e eu fico admirada com a quantidade de livros que conseguem ler e resenhar.

Com as primeiras cenas se passando numa delegacia de polícia, fiquei extremamente agradecida por não precisar checar a exatidão de todo um romance policial. Recebi uma ajuda generosa de Tracey Blair, Mandy Bewicke, Gary McDade e Alan Tebboth. Eles me salvaram de muitos erros em procedimentos policiais, e quaisquer que tenham restado se devem inteiramente à minha liberdade ficcional.

Tenho uma sorte incrível de conhecer muitos autores adoráveis que me ajudaram ao longo do processo, embora uma menção especial tenha de ser feita à minha colega de escrita, Jenny Ashcroft. Sem ela, tudo teria sido muito mais difícil. Obrigadíssima a Harriet Benge, que também fez comentários muito úteis desde o início.

Tenho de saudar meus filhos com entusiasmo por quase não fazerem pedidos do tipo "Tá, tá, a gente sabe que você está trabalhando, mas dá para nos levar à cidade/ Tem pão?/ Podemos usar seu computador?", especialmente na fase intensa de edição, e meu marido, Steve, apenas por ser um bom homem que deseja que eu goste do que faço.

Não poderia deixar de mencionar minha agente, Clare Wallace, na Darley Anderson, que cuida de mim de uma forma tão incrível. É um pouco constrangedor o fato de eu ser muito mais velha do que ela, mas ter apenas metade de sua sabedoria. E, por fim, foi um privilégio trabalhar com a equipe da Avon, em especial minha editora, Helen Huthwaite, que me ajudou a esculpir e transformá-lo em um livro do qual eu poderia me orgulhar. Ou, no caso de meu pai estar lendo, em um livro do qual eu deveria me orgulhar.

Para Steve, Cameron, Michaela e Poppy.

Roberta

Eu estava com o sutiã errado para uma cela de delegacia.

Culpa da lei de Murphy eu ter escolhido aquele dia para testar o presente de Natal que daria antecipado a Scott. Eu não tinha me vestido pensando que a polícia confiscaria minha blusa como "prova". Eu me vestira pensando que uma lingerie sexy poderia deixar meu marido num clima mais festivo.

Quando chegamos à delegacia, a policial que me prendera, Julie Pikestaff, me conduziu à suíte de custódia.

A única outra suíte na qual eu havia estado antes tinha champanhe e rosas.

A policial Pikestaff explicou rapidamente ao policial de plantão atrás de uma mesa por que eu havia sido trazida, suspirando, como se quisesse dizer que, se não fosse por mim, ela estaria de pernas pro ar numa espreguiçadeira em Santa Lucia.

— Ela vai ter que tirar a blusa. Precisamos ensacá-la.

O policial de plantão fuçou embaixo da mesa e passou um macacão branco para Pikestaff, dizendo:

— Ela pode colocar isso aqui depois que você a fichar. Tire as algemas dela.

O rangido nas minhas escápulas quando ergui os braços à frente me lembrou de que eu precisava voltar ao pilates. A descrença atordoada que me envolvera no trajeto até a delegacia estava começando a evaporar. Aquele macacão resumia quanto eu havia afundado.

Tentei achar a voz que usava nas reuniões de pais, quando os professores evitavam minhas perguntas, mas só consegui emitir um grasnido de desespero.

— Desculpe, não posso usar isso — falei.

Pessoas como eu só vinham a delegacias prestar queixa de iPads roubados ou gatos siameses perdidos. Eu já estava tentando salvar qualquer restinho de orgulho que ainda me restasse. Ficar circulando naquele traje espacial infeliz acabaria totalmente comigo.

Pikestaff acenou como se isso fosse uma bobagem.

— Olha só, é apenas algo para você se cobrir enquanto a sua blusa é examinada pela perícia. Nada de mais.

Antes que ela dissesse algo mais, dois policiais irromperam pela porta, lutando para conter duas garotas de vinte e poucos anos. Uma delas tinha o cabelo pintado de preto, botas cano longo e vestia uma microssaia vermelha. A outra usava um macacão cor-de-rosa néon. A lycra tinha desistido de tentar conter suas pelancas, e os seios saltavam como luvas de boxe. As garotas se agitavam e faziam tanta confusão quanto as algemas permitiam, esforçando-se para atingir uma a outra numa torrente de insultos.

Lancei um rápido olhar para Pikestaff. Ela parecia mais entediada que chocada. Uma noite de quinta-feira como outra qualquer.

Exceto por mim.

Aquelas duas mulheres faziam com que as explosões de Scott parecessem um chá com biscoitos no clube de patchwork da minha mãe. A mulher de lycra havia cuspido no policial, e saliva escorria pelo casaco dele. A outra tentava enfiar o salto das botas em qualquer um que conseguisse alcançar. Não era surpresa que Pikestaff não estivesse perturbada com uma mulher de meia-idade como eu tendo uma crise de guarda-roupa.

Ela me arrastou até a ponta do balcão, enquanto eu tentava não encarar, atônita, a balbúrdia atrás de nós e rezava para ela manter aquelas duas mulheres possuídas bem longe de mim. Com meu sotaque chique e minha aversão a minissaias, nosso único denominador comum era uma escolha infeliz do local de reunião. Para mim, também não era fácil dizer aquele palavrão com F, embora, para Scott, fosse comum.

Quando dirigido a mim, eu sentia o mundo acabar.

Pikestaff levantou uma folha de papel na sua frente. Fiquei ao lado dela, sentindo como se devesse puxar conversa, mas o que eu poderia dizer? "Vocês recebem muitas mulheres de meia-idade, de classe média, por aqui?" "É sempre assim caótico numa quinta à noite?"

Eu não conseguia mais conter as lágrimas. Peguei um lencinho da caixa sobre a mesa, um negócio nojento e barato que se desintegrou, obrigando-me a catar pedacinhos de papel do meu rosto.

Pikestaff ignorou meus solucinhos patéticos e começou a verificar os detalhes do meu caso. Ela escrevia às pressas, golpeando um ponto-final impaciente no papel depois de cada resposta, como se houvesse um homicídio particularmente obsceno a resolver assim que pudesse se livrar de mim. "Idade?" Trinta e nove. "Cor dos olhos?" Castanhos. "Características peculiares?" Nenhuma. "Esvazie os bolsos, por favor. Tenho que revistá-la."

Olhei para ela a fim de ver se estava brincando. Não parecia haver nada de divertido nela. Sem aliança. Eu me perguntei se tinha filhos. Era difícil imaginá--la ninando alguém. O conteúdo desapontador dos meus bolsos se resumia a um lenço de papel. Pikestaff me revistou. Ela realmente achou que eu tinha uma faca escondida na calça? Então, chacoalhou um saco plástico aberto.

— Preciso que você me entregue seu cinto e suas joias.

Tirei o cinto e a pulseira. Hesitei em tirar o colar. Minhas opalas australianas. Scott as trouxera para mim lá de sua Sydney nativa, sua primeira viagem para casa depois do nascimento de Alicia, quase 14 anos atrás. Embrulhei o colar num lenço e o coloquei no canto.

Joguei o grande solitário de brilhante que Scott me entregara com um floreio em nosso aniversário de 15 anos de casamento.

— Mostre para o seu pai — dissera ele. — Eu te falei que a gente ia sobreviver sem as esmolas dele.

Toda vez que eu olhava para o anel, me lembrava da desaprovação de meu pai.

Pikestaff continuava fazendo anotações. A julgar pela concentração no rosto dela, nenhum "i" ficaria sem o pingo.

Tirei a aliança. A pele embaixo estava marcada. Pálida e lustrosa, depois de 14 anos no escuro.

— Você tem permissão para ficar com a aliança — comentou ela, mal olhando para cima.

Segurei o anel por um instante, absorvendo a mistura de memórias, então, lentamente, coloquei-o de volta no dedo.

Passei o saco para ela, que escreveu algo de forma ilegível, listando o conteúdo. Empurrou o papel na minha direção.

— Assine aqui, por favor.

Minha mão tremia tanto que eu mal podia formar as letras do meu nome.

— Você tem direito a um advogado. Gostaria que eu providenciasse um ou conhece alguém?

— Advogado? Não. Obrigada.

Eu nunca havia levado sequer uma multa por estacionar em local proibido antes. Certamente isso não se transformaria em uma investigação policial de verdade. Eu estava convencida de que, mais cedo ou mais tarde, um dos subordinados de Pikestaff ia surgir e me dizer que eu estava liberada.

Pikestaff balançou a cabeça, como se quisesse dizer que eu não tinha noção.

— Quer avisar a alguém que está aqui? Você tem direito a um telefonema.

O medo tomava o lugar da rebeldia, mas eu recusei. Scott sabia que eu estava aqui. Isso deveria ser o suficiente.

Com certeza, isso deveria ser o suficiente.

Com uma agitação final nos papéis, ela pegou o macacão e falou:

— Certo. Vamos até uma cela para você se trocar.

Minha própria incredulidade, mais a algazarra chocante das duas mulheres, que ainda se revezavam para gritar palavrões, obscureceram minha capacidade de pensar. Eles iam mesmo me trancafiar e fazer com que eu me despisse?

— Eu não posso ficar com a minha blusa? Não posso só sentar aqui até isso tudo se esclarecer? Prometo não ir a lugar algum.

Acho que eu estava esperando que ela abrisse uma exceção porque eu não gaguejava, não tinha tatuagens e havia tomado banho nas últimas 24 horas.

Ela balançou a cabeça e abriu uma pesada porta cinza.

— Sua blusa é considerada prova porque está com sangue no punho. Não adianta discutir, temos que tirá-la. À força, se necessário.

Fiz aquele negócio de abrir bem os olhos, tentando segurar o choro, mas as lágrimas escorriam pelas bochechas e molhavam a blusa conforme eu me arrastava atrás dela, só mais uma canalha de Surrey com a qual teria de lidar antes da pausa para o chá.

Cada porta de cela tinha um par de sapatos do lado de fora. Muito em breve, chegaria a minha vez de sentir o concreto frio sob os pés. Minhas botas de verniz pareciam deslocadas entre os tênis e os sapatos de salto. Pikestaff recuou a fim de me deixar entrar, depois me seguiu no lado de dentro. Em seguida, tirou seu cabelo loiro espalhado do rosto.

— Sua blusa.

Cedi. Meu orgulho já estava em frangalhos. Não me encontrava no clima de embarcar numa desavença imprópria com uma policial, então tirei a blusa e a empurrei para ela sem olhá-la nos olhos.

Pikestaff colocou o macacão no colchão.

— Tem certeza de que não quer usar isso?

— Bastante certeza, obrigada.

Endireitei os ombros, tentando ignorar o fato de que estava de pé diante de alguém que não conhecia usando um sutiã com mais renda do que substância. A julgar pelo desprezo em seu rosto, Pikestaff era mais o tipo de mulher de botas de caminhada e lenço na cabeça.

— Fique à vontade.

A frieza silenciosa atiçou uma pequena faísca de rebeldia dentro de mim. Ela não tinha a menor ideia de como era minha vida, absolutamente nenhuma. Que ela julgasse que tipo de mulher eu era. Que o mundo inteiro julgasse.

Algo mudou levemente na expressão de Pikestaff. Reconheci os sinais de uma última tentativa de esforço.

— Vamos lá. Coloque o macacão. Você não vai querer acabar sendo interrogada de sutiã. Há câmeras por toda parte.

Tentei me imaginar andando pela delegacia com um mero sussurro de renda preta protegendo meu recato. Visualizei uma multidão de policiais apontando para o monitor do circuito interno de TV e fazendo piadas. Para minha frustração, minha coragem foi vencida. Sacudi o macacão idiota e me enfiei nele. Enquanto fechava o zíper da frente, a resignação me dominou completamente. Não olhei para Pikestaff, evitando encontrar uma satisfação convencida no rosto dela.

Quando ela saiu, a porta reverberou fechada como numa cena de romance policial de segunda categoria. Tentei me distrair pensando em pessoas que encaram toda uma vida na cadeia por suas crenças e como seria ver o sol nascer quadrado todos os dias por anos. Em vez disso, fiquei obcecada pensando se conseguiria sair dali antes que precisasse usar a desprezível privada de metal no canto. Quebrei a cabeça tentando me lembrar de quando tinha tomado o último drinque. Um copo de vinho antes do jantar, umas 20h30. Isso fora três horas antes. Rezei para conseguir me segurar a noite inteira.

Sentei no colchão, tentando não tocá-lo com as mãos desprotegidas. Imaginei se Alicia estava dormindo. Odiava a ideia de ela ir para a escola de manhã fisicamente debilitada e exausta. A memória de seu rosto desnorteado quando a polícia me levou, aquela bravata adolescente já há muito desaparecida, ameaçou minha frágil serenidade. Eu esperava que ela tivesse me ouvido gritar: "Não se preocupe, querida, é só um mal-entendido", por sobre o ombro enquanto mergulhava na viatura policial. Eu esperava, provavelmente em vão, que Scott estivesse mais interessado em consolá-la do que se certificando de que ela entendesse que "eu o levei a fazer isso".

No entanto, ele não podia ter, de fato, tido a intenção de que eu ficasse sentada ali naquele buraco abafado. Toda vez que alguém abria a porta do lado de fora no corredor, eu sentia cheiro de urina velha. Eu via uma sombra ocasional passando pela janela opaca para o lado de fora, convencendo-me todas as vezes de que devia ser o Scott vindo me salvar. Um homem cantarolava "Why Are We Waiting?" na cela à frente. Quem quer que estivesse ao meu lado, tentava arrombar a porta. Eu pulava a cada estrondo.

Depois do que pareceu uma eternidade, uma rajada de vento fétida sinalizou que alguém havia chegado. A porta de metal foi puxada. Então, um policial de cabelo escuro, que eu não tinha visto antes, entrou, carregando um copo descartável. Mais uma pessoa na frente da qual me sentir humilhada. Estar lá sentada numa roupa mais adequada a executar uma investigação de cena de crime tornava a interação normal impossível. Eu nem havia me arrumado para uma festa chique. A estática fez os pelos dos meus braços se eriçarem quando os cruzei na frente do peito.

— Você está bem? — A voz dele era gentil. Nada da hostilidade de Pikestaff.

Dei de ombros, então concordei com a cabeça.

— Tome. — Ele me passou o chá. — Posso te dar um conselho? Não recuse o advogado.

— Por quê? Eu nem deveria estar aqui.

— Eu teria um, só por precaução. Pode ser um pouco estranho estar sozinha em sua primeira vez. É sua primeira vez, não é?

— Sim. — Eu queria acrescentar, *é óbvio*.

— Consiga alguém que conheça os trâmites para te ajudar. Eu não devia contar isso, mas colheram um depoimento do seu marido. — Ele mordeu o lábio e deu uma olhada para a porta. — Ele vai prestar queixa.

Eu ofeguei. Não achei que nada mais que Scott fizesse podia me chocar. Estava errada. Apenas um dia antes achei que estávamos numa fase calma. Conversáramos sobre sua próxima viagem à Austrália para verificar um de seus empreendimentos, comemos um prato temperado com curry e assistimos ao noticiário. Depois subimos e tivemos uma bela transa.

E agora ele queria me levar ao tribunal.

Meu Deus! Eu ia mesmo *precisar* de um advogado. Senhor! Isso significava direitos e gravações e depoimentos. Comecei a tremer. Até então, eu não havia acreditado de verdade que Scott iria adiante com essa farsa. Eu queria me atirar nas pernas do policial e implorar para que ele me tirasse dali. Fiz um grande esforço. E, por mais estranho que pareça, pensei em meu pai e em seu mantra preferido. "Você pode chegar aonde quiser com um pouco de força de caráter, Roberta, isso é o que define a família Deauville." Não acho que meu pai alguma vez tenha esperado que eu criasse força de caráter para usar contra *ele*, mas agora eu estava agradecida por isso.

Engoli e me concentrei em respirar.

— O senhor pode arranjar um advogado para mim, por favor? — Minha voz apresentava apenas um leve tremor. — E creio que seria melhor eu ligar para alguém.

Ele assentiu.

— Vou avisá-los na recepção. — O homem colocou a mão no meu ombro. — Pare de tremer. Você vai ficar bem. Para quem gostaria de telefonar?

Eu estremeci. Quem teria a carta *Saída livre da prisão*? Scott? Implorar a ele que viesse e dissesse a todos que tudo não passara de uma brincadeira idiota? Isso obviamente não era parte do plano dele. Minha mãe? Não, ela era do tipo que transformava o almoço de domingo numa emergência nacional: "Ah, meu Deus, esqueci a raiz-forte. Só um minuto, comecem, tudo vai esfriar, não tem nada pior do que comida fria, vamos, comecem logo a comer". Eu, meu sutiã e a cela da delegacia provavelmente a colocaríamos num belo regime de Prozac. Meu pai? Eu não tinha certeza se ele viria correndo me salvar ou se diria "Bem feito".

O policial olhou para mim, aguardando uma resposta. Eu confiava nele. Até o nome dele, Joe Miller, segundo o distintivo, soava íntegro. G.I. Joe. Ele parecia o tipo de sujeito que sabia consertar uma torneira pingando, que conseguia trocar um pneu sem praguejar, que podia aceitar o fato de haver uma opinião diferente da dele no mundo.

— Eu gostaria de ligar para a minha melhor amiga, Octavia Shelton.

Ele me conduziu para fora da cela até uma sala e eu lhe disse o número do telefone. Eu sabia que ela estaria na cama. Imaginei-a de conchinha com Jonathan, com um pijama felpudo e meias de lã. Eu sempre a provocava a respeito de suas escolhas utilitárias de roupas para dormir. Scott nunca teria suportado isso. Ela pareceu levar uma eternidade para atender. G.I. Joe anunciou a si mesmo ligando da polícia de Surrey, dizendo rapidamente que não havia nada com que se preocupar — embora isso, é claro, dependesse da perspectiva. Então me passou o telefone.

Uma sensação de alívio tomou conta do meu corpo. Octavia resolveria tudo. Ela sempre resolvia.

Octavia

Eu odiava a droga do telefone tocando no meio da noite. Boas notícias sempre podiam esperar até de manhã. Meu primeiro pensamento foi mamãe. Jamais gostei do fato de ela morar sozinha naquela casa enorme depois da morte do papai. Acordei com o primeiro toque; só levou um pouco mais de tempo para eu encontrar o maldito telefone debaixo do jeans da noite passada.

Eu ainda tentava entender o anúncio da polícia de Surrey quando Roberta apareceu na linha. Ela soava forçada, como se estivesse sendo obrigada a falar diante de uma plateia hostil. Logo que disse "presa", começou a chorar e não conseguiu mais falar direito. Entendi "Scott" e "advogado" e algo a respeito de levar uma camiseta. Acabei falando devagar, sem sequer ter certeza de que ela conseguia me ouvir.

Disse a ela que estaria lá assim que possível, já pegando uma blusa de tricô na ponta da cama. Então, o policial voltou ao telefone. Quando perguntei se conseguiria vê-la, ele me respondeu que "os detentos não tinham permissão para receber visitas enquanto estivessem sob custódia". Aquilo me apavorou pra cacete. Decidi ir mesmo após ouvir que ele não sabia quanto tempo levaria para Roberta ser "processada".

Puxei o punho de Jonathan, tentando ver seu relógio no escuro. Quase uma da manhã. Ele deu de ombros em seu sono. Eu o sacudi. E de novo, com mais força. A família inteira podia estar morta, retalhada por um facão, e Jonathan apenas puxaria o edredom um pouco mais para cima. Desesperada, tampei o nariz dele. Achei que ele podia sufocar antes de abrir os olhos. O pânico de Roberta estar encrencada de verdade me fez beliscá-lo com força.

Quando ele finalmente ofegou de volta à vida, ficou olhando ao redor como se nunca tivesse acordado em nosso quarto antes. Se a casa estivesse pegando fogo, eu teria salvado as três crianças, o cachorro, o hamster e voltado para pegar os caramujos africanos gigantes antes de Jonathan entender onde estava.

— Roberta foi presa. Estou indo à delegacia — falei enquanto ele continuava observando ao redor, como se fosse uma toupeira. Eu ficava muito irritada pelo fato de meu marido conseguir trazer à vida qualquer computador ferrado, mas ter os processos mentais mais lentos do planeta quando se tratava de enfrentar algo simples como um telefonema à meia-noite.

— Presa? O qu...? O que aconteceu? — Ele começou a sair da cama, quase derrubando o copo d'água. — Ela está ferida?

Balancei a cabeça.

— Acho que não.

— Quanto tempo você vai demorar?

— Não sei, na verdade ela não conseguia falar. Não tenho certeza do que aconteceu, algo a ver com Scott.

— Deus, maldita Roberta! Ela nunca pode fazer um drama numa hora civilizada, né?

— Ela não consegue evitar. Vamos esperar que não tenha assassinado Scott — falei, prendendo meu cabelo para trás com um dos elásticos da escola de Polly.

— Não vejo como o mundo se tornaria um lugar pior se ela tivesse acabado com aquele babaca arrogante.

— Não diga isso. Bom, volte a dormir.

Eu não estava no clima para um discurso violento sobre como Scott se achava o maioral com sua casa enorme, mesmo que isso fosse verdade.

Ele se cobriu de novo, mas deixou a mão de fora para apertar a minha. Eu a segurei por um segundo. Ele estava quente, como sempre. Espantei a semente de ressentimento por ter que sair numa noite congelante de dezembro para catar os cacos da vida de outra pessoa. Só para variar, eu teria apreciado o fato de Jonathan me ajudar a tirar o gelo do carro, e certificar-se de que a droga do Volvo desse partida. Peguei a bolsa e torci para Roberta não ter feito algo muito estúpido.

Apesar de Deus ser testemunha de que Scott merecia.

Roberta

Quando eu soube que seria solta, haviam colhido minha saliva, tirado minhas digitais e me fotografado como uma criminosa comum. Eu explicara tudo a um advogado, depois novamente a outra policial que ficava repetindo que sabia como aquilo era difícil para mim.

Na verdade, ela não tinha a mais vaga ideia. Tudo em relação a Scott fora complicado: conhecê-lo na Itália quando ele estava num ano sabático e eu era uma estudante de arte, o namoro que se seguiu e sobreviveu às idas e vindas da Austrália para a Inglaterra, nossas diferenças de cultura, costumes e criação.

Sem falar na opinião de todos a respeito.

Tentei ser aquela garota obediente, destinada a um futuro com alguém sofisticado. Mas não fui páreo para a persistência de Scott. Ele irrompeu pelo meu mundo sério, trazendo espontaneidade e irreverência. Surgindo na biblioteca da faculdade para me surpreender, direto de um avião vindo da Austrália. Escrevendo "Eu te amo" com espuma de barbear no Mini Cooper que meu pai me dera no meu aniversário de 21 anos. Pedindo-me em casamento no cemitério Waverley em Sydney, olhando para o mar.

Essa detetive Smithfield, de fala mansa, provavelmente achava que eu era uma dona de casa mimada, agarrando-se a um marido rico para comprar sapatos novos todos os dias. Não tive energia para explicar que trabalhamos duro juntos, construindo o negócio de empreendimentos imobiliários de Scott, renovação por renovação.

Quando assinei a advertência, aceitando minha culpa, eu estava desorientada, cansada demais para me importar com qualquer coisa, desde que pudesse deitar logo numa cama que não fosse a de uma cela.

A detetive Smithfield me disse que precisariam terminar o meu processo fora da suíte de custódia porque estavam lidando com alguns "detentos violentos" ali. Eu não ia ficar de frescura em relação à minha saída preferida. Ela me conduziu à parte normal da delegacia, onde uma vez eu viera comunicar o roubo do cortador de grama do nosso galpão.

E, para minha felicidade, vi Octavia sentada lá. Meu espírito se animou como se eu estivesse cambaleando com uma caixa de enciclopédias e tivesse acabado de encontrar uma mesa para colocá-la.

Ela correu até mim.

— Que diabos está acontecendo? Você está bem?

Eu a abracei sentindo um traço de almíscar branco, o óleo perfumado que ela usava desde que tínhamos 13 anos. Eu seria capaz de identificá-la de olhos vendados. Octavia foi rápida em me afastar. Ela preferia uma abordagem prática ao drama.

Ela recuou a fim de olhar para mim, percebendo o macacão.

— Jesus! Não sabia que você estaria vestida de boneco de neve. Recebeu a camiseta que eu trouxe?

Balancei a cabeça em negação. A detetive parecia pedir desculpas.

— Vou verificar o que aconteceu. De qualquer forma, você pode colocar suas roupas agora.

— Você já está liberada? — perguntou Octavia. — Achei que eu fosse ficar aqui a noite inteira.

— Eu fui a primeira porque eles estavam esperando os outros ficarem sóbrios.

A detetive Smithfield fez um gesto para que eu esperasse enquanto ela encontrava a papelada.

Sentei-me com Octavia, o alívio inundando meu corpo. Ela se inclinou até meu ouvido e sussurrou:

— Me diga que você não o matou.

Dei uma olhada na direção da recepção e mantive a voz baixa:

— Deus, não, nada nesse nível. Está tudo resolvido agora. Só preciso pegar meus pertences. As coisas saíram um pouco de controle. O mesmo de sempre.

— Então o que aconteceu? — perguntou Octavia.

— O mesmo de sempre, o mesmo de sempre. — Uma exaustão súbita me engoliu. Estava cansada de falar sobre o que tinha acontecido, de pensar naquilo.

Octavia balançava a cabeça.

— Dificilmente foi o mesmo de sempre. Você nunca foi presa antes.

— O mesmo de sempre, mas um passo além. Scott ficou furioso porque eu deixei Alicia usar uma camiseta com os ombros à mostra para ir ao cinema. Não era um negócio sexy, só uma camiseta normal. Ele achou que era coisa de vadia.

— E daí?

Meu estômago se apertou quando me lembrei de Scott gritando na minha cara, seu sotaque de Sydney se acentuando.

— O lado australiano do negócio não está indo bem, e ele anda com os nervos à flor da pele ultimamente. Continuei preparando o jantar, me recusando a ser arrastada naquilo. Ele não deixava pra lá, falando sem parar, me provocando, afirmando que sou tão obcecada comigo mesma que não consigo ver que minha filha está se tornando uma putinha, e que vou ter sorte se ele não desaparecer e voltar para a Austrália com ela... o de sempre. Tentei empurrá-lo, mas ele ficava lá parado, me segurando com um braço e rindo. — Fiz uma pausa para conter o soluço invadindo minha voz. — Então ele falou que provavelmente foi uma coisa boa não termos tido mais filhos, pois eu era uma mãe incompetente, e eu simplesmente perdi o controle.

Uma expressão de asco lampejou no rosto de Octavia.

— Desgraçado.

Ela apertou minha mão. Ela era uma das poucas pessoas que entendia quanto meus dois abortos espontâneos ainda doíam, mais de uma década depois.

— Peguei a frigideira e o acertei na cabeça, a borda acertou sua testa e fez o sangue jorrar. Você me conhece, tive sorte de não desmaiar. Eu não devia ter feito isso. Apesar de que, se eu soubesse que ele ia me mandar para cá, teria batido com um pouco mais de força.

Octavia deu um sorrisinho quando falei isso.

— Ai, ai, ai. Tadinho do Scott, levou uma pancadinha na cabeça, pobrezinho. É de se supor que ele não sangrou até a morte e manchou o granito, certo? — Conforme as palavras saíam da boca de Octavia, vi seus lábios se repuxarem. Comecei a rir também, um tipo de riso exagerado que era uma boa alternativa para não chorar.

Octavia ficou séria de novo.

— Mas como você veio parar aqui?

— Ele ligou para a polícia. Disse que eu o agredi. Aí a Watermill Drive teve o glorioso espetáculo de luzes azuis piscando do lado de fora da nossa casa e eu sendo levada algemada. Não há dúvidas de que a central de fofocas de Surrey está agitada enquanto conversamos.

— Ele chamou a polícia por sua causa? Eles não levaram em consideração o fato de que Scott pesa mais de 100 quilos, com braços que mais parecem coxas, e você tem o quê? Uns 50 quilos? Fala sério. Imagino que eles não contem todas as vezes que ele te trancou do lado de fora ou xingou na sua cara! Isso é que é saber das coisas. Nada como o bom senso da polícia britânica.

Octavia se empertigou, os ombros elevados. Por um momento terrível, achei que ela ia marchar até a mesa da recepção e começar a puxar umas gravatas. Eu estava de pé, pronta para agarrar seu braço. Por sorte, eles estavam ocupados com um bêbado reclamando que sua bicicleta tinha sido roubada e ficando histérico toda vez que tentava soletrar o nome.

Fiz um esforço para responder a ela.

— O comportamento de Scott nunca foi sério o suficiente para dar queixa. E eu não devia ter batido nele.

— Ele bem que mereceu. De qualquer forma, não precisa ser nenhum gênio para perceber que ele provavelmente podia ter se defendido. O que aconteceu? Um arranhão? Tenho um curativo na bolsa. Talvez eu possa colocá-lo junto com um pouco de gelo na cabecinha dele enquanto estiver lá. De repente ele volta para a Austrália e faz um grande favor a todos nós.

— Não. A mãe dele chega amanhã para o Natal. — Olhei para o chão. Octavia me encarou.

— Amanhã? Mande-a para um hotel. Você não pode voltar para casa depois disso como se nada tivesse acontecido.

— Eu tenho que voltar. É Natal e não vou estragar tudo para Alicia. Quando acabar, aí eu vejo o que vou fazer. Se fizer algo.

Octavia balançava a cabeça.

— Você não pode ficar com ele agora. Simplesmente não pode.

Era impressionante quanta desaprovação eu tinha conseguido produzir na vida. Dei de ombros.

— Não é como se eu tivesse uma ficha criminal de verdade. Foi só uma advertência.

— Uma advertência? Pelo quê?

— Lesão corporal.

— Lesão corporal? Por um arranhão e um machucadinho de nada? Porra, isso é ridículo. Que babaca!

— Eu não deveria ter permitido que ele me hostilizasse. Tenho certeza de que ele não tinha a intenção quando falou dos bebês. Você sabe quanto ele ficou arrasado na época. E uma advertência não quer dizer nada a não ser que eu queira trabalhar numa escola. O que eu, obviamente, não quero. — Tentei sorrir. Eu amava minha filha, mas não tinha nada parecido com a afinidade natural de Octavia com crianças.

— Você não podia ter se recusado a aceitar a advertência?

— Sim, mas, se ele não tivesse retirado a queixa, isso ia para o tribunal.

— Certamente Scott não teria feito isso, né? Talvez ele gostasse da ideia de você suando numa cela por um tempinho. Ele devia ter casado com uma chata desmiolada, que nunca o defendesse. O que todos os colegas de trabalho brutamontes dele diriam se descobrissem que a patroa bateu nele com uma frigideira? Ele seria ridicularizado.

Octavia sabia que Scott tinha pavio curto, mas eu havia sido econômica com quão frequentes e ferozes andavam nossas discussões. Ela simplesmente não entenderia. Ela sempre tinha visto o casamento como uma divisão de tarefas domésticas, filhos e trabalho, com uma faísca de romance e paixão. O passeio de montanha-russa de amor e ansiedade que eu experimentara com Scott era um mistério para ela, embora nunca tenhamos examinado essas profundezas antes.

Octavia estava com as mãos no quadril, esperando que eu explicasse.

— Scott deu um depoimento. Ele disse que definitivamente ia prestar queixa, então o advogado me aconselhou a admitir "a ofensa", como ele a chamou, e concordar com a advertência. Eu só queria sair daqui.

O choque lavou o rosto de Octavia. Ela falou com a voz baixa.

— Robbie. Onde isso tudo vai parar? Você vai ficar com Scott até que ele sugue a última gotinha de felicidade da sua vida? Talvez da próxima vez ele te faça mesmo ir para a cadeia. Não dá para continuar assim.

— Eu sei.

Octavia estava esperando que eu fosse como ela. Tomasse uma decisão, na hora, fizesse as malas e fosse embora. No entanto, eu devia um Natal a Alicia, ao menos uma última vez. Era um longo caminho entre aceitar que eu não podia viver assim e me separar de Scott em definitivo. Se ele voltasse para a Austrália, provavelmente eu nunca mais o veria. A história do meu amadurecimento, o alicerce da minha vida adulta, tudo seria apagado com um só golpe.

Haveria muita gente comemorando.

— Seus pais sabem que você está aqui? — perguntou Octavia.

— Não. Decidi que não precisava sobrecarregá-los com essa última travessura. Acho que já ouvi "*Ah, querida!*" o suficiente por uma vida inteira.

— Você não consideraria ficar com eles por alguns dias? — indagou Octavia. Sacudi a cabeça.

— Definitivamente, não.

Não haveria espaço suficiente em Surrey para acomodar uma quantidade tão extensa de "Eu te disse".

— Venha ficar na minha casa, então. Traga Alicia. Eu coloco a Immi com a Polly. Você pode ficar com o quarto dela — afirmou Octavia.

— Não, mas obrigada. Alicia está na expectativa de passar o Natal com a avó faz meses, e não vou desapontá-la. Provavelmente Scott não teve a intenção de levar as coisas tão longe. É algo cultural. Você sabe como ele se sente em relação às pessoas o respeitarem. Imagino que dar uma frigideirada na cabeça dele não tenha sido bem a bajulada que ele achou que merecia. Creio que ele vai se rastejar pedindo desculpas quando eu chegar em casa.

Octavia revirou os olhos.

— Respeito. Ele não sabe o significado dessa palavra. O que quer que Scott diga agora não muda o fato de que ele é cruel pra cacete. Você vai mesmo voltar para casa e agir como se nada tivesse acontecido? *Uma xícara de chá, querido? Quer que lustre seus sapatos?* — Ela estava jogando as mãos para o alto de frustração. — *Um boquete?*

Preto. Ou branco. Assim era com Octavia. Eu normalmente invejava sua determinação. E a amava por sua lealdade. Mas, no momento, eu não estava no clima para um sermão sobre o absurdo da minha vida. Eu conseguia entender o argumento dela. Eu não sabia como ia voltar para casa e fazer minha cara de Feliz Natal.

Mas eu ia para casa.

Octavia

Sentei no banco, observando Roberta assinar para pegar suas coisas. Para mim, era difícil acreditar na ideia de que minha amiga, minha amiga divertida e linda, agora tinha uma passagem pela polícia. E não havia dúvida de que, dali a uma semana, ela estaria se culpando e fingindo que o fato de Scott tê-la mandado para a cadeia não era nada de mais, apenas o aspecto negativo inevitável de um relacionamento passional. Sabe Deus por que uma mulher como ela atura um homem como aquele. Essa era a garota que ganhava um chapéu de palha e bastão de lacrosse novos todo ano, enquanto nós, garotas com bolsas de estudos, perdíamos tempo em kits de ginástica cinza e jaquetas vários números maior. A garota que carregava seu nome bacana com tanta facilidade, enquanto eu ainda amaldiçoava meus pais da classe trabalhadora por me darem o embaraçoso "Octavia", na esperança de que eu fosse "alguém", alguém que precisasse de um nome de destaque. Roberta foi a garota que nunca teve que ficar de fora dos bailes da escola, que deveria ter planado até a vida perfeita, embrulhada numa bolha sem ansiedade, luta e preocupação. Mas ela nunca conseguia escolher a opção fácil.

Observei-a conversando com a detetive Smithfield e com outro policial. O leve sentimento de culpa que sempre senti surgiu outra vez. No fundo, Roberta era certinha, delicada e gostava de exposições de arte pretensiosas e autores obscuros horrorosos. Mas ela fora desesperada para ser minha amiga na escola, juntando-se a mim em excursões de furtos, embora ela mesma nunca roubasse, ficando de bobeira comigo enquanto eu fumava as guimbas de cigarro do meu pai no parque, ajudando-me a furar as orelhas com uma agulha que esterilizáramos com um pouco de refrigerante quente. Minha tatuagem de dragão estar nas minhas nádegas em vez de no meu ombro se deve ao fato de Roberta dar essa ordem no estúdio de tatuagem.

Se ela não tivesse me conhecido, provavelmente pensaria que atrasar a devolução dos livros da biblioteca era algo muito selvagem. Eu a apresentara às delícias da rebeldia, e aquilo a levara direto aos braços de Scott, a maior rebeldia de todas. Eu me perguntei, não pela primeira vez, se podia ter feito mais para impedi-la de se casar com ele. Nas poucas ocasiões em que puxei o assunto, ela deixara bem claro que, para continuarmos amigas, o caso era: "me ame e ame minha fútil e repugnante escolha de marido".

Olhei para o relógio. Quase três da manhã. Eu ficaria exausta para o dia de inauguração no trabalho, na manhã seguinte. Eu precisava estar a toda para convencer pais céticos de que minha creche ao ar livre, com suas tocas e cozinhas de lama, inspiraria seus filhos bem mais do que panelas de plástico e carrinhos de bebê de bonecas. Seria bom estar na cama neste momento. O policial de cabelo escuro esvaziava uma sacola plástica e passava coisas para Roberta. Agucei os ouvidos para escutar o que ele estava dizendo e consegui ouvir: "Há algum lugar que possa ficar por enquanto, até que as coisas se resolvam?".

Eu me perguntei se ele estaria tão preocupado caso ela fosse uma mulher gordinha, de cabelos castanhos, começando a ficar com queixo duplo e sem tornozelos, apenas pés grudados em pernas.

Roberta jogou o cabelo comprido e preto por sobre os ombros. O gesto era familiar. Eu sabia que ela ia inclinar a cabeça e erguer os olhos, aqueles olhos castanho-escuros que chamavam os homens para ela. Ela não fazia ideia de quanto era atraente. Mais uma coisa que Scott havia tirado dela.

— Vou ficar bem, não se preocupe. Minha amiga vai me levar para casa — comentou Roberta.

Ele deu um folheto a Roberta.

— Não se esqueça do telefone de ajuda para abuso doméstico. A senhora não precisa tolerar isso, mas não podemos ajudá-la a não ser que denuncie.

As palavras "abuso doméstico" me chocaram. Nós duas deixávamos os acessos de Scott para lá, justificando que ele "tinha pavio curto". O slogan de Roberta era "Você sabe como ele é". Mas o policial estava certo.

Levantei e fui até a recepção para tentar de novo.

— Por favor, volte comigo. Você pode mandar uma mensagem para Alicia da minha casa.

— Não, tudo bem. É melhor eu ir para casa e ver como ela está.

Olhei de relance para o policial. Queria que ele a proibisse de voltar. Que ele tivesse aquela discussão com ela para eu não precisar ter. Os olhos dele se moveram para Roberta, então para mim, de uma forma que era mais do que uma simples captura casual da cena. De alguma forma, a pressão para provar que eu podia fazer com que Roberta compreendesse havia recaído sobre mim. Eu não podia desapontar o policial.

— Robbie, Alicia vai estar dormindo a essa altura. Você pode falar com Scott pela manhã, quando todos estiverem calmos.

Olhei de relance para o policial. Ele concordava com a cabeça. Olhei para ele esperançosamente. Eu estava quase dizendo "Vamos lá, meu chapa, coloque o ombro atrás do elefante e dê um impulso morro acima. Eu já venho empurrando há mais de uma década, então uma mãozinha aqui seria um ótimo bônus".

Roberta exibia aquela expressão. Ela conseguia parecer molhada de lágrimas, frágil e desafiadora. Eu tinha quase certeza de que pareceria um inchaço de carne enlatada derrotada se estivesse no lugar dela.

O policial enfim pôs mãos à obra com um débil "Às vezes é melhor deixar a poeira baixar, Sra. Green. Por que não vai com sua amiga?".

Roberta sorriu calorosamente e lhe agradeceu, sem realmente responder. A detetive Smithfield a conduziu a uma sala ao lado para se trocar, carregando as botas para ela. Todos queriam cuidar de Roberta.

Exceto o sujeito com quem ela se casara.

Roberta

Normalmente, Octavia mantinha um silêncio bem firme quando eu tentava justificar o mau comportamento de Scott. No entanto, agora, enquanto me levava para casa, tinha abandonado todo o fingimento, adotando a postura útil da minha mãe de "Mas e se...?", como se aquela coleção particular de dúvidas me consumindo a alma fosse algo inédito.

Dei as costas para Octavia e observei as árvores reluzindo no escuro quando passávamos. Eu sabia que Scott podia ser um cretino. Não precisava que me falassem.

— Você ainda pode mudar de ideia e vir para a minha casa — disse Octavia sem tirar os olhos da estrada. O esforço imenso que ela fazia para não me rejeitar nos engoliu, matando qualquer possibilidade de conversa.

Octavia era muito generosa, mas eu sabia como Jonathan ficaria. Ele fingiria estar feliz com minha presença lá, então iria até a cozinha com um pouco de propósito demais, irradiando suscetibilidade como um gato expulso do lugar quentinho em frente ao fogo. Ele apanharia minha xícara de café antes que eu acabasse e colocaria a bolsa em minhas mãos toda vez que eu a colocasse em algum lugar. Nesse estado de espírito frágil, sei que também lutaria com o caos do lar de Octavia de manhã. As crianças vagavam deixando cereal cair por toda parte, enquanto Jonathan as seguia por todo canto com vassoura e pá de lixo. Nunca entendi como Octavia conseguia aguentar as crianças gritando e rindo, Charlie com sua bateria, muitas vezes com Stan, o enorme pastor-alemão, latindo, grande demais para a casa pequena deles. Isso sem contar as TVs ligadas na sala e na cozinha.

Eu me treinara para achar uma só criança barulhenta o suficiente.

Não, eu não queria ir para a casa de Octavia. Eu queria sumir no segundo andar da minha própria casa e me trancar na suíte de hóspedes. Cada pedacinho de mim ansiava por se aconchegar embaixo de um edredom limpo, fechar o blecaute da cortina e deixar todo mundo do lado de fora.

Octavia rodou até parar debaixo do grande castanheiro fora de nossa casa.

— Devo entrar com você?

Neguei com a cabeça.

— Não. Você já fez o bastante, obrigada. Não vou falar com Scott agora, mesmo que ele ainda esteja acordado. Não me espere, você vai ficar exausta na creche. Vá e durma algumas horas. — Dei um grande abraço nela. Todo mundo precisa de alguém para quem possa ligar no meio da noite.

Apontei o controle para o portão eletrônico, saí do carro e percorri a entrada solitária da minha vida, o frio penetrando-me os pulmões. Minha chave, no entanto, não virava na porta da frente. Fiquei de pé mexendo nervosamente nela por um instante, mas eu sabia. É claro, eu sabia. Scott havia passado o trinco. Desgraçado.

O carro de Octavia ainda não tinha saído. A preocupação dela começava a me sufocar. Eu queria que ela fosse embora para poder desabar sobre os escombros da minha vida em paz, mesmo que isso significasse dormir no jardim.

Sacudi o controle para a porta da garagem e ela se abriu. Acenei para Octavia, forçando um sorriso, fazendo movimentos com a mão para ela ir embora. Dessa vez, ouvi o chiado da suspensão velha conforme o carro se movia de ré com dificuldade.

Fui andando e passei pela churrasqueira a gás e pelo grande gazebo que Scott usava para as festas de verão, em sua aparência de Meu Anfitrião da vizinhança. A porta para a despensa estava destrancada. Até que ele não havia sido um completo filho da puta. Coloquei minhas botas no espacinho delas na estante e subi na ponta dos pés. A casa encontrava-se silenciosa. Rezei para Scott estar dormindo. Logo a manhã chegaria para o confronto. Nossa porta estava fechada, graças a Deus! Dei uma olhada em Alicia, recolhida na forma de uma bola compacta. Alisei seu cabelo, ajeitei o edredom ao seu redor e me apressei até o andar de cima.

Eu podia sentir o cheiro do ar viciado da delegacia em minha pele. O banho de ducha me chamava, mas eu não queria acordar Scott. Antes de travar uma batalha com ele, eu precisava dormir um pouco. Tirei toda a roupa, então hesitei. Coloquei minha roupa íntima de novo. Algumas discussões não podiam acontecer comigo estando nua. Enfiei-me debaixo do edredom, os ombros e o pescoço liberando tensão nos travesseiros encorpados e fofos. Ao contrário de minhas expectativas, o sono me tragou numa inconsciência imediata.

E Scott me catapultou para fora dela.

Ele entrou no quarto, barbeado, com sua camisa azul preferida, lindo. Uma versão mais sofisticada do surfista animado que me encantara em Veneza, quase 19 anos atrás. Muito revigorado para alguém que deveria estar deitado sentindo-se desperto, culpado e arrependido.

— Oi. A que horas você voltou? — Ele fazia soar como se eu estivesse em Londres tomando um drinque com as meninas. Em seguida, colocou uma xícara de chá na mesinha de cabeceira. Eu não estava conseguindo unir o homem afável à minha frente à índole vingativa da noite anterior.

Parecia que alguém havia enchido minha cabeça de pedras. Meus olhos estavam secos e arenosos. Há anos que eu não ia para a cama sem fazer limpeza e hidratação. Eu piscava como se estivesse vivendo no subterrâneo, minha mente ordenando lentamente os acontecimentos do dia anterior.

— Não sei a que horas. Por volta das 3h30, talvez, não graças a você. — Eu lutava para encontrar as acusações e a raiva. Eu tinha esperado voar em cima de Scott, agarrá-lo pelo colarinho perfeitamente passado da camisa e arrancar uma explicação dele. Em vez disso, eu estava como o saquinho de feijão rasgado no covil de Alicia, um milhão de bolinhas de isopor sujando o chão, deixando um revestimento vazio amontoado. Eu esperava que ele encaixasse algumas peças do quebra-cabeça que me transportara à cela daquela delegacia.

Em vez disso, Scott fechou um pouco as cortinas, correndo o dedo pelo peitoril.

— Nunca entendi por que este quarto sofre tanto com a condensação.

Eu também não, mas, diferente de Scott, esse enigma era o de número 4.029 na minha lista de preocupações imediatas. O silêncio pairava no quarto. Eu só queria que ele saísse dali para que eu pudesse tomar uma chuveirada e me recompor.

— Você levantou cedo.

Scott raramente marcava alguma reunião para antes das 10h30.

— O voo da mamãe vai chegar às 11h30. Nunca se sabe como o tráfego vai estar em torno do aeroporto de Heathrow.

Eu me sobressaltei. Adele! Eu tinha que me levantar, me colocar em movimento. A faxineira havia trocado a cama, mas eu precisava arrumar alguns artigos de toalete, toalhas, providenciar umas flores. Eu queria verificar se Alicia estava bem antes que Adele tomasse conta do ambiente com sua conversa incessante.

A indiferença de Scott me encheu de fúria, dando vida a meus membros. Senti como se pudesse pular da cama e começar a arrancar quadros da parede para espatifar na cabeça dele. Minha garganta se apertara tanto que eu não tinha certeza se conseguiria forçar ar o bastante por ela para falar.

— Só para você saber, vou ficar para o Natal. Pelo bem de Alicia. Pelos próximos dias, vou esquecer o que você fez comigo e fazer o melhor para agir normalmente. Mas, quando sua mãe tiver ido embora, precisaremos ter uma conversa séria. — Minha mandíbula estava tão tensa que eu conseguia sentir meus sisos rangendo juntos.

Eu esperava que ele fosse mostrar indignação e começar no rumo "Não me ameace". No entanto, ele fez um rápido gesto de reconhecimento, dando de ombros. Esperei por um pedido de desculpas ou uma justificativa. Algo que indicasse que ele havia entendido que eu não varreria isso para debaixo do tapete junto com todas as outras mágoas que corroíam o grande monólito do amor com o qual começamos. Dessa vez Scott me provocara demais. Em vez disso, ele falou:

— Depois que você saiu ontem, tirei aquela quiche que você estava fazendo do forno e coloquei na geladeira. Embrulhei em papel laminado. Espero ter feito certo.

Quiche. Meu Deus. Eu havia passado metade de uma noite numa cela e estávamos falando sobre quiche. Em seguida, estaríamos fazendo testes para *Um estranho no ninho*. Era como estar presa num *reality show* no qual os participantes eram selecionados pela habilidade de se comportar como lunáticos. Eu poderia facilmente ter forçado, lançando-me em cima dele, esmurrando-lhe o peito e arranhando seu rosto com a frustração absoluta pelo fato de todo o amor que estimamos, defendemos e pelo qual lutamos estar despedaçado no chão à nossa volta, mal tendo forças o suficiente para implorar por uma última chance.

Scott andou em direção à cama como se fosse me dar um beijo de despedida.

Antes que eu pudesse reagir, ele parou a uns 60 centímetros de distância e acenou.

— Vou indo então. Te vejo mais tarde.

Ou ele leu minha expressão ou notou algo de podre em mim. Scott era um homem que gostava de sua mulher perfumada, decidida e depilada. Não sei se conseguiria voltar a ser essa pessoa. Tentei me imaginar descendo, fazendo as malas e saindo pela porta.

O problema é que eu não conseguia evocar mais nenhuma imagem na escuridão além.

Octavia

Não havia muitos dias em que eu me arrependesse de montar minha creche holística, mas aquele, dois dias antes do Natal, era um deles. Meu Ecoethos significava que eu não podia entreter as crianças com atividades como grudar um pouco de glitter em algumas estrelas de isopor. Em vez disso, fizemos uma expedição completa ao bosque para recolher "material" de decoração. Isso resultou em duas crianças de quatro anos cobertas de cocô de cachorro, uma menininha juntando bolinhas de cocô de coelho para servir de comida às renas e outro menino sentado numa poça fingindo ser um pato. A manhã terminara relacionada menos com decoração e mais com controle de bosta.

Quando busquei as meninas na minha mãe e dei uma passada no mercado a caminho de casa, senti a exaustão bater oficialmente. Meu coração se animou quando espremi o carro ao lado do Rover de Jonathan. Sua empresa obviamente havia se imbuído de um pouco de espírito natalino, deixando-o sair mais cedo. Ele poderia me ajudar a levar as compras para dentro. Eu havia lutado pelos corredores do supermercado Tesco para não esbarrar nas pessoas que haviam deixado para decidir no dia 23 de dezembro que precisavam de uma sobremesa de Natal. Eu já comprara todo o básico, mas gostava das verduras frescas. Immi e Polly tinham brigado do início ao fim: a mente irracional de uma menina de oito anos contra as tendências pedantes de uma de 10. Elas continuavam uma discussão sobre quem ia comer o Papai Noel de chocolate da árvore de Natal. Com a última pitada de paciência que consegui reunir, pedi a elas que tocassem a campainha para solicitar ao pai que viesse ajudar. Charlie finalmente veio atender a porta, trazendo com ele o cheiro inconfundível de um adolescente sem banho que passara o dia inteiro grudado a uma tela.

— Onde está o papai?

— Na cama.

— Ele está doente?

— Acho que não, ele só falou que estava muito cansado e precisava se deitar.

Eu daria um descanso a ele. Como sempre, Jonathan chegava ao Natal sem escrever um único cartão ou sem procurar a ponta do durex; sem falar em entrar em contato com um carrinho de supermercado ou um descascador de legumes. Ele então brincaria com a morte na véspera de Natal ao dizer: "Mandamos um cartão para o chefe e a esposa?".

Bati o porta-malas com força, joguei duas sacolas em Charlie e saí batendo os pés escada acima. Irrompi em nosso quarto para encontrar Jonathan de cueca, de bruços, os ombros levantando e abaixando no ritmo de sono profundo. Eu o chacoalhei.

— Jonathan. Jonathan. Você acha que pode me ajudar a trazer as compras para dentro?

Ele murmurou e fungou, voltando à consciência.

— O que está fazendo na cama? Preciso de ajuda com as sacolas. Agora seria bom.

Jonathan rolou para o outro lado e gemeu.

— Você não pode pedir ao Charlie?

— Posso, mas, como você conseguiu a tarde de folga, talvez queira mexer essa banha e dar uma mãozinha, em vez de levantar no dia de Natal se perguntando como as fadas fizeram um trabalho maravilhoso. Eu já aturei o bastante das meninas se estranhando, então sinta-se à vontade para contribuir.

Ele se ajeitou numa posição sentada e correu as mãos pelo rosto.

— Eu não ganhei a tarde de folga.

— Então qual é o problema? Você está doente?

— Não. — Ele abraçou os joelhos contra o peito. — Eu fui demitido.

Toda a minha agressividade sumiu. A culpa se infiltrou no espaço deixado para trás. Não imaginara algo assim. Não sabia o que dizer. Sentei-me na cama e agarrei a mão dele.

— Caramba. Quando eles soltaram essa bomba em você?

— Logo que chegamos esta manhã. Chamaram cinco de nós, um atrás do outro. — A voz de Jonathan soava vazia, monótona. O rosto estava pálido e manchado. Eu esperava que ele não tivesse chorado. Uma das coisas que eu mais amava em Jonathan era o fato de ele ser sólido. Resiliente. O que vinha bem a calhar, porque minhas qualidades de esposa na categoria "vai ficar tudo bem" eram um pouco esparsas.

— Por que você? Eles falaram quanto você era crucial à estratégia de gerenciamento deles na sua última avaliação.

— Corte de custos. Temos que ser capazes de competir com o mercado asiático e há um monte de jovenzinhos brilhantes saindo da faculdade que podem fazer o que faço, talvez não melhor, mas certamente mais barato. Parece que experiência em informática não é tão importante quanto pensei. Então "Valeu, amigão, obrigado pelo seu trabalho duro, é claro que vai haver um período de 'consultoria', mas não esqueça seu casaco na hora de sair".

— Babacas. Eles sempre dispensam o antigo e preferem o novo. Pense em todos aqueles malditos feriados bancários que você trabalhou porque não tinha mais ninguém em quem eles pudessem confiar para manter os sistemas funcionando. — Eu conseguia entender por que as pessoas se enfureciam com seus ex-locais de trabalho e quebravam tudo. Eu mesma precisava me afastar do bastão de polo.

Então me aconcheguei nele.

— Coitado de você.

Eu não conseguia imaginar Jonathan sem emprego. Era isso que ele fazia. Levantava e ia para o trabalho todos os dias. Ele tinha um prazer tipo o de um cientista em estar "na computação", um deleite nerd com os comentários "parece muito inteligente" das pessoas que não queriam que ele elaborasse mais no caso de não terem ideia do que ele fazia. O choque dava passagem à natureza prática. Como eu conseguiria lidar com ele em casa todo dia enquanto apressava três crianças para a escola e eu mesma ia para o trabalho?

O efeito vulcão era o meu forte, o que mais me pressionava vinha à tona da prioridade. Jonathan, por outro lado, passava qualquer tempo que não estava sendo um viciado em trabalho reclamando de caixas de leite abertas fora da ordem de data, colheres no compartimento dos garfos da gaveta de talheres e panos de prato jogados alegremente em encostos de cadeiras. A bagunça o atingia, enquanto eu e as crianças nem percebíamos. Quando me vi inesperadamente no conhecido estado interessante, aos 22 anos, senti-me grata com a visão prática de Jonathan sobre a vida. Ao longo dos anos, entretanto, a megaorganização que Jonathan exigia se tornou uma barreira à diversão. Deus nos livre de um traço de tinta, glitter ou cola sujando a mesa da cozinha depois de uma sessão de arte com as crianças. Sua obsessão mais recente — colocar o mel num quadradinho de papel-toalha no caso de ele deixar um círculo grudento na prateleira — me fez querer respingá-lo nos rodapés e grudar os pelos caninos de Stan nele. A ideia de Jonathan deitado esperando que eu entrasse depois do trabalho deixando uma trilha de sapatos, casacos e sacolas não significava harmonia para nós.

Parecia a hora errada de mencionar a pequena questão do dinheiro, mas nunca fui boa em escolher o momento certo. Não conseguiríamos sobreviver com meu salário de administradora de creche.

— Eles deram alguma indicação dos seus ganhos?

— Pagamento do que manda a lei. — Ele olhou para as mãos.

Eu não queria magoá-lo mais perguntando por um número exato, embora minha cabeça estivesse fazendo as contas das economias versus a taxa de pagamento da hipoteca, mas qualquer coisa segundo a lei não soava bem. Era tarde demais para cortar custos no Natal. Eu estava me arrependendo do gasto excessivo com o Xbox, zangada comigo mesma por deixar Charlie me enrolar com seu "todo mundo tem um".

Encontrei um sorriso.

— Não ligue, amor. O lado bom é que você não vai ser chamado no Ano-Novo e pode curtir um feriado decente, um descanso de verdade. Vai ter algo esperando por você, algo melhor. Nesse meio-tempo, vai ser ótimo ter você em casa.

Eu me virei para abraçá-lo.

— Desculpe — sussurrou ele.

Beijei o topo de sua cabeça e desci para trazer as compras para dentro de casa.

E, sim, eu havia mandado um maldito cartão de Natal para o chefe e a mulher dele.

Roberta

— Feliz Natal, linda. Pensei em começarmos bem o dia.

A boa vontade sazonal para homens irracionais e esposas tipo chave de cadeia estava brilhando por toda parte, pelo menos sob a perspectiva de Scott. Eu ainda estava dormindo na suíte de hóspedes. Quando Adele chegara em seu furacão usual de notícias da Austrália, dois dias antes, Scott e eu abraçamos um tratado cordial digno do Oriente Médio, todo cheio de "Café, querido? Sauvignon Blanc ou Chablis? Sopa ou salada?". Logo que Adele e Alicia iam para a cama, eu me retirava para o segundo andar, mal sibilando um boa-noite.

Agora ali estava ele, segurando uma taça de espumante rosé, como em todos os outros Natais.

Eu a peguei, descansando a base delicada na minha barriga, presa entre tanto e tão pouco a dizer. Scott tomou um grande gole de sua taça, então se sentou na beira da cama.

Eu conhecia aquele olhar.

Ele puxou a ponta do edredom, parecendo brincalhão e descarado, o mesmo vagabundo beijado pelo sol que eu conhecera na Itália, onde eu estudava história da arte, uma vida atrás. Ele nem se comparava aos garotos que eu conhecera antes, que me tocavam como se tentando sintonizar uma rádio, virando cervejas e não pensando em nada além de seus trabalhos de verão no bar. Eu passara três dias resistindo a transar com Scott antes que ele saísse em sua viagem de ônibus, prometendo me escrever. Octavia, como sempre, me provocara com algo desagradável. "Australiano deus do sexo conhece a resposta inglesa à Madre Teresa. Você não vai ter notícias dele de novo." Ela estava errada. Aos 22 anos, Scott sabia o que queria do mundo — dinheiro, bens, status e eu.

— Você tem um corpo lindo — comentou ele, inclinando-se para beijar meu pescoço. Eu virei a cabeça. — Ah, qual é? Sempre transamos no dia de Natal.

— Só que esse não é como outro dia de Natal qualquer, né?

— Podia ser.

— Como podia ser? Sério, Scott, como? Você entende que isso vai além de uma das nossas brigas normais? Que você ultrapassou todos os limites? — Bati minha taça na mesinha de cabeceira.

— Você sabe que eu não tive a intenção. Me deixei levar pelo calor do momento. Eu tinha tido um dia muito difícil. O banco acabando com aquela propriedade em Queensland, aquele cara do capital de risco fazendo bobagem. Eu descontei na pessoa errada. Sinto muito, de verdade. Eu não devia ter dito o que disse. — Ele fez uma pausa. — Aquilo ainda me arrasa também, sabe? Eu teria adorado aqueles bebês.

Não havia dúvida no nó apertado de raiva em meu estômago, embora eu quisesse acreditar que ele se sentia arrependido de verdade. Deus, eu estava desesperada para reconhecer que ele se sentia tão arrependido que estava se desfazendo, tremendo na base ao pensar se eu lhe perdoaria dessa vez. Por mais furiosa que eu tenha ficado no passado, nunca considerei de verdade deixá-lo.

Mas ele jamais havia me insultado a respeito dos meus bebês antes.

Uma porta bateu no andar de baixo. Alicia devia estar se aprontando para nosso ritual de abertura dos presentes. Dei de ombros, incapaz de verbalizar quaisquer pensamentos que não me inflamassem ainda mais. A manhã de Natal não era o momento certo para embarcar numa grande discussão que eu não fazia ideia de onde podia acabar. Octavia sempre estivera certa: Scott era muito imprevisível, embora isso fosse ridículo vindo dela.

Era uma das coisas que eu amava nele.

Beberiquei meu champanhe, sentindo as bolhas espalharem seus abraços calmantes por mim.

Scott era o retrato do arrependimento. Ele prendeu uma mecha de cabelo atrás da minha orelha. Eu o repeli.

— Poxa, boneca! Cometi um grande erro. O que posso fazer para compensar?

Arrastei os joelhos até o peito. Eu ainda conseguia sentir o grude e a sujeira daquela cela de polícia, não importava quantas vezes tomasse banho.

— Nada.

— Poxa. É Natal. Vamos nos divertir. Pelo bem da Alicia.

Fiquei indecisa, sem saber se Scott estava apenas tentando sair pela tangente ou se genuinamente se sentia arrependido. Eu de fato queria que Alicia tivesse um dia agradável.

No caso de dias agradáveis de repente ficarem em falta.

Talvez, com o tempo, eu pudesse desculpá-lo.

Ele se virou para me encarar, o dedo indicador por baixo da alça de seda da minha camisola.

Mas, definitivamente, ainda não.

— Não. Apenas não. Sai fora.

Ele se levantou, afastando-se, com as mãos levantadas se rendendo.

— Tá bom, tá bom. Não precisa ser grossa.

Olha quem fala.

Saí da cama e disse:

— Vamos, temos que descer. Alicia ainda se empolga com os presentes.

Scott esvaziou a taça, balançando a cabeça como se eu fosse totalmente irracional. Então, deu uma parada na porta.

— Espero que você não estrague o dia de hoje ficando de mau humor.

Aguardei até ele ter desaparecido no andar de baixo para atirar um travesseiro na parede.

Escutei Alicia gritando em direção às escadas:

— Mãe? Mãe? Quando vamos abrir os presentes?

Falei na direção dela:

— Estou aqui em cima. O chuveiro não está funcionando direito no nosso quarto. Já desço. Você pode ver se a vovó Adele quer uma xícara de café?

Logo que cheguei à cozinha, Adele estava bem ali, ora na frente da geladeira, ora atrapalhando na frente de cada armário que eu queria abrir, como um cachorro que eu tivesse me esquecido de alimentar.

— Cadê o Scotty? — perguntou ela. — Ele adorava o Natal, era o primeiro a levantar. Quando meu Jack era vivo, todos acordávamos às seis para aproveitar o dia ao máximo. Eu costumava comprar quilos de batatas, cozinhava-as um pouco, as escorria. E Jack, ele ficava responsável pelo peru. Nós o comprávamos do Sr. Saunders. A casa dele é aquela da esquina da nossa rua, sabe, aquela com os portões azuis e a casa de passarinho em formato de barco no gramado da frente...

Detalhes intermináveis jorraram num forte sotaque escocês que Adele mantivera, apesar de ter emigrado para a Austrália no final da adolescência, cinquenta anos antes. Botei a cafeteira para funcionar e dei uma corrida até o banheiro para mandar uma mensagem de texto para Octavia. Ela parecera atormentada quando me contou sobre a demissão de Jonathan na véspera. Com três filhos que exibiam uma ostentação desconcertante de atividades extraescolares, eu sabia que eles lutavam para viver mesmo quando Jonathan tinha um salário. Pensei em como podia persuadir Octavia a me deixar emprestar um pouco de dinheiro.

Feliz Natal, espero que você esteja bem. Tudo festivo de modo suportável aqui. A canguru de kilt está pulando pra lá e pra cá, mas o restante está calmo. Saindo pro almoço daqui a pouco. Quando você pode dar uma fugida pra uma caminhada?

Sempre saíamos sozinhas para uma caminhada no dia de Natal. Quando éramos adolescentes, examinávamos as novas sombras uma da outra e comparávamos as roupas de tricô horrorosas. Com 20 e poucos anos, eu tentara depreciar os presentes extravagantes de Scott. Mesmo quando estávamos sem dinheiro, ele ainda decorava a árvore com pequenas mensagens de amor, lembranças de lugares onde estivéramos, cartões-postais ou pinturas que eu adorava. Quando Charlie nasceu, logo depois do aniversário de 23 anos de Octavia, Jonathan pareceu deixar o romance de lado e foi direto para o lado prático. Octavia não deu muita importância. "Qualquer uma pode comprar calcinhas sensuais, mas nem todo mundo tem sorte o bastante de ter um marido que saiba fazer um armário para guardá-las."

Desde que tivéramos filhos, nossa caminhada no dia de Natal era simplesmente uma válvula de panela de pressão, um descanso para deixar escapar o vapor de nossas famílias, a fim de que voltássemos com sorrisos no rosto. Naquele dia, mais do que nunca, eu ficaria feliz com a escapada.

Um bipe em meu celular sinalizou a resposta de Octavia.

Jonathan extremamente mal-humorado e reclamando do quanto gastei. Mamãe citando números deprimentes do Daily Mail sobre o mercado de trabalho. As crianças doidonas de açúcar. Dias felizes! Mal posso esperar pela nossa caminhada, lá pelas 16h?

Pobre Octavia. Não sei como ela aturava Jonathan e sua mesquinharia com dinheiro. Eu havia feito essa observação uma vez, e tivéramos uma de nossas poucas rixas de verdade a respeito, descendo o nível a uma violenta briga cheia de palavrões que se referiam ao fato de eu ter nascido em berço de ouro. Mas, dando todo o crédito, ela fora a primeira a me alegrar quando Scott e eu nos afastamos do dinheiro do meu pai e ganhamos a vida reformando casas velhas caindo aos pedaços.

Será que foi tudo em vão?

Octavia

Normalmente, Jonathan adorava escolher a árvore de Natal. Ele passava horas no centro de jardinagem local, debatendo com as crianças até que achassem o espécime perfeito, o único pinheiro capaz de enfeitar nossa sala. Então, ele o arrastava até o lugar certo, o ponto central entre a lareira e o aparador. Immi e Polly decorariam a árvore de acordo com as regras intermináveis de Jonathan sobre o rígido espaçamento e ornamentação, com Charlie atirando os enfeites por todo canto.

Mas esse ano Jonathan veio com "não tenho tempo/ as meninas não querem ir hoje/ as árvores vão ficar mais baratas mais perto do dia", até que o único ritual que eu podia delegar sem culpa caiu de volta no meu colo. O resultado foi esguio e sem brilho. Em vez da disputa saudável de sempre sobre ter a fada ou a estrela no topo, as crianças discutiram a respeito de quem ia pendurar as malditas renas de vidro e quem ficaria com as porcarias dos flocos de neve. O ressentimento havia fatiado minhas fantasias de um lar feliz cantando manifestações angelicais de "Once in Royal David's City" e se estendeu direto ao próprio dia de Natal.

Naquela manhã, mamãe tinha chegado às 8h como se fôssemos precisar de cinco horas para preparar um almoço para seis pessoas. Ela ficou para lá e para cá na cozinha, mas sem "fazer" nada de verdade até que os pelinhos do meu pescoço estivessem se arrepiando de irritação.

Consegui expulsá-la para jogar Scrabble com Immi, o que significava que eu podia derramar quantidades industriais de Chablis em minha taça sem ter de lidar com o discurso das 14 doses por semana. O projeto do ano de juntar a sala de estar à de jantar para fazer um único grande espaço começava a parecer um grande erro. Em vez de ficarem enfurnados com o Xbox, Polly e Charlie estavam bem debaixo do nariz de mamãe. Como ela achava que qualquer coisa mais hi-tech que um telefone fixo era o caminho para todo o mal, foi só uma questão de tempo até que decidisse começar o discurso "Dê uma caixa de papelão a uma criança e ela vai ficar tão feliz quanto".

Geralmente, Charlie ia apenas rir e dizer: "Ah, vovó, se liga", mas esse ano um grito enorme de "Jesus Cristo, não estamos nos anos 1950" ecoou pela cozinha. Em seguida, uma forte batida de porta.

Enfiei a cabeça pela janelinha e vi minha mãe se empinar como um suricato, com seu olhar em seu montinho de vigia, virando-se de Jonathan, perdendo tempo com o ângulo preciso dos guardanapos, para mim, à espera para ver como lidaríamos com — choque, horror — o nome de Deus sendo dito em vão no dia de Natal.

Jonathan revirou os olhos e voltou a ajeitar as facas e os garfos que Polly havia jogado de qualquer jeito. Tentei a bobagem nova de Roberta, de me visualizar deitada numa rede em Barbados, mas descobri que só um sibilo para o marido funcionaria.

— Jonathan, você acha que poderia subir e lidar com Charlie enquanto termino o almoço, por favor? — Eu provavelmente soava calma para um ouvinte ocasional, mas 16 anos de casamento o ensinaram a reconhecer o significativo "mooooço" no final daquela frase. Com um último puxão nos descansos de prato, ele foi para o andar de cima.

Berrei para Polly:

— Venha aqui e leve o molho de cranberry para mim, meu amor.

Nenhuma resposta. Gritei de novo.

— Já vou.

— Não, agora, já estamos quase prontos para sentar à mesa.

— Só estou acabando esse jogo.

Engoli um grito de "Venha já!". Esqueçam a porcaria da imaculada concepção, o verdadeiro milagre de Natal seria se meus filhos fizessem o que eu peço de primeira.

Em vez de Polly aparecer, Immi veio até a cozinha no lugar dela.

— Minha barriga tá doendo. Não quero almoçar.

Sinceramente, ano que vem só vou fazer torrada com feijão.

— Você vai se sentir melhor se comer alguma coisa. Fiz o seu prato preferido, couve-flor gratinada. — Acariciei seus cachos loiros-avermelhados.

— Não tô com fome. Já comi minha Caixa Seleção. Quer saber o que eu comi? Comi um chocolate Curly Wurly, um Mars, um Milky Way, um Twix, sobrou um desse, e um pacote de bala de gelatina.

Nesse ritmo, precisaríamos de uma consulta de emergência com o dentista.

— Achei que o papai tivesse dito que você só podia comer um.

— Ele disse, mas aí eu perguntei se podia comer o resto, ele só fez "humm" e continuou lendo o livro, daí achei que tudo bem.

Eu podia sentir que um incidente como o de Jesus Cristo ia acontecer comigo. Balancei a cabeça.

— Mas eu dei os Maltesers e os Revels pro Stan. Não fui tão egoísta.

— Não é para dar chocolate para cachorros. Faz mal a eles. Mas deixa pra lá. — Eu me virei para aquecer o molho, que, a essa altura, já estava todo empelotado.

Respirei fundo e anunciei na direção da sala:

— Mamãe, está pronto. Posso te passar essas coisas pela abertura?

Mamãe se apressou e se ocupou com a comida, exatamente na hora que Jonathan reapareceu.

— Ele não vai descer. — Havia algo patético em seu tom, uma expectativa de que eu resolvesse.

A comida estava esfriando, o que me fez querer ter um ataque também. Eu definitivamente me encontrava no começo da meia-idade, mais preocupada com cenouras frias do que com meu filho tendo um piripaque de Natal. Não pela primeira vez, senti saudades da época em que passávamos cada feriado mochilando, numa dieta à base de cerveja e salgadinhos. Eu me arrastei escadaria acima gritando: "Comecem a servir" na direção geral de mamãe e de Jonathan, na esperança de que surgisse entre eles a iniciativa de servir algumas couves-de-bruxelas nos pratos sem mim.

— Vai embora. — Charlie estava com a cara enfiada no travesseiro.

— Por favor, não estrague o dia, querido. Eu sei que a vovó é irritante. Ela também me irrita e, sem dúvida, quando eu for velha, você vai esconder minha dentadura para também não ouvir o que digo.

— Eu odeio o Natal.

— Eu também. — E era verdade.

Isso fez Charlie se sentar.

— Como você pode odiar o Natal?

— Como você pode? — Sorri, tentando não pensar na película se formando na superfície do meu molho. — Vamos lá, meu amor, me ajude.

Ele se levantou dividido entre querer um abraço e querer ser desafiador.

— Tá bom, desculpe.

Apertei a mão dele ou, na verdade, o punho do casaco. Aos 15 anos, Charlie não parecia mais ter mãos. Ele se arrastou escadaria abaixo, ainda meu menininho debaixo daquele mini-homem desengonçado.

Na sala de jantar, festejei com todos, rezando para que mamãe não escolhesse aquele momento para precisar de um pedido de desculpas.

— Vamos puxar as sacolinhas surpresa.

Polly arrancou o lado gordinho da sacolinha de Immi, reclamando que os brincos de plástico eram dela. Immi caiu no choro e se enfiou embaixo da mesa, recusando-se a sair mesmo quando Polly devolveu os brincos para ela.

Quando joguei as linguiças envoltas em bacon nos pratos, escutei Stan vomitando os chocolates na cozinha. Temporada de diversão festiva, uma ova!

Eu me perguntei quando tinha curtido o Natal pela última vez.

Uma imagem tirando a roupa de mergulho, arrastando uma prancha de windsurfe por uma praia deserta e alguns espetinhos de camarão invadiu minha mente. Quase conseguia sentir o aroma dos arbustos do Mediterrâneo que cresciam ao longo da costa. Meu eu de 21 anos, com cabelo cor-de-rosa, anéis nos dedos dos pés e uma inclinação por roupas com estampa batik, teria dificuldades em me reconhecer hoje em dia.

O antigo anseio que mantive enterrado, jogando mais uma camada de terra em cima de tempos em tempos, me pegou desprevenida. Eu me perguntei se ele alguma vez pensara em mim.

Roberta

O dia de Natal no lar dos Green era destinado a cantar canções australianas breguinhas. Esse ano, eu me agarrei ao ritual como prova de que ainda éramos uma família, arraigados aos nossos costumes e às nossas tradições. Fechei os olhos quando me sentei no banco do carona, maravilhada com Scott cantando "Waltzing Matilda" aos brados, como se estivéssemos a caminho de Bondi Beach com nada mais na cabeça a não ser as ondas do mar. Apesar dos pedidos de Alicia, não consegui me juntar a ele.

Quando chegamos ao hotel, rezei para ter feito uma boa escolha. Não tinha certeza de conseguir encarar uma das investigações periciais de Scott a respeito do porquê de o hotel ter ficado sem repolho-roxo naquele dia. Scott foi logo entrando, apresentando-se à equipe, lançando um grande Feliz Natal a todos. Alicia estava bem atrás, leve em suas sandálias prateadas, tão magra e delicada quanto Adele era forte e robusta. Neta e avó de braços dados, apontando a árvore coberta de corações purpurinados e laços vermelhos. Dei uma olhada nas outras famílias em volta e me perguntei se alguns dos sorrisos camuflavam uma perturbação tão intensa que podiam senti-la tremendo no peito.

A equipe de uniformes preto e branco nos ofereceu coquetéis Buck's Fizz na porta para o salão de jantar revestido de madeira. Scott pegou dois coquetéis da bandeja. Quando nos sentamos, ele passou um para Alicia.

— Ela é menor de 18 anos. Não pode beber isso aqui — falei.

— Relaxa. É Natal, pelo amor de Deus! Malditas leis britânicas de licenciamento. Eles não vão nos expulsar do recinto. É só um pouco de limonada com suco de laranja.

Alicia olhou para mim, sem saber que caminho tomar. Ela andava muito calada desde a minha volta da delegacia, e eu odiava que ela fosse a apaziguadora, na posição impossível de tentar me proteger sem irritar Scott. Coloquei um sorriso na cara.

— Tenho certeza de que o papai está certo. Só não chame a atenção.

Ela olhou em volta e tomou um gole grande.

Adele estava arrulhando sobre a lareira.

— Em todos esses anos, nunca me acostumei ao Natal com sol. — E lá foi ela com sua discussão de sempre sobre o que significaria retornar à Escócia agora, com todos os seus irmãos mortos, e mal conhecendo as sobrinhas e os sobrinhos, a não ser pela pequenina Caitlin, que ficaria vindo e ficando por meses a fio...

Scott bocejou e fez sinal para mais alguns drinques. Alicia começou a mandar mensagem para Deus sabe quem. Adele fez uma pausa longa o suficiente apenas para pedir a comida e continuou a desenrolar uma lista sem-fim de parentes e suas respectivas localizações geográficas.

— Meu primo Archie ainda está em Aberdeen, mas a esposa dele, Siobhan, morreu em 1999. Não, deixe-me pensar... Em 1999, não. Deve ter sido em 2000, porque foi no ano das Olimpíadas de Sydney...

Minha vontade de viver se esvaía quando as vieiras com purê de ervilha chegaram. Scott ergueu a taça num brinde. A taça de Alicia estava vazia e dois pontos vivos tinham aparecido em suas bochechas. Pedi um suco de laranja para ela. Ficamos conversando, com Alicia questionando Adele sobre ser possível domesticar um canguru, enquanto Scott bebia grandes goles do Châteauneuf que escolhera.

Travessas enormes de ganso assado chegaram.

— Como será que Octavia está se saindo ao cozinhar para sua prole? — indaguei. — É um luxo ter tudo feito para si mesmo.

Scott me olhou e disse:

— Ela não treinou Jonathan direito, né? Diferente de você, que nunca cozinhou, desde o primeiro dia.

Coloquei um sorriso no rosto e mantive o tom leve.

— Isso não é verdade. Eu cozinho, apesar de ficar um pouco estressada se estiver preparando comida para muitas pessoas ou para seus colegas de trabalho.

Scott sempre gostava de apontar que eu era muito preguiçosa para fazer qualquer coisa, mas a verdade era que ele achava que pagar outras pessoas para limpar, consertar e jardinar era um sinal de que havia chegado lá. Ele adorava se gabar de que a esposa não tinha tempo para trabalhar porque "gerenciar a equipe era um trabalho em tempo integral". Apesar das palavras de desprezo de Scott, a cozinha era a área sobre a qual eu ainda mantinha um pouco de controle.

Adele fervilhava na minha frente, sem dúvida pronta para fazer algum comentário a respeito de como sempre preparava o dobro da quantidade e congelava metade, mas Scott não tinha terminado.

— Ah, para com isso. Quando foi a última vez que você cozinhou uma refeição de verdade? Algo que não fosse saído do freezer ou do micro-ondas? — Ele enfiou uma batata inteira na boca e encostou-se à cadeira com os braços cruzados.

Alicia franziu as sobrancelhas e descansou o garfo à mesa.

— Pai, isso não é verdade. Mamãe estava fazendo torta de peixe na noite em que você chamou a polícia por causa dela. E ela fez aquela quiche de aspargos que viu numa revista.

Adele se virou para encarar Scott.

— Polícia? Que polícia? Scotty?

Scott a ignorou. Tudo em mim se retesou, pronto para explodir. Antes que eu tivesse tempo de pensar em algo para encobrir aquilo, se é que era possível, Scott se virou para Alicia. Pedaços de batata voaram de sua boca, grudando no copo de vinho.

— Se você não tivesse saído vestida como uma vagabunda, eu não teria ficado com raiva da sua mãe.

Tentei acalmar o clima.

— Bom, tudo isso é passado. Nós dois fomos um pouco idiotas. Vamos lá, não estraguemos o dia de Natal.

Esperei que Alicia recuasse e se curvasse a Scott, como normalmente fazia, mas ela me surpreendeu.

— Eu não estou estragando, o papai que está. Eu não estava vestida como uma vagabunda, né, mãe? — perguntou Alicia.

— Não vou discutir nada disso agora — respondi, fazendo um esforço consciente para manter a voz baixa.

O drinque havia libertado uma coragem em Alicia que eu jamais vira antes.

— Não tinha nada errado com o que eu estava usando. Chama-se moda, pai. Você está sempre estragando tudo. A mãe da Keira viu a polícia levando a mamãe na quinta à noite. A minha turma inteira ficou me perguntando quantos anos de prisão ela pegou e fingindo colocar algemas em mim. — Seus ombros ossudos estavam curvados.

— Por que a polícia levou Roberta? — Adele estava de olhos arregalados. — Scotty? Você não me contou isso.

Eu estava pensando em que palavras usar para formular uma explicação que não arruinasse o dia quando Scott bateu a faca e o garfo na mesa com tanta força que fez os copos tilintarem.

Scott afastou a cadeira para trás, mas não se levantou.

— Cala a boca, mãe. Não é da sua maldita conta. — Coloquei a mão no braço dele para acalmá-lo, mas era tarde demais. — Não ouse me fazer ficar quieto. Se você não fosse essa mãe de merda, eu nunca teria chamado a polícia, pra começar.

O silêncio na sala de jantar caiu de mesa em mesa até que o único barulho fosse a risada e os gracejos dos clientes perto da janela. Eu me forcei a olhar em volta. O *maître* vinha, indignado, em nossa direção.

— Está tudo bem, senhor?

— Sim. Tudo bem. — Scott não soava arrependido ou conciliatório.

O *maître* não foi embora. Eu estava consciente da mulher na mesa ao lado dizendo aos filhos que ficassem quietos e desviassem a atenção de nós. Fechei os olhos. Eu queria sorrir e fingir que estava tudo bem. Olhei para baixo em direção ao meu prato e peguei o garfo. Meu estômago não ia cooperar. Ele havia se fechado como um par de portas de elevador. Alicia estava encolhida na cadeira, com a tensão irradiando de cada poro.

Adele interveio.

— Desculpe pelo barulho. Meu filho é um homem muito intempestivo e acho que posso ter falado sem pensar. Sabemos como nos provocar, não é, Scotty?

Scott resmungou algo e o *maître* ofereceu um "Certo, senhor" incisivo e se afastou rapidamente.

Ninguém falou. Nem mesmo Adele. Alicia estava sentada na minha frente com grandes lágrimas caindo no prato. Eu me estiquei, buscando a sua mão. Ela agarrou meus dedos com força, como costumava fazer quando era criança e um cachorro a cheirava.

— Não consigo mais comer — disse ela.

Talvez fosse o ruído estridente em sua voz. Ou os sussurros no salão de jantar. As cabeças se erguendo à volta, fingindo procurar por um garçom, mas dando uma boa encarada jocosa na esposa com o marido abominável. A humilhação de Alicia era tangível, todo o seu corpo estava rígido. Nós deveríamos protegê-la, não ridicularizá-la. Olhei para Scott. Seu maxilar estava travado, aquele conhecido olhar de autojustificativa estampado nas feições. Uma torrente quente de emoção percorreu o meu corpo. E, então, uma onda de libertação, como se eu tirasse um par de sapatos apertando.

Só porque eu queria que nosso casamento desse certo, não significava que eu podia fazê-lo dar certo.

Eu nunca iria consertá-lo. Nunca. Levantei-me silenciosamente, procurei a chave da BMW em minha bolsa e a entreguei a Alicia.

— Vá para o carro por um minuto, querida.

Alicia detestava ser o centro das atenções, e o alívio se misturou à sua confusão. Ela passou rapidamente por Scott antes que ele tivesse tempo de discutir. Olhei para Adele, que estava remexendo em seu colar e olhando para cada um de seus 68 anos.

— Sinto muito, Adele. Não deveríamos ter deixado você vir este ano. Andamos tendo tempos difíceis ultimamente.

Inspirei profundamente, contraindo cada músculo do estômago no caso de subitamente me esparramar pelo chão. Só havia uma chance de dizer aquilo. Apertei os olhos e então mergulhei de cabeça. Forcei pouco mais que um sussurro para fora.

— Vou me separar de você.

Scott encostou-se à cadeira, as mãos no ar em descrença.

— Não seja estúpida. Para onde você vai? Acalme-se e sente-se.

Eu não conseguia dizer mais nada. Muitos rostos ansiosos aguardavam meu próximo movimento. Mais uma ocasião em que uma multidão aleatória testemunharia Scott "fazendo seu discurso". Eu a acrescentaria à lista de churrascos ensolarados arruinados por uma briga com o anfitrião estimulada pelo vinho. Festas em que Scott havia decidido "ter uma palavrinha" com um convidado que ele julgava ter flertado comigo. Refeições em que a opinião do chef sobre o que tornava um prato o jantar perfeito diferia da de Scott. O bastante de minha vida tinha sido exibido em público. Encarei o homem que eu amara por tanto tempo.

Talvez ainda o amasse. No momento, porém, eu precisava me salvar. E salvar Alicia.

Ele parecia não acreditar em mim, como se, de alguma forma, achasse que tinha a palavra mágica, o feitiço esperto para colocar a tola Roberta de volta na linha. Meu último vislumbre dele foi sentado ali, intrigado, como se estivesse me enchendo de elogios e eu tivesse ficado ofendida por nada.

Dei meia-volta e concentrei toda a minha energia em colocar um pé na frente do outro. Soltei um "obrigada" e um "desculpe" ao *maître* na porta sem parar para ouvir a resposta. Só mais um corredor para sair dali. Um pátio com uma árvore de Natal. Um pedaço de grama. E então o carro. Alicia estava de pé ao lado da porta do carona tão pálida quanto um pingente de gelo no sol. Soltei as últimas palavras que consegui.

— Sinto muito, querida. Deixei seu pai.

Octavia

O dia de Natal não era um dia para visitas inesperadas, então, quando a campainha tocou, supus que eram cantores de músicas natalinas e deixei que Jonathan lidasse com eles enquanto eu organizava a sobremesa. Eu havia derramado o conhaque sobre ela, e Polly estava prestes a se tornar o centro das atenções, acendendo-a, quando Jonathan gritou em minha direção.

— Roberta está aqui. E Alicia. — Jonathan não era de saudações efusivas.

Fui para o corredor, espremendo-me para passar por Jonathan e por todos os anoraques se reproduzindo nos ganchos de casacos. Jonathan claramente achou que tinha cumprido todas as delicadezas sociais e desapareceu de volta à sala de jantar. Dei um abraço em Roberta.

— Feliz Natal. Oi, Alicia, querida. Entrem. Tiveram um bom dia? Você está adiantada. Achei que íamos caminhar às 16h.

Antes que ela respondesse, Polly gritou da sala de jantar.

— Mãe! Mãe! Quando vamos acender o pudim? O Charlie falou que vai acender, mas eu quero.

— Já vou. Só um segundo.

Virei-me para Roberta. Ela estava em silêncio, mexendo nas borlas de seu lenço. Meu sorriso desapareceu. Ela deu um passo à frente.

— Desculpe fazer isso com você no dia de Natal. Sei que tem seus próprios assuntos para cuidar. — Ela não falou mais nada. Só ficou ali de pé, com lágrimas silenciosas escorrendo pelo rosto. Alicia estava circunspecta, o rosto fechado e defensivo. Dei um suspiro interno.

— Não há mais problemas com Scott?

Roberta acenou com a cabeça.

Polly gritou de novo. Peguei o braço de Roberta.

— Ai, Deus. Merda! Me deixa fazer a sobremesa de Natal com a Polly e já volto para falar com você. Venha.

— Tudo bem. Vou me sentar na cozinha. Termine o almoço. Não queremos atrapalhar. — Roberta parecia esquelética. Meu desejo era trazê-la para dentro e esquentá-la com uma sopa encorpada e um cozido de carne.

Eu a acompanhei pelo corredor.

— Faça uma xícara de café para você. Alicia, tem uns chocolatinhos ali do lado, meu bem, pode pegar.

Voltei rápido para a sala de jantar e me sentei ao lado de Polly. Jonathan levantou as sobrancelhas. Virando-me para que mamãe não conseguisse ver, fiz uma cara de "caramba" para ele. Quando Polly agarrou os fósforos, estendi a mão para pegá-los.

— Veja, deixa eu te mostrar.

— Eu consigo. Não sou um bebê. — Ela riscou até o fósforo quebrar.

— A Roberta não vem dizer oi? — perguntou mamãe.

— Ainda não. Ela não quis interromper nosso almoço. — Roberta não precisaria das opiniões de mamãe hoje.

— É muito grosseiro deixá-la na cozinha.

Cortei mamãe, ela ficou fazendo beicinho e resmungando sobre cortesia geral. Virei-me novamente para Polly.

— Certo, querida. Tente de novo. Passe-o de forma gentil, mas rapidamente. — Eu estava me coçando para colocar minha mão sobre as dela e apressá-la, consciente de Roberta sentada no recinto ao lado com a vida se desfazendo, enquanto perdíamos tempo com as sutilezas da pirotecnia.

Concentrada, com a língua para fora, Polly passou o fósforo pela caixa até que, para alívio de todos, ele finalmente irrompeu em chamas. Empurrei a sobremesa para ela. O conhaque acendeu com um som repentino. Polly ficou radiante. Dei uma olhada em Roberta pela abertura, na direção da cozinha. Eu me perguntei se ela queria passar a noite. Jonathan já havia feito o discurso de apertar os cintos, como se eu precisasse. Ele não ficaria muito entusiasmado em dividir o jantar.

Pelo canto dos olhos, vi Polly se inclinar para a frente a fim de cheirar o conhaque, que lambia a sobremesa em uma névoa violeta. Cheguei a dizer "cuidado" antes que uma chama subisse e queimasse uma mecha de seu cabelo castanho.

Ela berrou. Jonathan pegou um guardanapo e seu copo de vinho e rodeou a mesa, espirrando e abafando o fogo. Eu gritei de minha cadeira, batendo de leve na direção dela com a ponta da toalha de mesa.

Polly começou a gritar: "meu rosto, meu rosto".

A sala cheirava como se eu tivesse deixado uma panela de arroz secar. Jonathan entrou correndo na cozinha, gritando para Roberta pegar um pouco de gelo do freezer. Immi veio voando e se chocou contra mim, o choque comprimindo seu rosto. Eu a abracei enquanto inspecionava o dano.

Um tufo de cabelo tinha ficado queimado até a metade, as pontas negras chamuscadas contra o castanho-claro. Uma marca vermelha corria verticalmente bochecha acima.

Jonathan voltou correndo com uma tigela de água com gelo. Polly estava tremendo quando lavamos seu rosto. Jonathan segurou o cabelo dela para trás, acalmando-a gentilmente.

— Vai ficar ardendo por um tempo, mas você vai ficar bem.

— E o meu cabelo? Todo mundo vai rir de mim na escola. — Seu pequeno tórax ofegava.

— Vamos cortá-lo. O cabeleireiro vai dar um jeito. — Eu me inclinei na direção de Jonathan. — Você acha que ela precisa ir ao hospital?

Achei que havia sussurrado, mas Polly se lamentou:

— Hospital? Não quero ir para o hospital.

Jonathan franziu a testa.

— Não, acho que não. Vamos ver como fica daqui a alguns minutos. — Ele continuou segurando a mão de Polly e dizendo a Immi que não se preocupasse. Charlie já decidira que Polly estava fazendo drama.

A cabeça de Roberta apareceu pela abertura.

— Ela está bem?

Assenti.

— Acho que a pele pode ficar com um pouquinho de bolhas, mas não é algo muito sério. É melhor você ficar aí.

Roberta quase deu um sorriso. Ao ver qualquer coisa pior do que uma urticária, ela era grande candidata a cair desmaiada no chão, como uma duquesa vitoriana.

Enquanto mantínhamos a bochecha de Polly na água, sussurrei a Jonathan que talvez Roberta precisasse passar a noite conosco.

— No dia de Natal?

Devo ter parecido incrédula com o fato de que o mundo inteiro de Roberta se desintegrava e Jonathan se preocupava com uma minúcia de conflito de agendas. Ele balançou a cabeça.

— Vá lá e se ocupe com elas. Eu vou cuidar de Polly — disse ele, puxando-a num abraço.

Chamei Alicia e convenci Charlie, com um suborno de salgadinhos de queijo, a mostrar a ela como jogar Rugby League Live no Xbox. Alicia se empoleirou no tamborete, com as costas retas. Ela sempre parecia estar lhe fazendo um favor por compartilhar o ar no recinto. Dava para ver por que meus filhos achavam difícil acolhê-la.

Peguei uma garrafa de Shiraz e outra de Chablis, e fui me juntar a Roberta. O corte de custos nos vinhos teria que começar outro dia.

— O que aconteceu dessa vez? — Servi uma grande taça de vinho para nós duas.

— Eu o deixei. Espero ter feito a coisa certa.

Uma suspeita severa de que ela voltaria com ele na mesma semana me impediu de fazer uma dancinha de imediato. Em vez disso, tentei permanecer neutra, embora estivesse morrendo de vontade de dizer: "Já não era sem tempo! Babaca! U-huuu!". A hostilidade manifesta a Scott levara Roberta a praticamente romper com sua família. Ela havia desenhado uma linha definida, muitos anos atrás, a respeito de quanta crítica toleraria de mim.

Então me mantive quieta enquanto ela me contava partes de seu dia, incluindo Scott achando que uma rapidinha resolveria tudo.

Eu gostaria que suas bolas tivessem explodido.

Ela estava me contando a respeito do *maître* andando com obstinação quando houve uma batida à porta. Stan saltou latindo, quase virando a mesa da cozinha.

Cristo! Eu já tinha um marido sem emprego, uma amiga sem marido e uma filha sem cabelo com os quais lidar. Perguntei-me o que mais faltava. Escancarei a porta.

É claro. O cretino sem mulher.

— Octavia. Oi. Feliz Natal. — Scott fazia aquela voz melosa. Era todo charme, a cabeça caída para um dos lados, um grande sorriso branco ofuscante.

— Oi. — Finquei os pés, perguntando-me se seria capaz de impedi-lo de entrar sem pedir licença.

— Onde está Roberta?

— Ela não quer ver você. — Eu me concentrei em soar prosaica.

— Vamos lá, só preciso de uma palavrinha rápida para resolver as coisas.

— Ele avançou levemente.

Permaneci firme de pé, mas a adrenalina estava jorrando.

— Desculpe, Scott. Não posso deixar você entrar. Ela está exausta. Não consegue lidar com você neste momento.

Ele deu um pequeno apertão amigável em meu ombro, como se estivesse prestes a produzir um argumento tão bom que eu não poderia recusá-lo.

Não me mexi e não respondi.

Então o charme se foi. Ele se inclinou na minha direção, o peito se salientando, o queixo se projetando.

— Cristo, você me irrita. Sempre acha que sabe mais. Metendo o maldito bedelho onde não é chamada. Me dizendo quando posso ver minha esposa. Apenas a chame aqui fora para que eu converse com ela.

Eu estava com as mãos na parede barrando a porta. Concentrei meu peso nos saltos para fazer minhas pernas pararem de tremer. E então, aleluia, Jonathan chegou.

— Tudo bem por aqui?

Eu não tinha certeza de Jonathan ser o negociador de paz ideal, considerando que os dois não haviam conseguido se conectar nas centenas de ocasiões sociais que compartilhamos ao longo dos anos. Jonathan achava que Scott era um mala e eu tenho bastante certeza de que Scott teria uma descrição equivalente para Jonathan.

Por outro lado, se Scott perdesse a cabeça, a capacidade de Jonathan de se manter calmo podia evitar derramamento de sangue, dada a minha tendência impetuosa ao extremo.

— Preciso bater um papo com Roberta. — Agora ele usava um tom completamente diferente, como se tivesse aparecido para pegar o livro mais recente de Ian Rankin emprestado.

- Desculpe, cara. Vá para casa e se acalme. Conversem amanhã.

— Johnny, apenas a traga aqui fora por um minuto, pode ser?

Jonathan detestava que o chamassem de Johnny. Ele colocou a mão na porta e fez um leve movimento para fechá-la.

— Vá embora. Ela não vai falar com você hoje.

Scott ficou de pé com as mãos nos quadris. Mãos de construtor. Pás enormes que podiam arrancar um lado do seu rosto com um só golpe. Ele andou para frente a fim de se inclinar no batente da porta.

Jonathan me colocou para trás.

— Entre, Octavia. Scott e eu vamos resolver isso.

Uma tragédia matrimonial me veio à mente, mas eu passei voando por trás dele. Jonathan colocou a mão no antebraço de Scott. Ele deve ter me ouvido engolir. Scott o repeliu, mas desceu dos degraus.

— Aposto que vocês dois adoram isso. Um belo drama nas suas vidinhas tristes. É patético. Esqueci de dizer, senti muito em saber que você levou um pé na bunda no emprego, Johnny. Que pena!

Jonathan bateu a porta, mostrando o dedo do meio para Scott. Eu o abracei, fraca e aliviada. Ele conseguiria outro emprego. Scott, no entanto, continuaria sendo um babaca.

Roberta

A chegada do Ano-Novo me fez querer ir para cama às oito da noite até que a necessidade de parecer animada com o ano que estava por vir passasse. Octavia não dava ouvidos às minhas súplicas para ser deixada sozinha em casa. Eu não tinha certeza de que conseguiria exibir a coragem que ela esperara: toda vez que eu pensava em Scott, queria correr de volta para casa e verificar novamente se não poderíamos ressuscitar todo aquele amor que eu já achara capaz de me levar a qualquer lugar.

Mas Octavia estava determinada a me arrastar para a festa na casa de Cher, minha irreverente e exuberante vizinha. Cher reconhecera uma rebeldia similar em Octavia quando as apresentei. Toda vez que Cher dava "uma festinha", Octavia sempre estava na lista de convidados. O que, no momento, não trabalhava a meu favor. Como Alicia e eu continuávamos morando na casa de Octavia, esperando para sermos realocadas como gatos tigrados de um olho só, fazer o que queríamos era impossível.

Eu tivera a intenção de me mudar para um hotel logo depois do Natal, até que descobri que Scott havia limpado nossa conta conjunta. Fiquei chateada comigo mesma por não ter previsto isso. Não podia acreditar que nosso relacionamento, toda aquela paixão, todo aquele esforço profundo e assistido, se resumiria a finanças.

Em vez de detonar o pouco dinheiro que eu juntara em minha conta bancária num hotel, Octavia me convenceu a usá-lo para alugar um apartamento no novo ano. No entanto, quanto mais Alicia e eu nos apertávamos no quarto de Immi, mais tentadora era a ideia de remendar as coisas com Scott.

Eu me odiava por ser tão ingrata. Octavia havia tentado me fazer sentir tão bem-vinda, animando Jonathan e lançando olhares significativos para as crianças. Numa casa já completamente cheia, eu atracando com várias malas carregadas de pertences, recolhidos apressadamente quando eu sabia que Scott estava levando a mãe ao aeroporto, não era o ideal. Nem a situação do banheiro era ideal. Se eu não conseguisse logo um pouco mais de privacidade para minhas abluções, precisaria de mais do que uma tigela de ameixas secas no café da manhã. Eu não sabia o que era pior: Jonathan rodeando, limpando a garganta do lado de fora do único banheiro deles porque eu, inadvertidamente, havia pegado sua "vez" ou voltando mais tarde e descobrindo o assento morno.

Eu tinha noção de que havíamos prejudicado as festas de Octavia. Não queria arruinar o Ano-Novo dela também. Ela se recusara a ir à casa de Cher sem mim. A própria Cher não perdera tempo em me ligar para descobrir por que tinha me visto sendo levada por um carro de polícia. Não tive energia para inventar algo, então dei a ela uma versão atenuada da verdade. Ela se sentiu ultrajada em meu nome e me disse que Scott estava "oficialmente desconvidado". No fim, eu me resignei a uma noite de circulação constrangedora enquanto as pessoas se inquietariam com as palavras certas a serem ditas a uma mulher recém-separada.

Estranhamente, até Jonathan estava ansioso pela festa. Apesar de sua visão muitas vezes exposta de que a maioria das pessoas com quem Scott e eu nos dávamos se sentia, nas palavras dele, "a última bolacha do pacote", ele achava o marido de Cher, Patri, "o máximo". A família de Patri se mudara da Sardenha para a Grã-Bretanha nos anos 1950, estabelecendo uma cadeia bem-sucedida de cafés/delicatéssen nas décadas seguintes e agora tinham diversificado com um grande negócio de importação e exportação. Patri, porém, apesar de seu amor por usar óculos de sol dentro de casa e um bom Barolo, ainda falava franca e abertamente. Como anfitrião, ele não ficava atrás de ninguém em termos de generosidade, o que parecia erradicar a maior parte do ressentimento de Jonathan com grandes casas e as pessoas que habitavam nelas.

Octavia adorava Cher, embora não parasse de zombar dela por ser esposa de jogador de futebol. Apesar de fingir não aprovar, Octavia amava toda a extravagância da vida de Cher, a cozinheira, a empregada, a forma como ela simplesmente despejava o Pinot Grigio pia abaixo se estivesse com vontade de um Chardonnay. Não era para ela uma vida de papel-filme e sobras.

E, se alguma vez pensei ser capaz de resistir, a extensão do convite de Cher a Alicia tornou a recusa impossível. A neta de Cher, Loretta, tinha 16 anos e representava o exemplo típico de Alicia do que era ser *cool*, com os olhos pintados de lápis preto, cílios postiços e um mega-hair até abaixo do traseiro. Foi a primeira vez que o rosto de Alicia mostrara algo além de indiferença ou preocupação desde que havíamos deixado o restaurante no Natal. Como filha única, eu não tinha dúvidas de que ela também ansiava por um pouco de tempo longe do trio estridente de Octavia, que foi claramente dispensado para ficar em casa com a avó.

Então, no fim, coloquei o vestido longo cor de jade que Octavia havia pegado quando voltáramos à minha casa. Disfarcei as olheiras com corretivo e estabeleci um sorriso que ameaçava cambalear a qualquer momento.

Quando o táxi estacionou na calçada ao lado da Casa Nostra — uma piadinha de máfia de Patri —, olhei para trás na direção de minha antiga casa. Notei as luzes da sala acesas. Perguntei-me se Scott estava lá. Ele se recusava a me contar de sua vida, afinal, se "não estava mais casado comigo, não era da minha conta". Eu simplesmente não conseguia me desligar assim. Não conseguia pensar que, dali a um ano, ainda estaríamos separados. Ou que nunca mais entraria pela minha porta da frente de novo.

Alicia enganchou o braço no meu. Ela olhou para nossa casa com olhos de coitada. Scott nunca tivera muita paciência com ela: achava que eu a havia mimado e sempre dizia a ela para "cair na real". Alicia não tinha perguntado a respeito dele nem uma vez. Todas as suas perguntas foram relacionadas a quando poderíamos sair da casa de Octavia. Eu não a culpava por desejar sair de lá depois da paz e da quietude de nossa casa, mas não podia investigar os sentimentos dela naquele momento, quando eu mal estava conseguindo me segurar. Conversar, sim. Mas, no momento, não.

Octavia se aproximou para distrair a nós duas.

— Você está adorável, Alicia. Sua mãe tinha uma minissaia igual à que você está usando. Na verdade, acredite se quiser, nós duas tínhamos.

A tensão dela foi aliviada conforme Octavia descrevia minha fase das polainas e tendência a fazer centenas de tranças pequeninhas em meu cabelo à noite, para que na manhã seguinte eu parecesse ter ficado com o dedo preso acidentalmente numa tomada.

Quando chegamos aos degraus na frente da casa, Jonathan me acompanhou. Eu já havia notado antes que homens vestidos a rigor ficavam mais cavalheiros, e Jonathan não era exceção. Um dos filipinos da equipe de funcionários — os "Filis de Patri", como ele os chamava com um desprezo altivo pelo politicamente correto — atendeu a porta. Cher veio cambaleando pelo salão de mármore, como se tivesse acabado de se apresentar num show de jazz. Um boá de penas em volta do pescoço e um vestido longo com uma fenda quase até a cintura. Seu rosto esticado contrastava com um decote que passara verões demais fritando em óleo de bebê na Costa Esmeralda.

— Feliz Ano-Novo a todos. Oi, Alicia. Suba, Loretta está no andar de cima com alguns amigos. Eles estão no karaokê.

Esperei que Alicia me pedisse para ir com ela, mas ela me deu um tchauzinho e seguiu pelo corredor, as pernas longas debaixo da minissaia, como um bebê girafa.

Cher se lançou num sussurro encenado:

— Estou muito feliz que tenha vindo, Roberta. Falei para aquele seu marido se manter longe daqui. Nós, meninas, temos que nos unir, não é?

Eu esperava que Scott não estivesse sentado sozinho bebendo de sua coleção de uísques single malt. Talvez ele tivesse saído com os caras do clube de rugby. Eu não passara uma única noite de Ano-Novo longe dele desde que nos conhecemos. Não tinha certeza de que queria começar uma nova tradição agora. Forcei meus pensamentos para longe da casa ao lado.

Braceletes de ouro chacoalhavam conforme Cher nos arrastava para a sala. Cerca de dez outros casais já estavam entre cachos de balões vermelhos e prateados. Vários empregados filipinos circulavam com travessas de crostini de queijo de cabra e bandejas de Kir Royale. Pareceu tão estranho estar ali sem Scott que quase hesitei na porta. Ele era a pessoa que mergulhava nas circunstâncias sociais, apertando mãos e me arrastando para o centro das coisas. Octavia me lançou uma piscadinha e seguiu em frente. Eu me preparei para um coro de "Onde está o Scott?", mas Cher já me salvara nesse ponto. Às vezes, amigos indiscretos são vantajosos.

Patri se aproximou a passos largos, os óculos de sol equilibrados na cabeça, exatamente como um astro do rock envelhecendo com sua jaqueta de veludo e cabelo grisalho na altura dos ombros.

— Tudo bem, Octavia, Jonathan? Roberta, querida. Você está maravilhosa, a mesma cara desde os 21 anos. Muito a celebrar no ano que vai nascer, hein?

— Ele pegou minhas mãos nas dele.

— Celebrar?

Sinceramente, tive vontade de me jogar na lareira que crepitava atrás de mim.

— Sim, por se livrar daquele seu marido. Nunca gostei dele. Não conseguia entender o que uma garota classuda como você via num cara tosco como ele. Meu avô era lavrador, trabalhava no campo. Meu pai era pedreiro, mas foi criado para tratar bem as mulheres. Agora você vai encontrar alguém que te mereça. — Ele deu uma grande tragada no charuto e soltou um anel de fumaça para cima. Então parou uma garçonete. — Tome, beba um champanhe.

— Ele não era de todo ruim, Patri. Foi tão culpa minha quanto dele. — Eu me perguntei se minha vontade de defender Scott algum dia arrefeceria. Quantas outras pessoas surgiriam ali e diriam que o detestavam?

— Não se diminua, garota, eu sei como Scott era, tinha que ser do jeito dele ou nada. Ele deveria ter reconhecido a própria sorte quando a tinha. Enfim, saúde, boneca. Tudo de melhor para você.

Ele ergueu a taça para mim e saiu andando, dando tapinhas nas costas dos homens e nos traseiros das mulheres.

Brindei com Octavia e com Jonathan, e tentei conter a força de tristeza que invadia o meu peito. Jonathan, num raro lampejo de empatia, tentou me ajudar.

— Sei que Scott tinha seus momentos, mas ele era uma ótima companhia quando estava no humor certo.

Octavia não conseguiu se conter.

— É, mas o humor certo tinha se tornado cada vez mais raro ultimamente.

Forcei meus lábios em algo parecido com um sorriso e esfreguei o dedinho nas lágrimas ardendo meus olhos.

Octavia balançou a cabeça.

— Não vou ser legal com você por causa do seu rímel.

Antes que eu conseguisse escapar para o banheiro, os Lawson, que moravam duas casas abaixo, nos viram. Os dois assuntos de conversa de Michelle eram as áreas da cidade de boas escolas de ensino médio e sua síndrome do intestino irritável. O lado bom era que, se estivéssemos presos a uma discussão sobre fibra de mais ou de menos, haveria menos tempo para qualquer um investigar o fim do meu casamento. Logo estávamos num fiasco de trombar narizes e bochechas ao nos cumprimentar com beijinhos, algo que os britânicos nunca dominaram direito.

Michelle perguntou: "Como você *está*?", como se eu tivesse passado por uma dura operação para a retirada de uma massa informe constrangedora e me encontrasse a caminho da recuperação. Depois de um cumprimento superficial, o marido de Michelle, Simon, um homem forte que se achava mais espirituoso do que era, virou-se para Jonathan a fim de discursar sobre cortes do governo no setor da saúde.

Antes que ficássemos muito absorvidos pelos méritos do leite de arroz, Cher bateu numa placa de bronze e fez sinal para que fôssemos à sala de jantar, onde uma enorme mesa de carvalho brilhava com cristal e prata. Ela me procurou e me mostrou meu lugar à mesa.

— Roberta, coloquei você ao lado de Patri. Ele vai cuidar de você.

Não me ocorrera que eu não ficaria ao lado de Octavia. Resisti ao ímpeto de colar nela e fazer todo mundo trocar de lugar.

— Ótimo, obrigada. — Tomei outro gole de champanhe e acenei para Octavia quando ela chegou a seu lugar no outro canto da mesa.

Mantive as mãos no colo, encarando os elaborados desenhos nos talheres de prata. Eu não queria olhar para cima para o caso de as pessoas estarem cochichando sobre mim. Eu sequer tinha certeza de que poderia pegar meu copo de vinho sem derrubar tudo e quebrar a taça chique de cristal Waterford de Cher.

Michelle sentou-se à minha frente. Como sempre, Patri, que adorava um pouco de pompa e cerimônia, havia mandado imprimir menus. A garçonete deu um a Michelle, que imediatamente a chamou de volta.

— A sopa de cogumelos leva creme? Não como carne de caça. É bárbaro. Cher arrumou uma alternativa? Risoto de abóbora? Não me dou bem com arroz. Você pode ver se é possível prepará-lo com quinoa? — A pobre garota voltou à cozinha, prometendo ver o que poderia fazer.

Meu coração afundou quando Simon se aboletou ao meu lado.

— É o Patri do seu outro lado, não? Uma rosa entre dois espinhos. — Ele olhou para Michelle. — Tudo bem, Miche? É melhor trazer uma quentinha para você da próxima vez. Não quero que você coma a coisa errada e nos expulse da sala peidando.

Simon olhou em volta para Patri e para mim, em busca de aprovação. No entanto, Patri estalou a língua e franziu a testa. Michelle sibilou para ele enquanto eu me concentrava em passar manteiga em meu pãozinho.

Ele se virou para mim, concordando com a cabeça para o pão em minha mão.

— Bom ver uma garota com apetite. Mas é melhor não exagerar. De volta ao mercado e tal. Você não vai querer ficar muito cheinha. Os homens gostam de um pouco de carne, mas não muita.

Olhei para a barriga dele. Ela saltava, saliente como uma almofada, entre os suspensórios. Espalhei um pouco mais de manteiga e ignorei-o, embora eu logo tenha percebido que Simon era como um cachorro que se arrastava por baixo da mesa para montar em sua perna tão logo os donos não estivessem olhando.

— Então. Começando o ano solteira.

— Faz pouco tempo. Ainda estou me acostumando.

— Deve ser meio solitário.

Patri me salvou ao bater sua colher num copo de vinho com um satisfatório estrondo.

— Antes que eu fique muito bêbado, Cher e eu apenas gostaríamos de dar as boas-vindas a todos vocês em nosso jantar de Ano-Novo. Eu servi muitas mesas quando era mais jovem, então não vou mais fazê-lo. Nesta casa vocês têm que se servir ou pedir a um dos filis. — Ele apontou o charuto para as fileiras de vinho no aparador. — O lado bom é que podem ter o que quiserem. Se forem para casa reclamando "Cristo, aquela festa não tinha bebida", a culpa é de vocês. *Buon appetito!*

Patri se sentou, repousando o charuto no prato de pão.

— Hoje é minha noite de sorte, boneca, sentando ao seu lado. — Ele abaixou a voz. — Você está bem? Onde está morando?

— Estou na casa de Octavia no momento. Descobri que o Natal não era a melhor época para procurar uma casa para alugar.

Simon estava praticamente mergulhando o queixo em minha sopa para ouvir a conversa. Ele colocou um grande pedaço de pão na boca e falou:

— Venha dormir no meu quarto de hóspedes qualquer hora dessas. Você pode me pagar em boquetes. Haha.

Ele gargalhou, pedacinhos de ciabatta de azeitona pousando em gotas molhadas em meus braços. Não ousei olhar para a esposa dele. Tentei pensar numa resposta adequada, se é que isso existia.

Patri, porém, não ia tolerar aquilo.

— Cale a boca, Simon. Tenha um pouco de respeito. — Ele havia abaixado a colher e virado na direção de Simon, com o cotovelo sobre a mesa.

Aquele desconfortável sentimento familiar começou a despontar, pânico de que um confronto estivesse a caminho. Sorri, bloqueando a visão de Patri para Simon. Com o canto dos olhos, notei os lábios franzidos de Michelle.

— Está tudo bem, foi só uma brincadeira, Patri, poxa! — Simon deu uma batidinha em meu braço, nem um pouco constrangido. Então, esvaziou o copo.

— Roberta sabe como se divertir um pouco, não sabe, querida?

Patri se ajeitou de volta na cadeira, mas seu anel de sinete de ouro dava pancadinhas de irritação na superfície da mesa. Dei uma olhada na direção de Michelle. Ela tocou a colher na boca antes de empurrar o prato. Seria uma noite longa. Olhei para o fim da mesa procurando por Octavia. Ela estava com a cabeça jogada para trás, rindo da piada de algum novo amigo. Até Jonathan parecia feliz, para variar, apesar de ele normalmente ficar animado quando bebia vinho branco francês dos outros em vez de seu próprio vinho nacional barato.

Quando o prato principal chegou, meu frágil rosto corajoso se desfazia. Patri havia se dedicado a listar os defeitos de Scott, balançando o dedo indicador para provar seu ponto.

— Nunca apreciei a forma como ele falava com o meu cachorro, *porco cane.* Nunca confie num sujeito que bebe aquela maldita cerveja mexicana. *Madonna,* devia estar fazendo uma dança de agradecimento aos deuses do amor por você estar preparada para lidar com ele.

Aquilo continuou pelo segundo prato de carne de caça e pelo terceiro de aipo-rábano, ou aipo-rrrrrábano, como Patri o chamava. Havia momentos em que ele era tão preciso a respeito das falhas de Scott — "Aquele lá só via o bem em si mesmo" — que eu tinha que sorrir. Eu sabia que as intenções dele eram boas, mas a necessidade de esculhambá-lo a cada oportunidade fez com que eu me sentisse uma completa idiota por ter me casado com ele. Eu estava apavorada com a chance de que uma risada pudesse se transformar num soluço a qualquer momento. O lado bom era que Simon estava se achando fascinante em outro lugar, contando anedotas de uma caçada a veados para alguns rostos entediados do outro lado da mesa. Michelle havia se encolhido em desaprovação, mas eu não conseguia decidir se aquilo estava relacionado às histórias de caça de Simon ou se toda a sua vida era uma decepção em relação às suas expectativas.

No exato instante em que pensei que seria capaz de conduzir Patri para longe de mim, na direção de outros convidados, a torta de noz-pecã chegou e ele mudou o curso de ação, analisando cuidadosamente sua rede social em busca de maridos substitutos.

— Talvez o Sharky. Um pouco velho para você, acabou de chegar aos 50. Mas um bom sujeito. Passa os verões em Antibes. Comprou um belo apartamento nas Bahamas. — De vez em quando, ele gritava para Cher, no outro lado da mesa. — Ei, boneca. O Freddie já se divorciou da Queenie? O que você acha dele para nossa Roberta aqui?

Então, Cher o chamaria de velho maluco e me diria para não dar importância.

— A metade deles é de ex-presidiários, Roberta. Não se misture. Você vai ter que desenterrar o dinheiro no quintal dos fundos antes de ir ao supermercado.

Então ela gargalhou com a própria brincadeira enquanto Octavia mexeu a boca de longe me perguntando: "Você está bem?".

Decidi tirar uma folga de sorrir, escapando para o lavabo de Cher no andar de baixo. Era algo parecido com um hotel parisiense, com espelhos dourados, penas e luzinhas penduradas. Matei um pouco de tempo dando uma olhada no monte de cremes dela, começando com o de lavanda para as mãos e terminando com uma passada de loção corporal de lírio em meus cotovelos e panturrilhas. Cheirar como uma tenda de florista não podia ser pior do que os charutos de Patri. Examinei os vários perfumes e pós-barbas. O preferido de Cher, Poison, me deu dor de cabeça. Charlie me fazia lembrar meus anos de adolescente. Issey Miyake Pour Homme. Muito refrescante.

Nenhum *homme* para quem comprá-lo.

Peguei um frasco arroxeado. Soul. Hugo Boss. O preferido de Scott. Espirrei um pouco em meu punho. Uma imagem de Scott se vestindo, barbeado, de camisa aberta, passou pela minha cabeça. Coloquei o frasco de volta. Eu precisava parar de sentir pena de mim mesma e voltar para a festa. Michelle estava esperando quando saí.

— Desculpe. Não percebi que tinha fila.

— Como está indo, Roberta?

— Bem. Me sinto um pouco estranha sozinha, mas Patri e Simon estão cuidando de mim.

— Acho que vamos ter que ficar de olho em nossos maridos agora que você está solteira. Se bem que Simon não gosta de morenas patricinhas.

Olhei para ela a fim de ver se falara brincando, mas seus olhos estavam meio fechados e desconfiados. Tudo nela era afiado e saliente, como um palito de dente. Brincadeiras inapropriadas eram, obviamente, o fator de união no casamento dos Lawson.

Scott sempre conversara com Simon e Michelle por causa das conexões de Simon no distrito de City. Percebi que não precisava mais me sujeitar ao casal.

— Não se preocupe. Você está segura. Não gosto de sapos-boi gordos.

Andei de volta pelo saguão sem esperar pela resposta dela. Fiz um desvio até Octavia na volta ao meu lugar e cochichei que ia escapar de volta para casa depois do café.

— Não faça isso. Você tem que ver o Ano-Novo entrar. De qualquer forma, Patri deu a todos os jovens estrelinhas de fogos de artifício e lanternas chinesas para acenderem. Alicia está se divertindo muito. Vamos embora logo depois da meia-noite. Venha se sentar com a gente.

Dei uma olhada em volta nas companhias dela. Somente casais. Uma mulher estava contando para todo mundo quão divertido era seu marido; outro homem soltava gentilmente o cabelo dela do colar. Até Jonathan descansava o braço em volta dos ombros de Octavia. Eu não havia apreciado o luxo que fora ter um marido ao meu lado por todos esses anos.

— Me dê um minuto, só vou achar uma xícara de café.

Octavia fez um aceno vago com a cabeça e se juntou a uma piada sobre homens e sua incapacidade de trocar rolos de papel higiênico. Se eu dissesse que estava saindo para encurralar um gorila da montanha no jardim dos fundos, ela não teria notado. A compaixão cansa e o vinho tinto fizera efeito.

Patri discursava sobre os méritos do queijo da Sardenha do outro lado da mesa e não consegui encarar Simon sozinha. Escapei pelo corredor e para o lado de fora em direção à estufa. Eu adorava aquele lugar. Cher era incrível com plantas. Era a única mulher que eu conhecia capaz de fazer um abacateiro crescer de uma pedra. Eu me inclinei para admirar sua açucena. Gritos, risadas e o som de Cher fazendo sua imitação de Dolly Parton com *Jolene, Jolene, Jolene* vazavam da sala de jantar. Dei uma espiada para o jardim pelas janelas. Céu enluarado. Noite perfeita para romance.

Não podia me imaginar beijando ninguém além de Scott.

— Esperando por mim, não estava?

Eu me virei. Simon.

— O que uma garota linda como você está fazendo sozinha?

— Eu estava voltando para a festa. — Comecei a andar na direção da porta. Ele parecia se arrastar, cambaleando.

— Venha aqui, me dê um beijo de Ano-Novo.

Ele deu um bote na minha direção, conseguindo pousar os grandes lábios gordos em meu ombro nu. Dava para sentir o cheiro de vinho nele. Eu o repeli.

— Não, para com isso, Simon. Não seja bobo. Sai fora.

— Bancando a difícil agora? Vocês, garotas chegando aos 40, não podem se dar ao luxo de ficar escolhendo muito.

Ele tentou pegar meus seios. Eu o empurrei e ele esbarrou numa prateleira de plantas-aranha. Elas foram esmagadas para a morte, terra e terracota deslizando pelo chão. Agarrei a iúca ao meu lado e a segurei na minha frente como uma espada. Amaldiçoei meu vestido longo, que ficava prendendo no salto do sapato.

— Você não sabe o que está perdendo. Sua vaca frígida. Aposto que Scott estava jogando em outras bandas se esse é o tipo de recepção que ele tinha em casa.

— Simon. Vou te dar um conselho grátis. Me deixe em paz. E nunca mais fale comigo. — Palavras corajosas que teriam sido mais eficazes se minha voz não tivesse saído toda retesada e abafada.

Ele andou na minha direção de novo, o suor brilhando na testa.

— Você vai me implorar por isso em alguns meses.

Eu estava entre empurrar a iúca espinhosa na cara dele ou atirá-la nele e sair correndo na direção da porta quando toda a estufa se iluminou, fazendo-nos piscar como um par de toupeiras. Não tive tempo de dizer nada antes que Patri marchasse para dentro, agarrasse Simon pelo paletó e o arrastasse pelo corredor.

— *Porca miseria*. Seu babaca. Saia. Saia agora. E leve aquela vaca infeliz da sua esposa com você.

Patri escancarou a porta da frente e o atirou para fora. Simon concentrou-se muito em gritar "vagabunda" e não o suficiente nos degraus gelados do lado de fora. Seu traseiro bateu na borda de um deles com um baque surdo. Mesmo bem acolchoado do jeito que era, deve ter doído. Patri estava gritando no hall, sem ligar para quem ouvia, instruindo um dos filis a encontrar Michelle e se livrar dela naquele momento. Ou, como disse: "AGORA!". Dentro de instantes, Patri empurrava o cachecol de caxemira de Michelle nos braços dela e a atirava para fora. Para um cara de 60 e tantos anos que estaria estalando os dedos por outro copo de conhaque em seu leito de morte, ele não estava de brincadeira.

Ele bateu a porta com força.

— *Bastardo*. Roberta, o que posso dizer? — Ele abriu bem os braços. — Você é minha convidada, vem até a minha casa e um cara, um amigo, acha que pode partir para cima de você?

Meu coração começava a se acalmar. Eu queria uma flanela quente para esfregar em meus braços e peito, onde os dedos gordos de Simon tinham me tocado. Eu costumava ser uma pessoa que conseguia ver o lado engraçado de tudo, sempre rindo, mesmo quando não deveria.

— Sinto muito pela confusão. Veja as pobres plantas da Cher.

— As plantas? Ninguém liga para as plantas. Maldito! Ele não vai mais voltar aqui. Me diga como posso recompensá-la por ter amigos tão idiotas.

— Você não precisa se desculpar. Ele não é sua responsabilidade. Posso cuidar de mim mesma. — Apertei os dedos contra os olhos. Não sabia se aquilo era verdade.

— Não, eu quero fazer algo por você. Do que precisa?

Mais do que tudo, eu precisava de uma casa, mas não queria envolvê-lo em minha vida naquele nível. Eu conhecia Patri, ele não ficaria apenas de olho em propriedades; ele tornaria aquilo sua missão de vida. Scott estava sempre me dizendo como nós "devíamos um jantar a alguém" ou "devíamos um favor". Eu não queria dever mais nada a ninguém. Mas Patri não aceitaria não como resposta.

Olhei de relance para Octavia pelo corredor, esperando que ela viesse me salvar. Mas ela estava a toda, recontando uma história em que precisava mexer muito com as mãos. Ninguém jamais diria que ela estava preocupadíssima com dinheiro.

Eu me virei de novo para Patri, repentinamente inspirada.

— Tem uma coisa que você poderia fazer por mim. — Contei da demissão de Jonathan. — Ele trabalha muito duro. Poderia consertar ou montar qualquer sistema de computador que você precise.

Patri assentiu. Seus olhos escuros se estreitaram.

— Certo.

Eu queria perguntar: "Certo o quê? Certo, você tem algo para ele? Certo, você me escutou?". Eu estava desesperada para correr e contar umas boas notícias para Octavia, mas nenhuma esperança era melhor do que falsas esperanças.

Patri tomou minha mão e me conduziu de volta à sala de jantar.

— Vamos lá. Já é quase meia-noite. Vou pedir para as crianças descerem para as lanternas chinesas.

Maravilha. Isso significava que logo seria hora de ir para casa. Octavia correu até mim.

— O que foi todo aquele furdunço? Não percebi que você estava lá.

— Depois te conto. Vamos ver essas lanternas, depois eu, definitivamente, vou decretar o fim da noite.

Nós nos aglomeramos no jardim. Patri, Jonathan e os adolescentes se juntaram numa roda, todos disputando o controle. Alicia brincava e ria. Um garoto de cabelos loiros bagunçados parecia estar prestando atenção especial nela. Escutei com atenção. Nada de palavrões. Educado. Ele tirou o cachecol e o colocou em volta do pescoço dela. O rosto de Alicia se iluminou. A solidão me sugou para um lugar escuro.

O burburinho de interesse diminuiu conforme as lanternas se recusaram a acender. Patri jogou a caixa de fósforos no chão e ordenou a vários filis que encontrassem tochas e isqueiros, a proporção de italiano no inglês crescia na proporção de sua frustração. Octavia e eu fomos nos sentar perto da cerca. Ela virou o rosto para o céu, as palavras pronunciadas indistintamente.

— Sempre que vejo estrelas, penso em Xavi. Havia tantas delas na Córsega. Eu me pergunto se ele consegue ver o que nós vemos. Provavelmente melhor, porque eles não têm toda essa poluição das luzes. Se ele estiver lá. Pode estar em qualquer lugar. — A cabeça dela se apoiou em meu ombro. Não dava para acreditar que, depois de quase duas décadas, Octavia ainda falasse de Xavi. Ela não fazia referência a ele havia séculos. Ela deveria tê-lo tirado da cabeça depois do que ele fez.

— Psiiiu. Jonathan está vindo.

Octavia não seria dissuadida.

— Ainda não sei o que fiz de errado. Eu o amava. Por que as pessoas vão embora se elas te amam? — Ela golpeou um dedo bêbado em minha direção.

Eu não tinha resposta para as antigas catástrofes românticas de Octavia. Meu próprio desastre estava bastante recente, esvaindo-se em sofrimento na escuridão. Eu era a última pessoa a pretender ter insights sobre relacionamentos. Tremi, aconchegando-me nela debaixo de seu cachecol de pele falsa, o frio do banco de madeira em minhas coxas. Octavia não parecia precisar de uma resposta.

Identifiquei um som familiar do outro lado do muro. Uma gargalhada gutural, vigorosa. Não uma gargalhada de coração partido, mas uma de não estou nem aí.

A gargalhada de Scott.

Octavia estava se envergando, afundando no banco, as pálpebras se fechando. Eu me levantei imediatamente, os ouvidos se esticando para tentar escutar vozes.

Uma bem aguda. Uma grave e provocante. A pancada da cobertura de nosso ofurô que ficava do lado de fora. O murmúrio de bolhas. Gritinhos brincalhões. O som alto de alguém entrando na água. Risadinhas. Silêncio. Mais silêncio.

Meu estômago se embrulhou. Ele sabia que eu estava ali, na casa ao lado. Percebi que eu havia imaginado que Scott estaria devastado, planejando como me fazer voltar. Mas esse não era o estilo dele. Muito mais fácil encontrar outra pessoa para impressionar com sua conversa de macho e aproveitar para me punir. Depois de todos esses anos vivendo numa montanha-russa, de todas as vezes que ansiei por partir, eu ainda tinha esperanças de que restasse uma pequena brasa de amor esperando para ser atiçada. Eu me lembrei das palavras de Octavia: "Que tipo de homem coloca a mulher que ele ama numa cela da polícia?". Ela estava certa. Scott não merecia que eu sentisse saudades dele. Mas eu sentia.

Eu queria dar um salto com vara no muro e ver o que estava acontecendo. Eu queria que todo mundo parasse de falar para eu escutar. Minha mente procurava, desejava explicações inocentes, mas permanecia em branco. Gritos de aprovação pipocaram quando a primeira lanterna chinesa lutou para subir no ar, pairou sobre a casa, deslizou sobre os galhos do plátano e, então, desapareceu alto no céu, um pequeno brilho contra o universo.

Passei os braços em volta de mim mesma e fiz um pedido de um tempo em que toda a minha vida não parecesse podre de dentro para fora.

Octavia

Janeiro passou voando. Depois de Jonathan esgotar as possibilidades de emprego num raio de mais de 15 quilômetros de onde morávamos, encorajei-o a se candidatar a empregos fora do país. Quanto mais eu pensava naquilo, mais empolgada ficava. A ideia de explorar algum lugar novo me fez querer ir correndo até um mapa-múndi e marcar uma lista de desejos de destinos. Itália. Barcelona. Paris. Eu adoraria apresentar as crianças a uma cultura diferente e ver sua mente se expandir: eu ficava assustada por Immi achar que a Escócia era a capital da Inglaterra, mas saber que as roupas das lojas Jack Wills e Superdry eram muito mais cobiçadas que qualquer coisa da Asda. Quando eu estava com Xavi, sonhara em ter filhos bilíngues. Talvez ainda pudesse. E, mesmo assim, apesar de meus melhores esforços em destacar empregos em Tóquio, Bangkok e Kuala Lumpur, quando chegou o aniversário de Jonathan, no início de fevereiro, ele continuava fixado em trabalhos a meia hora de distância.

A animação de aniversário, portanto, estava em falta. Obviamente, eu soubera que ele teria 39 anos pelos últimos 364 dias, mas isso não me impedira de correr da creche para o supermercado a fim de comprar filés na própria noite em que eu precisava cozinhá-los. Estávamos vivendo numa dieta econômica de lentilhas, grão-de-bico e picadinho de peru, então fiquei feliz por ter uma desculpa para esbanjar. Eu havia acabado de chegar em casa e estava colocando a carne numa marinada de xerez e mostarda quando Roberta apareceu.

Depois de casadas, não fazíamos muitas visitas de surpresa. Mas, desde que ela alugara um apartamento ridiculamente pequeno num novo empreendimento chique logo depois do Ano-Novo — "prefiro um imaculado e pequeno a um sujo e espaçoso" —, sua presença se tornara muito mais constante. Por um breve instante, achei que ela havia aparecido com um presente para Jonathan. Dei uma olhada para baixo, mas não havia sinal das sacolas brilhosas de presente sem as quais Roberta não sabia viver. Ela estava encolhida em seu *trench coat* e parecia tão aflita e infeliz que eu fui com ela às pressas direto para a cozinha, espantando as crianças com um pacote de biscoitos e a promessa de que o chá logo estaria pronto.

Assim que a porta foi fechada, ela me contou, numa voz cansada, que Scott estava pensando em trazer a nova namorada, Shana, para morar na casa.

— Sei que deveria estar supercontente porque vai fazer com que ele pare de me incomodar e de me dizer a todo instante a porcaria de mãe que eu sou. Mas não paro de pensar em quanto ele vai fazê-la se sentir especial. Em todos aqueles pequenos detalhes nos quais ele é tão bom. Alicia me contou que ela administra o próprio negócio de lingeries e que Scott fica elogiando como ela é uma mulher de negócios incrível.

Para mim, o fato de Scott direcionar as atenções a outra pobre mulher não era nada mais do que a causa para abrir um champanhe e fazer a festa. Pude ouvir a frustração em minha voz ao dizer:

— Quando foi a última vez que ele fez você se sentir especial? Sei que ele fez toda aquela travessia dramática de continentes e blá-blá-blá de grande gesto no começo, mas, fora o buquê esquisito de narcisos que ele faz a secretária te mandar, ele não vinha frequentando o Ritz ultimamente, né? Ele logo vai ficar desagradável com a vaca da Shana, quando as coisas não forem do jeito dele.

Roberta suspirou.

— Talvez se eu tivesse insistido em ter minha própria carreira em vez de só reformar nossas casas, ele tivesse um pouco mais de respeito por mim. — Roberta soava quebradiça, como se algo dentro dela estivesse muito apertado.

— Você teve sua própria carreira. Foram as suas ideias e os seus designs que tornaram as casas tão vendáveis. Se você não tivesse gerenciado cada detalhe, resolvido tudo com aqueles malditos construtores, arquitetos e paisagistas, vocês nunca teriam ganhado tanto dinheiro. Sem você, ele não teria conseguido erguer o negócio dos empreendimentos dele.

Roberta era tão inteligente de tantas formas. Eu simplesmente não conseguia compreender por que havia esse ponto cego quando se tratava de Scott. Então me ocupei pegando cogumelos da geladeira, para que ela não visse minha expressão exasperada. Tentei soar empática.

— Scott não queria que você fosse trabalhar fora. Pelo que me lembro, aquela cadeia de hotéis te ofereceu um emprego para renovar aquele lugar em New Road e ele praticamente te proibiu de ir.

— Não acho que ele tenha me proibido de ir, né? Creio que ele só achou que o momento não era muito bom porque Alicia ainda era pequena e seria complicado encontrar a creche certa.

Principalmente se o seu marido achava que a parte dele acabava na fase de doação de esperma.

— Não foi bem isso. Bom, de qualquer forma, o que quer que esteja certo ou errado, você não pode fugir do fato de que Scott era um provocador e você está bem melhor sem ele. — Cerrei os dentes e esperei. Mesmo quando Scott se comportava como um bosta completo, Roberta nunca apreciara que eu o criticasse.

Eu não estava certa de que isso havia mudado.

Roberta mexeu o café.

— É exatamente isso. Não acho que eu esteja melhor. Nós temos nos falado bastante nos últimos tempos, principalmente a respeito de ajustes para Alicia, mas sobre nós também. É quase como falar com o velho Scotty, de anos atrás, antes de ele se tornar tão agressivo. Eu me pergunto se ele alguma vez lidou de forma apropriada com os abortos.

— Ninguém mais queria tanto aqueles menininhos quanto você, e isso não te transformou numa pessoa amarga e intoxicada. — Eu era tão cética a respeito de Scott e suas motivações que não conseguia sentir pena dele.

— Eu sei. — Uma pausa. Ela olhou para longe. — Ele disse que, se eu quisesse voltar, ele terminaria o relacionamento com essa outra mulher.

Minha cabeça doeu com o esforço de não dizer a ela para ir realinhar os chacras ou ajustar a aura ou qualquer uma das bobagens de terapias tipo "Nova Era" dela que fariam com que ela ganhasse juízo.

— U-hu, que declaração retumbante! Ele pode dar um pé na bunda da outra se você estiver preparada para perdoar e esquecer. Não o "Eu sempre vou te amar e estarei aqui sentado de coração partido e cortando os pulsos com gilete até que você me dê uma segunda chance". Ele deveria estar lambendo o chão que você pisa, implorando pelo seu perdão.

— Nós éramos felizes na maior parte do tempo. Eu sei que ele podia ser difícil, mas era um bom provedor. Agora ele tem uma namorada, mas não era um sedutor cafajeste.

Acrescentei um pouco de vinagre balsâmico na marinada e tentei suspirar silenciosamente.

— Acho que é da natureza humana lembrar os bons tempos e esquecer os ruins. Posso dar um pouco de polimento às suas teorias cor-de-rosa? Metade do tempo você nem podia falar com seus amigos ao telefone porque o holofote se desviava dele. Depois há a pequena questão daquela voltinha no carro de polícia. Além do fato de que, logo que você o deixou, ele parou de te dar acesso a qualquer dinheiro, mesmo você ainda tendo a filha dele para tomar conta.

Roberta descansou a cabeça em uma das mãos.

— Eu sei. Eu tive essa conversa com ele. Ele admitiu que passou dos limites, disse que não estava pensando direito quando o deixei. Ele providenciou uma mesada para mim agora, até que a gente estabeleça as coisas numa condição mais formal. Isso, se eu não voltar. — A voz dela soava fraca, afundando no peito.

Em contraste, achei que a minha voz podia começar a sair gritando de dentro de mim até que os vizinhos a ouvissem.

— Por que você ia querer?

— Nunca imaginei ser mãe solteira. Sinto como se tivesse decepcionado todo mundo depois de insistir que sabia o que estava fazendo quando me casei com Scott. Não quero Alicia crescendo sem um pai. Mantenho as esperanças de que ela vai se aproximar de Scott à medida que ficar mais velha, mas isso não vai acontecer se ele tiver um bebê com essa outra mulher.

— Mas você também não quer que Alicia cresça achando que é certo deixar um sujeito xingá-la ou trancá-la do lado de fora quando ele fica de mau humor. Se Alicia ficasse com alguém que a tratasse como Scott te trata, você acharia que falhou como mãe. E ela não vai crescer sem um pai. Ele a vê sempre que quer, não?

Roberta se encolhia para dentro de si mesma, diminuída pela gola do casaco. Difícil de acreditar que essa era a mulher que havia presidido o clube de debates na escola. Que tinha feito uma petição para o representante no Parlamento a respeito de cortes em fundos para as artes. Cujas cartas para o *Times* eram lendárias. Scott a colocara tão para baixo ao longo dos anos que ela não reconhecia mais a própria opinião, mesmo que essa mesma opinião estivesse beliscando seu traseiro. Mas talvez eu estivesse me transformando em Scott, fazendo discursos até que ela concordasse comigo, quer ela achasse que eu estava certa ou não.

Eu pensava em como dar uma rápida recuada para que ela não sentisse que o mundo inteiro estava contra ela quando Jonathan entrou. Ele pareceu muito surpreso ao ver Roberta, apesar de ter estado no cômodo ao lado. O rosto dele sempre assumia uma expressão circunspecta quando Roberta aparecia, pensando que ela poderia chegar de repente e ficar novamente por outros dez dias.

— Olá. Tudo bem? As coisas estão se ajeitando um pouco melhor agora?

Roberta deu de ombros.

— Estamos bem, obrigada.

Jonathan lançou um rápido olhar para mim.

— O apartamento está bom?

Roberta assentiu, os ombros dele relaxaram.

Era o suficiente para convencer Jonathan de que não havia necessidade de mais investigação.

— Já está perto da hora do jantar? Estou ansioso pelo meu filé de aniversário.

Roberta ofegou.

— Ah, meus Deus, é seu aniversário? Desculpe. É melhor eu ir.

— Fique à vontade. Posso fazer um sanduíche se você quiser ficar um pouco mais.

Fiquei presa entre não querer expulsar Roberta e sentir que, para variar, Jonathan realmente merecia ser a prioridade. Ele só conseguia lutar por um lugar além das crianças e até mesmo do cachorro tipo uma vez por ano.

Roberta entendeu a deixa quando Jonathan foi pegar um potão de margarina da promoção e começou a dar um enorme passo para a porta, devorando um pacote inteiro de presunto. Precisei de toda a minha boa vontade de aniversário para não começar a resmungar. Em vez de sexo de aniversário, haveria briga de aniversário se ele se sentasse para comer o meu filé e declarasse que não estava com fome.

Acompanhei-a até a porta e ficamos de pé conversando na soleira. Jonathan nunca entendeu como a gente se via com tanta frequência e, ainda assim, nunca ficava sem assunto. Puxei-a para um grande abraço. Suas escápulas estavam tão ossudas que havia o perigo de ela cortar minhas artérias.

— Talvez você precise encontrar uma distração... — sugeri.

— Tipo o quê?

Às vezes aquela mulher era bastante lenta. Eu ri.

— Que tal um novo homem?

Ela balançou a cabeça.

— Ai, Deus. Eu não aturaria. De qualquer forma, como eu iria conhecer alguém?

— Pela internet. Pelo menos dá para ver o visual deles primeiro, para que você não acabe com um horroroso.

Roberta fez uma careta.

— Não consigo pensar em nada pior. Dá para imaginar se eu realmente tivesse que transar com alguém novo? Toda aquela coisa desajeitada e se atrapalhar com a roupa íntima.

— Não seja boba. Os homens que você conhecer já vão ter prática com a história toda do sutiã a essa altura. Eu ficaria mais preocupada se eles ainda conseguem colocar o negócio para funcionar. Podíamos dar uma olhada num site, que tal aquele que estão sempre fazendo propaganda no rádio, Acabou de Dar um Clique? Você não tem de fato que sair com alguém. Podemos só dar uma fuçada e ver o que está disponível. Vá em frente, vai ser divertido.

— Ah, sim, engraçado à beça, para você, talvez. — Mas ela não parecia totalmente contrária à ideia.

Considerando que estava indecisa a respeito de Scott de novo, não havia tempo a perder.

— Certo. Vou aparecer amanhã à noite e vamos nos entregar à sua nova vida. Sempre podemos inventar um nome falso.

— Pode aparecer, mas não vou deixar você dar uma de cupido.

— Veremos.

Quando ela se dirigiu ao carro, seu passo havia ficado um pouco mais leve.

Roberta

Quando Octavia colocava uma ideia na cabeça, era impossível resistir. Antes de ela vir na noite seguinte, eu estava determinada a não permitir que minha amiga me persuadisse a procurar um homem na internet, mas ela entrou em meu apartamento com uma garrafa de espumante "para comemorar um novo começo".

Antes que eu me desse conta, estávamos sentadas no pequeno balcão de café da manhã, estudando com atenção as fotos no site do Acabou de Dar um Clique. Octavia era atraída para os caras magrelos, enquanto eu jamais conseguiria me imaginar saindo com um homem que caberia nos meus jeans. Eu preferia aqueles que parecessem capazes de enfrentar um urso e ganhar se algum dia a necessidade surgisse. Ela gostava de homens de descendência morena, apesar de ter acabado com Jonathan, que era ruivo. Eu tendia na direção de homens no extremo escandinavo do espectro.

Octavia apontou para um homem que resumia a palavra "comum".

— Ele parece legal. Olhos amigáveis. A camisa está bem na moda.

— Na moda? Parece que ele compra as camisas numa loja de rede. Aposto que lê revista de pesca. Que tal esse aqui? Ele é bem atraente.

— Não. Muito serial killer. Olha como ele é pálido. Parece que mora num armário debaixo das escadas. — Octavia rolou a tela para baixo. — E esse aqui?

— Não estou tão desesperada. A testa parece uma pista de patinação. Muito magro. — Conforme dispensávamos nacos inteiros da população masculina apenas por seus traços, tremi de pavor ao pensar o que diriam de mim se eu algum dia ousasse colocar minha foto ali, no mundo brutal do namoro pela internet.

Arrastei o dedo página abaixo.

— Aposto que este se chama Quentin.

— Cuthbert. — Octavia gargalhou no champanhe.

"Cuthbert" era o nome que dávamos a qualquer garoto com quem não quiséssemos dançar na discoteca da escola. "Nick" era para os que gostávamos. Por um instante, foi como ter 15 anos de novo, julgando um homem pelo corte de cabelo e pela camisa. Se eu já tinha me ferrado na primeira vez, quando estava abordando a vida de forma otimista e de cabeça aberta, não considerei minhas chances boas com bagagem amarga, filha adolescente e um coração protegido por cerca a reboque. Mas Scott parecia seguir com sua vida, então eu teria de fazer o mesmo. Podia até ser bom conhecer alguém novo, alguém com quem eu pudesse ser eu mesma, o eu que eu era agora. Não quem eu era quando tinha 20 anos.

Octavia escolheu um cara que parecia eslavo, com maçãs do rosto salientes e olhos levemente projetados.

— Um visual um pouco anfíbio. No entanto, gostei da jaqueta dele. E ele tem mãos atraentes. Tá, vamos colocá-lo na lista dos possíveis. Ele pode ser meu Nick de meia-idade agora — falei.

— Certo, vamos escolher mais um, então vamos criar o seu perfil. — Octavia encheu nossos copos novamente. — O que acha deste? Parece um pouco mediterrâneo. Tem um cabelo lindo. Me lembra um pouco o Xavi.

— Todo mundo te lembra o Xavi. Já passou da hora de você apagar aquela velha chama por ele. Nunca deixem dizer que Octavia Shelton é volúvel. Eu me pergunto onde ele foi parar. Talvez finalmente tenha voltado para Cocciu, depois de tanto viajar, tenha se casado com uma garota no vilarejo e agora seja um velho homem sossegado, que sai em seu barco de pesca nos fins de semana.

— Duvido. Não consigo imaginá-lo contido numa pequena ilha pelo resto da vida. — Os traços fortes de Octavia ainda se suavizavam quando ela falava dele.

— Você nunca pensou em entrar em contato com ele? Pelo menos já procurou por ele no Google?

— Não. Seria desleal e um pouco arriscado. Mesmo que o encontrasse, o que eu faria? Tenho a minha vida agora. De qualquer forma, provavelmente sou uma trepada distante, da qual ele mal se lembra.

— Não seja idiota. Você partiu o coração dele. Ele era louco por você. Se o seu pai não tivesse morrido, você teria viajado o mundo com ele.

Octavia jogou as mãos para o alto.

— Dá para imaginar a mamãe se eu tivesse largado a faculdade e ido rodar pela Nova Zelândia com o Xavi? Veja só, eu podia ter aprendido mais por lá do que perdendo meu tempo com uma graduação estúpida em francês, nada essencial para dirigir uma creche e ensinar musiquinhas a crianças de 2 anos. Bom, você quer incluir esse sujeito ou não? — Ela esvaziou o copo.

— Tudo bem, vou aceitar o sósia do Xavi em homenagem àquela chama, ou deveria dizer fogueira, que você nunca conseguiu apagar. — Anotei o nome dele obedientemente.

— Nunca teria dado certo. Ele era muito desvairado para mim.

— Mentirosa. Você estava tecendo loas a ele na noite de Ano-Novo. Bom, de qualquer forma, naquela época, você mesma era bem desvairada. — Tirei duas garrafas do pequeno rack de vinhos e balancei-as para Octavia. Ela escolheu o Rioja.

— Talvez eu fosse, mas em algum momento é preciso amadurecer. Não dá para continuar viajando a esmo. Eu não poderia ter arrastado as crianças por todo o mundo. Xavi foi só uma experiência louca antes de eu encontrar o cara certo. — Octavia suspirou. — Vamos criar a sua conta. Vou usar Cuthbert como senha.

Reconheci a tática de Octavia de encerrar o assunto. Ela era absurdamente defensiva em relação a Jonathan. Se eu, em algum momento, ousasse chamar a atenção para o fato de que ele não parecia muito empolgante, ela ficaria toda ríspida, dizendo que ele trabalhava arduamente para sustentar três filhos, como se um filho não exigisse um momento de esforço. Seria interessante ver se Jonathan se tornaria uma potência do comparecimento em partidas de futebol/rugby/netbol agora que ele não tinha o trabalho como desculpa. Não sei como ela aguentava toda a encheção de saco dele, passando os dedos pelos corrimões para ver se havia poeira.

Ela chamá-lo de o cara certo despertou o diabo em mim.

— Aposto que Xavi está no Facebook. Você podia dar uma espiada rápida sem ele nem saber.

— Sim, eu podia, mas não vou. Estou muito feliz com a minha vida, obrigada. Vamos preencher o questionário sobre personalidade. — Octavia imediatamente começou a gargalhar. — Meu Deus, isso é sofisticado. Marque os itens que se aplicam a você. "Gosto de conversar em nível intelectual." Uma marca bem grande. "Gosto de luxo." Uma grande marca dupla. "Eu me desencorajo facilmente." Acho que essa leva outra marca.

— Eu não me desencorajo facilmente.

— No momento, sim. Na festa de Ano-Novo, toda vez que eu falava com você, você me dizia que nunca ia conhecer alguém.

— Me perdoe por estar um pouco deprimida. Eu só tinha deixado Scott havia seis dias. — Não havia dúvida de que Octavia teria liderado todos numa Conga e numa dança de Hokey-Cokey.

Metade do questionário mais tarde, com minhas imperfeições brilhando no ciberespaço, eu precisava de um intervalo.

— Vamos lá, vamos ver se conseguimos encontrar o Xavi.

— Nós deveríamos era encontrar um homem para você — disse Octavia, mas o protesto dela soou fraco.

Eu a afastei, entrei no Facebook pela conta de Alicia e digitei Xavier Santoni. Nenhum resultado.

— É provável que ele esteja morando nas montanhas da Córsega e trabalhando como pastor — falei, preparando-me para clicar de volta em meu temível perfil de namoro.

Octavia colocou a mão em meu braço e pediu:

— Tente colocar só Santoni, talvez apareça algum dos parentes dele.

— Achei que você não estava interessada — provoquei-a.

— Você só tem a si mesma para culpar. É você que está libertando o gênio da garrafa. Passei anos dizendo a mim mesma: "fique longe do Google".

Quarenta e seis resultados para Santoni. Rolei para baixo. Ela apontou para a tela.

— Clique naquela ali. Acho que é a prima dele, Magali.

Fui para as fotos de Magali. Olhamos para as imagens, tentando determinar se haviam sido tiradas em Cocciu ou não.

Octavia piscou para a tela.

— Essa pode ser a mãe de Xavi. Ou talvez a tia dele. Aaah, olha, aposto que essa é a filha da Magali. É igualzinha a ela. Acho que esse é o jardim dos pais dele, tenho certeza de que essa é a vista descendo o morro, onde vimos aquele javali com os filhotes quando você foi me visitar. — Lembranças felizes iluminavam seu rosto de um jeito que eu agora raramente via.

Ela então insistiu em clicar em cada Santoni que morava na Córsega, procurando entre os amigos deles, buscando nas multidões em fotos de festas, observando atentamente as crianças para tentar encontrar qualquer semelhança com Xavi. Senti como se eu tivesse tirado um pouco da diversão e transformado aquilo em algo desesperado.

No fim, Octavia suspirou.

— Ele não está lá. Provavelmente mora numa tenda em Ulan Bator. De qualquer forma, vamos nos concentrar na tarefa atual. — Ela sacou o celular para tirar minha foto. Havia perdido um pouco de sua diversão. Eu sabia que provocara reação a um assunto delicado.

Xavi fora especial de uma forma que Jonathan não era.

Ele tinha muita energia, encarava a vida com bastante gosto. Era a combinação perfeita para o turbilhão de ideias de Octavia, para seu gosto pelo excêntrico. Pensar nisso, no entanto, me fez perceber que ela não nos fizera lavar nosso rosto no sereno do primeiro de maio em busca da juventude eterna nem lera as cartas do tarô há um bom tempo. Pouco a pouco, sua peculiaridade decaíra a algo mais prosaico. Talvez fosse a idade. Talvez fosse ter três filhos e um emprego que exigia muito. Talvez fosse Jonathan. Eu esperava que não fosse me tornar uma dessas mulheres amargas que vê falhas nos casamentos de todo mundo porque o meu próprio havia implodido. Fiz uma careta para a câmera.

— Pare com isso ou só vai conseguir e-mails de assassinos vesgos. — Octavia estava dando muito zoom para o meu gosto.

— Não vou namorar ninguém mesmo.

— É claro que vai. Quando eles começarem a te falar como você é linda, como parece uma Audrey Hepburn jovem e como eles têm uma casa de férias na Andaluzia, um iate em Antibes e que, a propósito, você vai jantar no Savoy, você vai ficar louca para sair com eles. De qualquer modo, você não está procurando um marido, só alguém com quem ir ao cinema.

— Eu tenho você para isso. — Concordei com a cabeça quando Octavia me mostrou uma foto que não fazia meu rosto parecer como um pedaço de queijo Stilton envelhecido.

— Você não vai conhecer um cara indo comigo para o Odeon assistir a uma comédia romântica, vai?

— Você parece mais animada com isso do que eu.

— Se eu estivesse na sua posição, piraria completamente. Aproveitaria. Transaria sem compromisso. Você pode se casar de novo daqui a alguns anos e ficar presa ao mesmo cara por meio século.

Ouvi algo no tom de Octavia que fez com que eu me virasse para olhar para ela. Inveja.

Octavia

Eu havia ignorado a newsletter das ex-alunas da Escola Middleton para Garotas quando ela chegou, antes do Natal. Eu frustrara as baixas expectativas de todos tirando boas notas, mas, duas décadas depois, ainda guardava rancor de minha época por lá. A maior lição que eu aprendera foi que eu era muito ruim em me conformar. Se não fosse por minha relação simbiótica com Roberta — nosso senso de humor que nos unia, além da necessidade dela por um pouco de rebeldia e da minha por alguém que conhecesse o sistema para que eu pudesse usá-lo a meu favor —, eu provavelmente teria largado tudo e feito um curso técnico.

Então, meu entusiasmo quando ela telefonou para dizer que queria ir à reunião da escola foi nulo.

— Quem você quer encontrar? A velha Bristles Birtwistle, para um rápido teste de latim? Penelope Watson, para um relatório breve sobre o novo Bentley do papai e o novo cavalo da mamãe? De qualquer forma, não tenho dinheiro para isso.

— Não quero encontrar ninguém em particular. Liguei para eles e disseram que ainda há alguns poucos ingressos de última hora sobrando. Pode ser uma forma de eu ampliar minha rede social me afastando de todos os amigos que divido com Scott. Estou achando muito tedioso ficar sentada sozinha toda noite. Vamos lá. Eu pago. Por favooooor.

— Não posso deixar você pagar. Já está gastando uma fortuna nessa caixa de sapatos em que está morando. — Eu ainda não conseguia entender por que ela escolhera um lugar com porteiro, saguão e instalações com água, em vez de instalações úteis, como quartos e um jardim.

— Scott está numa fase generosa no momento. Ele concordou em pagar o aluguel até que resolvamos as finanças. Acho que ele está tentando me manter mansa para eu não começar a reivindicar metade dos negócios.

— E você vai se submeter a isso?

Roberta suspirou impacientemente.

— Só quero um acordo decente para seguir com a minha vida. Não vou desperdiçar milhares de libras em honorários de advogados para provar quanto dinheiro Scott tem. Não tenho dúvidas de que a parte do leão está em alguma conta bancária obscura do outro lado do mundo a essa altura. Mas, enfim, você vem comigo?

— Cristo! Eu detestava aquela escola. Você foi a única coisa boa que saiu de lá. — Ainda assim, eu estava impressionada por Roberta pensar positivamente. E um pouco envergonhada que eu estivesse mais inclinada a ir se não fosse pelas 35 libras que eu desperdiçaria. Afinal, como Jonathan nunca perdia a chance de apontar, não havia dinheiro para queimar.

— Você nunca teria montado uma creche holística se a rigidez da escola não tivesse te marcado para a vida inteira. É sua oportunidade de voltar e mostrar a eles o que você conquistou. — Sem se importar com o design de interiores, Roberta deveria ter seguido a carreira de negociadora de reféns.

— Verdade. Apesar de essa ser uma forma perversa de agradecer por anos de retenções e sermões sobre ser responsável — falei.

— Você deixou a escola há mais de vinte anos.

Hesitei, sabendo que ia ceder. Qualquer coisa para evitar que Roberta voltasse para Scott.

— Tá bom, então. Mas vou me arrepender disso...

Uma vez que eu concordara em ir, afastei qualquer discussão ou planos. Pensar em qualquer um deles, professores ou alunos, me lembrava de como eu me sentira reprimida durante todos os anos da adolescência. Roberta via minha casa como liberal em comparação às regras rígidas de seu pai de ficar à mesa até que todos tivessem acabado o café da manhã e de não descer de camisola. Ela adorava aprender a costurar com minha mãe ou assistir à televisão com nossos roupões o dia todo, as pernas pendendo do braço do sofá.

Meus pais, porém, não eram liberais; eles eram uma família boa e sólida da classe trabalhadora com ambições para mim, o que justificava o empurrão e o estímulo para sua filha única conseguir uma bolsa de estudos numa escola para os ricos e privilegiados. Eu não estava certa de que eles pudessem considerar seu experimento um sucesso incondicional.

Na noite da reunião, Roberta foi me buscar. Ela chegou toda emperiquitada com o cabelo escuro esvoaçante, pantalona branca, uma blusa de renda e saltos que me fariam parecer como se tivesse acabado meu turno de pole-dancing. Eu pretendera passar um pouco de tempo me arrumando, mas Jonathan estava de mau humor por eu sair sem ele, reclamando sobre como não tínhamos dinheiro para desperdiçar com "bugigangas", e depois ainda se opondo quando contei a ele que Roberta estava pagando.

Ele tinha decidido que o melhor jeito de gastar o tempo era revisando nossos subsídios naquela tarde. Produzir os documentos relevantes do meu sistema de arquivamento "guarde numa caixa" resultou em meros 15 minutos para eu me arrumar, dificultados por um apontador de lápis de olho perdido e minha única blusa decente desaparecida. No fim, optei por um par de calças pretas que eu usava para trabalhar, passei preciosos cinco minutos domando meu cabelo para que ele não se arrepiasse como galhos de árvore e atirei um tubo de rímel seco na bolsa para fazer a maquiagem no carro.

— Estou um pouco nervosa — comentou Roberta. — Achei que eu estivesse bem para falar de Scott, mas agora não tenho tanta certeza.

— Não seja boba. Todos vão olhar para você e pensar em quanto ele foi idiota de deixar você escapar. Vamos dar risada. — O que era irônico vindo de mim, pois meu medo crescia a cada cruzamento pelo qual passávamos em direção à nossa frondosa escola de Sussex.

Roberta parecia mais empolgada do que nervosa. Quando passamos pelos portões, ela começou a apontar pela janela.

— Olha, é a Veronica. E a Cinzia. Ai, meu Deus! A Elfrida está linda. Ela está mesmo glamorosa. Não me lembro de ela ser assim na escola.

Eu queria estar achando tudo aquilo interessante. Mas me senti como me sentia naquela época. A pobre coitada maltrapilha que tinha que pintar o cabelo de um arco-íris de cores para ser notada.

— A que horas podemos ir embora?

Roberta puxou o freio de mão.

— O que você diz pros seus pequenos na escolinha? A única diferença entre se divertir e se chatear é a atitude?

Revirei os olhos e coloquei um pé para fora do carro.

— Vamos lá, vamos fazer o inventário de quantas se casaram com um riquinho que estudou em Eton, quantas têm filhos chamados Sebastian e filhas chamadas Lucinda e quantas mulheres de fato usaram qualquer coisa de sua educação para trabalhar em algo além das dimensões de suas novas cozinhas chiques — falei.

Roberta me olhava como se eu tivesse pirado.

— Ao combate, minha querida.

Nós estávamos de volta ao gramado da escola havia apenas cinco minutos, e ela já soava como se estivesse prestes a jogar uma partida de lacrosse. Andamos pelo pátio em direção ao hall. Uma vez lá dentro, fiz uma varredura do desfile de vestidos longos, saltos altos e uns frufrus, algo entre um cachecol e um cardigã que só pessoas muito estilosas podiam usar sem que parecessem saído de casa acidentalmente com um pano de prato grudado na alça do sutiã. Segui atrás de Roberta, observando como ela se mantinha altiva, fazendo os cumprimentos com a graciosidade que era sua marca registrada.

Ela se encaixava. Eu ainda não.

Peguei duas taças de vinho de uma bandeja que passava. Roberta fez um sinal me chamando.

— Você se lembra da Verity? Ela trabalha no Ministério das Relações Exteriores, morou no mundo todo. Passou um tempo até em Roma. Imagine poder entrar na Capela Sistina todo dia.

Eu sorri.

— Oi, Verity. Eu me lembro de você. Você era da minha turma de francês. Parece que acabou usando os seus idiomas. Eu só usei o meu para pedir croissants.

Verity estendeu a mão.

— Desculpe, não ouvi seu nome.

— Octavia. Era Octavia Austin. Agora é Shelton.

A mão de Verity voou até o rosto.

— Ah, meu Deus! Octavia. Puxa! Não reconheci você. Você está tão, ahn, normal. E casada também. Achei que você estaria com o cabelo rosa luminoso e viajando em turnê com uma banda de rock ou salvando orangotangos em Bornéu.

Eu também achei que estaria.

— Que nada!

Roberta se intrometeu.

— Octavia está escondendo seus talentos. Ela montou uma creche holística na qual as crianças ficam ao ar livre por pelo menos oitenta por cento do dia. É incrível.

Verity fez bastante esforço para afugentar uma expressão perplexa do rosto.

— O que, até quando chove?

— Sim. Colocamos capas de chuva e galochas. Crianças, especialmente os meninos, aprendem se movimentando. Na minha opinião.

— Deus! Que inovador! — Mas seus olhos já vagavam pela sala.

Enfiei o nariz em meu copo, e, com os olhos semicerrados, dei um resmungo telepático para Roberta. Eu ainda sofria com o "normal". É claro que não queria parecer louca, ridícula ou esquisita, mas talvez criativa, excêntrica ou extravagante. Olhei para baixo. Verity estava certa. De calça larga preta, camiseta de supermercado e cardigã, eu parecia uma mãe qualquer atormentada com a correria da escola.

Nada a meu respeito sugeria uma história de saias feitas de cortinas, roupas íntimas usadas como roupas para sair e calças coladas de estampa de leopardo que eram minha marca registrada até que Charlie nascesse e eu ficasse muito gorda para usá-las. Por que Verity deveria se interessar por mim? Os traços dos quais eu me orgulhava, a não submissão, o pensamento original, a coragem de fazer, tudo se dissipara, deixando para trás um rosto, e uma pessoa, difícil de lembrar na manhã seguinte.

Roberta pegou meu braço.

— Vamos dar uma olhada nas fotos do nosso ano.

Eu ainda estava murmurando:

— Normal. Uma estúpida normal.

Vasculhamos entre as fotos da escola até que encontramos uma nossa no último ano. Eu me metera numa encrenca terrível porque tinha inflado as bochechas como um baiacu. Meus olhos estavam brilhantes e travessos, meu cabelo arrepiado com pontas brancas descoloridas. Eu parecia muito cheia de vida. Roberta estava de pé atrás de mim, mordendo o lábio num esforço para não rir. Ela apontou para a foto.

— Ah, meu Deus! Olhe para você. Sua danadinha. Você se lembra como a Sra. Metcalf ficou irritada?

Era muito fácil imitar a Sra. Metcalf, porque seu sotaque era forte e característico do norte.

— Arruinando a foto de todos e a reputação da escola.

Roberta gargalhou. Uma voz atrás de mim falou:

— Eu reconheceria essa voz em qualquer lugar. Você era uma imitadora incrível.

Eu me virei para ver Fliss Morris, que fora a capitã, a medalhista de ouro, a estrela do lacrosse, do hóquei e do netbol. Mas, ainda assim, eu havia conseguido arrebatar a liderança dela quando fizemos o teste para *Annie*.

— Mas sem o cabelo rosa agora?

Caramba. Não tinha percebido que ninguém se lembraria de mais nada além disso a meu respeito.

— Não. Só o meu castanho sem graça de meia-idade.

— Rá rá. Agora você vai me contar que acabou casada, mãe de dois filhos, e se tornou professora. — Ela comentou isso como se fosse tão improvável que eu quase lhe disse que era uma antropóloga que acabara de voltar de um estudo dos Inuíte.

Em vez disso, dei de ombros e informei:

— Três filhos. Professora de creche.

Para alguém que supostamente tinha boas maneiras, Fliss não fez a mínima questão de disfarçar sua hilaridade. Ela não parava de balançar a cabeça e gaguejar:

— Não acredito nisso. Você está me dando uma tremenda esperança em relação à minha filha. Ela colocou um piercing no umbigo e sabe lá Deus quantos brincos tem. Talvez ela se rebele agora e mais tarde se torne tradicional como você.

Tradicional. Encharcadamente tradicional.

Até onde eu sabia, isso estava na mesma categoria de "agradável", "legal" e "encantadora". Não eram elogios. Eu me voltei para as fotos.

— Você não mudou quase nada.

A raiva queria que eu dissesse: "Ainda os mesmos dentes enormes e horrorosos e a risada que parece um ronco". É claro, agora eu era "tradicional", então insultar pessoas aleatórias que eu não via há vinte anos não era mais uma opção.

Roberta havia descoberto uma mulher loura qualquer que eu reconhecia vagamente e estava fazendo comparações sobre divórcios e namoro na internet. Eu tentava escapar de Fliss antes que ela me fizesse sentir pior a meu respeito quando Roberta acenou para um cavalheiro idoso do outro lado do salão. Jesus! O Sr. Hardy, nosso velho professor de matemática. Ele deveria estar morto a essa altura. Então veio direto até nós. Gemi enquanto ele andava, empertigado, garboso.

— Roberta. Como vai você? Eu a reconheci de imediato. Espero que a vida tenha lhe tratado muito bem. É sempre interessante ver como as pessoas mudam. E Felicity. Ainda interessada em esportes? Em nível municipal? Muito admirável realmente. — Ele se virou para mim. — Não acho que dei aula para você, dei? O rosto me parece um pouco familiar. — Ele deu um tapinha ao lado da cabeça. — A memória não é mais tão boa quanto era.

A resignação abriu caminho por meu estômago.

— Octavia. Octavia Austin na época.

Os olhos azuis desmaiados se abriram rapidamente com a surpresa.

— Ora, ora, ora. Octavia Austin. — O Sr. Hardy deu uma risada no fundo da garganta. — Você não era fácil. Eu me lembro de você entregando um livro de exercícios de matemática com uma palavra indescritivelmente rude escrita em todas as respostas.

— Foi "babaquice"?

Logo que as palavras saíram de minha boca, eu corei. Fliss deu uma risadinha à minha direita. O Sr. Hardy lançou o torso para trás como se esperasse que eu tivesse desaprendido a palavra ao longo dos anos. Ele olhou por cima dos óculos.

— Sim, acredito que foi. — Ele fez uma pausa. — Eu me recusei a deixá-los suspendê-la por isso. Achei que você encararia como uma recompensa, não como uma punição. Eu gostava dos alunos com personalidade. Você tinha muita personalidade. Uma garota muito vibrante. Imagino que, com ou sem álgebra, você tenha deixado sua marca na vida.

Eu não conseguia acreditar em quantas pessoas era possível desapontar em uma só noite. Em duas décadas, eu havia me transformado de uma rebelde que corria atrás do que queria em uma mulher tediosa, feia e mal-humorada que ia a absolutamente lugar nenhum.

Roberta

Scott tinha abalado minha crença na capacidade de separar o joio do trigo tão completamente que pedi a Octavia que escolhesse entre o número surpreendente de homens que haviam respondido ao meu perfil no Acabou de Dar um Clique. Eu passara a última semana e meia evitando marcar um encontro, mas Octavia não estava engolindo. Eu só tinha concordado com aquela noite porque Scott estava num voo de volta da Austrália e era a última vez que não haveria chance de ele entrar no restaurante no qual íamos nos encontrar.

As primeiras impressões me mostraram que Octavia tinha escolhido bem. "Jake" estava lá quando cheguei, sentado na frente do pequeno bistrô mediterrâneo, procurando por mim. Ponto. Ele se levantou no segundo em que abri a porta e falou: "Roberta?", então foi direto até mim. Ponto. Cabelo loiro e não tão alto quanto Scott, mas, ainda assim, perto de 1,80m. Eu estava feliz de não ter ligado para cancelar. A preparação fora difícil, estava tão nervosa que borrei o rímel na cara toda e tive que recomeçar. Eu me arrependi de ter olhado para meu hidratante chique de chá de rosas e decidido que ele não o mereceria. Em vez dele, eu optara pela manteiga corporal de coco de Alicia e agora cheirava como se tivesse me besuntado com protetor solar.

Ele apertou a minha mão. Quente, macia, a quantidade certa de força. Um pouco mais leve do que eu imaginara, mas todo mundo era mais leve em comparação a Scott.

— Sou o Jake. Muito prazer em conhecê-la.

Nada de "Como vai você?". Um pontinho. Mas então Octavia afirmou que apenas a rainha, meus pais e eu ainda dizíamos isso. Ele me conduziu ao meu lugar numa mesa ao lado da janela. O nó apertado de trepidação em meu estômago se afrouxou quando ele falou.

— Vamos beber alguma coisa. Do que você gostaria?

Armei uma pequena cilada.

— Gostaria de um vinho branco, por favor.

Ele pegou a carta de vinhos.

— De qual você gosta? Sancerre? Ou será que aqui tem algum bom Sauvignon Blanc da Nova Zelândia?

Ponto. Não era o tipo de homem que pedia o "vinho da casa". Quando ele pediu as bebidas, de forma educada e respeitosa ao garçom, comecei a notar muitas coisas boas a seu respeito. Olhos castanhos convidativos. Uma bela camisa. Um jeito amável de fazer pausas, um tipo de espera verbal, aguardando para você falar. Um contraste completo à monopolização de Scott do microfone com suas opiniões, desejos e decretos. Tentei ver o pé dele. Eu sabia que precisaria fazer algumas concessões, mas eu tinha um negócio com sapatos horrendos.

Dei uma espiada pelo restaurante. Mesas com sofazinhos, divisórias e música latina em volume baixo o suficiente para que conversássemos sem o casal ao lado saber que era nosso primeiro encontro. Eu previra estar muito emocionalmente seca para conseguir flertar. Na melhor das hipóteses, achei que apenas sustentaria uma conversa inteligente em que a outra pessoa não presumisse automaticamente que minhas opiniões eram ridículas. No entanto, conforme comemos nossas entradas, eu me vi me inclinando para a frente, olhando-o nos olhos. Depois do desastre com Simon, eu estava mais cuidadosa do que nunca ao expor qualquer parte do corpo, mas, em meio aos pimentões recheados, me arrependi da túnica pudica. Eu não queria que ele contasse aos amigos que talvez tivesse marcado a opção "freiras" por engano. Secretamente, empurrei meus seios para cima. Caramba, eu aceitaria o "café" em seguida. Com certeza, não era possível que eu conhecesse o homem certo logo de cara. No mínimo, eu esperara sofrer com alguns sem esperança, ao menos um 15 anos mais velho do que a foto, um de peruca e um com transtorno compulsivo pela ex-mulher.

Mas ou Jake era um grande ator ou era mesmo um cara legal.

— Então, como você ficou solteira, Roberta?

— Muitos anos com o homem errado. Muito tirânico, na verdade. Finalmente, eu o vi pelo que ele era.

— Por quanto tempo ficou com ele?

— Quase dezenove anos. Quatorze de casada.

— Você pode ser desculpada por um lapso de julgamento, afinal mal devia ser um pouco mais velha que uma adolescente quando o conheceu. Eu conheci minha esposa quando tinha quase 30 anos e, ainda assim, não identifiquei os sinais de alerta. — Ele partiu um pouco de pão, passando manteiga em cada pedaço em vez de tratá-lo como um sanduíche de bacon.

Fiquei encantada com um homem justificando meus erros em vez de destacá--los. Ele tinha um jeito bastante relaxado a respeito de si próprio. Eu adorava o fato de ele estar interessado em minhas opiniões, encorajando-me com "Esse é um ponto de vista muito bom", "Eu não tinha pensado nisso dessa forma", "Caramba. Normalmente não conheço mulheres tão inteligentes quanto você".

Mas eu não me sentia inteligente. Se tivesse metade de um cérebro, teria admitido que, anos antes, meu pai estava certo a respeito de Scott. Se não por outra coisa, eu era "extremamente jovem para jogar toda aquela educação fora e me casar sem viver um pouco antes".

Em algum ponto durante o prato principal, Jake balançou a cabeça.

— Não sei por que você continua dizendo todas essas coisas sobre si. Se eu acreditasse em você, o que não vou fazer, você seria uma péssima cozinheira, uma mãe terrível, uma porcaria de motorista, uma esposa preguiçosa, uma inútil inadequada. Quando você procura fundo em seu coração, é isso que realmente pensa?

Joguei outro pedaço de cordeiro na boca para que não precisasse responder imediatamente. Quando tentei responder, uma grande torrente de lágrimas inundou meus olhos. Tentei fazer uma piada.

— Não sinto que me destaquei em tantas coisas até agora. — Era tarde demais. Não havia como esconder as lágrimas. Coloquei os talheres na mesa. — Com licença.

Corri até o banheiro e me enfiei numa cabine. Peguei um pouco de papel higiênico para deter as lágrimas que rolavam até a seda de minha túnica. Eu não estava pronta para isso. De jeito nenhum. Tudo bem para Octavia dizer que era hora de eu voltar para a guerra ou qualquer expressão vil que ela iria usar. Eu pediria desculpas e iria embora. Que burra, que burra eu! Joguei água fria no rosto e andei de volta, ainda soluçando fracamente. Se algum dia eu fosse a outro encontro na vida, não iria beber.

Jake estava esperando do lado de fora. Ele estendeu a mão.

— Ei, desculpe. Minha ex sempre falava que eu só dizia as coisas na hora errada.

— Não seja gentil comigo. Apenas não seja. Ai, Deus! Acho que é melhor eu ir embora.

— Não, não faça isso. A não ser que tudo seja só uma desculpa para você me dar um perdido. Aposto que acabou de mandar uma mensagem para a sua amiga para dizer: "Me ligue com uma emergência daqui a cinco minutos". Se esse telefonema acontecer, vou ficar muito desconfiado. — Ele me entregou um lenço passado.

Eu preferia um lenço branco oferecido na hora certa a uma rosa vermelha a qualquer hora.

— Escuta, você não precisa ser gentil comigo. Você não me conhece. Tenho certeza de que agir como um ombro para chorar não é sua ideia de uma noite divertida. Deixa eu pagar a conta.

— Vamos acabar de comer. Veja o lado bom. Eu vi você chorar e ainda gosto de você. — Mesmo através das lágrimas, percebi que podia me acostumar a um homem sendo tão direto, sem nada para tentar adivinhar.

Ele me conduziu de volta à mesa. Sentei-me e peguei meu garfo.

Jake sorriu.

— Vou falar sobre mim por um tempo, até que você caia no sono ou decida que pode falar novamente.

Ele me contou que era apaixonado por esquiar. Apesar de eu adorar praticá--lo na época da escola, não tinha mais esquiado desde que conhecera Scott porque ele achava que era um esporte idiota. Jake tinha um filho adolescente de quem era bem próximo. Estava divorciado havia seis meses e tivera alguns encontros de horror.

— Conheci uma garota francesa que só esperou até a primeira taça de vinho para perguntar se eu podia ajudá-la com suas dívidas e a pagar seu aluguel. Conheci outra mulher que queria que eu fosse a uma festa com ela para deixar o ex-marido enciumado. E uma louca de pedra que falou de Ben a noite inteira, de como ele era doce, de quanto ela o amava. Achei que era o filho dela, mas depois descobri que era o cavalo.

— Então eu vou ser sua história neurótica chorona?

Jake riu.

— Não. Você vai ser minha história "você não vai acreditar na garota maravilhosa que eu conheci".

Pela primeira vez desde que eu deixara Scott, pude me imaginar tocando outro homem.

Terminei de comer o cordeiro e me senti confiante o bastante para ficar para o café. Tive momentos em que esqueci que era nosso primeiro encontro. Eu me senti autêntica, eu própria, aquela com opiniões de verdade que vinham de crenças arraigadas. Não aquela que me tornei com Scott, a mulher que com frequência segurava uma frase por um nanossegundo antes de deixá-la sair, pesando mentalmente se não havia problemas em soltá-la, se uma simples observação levaria a uma discussão mais tarde.

— Então o que vem a seguir para você? — Jake pediu mais café. Eu também não queria que a noite acabasse, mesmo que significasse que eu ia ficar ligadona com tanta cafeína.

— O que você quer dizer com o que vem a seguir?

— O divórcio sempre traz algum tipo de mudança de direção. Qual vai ser a sua?

— Nossa! Estamos nos estágios iniciais de negociação do divórcio, então ainda não ousei cavar tão fundo assim. Não sei.

— Aposto que sabe, sim. Se for realmente honesta consigo mesma, perceberá que há algo que você não fazia por causa do seu casamento, e que agora pode fazer. A minha era cozinhar. Minha ex odiava que eu perdesse tempo na cozinha, embora isso fosse mais uma desculpa para não falar com ela.

Eu recostei. Parte de mim se sentiu sob pressão para mostrar um pouco de profundidade, para ter um sonho digno do interesse dele.

Eu de fato tinha um sonho.

É que sempre que eu tocava no assunto com Scott, ele o espantava como se eu fosse uma boneca Barbie fofa brincando com uma noção ridícula.

— Não quero soar pretensiosa.

— Você também não quer soar como se tivesse desistido da mudança, da ambição ou de pensar que as coisas poderiam ser diferentes. — Mas Jake sorriu como se fosse o tipo de pessoa a me encorajar em vez de me diminuir.

Então contei a ele. Contei sobre o desejo de montar meu próprio negócio de design de interiores, focando em transformar a vida das pessoas, encorajando-as a desistir de posses e tradições às quais elas sempre se agarraram por hábito, culpa ou dever em suas casas. Esperei que ele fizesse o que Scott fazia, enrugar o nariz e me dizer que isso era baboseira Nova Era e que eu nunca ia ganhar nenhum dinheiro.

Nada disso. Ele me fez perguntas atrás de perguntas a respeito de minhas teorias sobre posses, se eu estava levando itens de meu lar de casada ou começando de novo e até me convidou para usar a casa dele como cobaia. Foi só quando o garçom começou a varrer atrás do bar que Jake fez um gesto pedindo a conta. Peguei a bolsa, mas ele estendeu uma mão restritiva.

— Não. Essa é minha. Sem discussão. Você pode pagar a próxima. — Ele levantou as sobrancelhas numa pergunta.

Uma leve onda de quentura se espalhou por mim enquanto eu assentia. Todos esses anos que passei curvando os cílios e aparando as cutículas, quando explodir em lágrimas era todo o necessário.

E ele estava usando botas de caminhada da Timberland.

Octavia

Eu ia ganhar o prêmio de pior amiga do ano, mas começara a temer o telefonema de Roberta. Seu horário preferido para ligar era às sete da noite. Quando Alicia relaxava em frente à televisão, nossa conversa diária parecia ser sua principal fonte de entretenimento. Ela vinha ao telefone com uma voz desanimada e monótona, então eu não me sentia à vontade para dizer: "Desculpe, mas estou tentando ouvir a leitura de Polly, dar uma olhada no dever de casa de química de Charlie, fazer um espaguete à bolonhesa e decifrar a mais recente rejeição de Jonathan num emprego".

Em vez disso, eu vagava pela cozinha com o fone pressionado no ombro, mexendo a comida com uma das mãos e espantando as crianças com a outra. Elas achavam que um telefonema era a oportunidade perfeita para começar a mandar mensagens incompreensíveis com a boca ou se encherem de biscoitos.

Naquela noite, porém, a voz dela estava diferente. Quase arrebatadora. Ela me mandara uma mensagem na noite anterior para avisar que estava em casa depois do encontro, mas sem detalhes. No entanto, assim que começamos a falar a respeito de Jake, eu soube que o rapaz causara uma ótima primeira impressão. Desde que havia se separado de Scott, Roberta desenvolvera certa dureza, como se apenas sobreviver significasse que ela não tinha mais espaço para aliviar a barra de ninguém. Mas, em vez de começar uma lista de dez coisas que ela não havia gostado nele para me fazer rir, ela parecia toda sentimental e falou:

— Ele foi um amor, gostei muito dele.

Fiquei me intrometendo para saber todos os detalhes que eu queria.

— Como era o visual dele? Melhor ou pior do que na foto? Ele era alinhado?

— Melhor do que na foto. Olhos muito gentis. Não superchique, mas bem--educado. Talvez um pouco regional. De algum lugar do sudeste. Até o papai podia ter gostado dele.

— Bom assim? Caramba! — Scott tinha horrorizado tanto o pai de Roberta com seu jeito efusivo de dar tapinhas nas costas e papinho amigável que ele me implorara, à garota que ele declarara "uma má influência" para sua filha, para fazer Roberta abrir os olhos. Uma vez na vida, eu concordava com ele, mas nossa desaprovação conjunta não foi o bastante para dissuadi-la.

— Ele tem casa própria? Tem carro? — Tirei as roupas da máquina e comecei a colocar calças e meias por cima dos aquecedores. Jonathan havia declarado a secadora fora de cogitação até que ele arranjasse um emprego.

— Não perguntei qual carro ele dirige. Acho que ele mora depois do parque, mas não sei se numa casa ou num apartamento.

— Cacete, Roberta, você está fora de forma. Não está fazendo as perguntas certas. Acho que é melhor eu conhecer o cara.

— Eu tive toda a riqueza e isso não me fez feliz.

— Eu sei, mas acredite em mim, contar cada centavo também não enaltece muito um relacionamento. Você sabe o que ele faz da vida? — Immi chegou, fazendo sinais de que estava morrendo de fome para mim. Dei-lhe as costas, e ela foi embora de novo.

— É claro, estava no perfil dele. Ele tem um negócio de impressão.

— E você descobriu se ele fica no quarto dos fundos com um kit caseiro ou se é dono de uma fábrica enorme?

— Não tenho muita certeza se ligo para isso. Ele pareceu um verdadeiro cavalheiro. Ele pagou o jantar.

Vinda de uma família em que os fins de semana envolviam estreias de teatro, exposições e óperas, Roberta não era uma pessoa destinada a viver sem conforto. Na escola, ela adorava ir à minha casa, dormir no quarto miserável do pequeno sótão que eu odiava, adorando o pudim de caixinha da mamãe e os bolinhos prontos de chocolate.

Porque não era a sua vida real.

No final do ensino médio, ela só saía com caras que tivessem carro e pagassem o jantar. Eu me achava sortuda de conseguir uma Fanta no parque e uns amassos atrás do galpão do boliche.

— E daí?

— E daí o quê?

— Você o beijou?

— Beijei.

— E? Vamos lá, me conte os detalhes sórdidos. Estou vivendo que nem uma freira aqui. — Eu ainda me lembrava do meu primeiro beijo com Xavi, no barco do pai dele.

— Foi bom.

— Só bom? Ou tipo bom soltando fogos?

— Meu Deus, sei lá. Faz tanto tempo desde que beijei alguém que não fosse Scott. Foi um pouco estranho. Achei que ia ser mais constrangedor, mas eu havia tomado umas taças de vinho, então pareceu certo. Ele beija muito bem.

— Roberta parecia sonhadora, como se sua severidade tivesse sido embebida em amaciante.

— Você vai encontrar com ele de novo?

— Ele pediu para me ver hoje à noite.

Engasguei.

— Ai, meu Deus! Ontem à noite e hoje? Não me diga que ele está te mandando mensagens o dia inteiro?

— O dia todo não. Uma ou duas vezes. Só "gostei muito da noite de ontem", "aguardando ansiosamente para ver você".

— Ele parece bem interessado. Jonathan só me manda mensagem para pedir que eu transfira dinheiro para a conta dele. Aonde vocês vão hoje?

— Ele vai cozinhar para mim. — Ela deu uma risadinha.

— Na casa dele? Está parecendo a grande cena de sedução. Não se esqueça de levar as camisinhas.

— Não vou dormir com ele. — Ela parecia horrorizada. — Acho que ainda não fiz a mudança mental de estar casada com Scott.

O puritanismo de Roberta era como algo saído de *Orgulho e preconceito*.

— O que isso tem a ver? Scott está ocupado puxando a tanguinha daquela mulher com o negócio de lingeries, não está?

— Eu sei disso. Mas eu não sou Scott. Nunca dormi com alguém no segundo encontro.

Cristo! Eu normalmente não me incomodava com um segundo encontro porque já tinha dormido com eles no primeiro.

— Você tem 39 anos e é mãe. Não precisa mais passar por virgem.

— Ele pode se desinteressar se eu dormir com ele.

Bati a porta da lavadora com força.

— Por que ele faria isso? Scott nunca teve do que reclamar nesse departamento. Com certeza homens da nossa idade compreendem que as mulheres não acham que encontraram um novo marido só porque transaram.

— Não tenho tanta certeza assim. A ideia toda me deixa apavorada.

Roberta era uma das poucas mulheres que eu conhecia que não apenas podia usar um biquíni, mas que também fazia as cabeças se virarem para admirá-la.

— Ele deve ser bem sortudo. Você é linda. Apenas agradeça por não ter ganhado peitos que você pode enfiar nas calças. Me ligue amanhã para contar como foi.

Desligo o telefone me sentindo nada sexy e bem longe disso. Nada mais no meu corpo estava no lugar certo. Tudo estava pendurado em vez de assentado. E, embora eu repetisse a mim mesma para "seguir em frente", ainda estava sofrendo com todo o fiasco da reunião da escola. Mesmo sem o cabelo multicolorido, as pessoas deveriam ter sido capazes de me reconhecer. Ninguém havia olhado para Roberta e se perguntado que rosto desmaiado era aquele. Naquela época, meu diferencial era a rebeldia, enquanto o dela sempre foi o glamour. É claro que ela salpicava glitter no cabelo, grudava estrelas no rosto e usava uma roupa de lycra de gatinho quando íamos a festas. Mas naquela época, como agora, ela só chamava a atenção para si pela beleza, não pela ousadia.

Para começar, eu não tinha beleza. Agora eu também não tinha ousadia.

Joguei alguns empanados de peixe no forno. Isso basicamente resumia minha vida: na época da Córsega, eu pescava badejo e o grelhava numa fogueira ao ar livre.

Xavi não teria permitido que eu me tornasse essa desculpa para uma aventureira, essa pessoa que ia passar o dia em Brighton, experimentava botas prateadas e plataformas vermelhas, mas então comprava um sapato comportado de ponta quadrada em uma loja popular.

Lutei para me lembrar da última vez que eu me sentira como um prêmio a ser estimado. No início, Jonathan admirava minha coragem e eu gostava de tê-lo como uma plataforma segura para servir de trampolim. Nos últimos tempos, ele estava sempre me dizendo para "dar uma refreada", o que quer que significasse essa "refreada".

Xavi me fizera sentir como a garota mais corajosa do mundo porque eu sempre estava pronta para pegar minha mochila microscópica e partir sem precisar saber onde ia dormir naquela noite. Aposto que Xavi não levava cinco libras em moedas de cinco centavos ao banco com frequência como Jonathan.

Coloquei a comida em bandejas e deixei as crianças comerem em frente à televisão para variar. Fingi que precisava acabar um trabalho na cozinha. Na verdade, o desejo de saber se Xavi estava com um corte de cabelo sensato e um emprego fixo me consumia. Eu havia resistido ao chamariz do Google todos esses anos, com medo de que a mera digitação do nome de Xavi me fizesse ansiar por coisas que uma mulher casada e com três filhos não deveria nem pensar a respeito. No entanto, desde a noite com Roberta, toda vez que a vida diminuía o ritmo o suficiente para eu sonhar acordada, Xavi estava lá, com aquela energia reprimida, pronta para ser desviada a uma fuga.

Eu precisava saber. Com um clique do mouse, coloquei abaixo as barricadas cuidadosamente construídas que haviam mantido minhas memórias de Xavi pregadas num passado distante.

Uma onda de alívio percorreu o meu corpo, a adrenalina de admitir que ele ainda estava ali em minha mente e em meu coração.

Google. Xavier Santoni.

Alguns poucos resultados apareceram, mas nenhum na Córsega. Minha busca se espalhou para a França e para o restante da Europa e depois além. Olhando para fotos minúsculas, fitando homens de meia-idade, tentando envelhecer mentalmente aquelas maçãs do rosto altas, aqueles olhos castanhos ao mesmo tempo cautelosos e travessos, aquele jeito tenso que ele tinha de se segurar como se alguém pudesse pular de detrás das fendas medievais de Cocciu.

Perdi uma grande parte da tarde no Google Earth, dando zoom em cada centímetro de Cocciu. Comecei a ensinar inglês no colégio interno no qual trabalhei por um ano quando tinha 20 anos. Pelo que vi na tela, ele não mudara muito. Pairei pela casa dos pais dele, aumentando o litoral da Córsega, brincando comigo mesma ao reconhecer praias específicas. Toda vez que alguém entrava na cozinha, eu fechava o laptop rapidamente, resmungando a respeito de contas que precisavam ser pagas.

Foi tudo infrutífero. Fiquei muito irritada por conseguir ver fotos do maldito telescópio Hubble no espaço, mas não conseguir achar uma única referência ao homem com o qual eu jamais poderia envelhecer, mas que estava alojado no canto do meu coração, que seria para sempre *córsego*. Eu era patética. Havia tão pouco estímulo em minha vida que meu coração se agitou todo com a ideia de encontrar uma *foto* de um homem que amei duas décadas antes. Apaguei meu histórico de pesquisa.

Agora eu só precisava de um comando para apagar meus sentimentos.

Roberta

Parei do lado de fora da casa de Jake. Cheguei cedo, então mandei uma mensagem de texto para Alicia a fim de dizer que estava pensando nela e me despedi com amor. Eu odiava que ela ficasse duas noites por semana com Scott, mas era o único jeito de ele formar algum tipo de relacionamento com ela. Era a primeira noite dele voltando da Austrália depois de duas semanas fora, mas ela ainda protestou para ir. Esperei que isso viesse de um desejo mal encaminhado de proteger meus sentimentos, e não por ela não querer realmente vê-lo. Mas eu havia falado com Alicia quando ela chegara da escola na casa dele, e ela fora muito cuidadosa. Dava para ouvir Scott rosnando ao fundo, e ela rapidamente desligou o telefone. Espero que ele só estivesse impaciente por passar algum tempo com ela.

Eu estava saindo do carro quando o celular tocou.

— Oi, mãe. — A voz de Alicia soava baixa e distante.

— Oi, querida. Está tudo bem? Você parecia um pouco triste mais cedo.

— Estou bem. A Shana está aqui.

Uma pontada brutal de ciúmes me atravessou.

— Ela é gentil com você?

— Ela é OK. Tem só 26 anos e acha que sabe tudo. Tipo, tem um monte de opiniões sobre música e fica tentando fazer rimas. O papai acha muito engraçado e a encoraja, depois ele mesmo se junta. Uma puxação de saco. E eles ficam se pegando.

Tive uma briga interna. Sabia que devia buscá-la e levá-la para casa. Mas queria passar a noite com Jake. Fiquei responsável por Alicia todo o tempo em

100

que Scott ficou na Austrália, morando naquele apartamento minúsculo sem um segundo para mim mesma. Talvez eu fosse muito egoísta para ser mãe. Talvez Scott estivesse certo.

Suspirei internamente.

— Quer que eu vá te buscar?

— Não, tudo bem. Eu vou a uma festa com algumas amigas da escola.

— Lucy e Daniela?

— Não. Umas meninas da minha turma. Você não as conhece. Um dos irmãos de uma delas vem me buscar. Ele já tem carteira de motorista.

— O seu pai concordou com isso?

— Ele não liga. É melhor para ele se eu sair, daí ele e a Shana podem transar.

Eu não sabia bem como lidar com aquilo. Queria ser mais como Octavia. Ela não ia deixar esse comentário cair no vácuo. Deus sabe que visão deturpada de relacionamentos Alicia tinha.

— Tenha cuidado. Eu preferia que o papai pedisse um táxi para você.

— Mãe, já está tudo organizado. Agora preciso ir com ele, senão vão pensar que eu sou uma criancinha mimada.

Senti uma onda de fúria por Scott não se preocupar se Alicia ia voltar para casa inteira, pela cidade com sabe lá Deus quem. Eu deveria ter insistido numa escola melhor para ela em vez da inclusiva local, que Scott escolheu porque não concordava com toda aquela "merda seletiva" — "Ou vai ou racha, Robster, ou vai ou racha".

Tarde demais para tudo isso.

— Não deixe de usar o cinto de segurança. Não entre no carro com esse menino se ele andou bebendo, tá?

Jake acenava para mim da porta. Fiz um gesto de que levaria dois minutos.

— Tenho 14 anos, mãe. Tenho idade suficiente para saber o que estou fazendo.

Tive esperanças de que Scott fosse insistir que ela voltasse para casa num horário razoável. Ela se despediu e desligou. Não ocorreu a ela perguntar onde eu estava. Eu aplaudia o egoísmo dos adolescentes.

Percorri a entrada da garagem de Jake um pouco menos alegre do que estivera dez minutos antes. Ao menos poderia dizer a Octavia que ele tinha uma casa da década de 1930, separada, completa com entrada para carros, além de uma BMW 4×4.

Logo, não era um duro.

A culpa que Alicia havia incutido em mim pareceu ir embora vergonhosamente quando Jake pegou minha mão e me beijou em ambas as bochechas.

— Entre, estou muito feliz que tenha vindo. Achei que podia furar comigo.

Ele demonstrava uma autoconfiança que me deixava à vontade em vez de me colocar na defensiva. A casa cheirava a gengibre e canela. Um homem que não tinha parado no mercado para comprar lasanha pronta. Ele me conduziu até a sala.

— Aqui, sente-se, vou pegar um vinho. Branco, certo? Ou você prefere champanhe?

— Um golinho de vinho seria ótimo. Estou de carro.

— Vamos ver como as coisas acontecem. Posso chamar um táxi para você. Me dê licença um segundo enquanto pego as bebidas.

Assenti e expirei lentamente. Eu estava nervosa, como costumava ficar antes de me casar, quando Scott e eu estávamos prestes a nos reencontrar depois de vários meses separados. Não queria pensar nele agora, então me forcei a me concentrar em examinar a sala. Bem masculina, bastante couro escuro, cortinas marrons, sem ornamentos. Lareira e sofás grandes e confortáveis. Não os sofás moderninhos nos quais Scott insistira, tão confortáveis quanto uma pedra.

Eu podia ter feito maravilhas para suavizar o ambiente. Colocar papel de parede na estrutura acima da lareira com alguma das estampas lindas que eu tinha visto na John Lewis. Tinta bege nas paredes para dar uma boa levantada cálida. Um tapete felpudo confortável, cortinas e almofadas vermelhas para deixar tudo em harmonia. Decidi que era um pouco cedo para oferecer dicas de design interior, pois ele poderia pensar que eu queria me mudar para lá.

Não havia nada que sugerisse a presença de uma mulher por ali nos últimos tempos. Fiz uma anotação mental para descobrir se houvera alguém sério desde a esposa.

Jake voltou da cozinha com bebidas e aperitivos. Recostei na poltrona de couro, tentando deixar minha boca num formato relaxado.

— Espero que você goste da minha comida. Meu filho gosta, mas a mãe dele não passa muito tempo na cozinha, então ele sente alívio de vir para cá e ter um pouco de comida decente. Fiz frango marroquino. Eu deveria ter perguntado antes, você não é alérgica a nozes, é?

— Não, parece ótimo, obrigada.

— Meu Deus, isso é esquisito, né? Sentados sendo educados. Gostaria que pudéssemos avançar para um tempo em que estamos de fato confortáveis um com o outro e eu não fique sentado pensando, droga, quero dizer coisas boas a ela, mas não posso porque senão ela vai pensar que sou um maluco à espreita e vai ficar assustada.

Sorri através da taça. A capacidade de Jake admitir sua vulnerabilidade era ridiculamente atraente. Assenti na direção da estante de livros dele.

— Então você gosta de ler?

— Minha esposa ficava enfurecida porque eu preferia ler a ver televisão. Ela dizia que era outro exemplo do meu egoísmo, que eu gostava de me fechar em mim mesmo em vez de compartilhar experiências.

— Eu não consigo dormir sem ler. — Eu me senti corar com a simples menção de qualquer coisa que tivesse a ver com a hora de dormir. Mas Jake não riu de mim: embarcamos numa discussão deliciosa sobre autores, diretores e dramaturgos que Scott teria desprezado com um "Me avise quando Sylvester Stallone tiver um filme novo".

Chegou um momento em que Jake se levantou.

— Vamos comer. Arrumei tudo na cozinha. Acho que a sala de jantar tem um ar meio Palácio de Buckingham quando são apenas duas pessoas.

— Posso só dar um pulinho no banheiro?

Eu ainda não estava com os nervos sob controle. Abri a porta que ele apontou e dei uma olhada dura para mim no espelho. Lembrei a mim mesma que era apenas um jantar, um papo com alguém que eu não conhecia muito bem. Ainda não havia necessidade de ficar na defensiva. Olhei em volta. A tampa do vaso sanitário abaixada. Maravilha. Eu a levantei. Um cheiro vago de alvejante. Aleluia. Quando lavei as mãos, a toalha estava dura e seca. Mr. Músculo e aromatizante de ambiente no parapeito da janela. Fabuloso. Pensei nas palavras de Octavia. "Trate isso como uma diversão sem compromisso. Não comece a ficar toda tensa e altiva com ele." Deus sabe como eu teria sido séria se não fosse por Octavia me botando pilha a vida inteira. Diferente dela, o gene "de seguir o fluxo" não era uma característica na minha família.

Fui para a cozinha. Jake mexia algo no fogão. A mesa estava posta com velas, guardanapos de pano apropriados, pratos para salada. A cozinha era datada, tipo casa de campo, em vez do granito e do aço inoxidável a que eu estava acostumada, mas as cadeiras de pinheiro tinham um ar muito mais aconchegante que os bancos cromados em volta do meu balcão de café da manhã.

Jake pôs a mesa, conversando sobre seu filho, Angus, apontando para uma foto em que ele segurava um grande troféu de prata.

— Ele é um ótimo jogador de tênis. Não consigo mais vencê-lo. Ele acaba comigo completamente.

— Ele sabe que você está saindo com pessoas de novo?

— Ah, sim. Ele está desesperado para eu arrumar uma namorada. Tenho certeza de que ele pensa que, se eu estiver transando, não vou notar que ele está prestes a fazer o mesmo. — Houve uma pausa. Se fosse um desenho, ele teria colocado a mão na frente da boca. Do jeito que foi, ele levantou os olhos e disse: — Não acredito que acabei de dizer isso. Alto.

Dei de ombros. Por passar a tarde inteira imaginando como Jake seria sem roupa, tive que lutar para parecer chocada. Ele continuou servindo arroz de coco. Olhou fixamente para mim, os olhos azuis cautelosos.

— Desculpe, isso foi muito grosseiro da minha parte. — Ele me lançou um sorriso encabulado que o fez parecer um adolescente descarado. — Você é muito bonita. Acho que isso estava na minha cabeça. É claro que isso não é a única coisa que gosto em você.

— Obrigada. — Eu me contorci no silêncio que se seguiu. — Me conte sobre o seu trabalho. — Meu corpo não estava tão interessado em abandonar o assunto, borbulhando com pequenos dardos enérgicos de empolgação.

Ao longo do jantar, Jake me contou sobre seu negócio de impressão de alta pressão, como seus melhores clientes eram empresas farmacêuticas, incorporadoras de imóveis e corretores de imóveis. Não fiz questão de comentar que Scott era incorporador de imóveis.

Na verdade, não o mencionei em momento algum.

Em vez disso, continuei notando mais coisas que eu gostava em Jake. Os cílios longos. O nariz limpo. A risada fácil. O frango estava maravilhoso, mas eu era uma espectadora mal-agradecida, considerando que ele podia ter me servido uma tigela de sopa que eu mal teria notado. Agora que eu escutava com atenção, conseguia ouvir uma leve inflexão da parte oeste do interior em sua voz. O sotaque australiano de Scott nunca me incomodou, mas eu sempre considerara qualquer coisa a oeste de Berkshire na margem do provinciano. Mas não havia nada de grosseiro ou rural em Jake. Apenas uma sensualidade cadenciada.

Ele fez um gesto com a cabeça na direção da garrafa de vinho.

— Táxi?

Fiz um gesto de concordância de volta, afugentando o pensamento de que eu podia me surpreender e ficar. Sem sexo. Eu não estava pronta para isso, mas definitivamente queria investigar mais de perto o que havia por baixo daquela camisa verde. Ele abriu um sorriso e vi seu corpo inteiro relaxar.

— Ótimo. Isso me faz sentir como se você não tivesse um cronômetro medindo quanto tempo pode ficar. Tira a pressão de ter que ser superinteressante para manter você aqui.

— Você quer me manter aqui? — O vinho começava a me deixar corajosa.

— Pare de lançar isca. Acho que você sabe a resposta.

Ele se levantou para tirar os pratos e acariciou meu cabelo quando passou. Quase escutei a onda de sangue quando meu coração acelerou.

— Sobremesa? Fiz tiramisu. Ou você quer fazer um intervalo e experimentamos um pouco mais tarde?

— Mais tarde, se não tiver problema. — Eu só queria beijá-lo. Esqueça a sobremesa. Dali a pouco eu ia precisar de um saco de papel para assoprar.

— Vamos para a sala, para aproveitar o fogo.

Ele fez um gesto para eu ir na frente.

— Você é alta, não? — comentou ele, conforme andávamos para a sala.

— Para uma mulher, acho que sim. Mas não sou mais alta que você.

Ele deu a volta.

— Não. Vamos ver. Seus ombros estão uns cinco centímetros abaixo dos meus. Então acho que, se eu me inclinar para a frente e você levantar um pouquinho o queixo... — Ele inclinou meu rosto para cima e então, gentilmente, colocou os lábios nos meus até que senti minhas pernas começarem a tremer.

O fogo estava muito quente na parte de trás da minha calça jeans. Aquele beijo merecia um pouco de pele chamuscada. Parecia que ossos vitais para o suporte haviam sido removidos dos meus membros.

— Vamos nos sentar. Está ficando um pouco quente aqui. — Ele pegou a minha mão.

Acabamos deitados no sofá, nariz com nariz, falando as bobagens que só são permitidas no começo. Ele estava traçando padrões em meu pescoço, de vez em quando se esticando para me beijar. Quando ele fazia isso, meu corpo inteiro parecia derreter, desintegrando-se no sofá até que minha cabeça rodopiasse e eu só ficasse consciente de seu corpo sólido ao lado do meu.

Eu me senti tão adolescente, agarrando-me no sofá, como se tivéssemos que ajeitar nossas roupas quando nossos pais aparecessem. Com um toque assertivo, Jake desabotoou minha blusa e abriu meu sutiã, levantando a cabeça o suficiente para ver se eu me opunha antes de beijar meus seios. Fiquei tensa.

Apesar de eu saber que era besteira, ainda me sentia infiel a Scott.

Afugentei a culpa e foquei na sensação gloriosa que Jake criava em mim. Eu tinha acabado de tirar a camisa dele de dentro das calças e estava descobrindo seu peito liso quando a porta foi aberta de supetão.

Como era a casa de um homem, não havia almofadas para pegar. O melhor que consegui fazer foi cobrir meus seios com os braços. Jake deu um salto, ajeitando a camisa para dentro das calças.

— Angus! Não sabia que você ia voltar hoje à noite.

Angus ficou na porta, com as mãos sobre os olhos de um jeito engraçado. Ele era muito parecido com o pai, uma versão mais loira, mais desgrenhada e angulosa.

— Óbvio. Desculpe. Eu te mandei uma mensagem para dizer que a mamãe não ia poder me levar na escola amanhã porque ela tem que sair cedo para o trabalho, então eu ia ficar aqui.

Jake se recompôs.

— Meu telefone estava desligado. Certo. Dê cinco minutos pra gente e então vou te apresentar. — Havia um fundo de divertimento em sua austeridade.

— Claro.

Angus levantou uma mão para mim e foi saindo. Ouvi a geladeira abrindo e fechando, e o barulho de pratos.

Eu não conseguia olhar para Jake. Comecei a abotoar meu sutiã e minha blusa e afivelar meu cinto. Jake colocou a mão em meu braço.

— Ei. Não saia correndo. Eu queria que ele te conhecesse. Não assim, mas ele vai ficar tranquilo com isso. Eu sinto muito mesmo.

— Não, olha, eu vou indo. Não posso me sentar e conversar educadamente com Angus quando ele acabou de me ver quase nua. — Eu queria sair correndo.

Jake abriu um sorriso.

— Tenho certeza de que ver os seus seios vai ser o ponto alto da juventude dele.

A capacidade de rir de mim mesma não estava entre meus traços de personalidade mais pronunciados.

— Não. Não consigo encarar isso. Mando buscar o carro pela manhã.

Ele me pegou.

— Vem aqui, não fique chateada. Foi só azar. Ninguém tem culpa. — Ele me olhou como se eu estivesse criando um drama do nada. Gostaria de ter visto a cara dele se Alicia entrasse e ele estivesse com as calças arriadas.

Eu me desvencilhei dele e liguei para um táxi.

— Obrigada pelo jantar. Estava uma delícia.

Marchei até a entrada, peguei meu casaco e passei voando pela cozinha, onde Angus comia tiramisu direto da tigela. Dei um beijo rápido na bochecha de um Jake confuso e me lancei ao frio para esperar pelo táxi, batendo a porta atrás de mim.

Quase corri pelo caminho do jardim, vacilando entre sentir que eu havia me exibido numa luz desfavorável e raiva por Jake não ter se certificado dos planos completamente. A chateação estava alojada em minha garganta. Nenhum táxi à vista. Em segundos, ouvi a porta da frente se abrir. Não me virei.

Braços grandes envolveram as minhas costas.

— Roberta. Esta é a vida com filhos. Sim, é constrangedora. Não, não é a forma ideal de apresentar você a Angus. Mas você não precisa desabar por isso. Não somos o único casal que se conheceu, gostou um do outro, ficou um pouco empolgado no sofá e foi atrapalhado pela prole insegura.

Eu me virei.

— Isso é muito difícil para mim. Eu não saio com ninguém novo desde que eu tinha 20 anos. Não sei se consigo lidar com todas essas complicações.

— O Angus não é uma complicação. Ele é um adolescente que veio para casa quando eu não estava esperando. Ele não é um menininho de 2 anos de quem tenho que cuidar a cada minuto do dia. Mas ele é meu filho e não vou bani-lo de vir para casa. Mas vou deixar meu telefone ligado da próxima vez. — A entonação em "próxima vez" carregava um pequeno ponto de interrogação.

As luzes do táxi varreram a rua. Meu chilique se dissipou. Na minha idade, não era realista esperar que alguém tão carinhoso quanto Jake não tivesse nenhuma bagagem.

— Desculpe por tirar tudo de perspectiva.

Jake me deu um beijo rápido. Ele abriu a porta do carro.

— Sinto muito por termos sido interrompidos.

— Eu também.

Sentei-me no banco de trás do táxi e toquei os lábios. Talvez houvesse vida após Scott, afinal de contas.

Octavia

Roberta chegou à creche na hora do almoço com uma sacola maravilhosa de coisinhas para piquenique. Fiz um gesto para ela entrar, afastando as fotos que havia espalhado na mesa. Eu passara a manhã alternando entre me certificar de novo que Xavi não tinha entrado no Facebook repentinamente e espiar minhas fotos com 20 anos, perguntando-me quando me tornara essa mulher que ninguém reconhecia. Quando eu era jovem, nunca me considerei bonita, mas agora, olhando de novo, havia certa sedução travessa a meu respeito que eu não apreciara.

Roberta não poderia ter escolhido um dia melhor para aparecer. Eu estava magoada em razão de uma briga com Jonathan na noite anterior e precisava de alguém para me dizer quanto eu estava certa, mesmo que estivesse errada.

— Graças a Deus você está aqui. Ilumine o meu dia.

— Há algo inquietando sua alma? — Roberta levantou as sobrancelhas. Era uma brincadeira estabelecida desde que fomos obrigadas a aprender o poema "Desiderata" na escola.

— Sim, acho que dá para dizer com bastante certeza que o universo não está conspirando como deveria.

Contei a ela sobre a discussão com Jonathan a respeito de eu ir ou não à conferência anual de administradores de creches. Normalmente eu reclamava à beça diante da perspectiva de um fim de semana em um hotel de negócios sem alma na companhia de pessoas que mexiam muito as mãos e faziam expressões faciais exageradas.

Esse ano, no entanto, eu realmente estava louca por um tempo, qualquer tempo, longe da cara triste de Jonathan. Logo que ele levantou as sobrancelhas e falou "Acho que não podemos arcar com essa despesa", eu afastei a ideia do fim de semana.

Fiquei obcecada com a oportunidade de me deitar numa cama por cinco minutos sem alguém querendo algo de mim, a chance de ficar acordada até tarde, beber bastante Shiraz barato e contar segredos constrangedores a pessoas que nunca tinha visto antes.

E alimentar meu vício de procurar Xavi no Google.

— Talvez você tenha condições de ir no próximo ano. Não é o fim do mundo, né? — comentou Roberta.

Isso vinha de uma mulher cuja ideia de economizar era fazer um pedido de compras num supermercado caro, e não num supercaro.

— Não, não é.

Comparado aos traumas de Roberta, não era. Mas ainda importava para mim.

— Eu teria preferido que Jonathan não tivesse argumentado destacando as coisas de que não precisamos na minha lista de compras. Por que precisaríamos de brie em vez de quadradinhos de queijo industrializado? Suco de frutas quando podemos beber água da torneira? Cristo, quando fizemos compras da última vez, acabamos com presunto embalado, papel higiênico "econômico" que arrancou a pele do meu traseiro e um suco que-nunca-viu-uma-laranja-na-vida.

A cara de Roberta era de espanto. O pai dela costumava despachar todas as contas de restaurante sem nem olhar. Ele só passava um cartão de crédito e dizia: "Confio em você".

Roberta parecia aflita.

— Que tipo de homem perde tempo olhando listas de compras de supermercado, decidindo o que fica e o que sai?

— Principalmente quando ele poderia estar passeando com Stan ou consertando a persiana no quarto da Polly. Mas o motivo real de eu estar tão brava é porque um novo MacBook Pro chegou hoje bem cedinho. Claramente os mirtilos para me ajudarem a ter uma vida longa estão descartados, mas os gráficos de alta performance são um sucesso.

Roberta balançou a cabeça.

— Que egoísta!

Embora a desculpa de Jonathan, de que precisava de um computador melhor para se candidatar a empregos, não tenha servido para me acalmar, era um atestado da contradição humana eu não querer Roberta falando mal de Jonathan. Especialmente quando os defeitos de Scott podiam ser vistos do espaço.

— Deixa pra lá, como foi com Jake? — Fucei dentro da sacola. — Ótimo, sushi vegetariano. Bem lembrado.

Roberta desembrulhou o sanduíche de lagostim dela e me contou sobre a entrada de Angus. Gargalhei até cuspir repolho roxo em minhas planilhas.

— Só você para se incomodar. Ele não planejou isso. Falando de uma maldita rainha do drama... Caramba, garota! Como ele estava esta manhã? Encontrou com ele quando foi pegar o carro?

Roberta deu um gole grande em seu suco supersaudável. Ela parecia um pouco envergonhada.

— Eu estava muito mortificada para tocar a campainha caso Angus atendesse.

Revirei os olhos.

— Ah, fala sério! Você é pior que uma adolescente. O Jake parece ser um amor, muito mais tolerante do que você deveria moderadamente esperar. Como se Angus fosse se lembrar dos seus peitos. Ele provavelmente se masturba com sutiãs meia taça gigantes da Playboy no quarto dele toda noite.

Até Roberta teve boa vontade para rir com aquilo.

— Você acha que devo telefonar para o Jake?

— Sim. Assim que você sair daqui. Antes que ele ache uma mulher que não seja tão doida quanto você no Acabou de Dar um Clique.

O rosto sério de Roberta fez com que eu aliviasse meu mau humor.

— Ou tão linda e divertida.

Assim que ela tomou a última colherada de iogurte, mal podia esperar para desaparecer. Agora que ela havia sido mordida pelo bichinho do namoro, era uma mulher com uma missão. Eu me apoiei no parapeito da janela e a observei ao telefone no carro. Ela estava com um cotovelo no volante e alisava as sobrancelhas com a mão livre, o equivalente para ela a roer as unhas. Seu rosto estava sério e, de repente, ela sorriu. O bom e velho Jake. Obviamente, ele era muito generoso. Depois de todos esses anos com Scott, era a vez de ela ter um cara legal.

Eu não deveria ficar com ciúmes dela. Eu realmente não deveria.

Roberta

Eu estava correndo o risco de me tornar uma perseguidora de corretores de imóveis, importunando constantemente homens jovens com pós-barba pungente, perguntando-lhes se tinham ouvido falar de alguma casa entrando no mercado. Depois de dois meses e meio morando numa gaiola aberta para coelhos, eu estava desesperada por uma casa de verdade novamente, em vez de uma concha alugada. Fazia cinco semanas que eu estava saindo com Jake e me senti ridiculamente empolgada na primeira vez que ele me chamou de sua "namorada". Em dias bons, eu começava a enxergar o fato de comprar uma casa nova como um início empolgante, e não como um símbolo deprimente do meu fracasso. Eu só precisava de um pouco de sorte para encontrar um lugar decente.

Eu visitara um monte de casas medonhas, em geral com Octavia batendo em paredes para mostrar quanto as casas novas eram frágeis. Ela ficava tentando me persuadir a comprar algo com "um pouco mais de personalidade", mas eu estava decidida que queria algo moderno e que dispensasse manutenção. No fim, parei de levá-la comigo. Não conseguia pensar direito com "um vento forte e isso vai pelos ares" obscurecendo meu julgamento.

Felizmente, um dos corretores me ligara logo cedo na manhã de segunda--feira. No início da tarde, eu já tinha visto uma casa novinha que queria comprar, a primeira que não me fez sentir que ia ficar levemente insatisfeita pelo resto da vida. Ela não tinha o closet, nem o jardim de inverno ou a sala de ginástica que eu considerava normais em minha antiga vida, mas tinha três quartos e três banheiros e, conforme Octavia chamou a atenção, ninguém ia ficar com muita pena de mim. Felizmente, não havia fila de compradores. O corretor me garantiu que eu podia concluir a compra em um mês.

Liguei para Jake logo que terminei de olhar. Ele estava no aeroporto a caminho de uma conferência de impressão na Alemanha.

— Parece fantástica. Você vai me deixar vê-la? — Ele gritava por cima do barulho dos anúncios ao fundo.

Eu me surpreendi. Eu queria que ele gostasse tanto dela quanto eu tinha gostado.

— É claro, se você quiser. Mas não me faça desistir dela. Acho que é perfeita.

— Nem em sonho. Só estou interessado em ver o que a próxima poderosa do design de interiores vai escolher como sua própria casa. Tente marcar algo para sexta-feira, quando eu voltar.

Eu sorri. Adorava o fato de Jake acreditar em mim. Escutei a moça do check-in pedir a ele que colocasse a bagagem na balança. Nós nos despedimos rapidamente. Fiquei surpresa em me sentir mais sozinha do que me sentira em anos. Desde a "noite Angus", vínhamos nos encontrando com regularidade. Muito de vez em quando, eu o convidava ao meu apartamento quando Alicia não estava lá, mas a cama piscando no canto da sala me colocava numa situação crítica. Eu ainda não o havia deixado passar a noite e, apesar de uma série de convites, eu também não passara a noite na casa dele. Se Jake se incomodava, vinha sendo muito bem-educado em não forçar a questão.

Em algumas manhãs, ele saía do trabalho por meia hora e nos encontrávamos para um café, ficando de mãos dadas e trocando olhares enquanto os minutos voavam. Nós nos falávamos todos os dias, várias vezes por dia. Eu me acostumei a ter alguém por perto, cuja voz se animava do outro lado da linha quando percebia quem estava falando.

Ele até organizou uma visita surpresa ao Museu de Design de Londres, deixando-me vagar no meu próprio ritmo. Diferente de Scott, ele não parecia considerar um grande desafio fazer algo que me interessava mais do que a ele. Durante o chá da tarde na Dorchester, ele me encorajou a acreditar que montar meu próprio negócio de design de interiores não estava além da minha capacidade.

Toda vez que eu o via, ele me encorajava mais um pouquinho. "Você tem um senso para cores incrível." "Sei que você poderia descobrir o que fazer com esse espaço."

No fim, tomei coragem suficiente para entrar em contato com o novo consultor de negócios do banco. Nunca havia lidado com as finanças de uma startup antes, pois Scott cuidava desse departamento, mas Jake era um enviado dos deuses. Sem se impor, ele me mostrou vários esboços de planos de negócio até meu pânico diminuir. Seriam dias longos sem ele.

Eram 15 horas quando estacionei na garagem subterrânea do apartamento. Ouvi uma mensagem de texto chegar. Jake era doce assim. Ele provavelmente leu meu humor. Olhei para o telefone e meu estômago se enrijeceu.

Podemos nos encontrar? Precisamos conversar. Auau.

Uma velha brincadeira de tempos mais felizes. Scott. Cão Scottie. Auau. Sobre o que ele precisava conversar? Já tínhamos quase resolvido a questão do dinheiro. Ele ia comprar a minha parte da nossa casa na Watermill Drive e me dar a quantia à vista para minha nova casa. Seus pagamentos mensais eram generosos, então minha hipoteca não seria um grande problema contanto que eu tomasse cuidado. Talvez ele fosse tentar um novo acordo de última hora. Espiei o telefone tentando enxergar uma mensagem implícita. Auau foi amigável. Nada de beijos, mas também imagino que os dias de beijos tenham ficado para trás. Ainda assim, um progresso nas mensagens recentes, questionando minhas habilidades como mãe e esposa.

Peguei o elevador para o meu apartamento no terceiro andar, uma nuvem enorme nublando a euforia de procurar uma casa. Eu precisava lidar com Scott com cautela. Ele era bem capaz de estragar meus planos por esporte. Talvez quisesse conversar sobre como podia melhorar seu relacionamento com Alicia. Ela ainda odiava ficar com o pai.

Lavei as mãos e recolhi uma toalha do chão que não devo ter percebido na checagem matinal do banheiro. Pendurei alguns casacos atrás da porta do quarto de Alicia, um cubículo que ela detestava. Ela havia ignorado meu pedido para arrumar a cama. Encontrei sua bolsa de esportes no meio do edredom e suspirei. Alicia tinha uma festividade de natação no dia seguinte e ia ficar na casa de Scott naquela noite.

Não havia hora melhor que aquela. Eu levaria a bolsa até lá, descobriria o que Scott queria e conheceria Shana, que, gostasse ou não, seria parte da vida de Alicia. Não me dei ao trabalho de mandar uma mensagem, eu não iria pedir permissão para voltar à casa que, no momento, ainda era em parte minha, mesmo que Shana tivesse se instalado lá de forma permanente. Passei mais batom e outra camada de rímel.

O carro praticamente se guiou sozinho para a Watermill Drive. A cerejeira estava sem flores. Quando nos mudamos para lá, nove anos antes, achei que havia alcançado o sucesso, que provara a todos que achavam que eu me casara com um perdedor que estavam errados. Até meu pai teve que admitir que Scott tinha ido bem de um surfista sem um tostão a dono de mansão em uma década. Talvez Shana achasse que havia cruzado a linha de chegada agora.

Digitei o código no portão e me permiti entrar. Com alguma sorte, Shana estaria olhando para o monitor do circuito interno de segurança e se perguntando quem diabos eu era. Estacionei bem na frente da entrada sustentada por pilares e toquei a campainha. Encolhi a barriga, sentindo um ziguezague de adrenalina percorrer meu corpo.

A mulher loira que atendeu a porta estava de calça jeans e camiseta. Octavia a teria apelidado de "Miss Sem Peitos".

— Oi, eu sou a Roberta, esposa de Scott. Só queria dar uma palavrinha com ele. — Eu usava "ex-esposa" apenas quando me convinha. Até para mim, minha voz soou exageradamente elegante.

— Oi. Eu sou a Shana. Prazer em conhecê-la. — Ela estendeu a mão. Pequenas unhas nojentas, curtas e espessas, com as cutículas cutucadas. Eu estava esperando uma mulher superinteligente de terninho chique, acabando de fechar um negócio de dez mil sutiãs que levantavam os seios enquanto seu gerente do banco esperava na outra linha.

Em vez disso, parecia que eu a interrompera enquanto ela esvaziava as lixeiras.

Ela hesitou.

— Vou chamar o Scott pra você. Ele está no escritório no jardim. — Ela fez um gesto para eu entrar. — Quer esperar na cozinha?

Eu queria dizer: "Vou esperar no raio da suíte principal se eu quiser", mas, em vez disso, sorri e falei:

— Obrigada, mas vou dar um pulo no escritório. — O pânico passou pelo rosto dela. Scott obviamente havia encontrado um novo alvo para seus rompantes. — Tudo bem, ele me mandou uma mensagem de texto. Ele quer me ver.

Não esperei para ela me levar até a cozinha. Marchei em frente, tentando afastar o sentimento de que havia irrompido na casa de um estranho. O hall cheirava como se eles tivessem cozinhado peixe recentemente. Na pia da cozinha, havia uma pilha de tigelas sujas de cereal. Um buquê de rosas pendia murcho num vaso. Meu lindo vaso de cerâmica da cidade de Poole. Minha superfície de trabalho de granito preto estava toda suja.

Shana se arrastou atrás de mim. Botei a mão acima da veneziana francesa para alcançar a chave.

— Não guardamos mais a chave aí. Fico paranoica com a segurança numa casa desse tamanho. — Ela foi até uma gaveta, procurando debaixo de um emaranhado de carregadores de celular e cabos de computador. Arrumação não parecia prioridade para ela.

Isso não ia dar certo com Scott, de jeito nenhum.

Consegui não arrancar a chave dela. Ela me seguiu pelo jardim, as sandálias Birkenstock horríveis se arrastando atrás de mim.

Bati à porta do escritório de Scott, então enfiei a cabeça pela porta.

— Olá, Auau.

Fui mais amigável do que teria sido sem um público. Pelo canto dos olhos, vi a cabeça de Shana se inclinar com curiosidade. "Auau" era um golpe baixo.

Scott levantou-se imediatamente.

— Robbie!

Ele estava todo bonachão, como se as únicas palavras que já tivessem passado por seus lábios fossem de carinho e amor. Ele olhou para Shana.

— Ei, Shanie querida, tenho algumas coisas para conversar com a Robbie. Você pode trazer um café pra gente?

Shana me lembrava uma criança a quem tinham negado sobremesa. Eu me virei para ela, de repente sentindo pena. Era muito nova para lidar com os jogos psicológicos de Scott.

— Para mim, não, obrigada, não vou ficar. Só passei para deixar as coisas da natação da Alicia. — Ergui a bolsa.

Scott franziu as sobrancelhas.

— Só para mim, então, com pouco leite. — Ele tinha uma capacidade incrível de transformar dispensa e desrespeito em frases que soavam civilizadas. Shana assentiu e se retirou furtivamente para o jardim.

Scott empurrou a cadeira giratória para trás.

— Então, você não conseguiu ficar longe de mim, Robster?

Eu odiava quando Scott me chamava assim. Meu pai ficaria encantado por nunca mais ter que sofrer com o "Carinha" ou o "Grande Davey".

— Você queria falar comigo. — Mantive a voz calma e firme. Scott era um dos poucos homens que eu conhecia que ficava bem de lilás. Ele tinha deixado o cabelo crescer um pouco, casual e despreocupado, do jeito que era quando o conheci. Lembrei a mim mesma que o sorriso largo de menino logo se obscurecia quando as coisas não se passavam da forma que ele queria.

115

— É. O negócio é o seguinte, acho que nós dois dissemos muita coisa que não queríamos. Precisamos desanuviar o ar, tentar um novo começo. Pelo bem da Ali. Acho que ela me culpa pelo jeito que as coisas terminaram.

Prezando pela paz, resolvi não dizer: "E você está surpreso?". Eu aproveitaria ao máximo o fato de Scott estar no modo charmoso. Ele estava confiante, como de costume, de que eu correria para me ajustar a ele.

— No que você estava pensando?

— Posso te levar para jantar?

— Shana não vai se importar? — Olhei por sobre o ombro. Nem sinal dela se arrastando com o café de Scott. Se aquela moça tivesse alguma noção, teria feito a mochila e ido embora.

— Eu me entendo com ela. — O mesmo velho Scott, não aguentando uma discussão.

Minha vontade de nos levar a uma posição em que pudéssemos ter uma conversa construtiva lutava contra minha determinação de enfrentá-lo.

— Você *está* morando com ela, certo? Ela não vai se incomodar de você convencer e levar para jantar sua ainda não ex-esposa?

Scott deu uma risada.

— Que nada, ela não vai ligar.

— Por que você quer ir jantar? O que há para ser dito? Exceto que estragamos tudo? — Minha voz estava se agarrando à minha garganta, lutando para sair. Um formigamento longínquo de lágrimas começava a se reunir.

— Há algumas pequenas coisas que quero discutir. Não me diga que você já se envolveu com alguém! — A voz dele tinha ganhado uma rispidez de aço, o tom que normalmente precedia uma briga.

— Meu Deus, não! É difícil acompanhar você. — Cerrei os dentes no caso de, de repente, soltar um "Jake". Minha nova e frágil confiança não estava à altura de um ataque furioso de ciúmes de Scott.

— Então, vai ser o jantar. Estou ocupado no momento, então, digamos, nesta sexta. Oito da noite, no Chez François. Vou mandar meu motorista te buscar.

— Não, tudo bem, eu pego um táxi.

— Querida. Meu motorista. Sem discussão. Mulher minha não vai ficar pelas esquinas tentando achar um táxi.

— Ah, então ainda sou sua mulher? — Eu estava feliz por Octavia não poder me ver ajudando a satisfazer o ego dele. Eu parecia não conseguir romper aquele último fiozinho que me ligava a ele.

— Talvez por mais tempo do que você pensa. — Scott começou a digitar em seu celular. — Vejo você na sexta.

Cruzei com Shana vindo com o café numa xícara. Scott só gostava das grandes xícaras brancas da Villeroy e da Boch. Peguei meu vaso de Poole na saída. O vermelho ficaria perfeito na minha nova casa.

Só quando cheguei no carro percebi que tinha marcado o jantar com Scott no dia da volta de Jake da Alemanha.

Octavia

As autópsias das entrevistas de emprego de Jonathan variavam. Dependendo do dia, ele voltava dizendo: "Estou com um bom pressentimento a respeito desse. Só havia dois outros candidatos e o cara do RH pareceu achar que eu era o melhor dos três. Já era hora de aparecer algo no meu caminho". Nas primeiras vezes, eu ficava empolgada com ele, imaginando como eu ia estourar um champanhe e lhe dizer que sabia que ele ia conseguir.

Mas ser o melhor sempre parecia murchar sob a bandeira de "O santo não bateu", "Eles acharam que minhas habilidades eram muito sofisticadas para o que estavam procurando" ou "O cargo era muito júnior, eu estaria controlando o espetáculo dentro de meses". Agora que eu havia baixado minhas expectativas, guardava as energias para a operação de limpeza pós-rejeição.

Era pior ainda quando os entrevistadores "pareciam mal ter idade o suficiente para limpar a própria bunda". Jonathan me dava todos os detalhes de cada pergunta, das dificuldades, como ele havia ido bem e, então, concluía que eles estavam assustados com a competição e não podiam contratá-lo porque todos ficariam sem emprego no momento em que ele os chutasse para escanteio.

Quando Jonathan foi demitido, quase três meses antes, senti um vislumbre de empolgação de que seríamos capazes de começar de novo fora do país. Mas, quando uma rejeição seguiu a outra, entendi que os dias — antes de Charlie aparecer inesperadamente — de Jonathan bagunçando meus cabelos e seguindo minhas ideias impulsivas tinham acabado. Agora, três crianças depois, parecíamos estar no modo travado de responsabilidade. Nosso dever era alimentá-las numa das extremidades da produção em série escolar, a fim de produzir pequenos pacotes esmerados em conformidade com o modelo. Ou seja, "um emprego seguro num raio de 50 quilômetros com uma boa aposentadoria" era uma prioridade bem maior do que "correr para o outro lado do mundo sem pensar direito nas coisas".

Infelizmente, pensar direito nas coisas à milésima potência como Jonathan precisava era o inimigo da inspiração, da espontaneidade, de viver com alegria no coração e aventura na alma. Quando Jonathan e minha mãe me impeliram ao casamento "para o bem do bebê", fui ingênua o suficiente para pensar que meu espírito aventureiro ia, de alguma forma, contagiá-lo. Em vez disso, a caretice dele se mostrou a influência mais forte.

Conforme o dinheiro minguava, meu pequeno sonho de crianças livres num pomar de laranjas na Espanha ou francófilos conhecedores do metrô passeando por Montmartre expirou como uma costeleta de porco com a data de validade vencida. Parei de pensar na Tailândia e comecei a pensar em renegociar a hipoteca. Em alguns dias, até mesmo em vender a casa. Roberta me disse que ia falar de Jonathan com Patri, mas nunca tivemos retorno. Não senti que podia incomodar Roberta quando ela mesma tinha tanto a resolver. No entanto, exatamente quando eu já tinha desistido daquilo como uma possibilidade, Patri ligou para ele com uma entrevista.

O dia que eles marcaram coincidiu com um momento em que o céu estava escuro, o futuro estava negro e Jonathan estava em frangalhos. Ainda que o próprio anjo Gabriel tivesse irrompido pela porta tocando uma trombeta, Jonathan só teria sido capaz de ver a marca suja na túnica branca. Mesmo enquanto se encolhia no terno, ele me dizia que Patri só estava fazendo um favor a Roberta e que, de qualquer forma, provavelmente não existia um trabalho a ser oferecido.

— Vai ser perda de tempo na certa. Eu deveria ligar e cancelar.

— Não faça isso. Apenas vá com a mente aberta. Pode levar a alguma outra oportunidade. Talvez não agora, mas ele pode ser um contato útil.

— Eu tenho um monte de contatos úteis.

— Mas a questão não é exatamente o fato de que nunca se sabe o que pode levar a um trabalho? Não dizem sempre que é tudo uma questão de quem indica?

— Conheço uma porção de gente e isso ainda não me levou a lugar nenhum, né?

Minha calma estava se alterando. Uma discussão não iria colocá-lo na disposição certa para encanto voluntário e respostas brilhantes. Engoli minha irritação.

— Sei que é frustrante, mas Roberta falou bem de você.

— Não preciso de caridade. Preciso de um emprego decente.

Respirei fundo e acenei para que ele saísse, sorrindo largamente como um antídoto para a postura declinada, oprimida, toda para baixo dele. Então, fui trabalhar, encontrando um prazer perverso em caçar minhocas ao ar livre na chuva com um monte de crianças de 4 anos.

Estávamos admirando o jeito como uma grande minhoca gorda se escondia de volta no solo quando uma das assistentes me chamou para atender ao telefone.

— É o Jonathan. Ele diz que é urgente.

Fui para dentro do escritório de má vontade, instruindo as crianças para ver se elas conseguiam capturar uma lacrainha antes de eu voltar.

Minhas esperanças não eram grandes; normalmente a ideia de urgência de Jonathan era a conexão de internet caindo.

— Alô?

— Consegui!

— Conseguiu o quê?

— Um emprego!

— Quê? Com Patri? Que fantástico! — Senti o alívio escorrendo devagar por mim. Nada mais de nuvem negra espreitando no sofá ou em pé de mau humor me observando tirar a louça da máquina. Nada mais de papel coadjuvante de apoio para ego de procura de emprego. Nada mais dos malditos saquinhos de chá da promoção com gosto de baratas cozidas.

— Adivinha? Ele quer que eu monte o sistema de computadores da empresa inteira na Sardenha.

— Você consegue fazer isso daqui?

— Essa é a melhor parte. Vou para lá na semana que vem para fazer um reconhecimento inicial por alguns dias. Quando eu tiver visto o que precisa ser feito, ele vai pagar para nós dois irmos para lá a fim de uma pequena pausa. Já era hora de você ganhar um agrado, eu sei que os últimos meses não têm sido fáceis. Iremos sem as crianças. Vamos ver se a sua mãe pode ficar com elas. Estarei no trabalho durante o dia, mas podemos passear à noite. Deve estar bem ensolarado se esperarmos até a primavera.

Acho que Jonathan e eu não passamos mais do que uma tarde sozinhos desde que as crianças nasceram. Eu esperava que não fôssemos perceber que éramos aquele tipo de casal, olhando de forma estranha pelo restaurante, perguntando-se do que todas as outras pessoas falavam. Acho que iríamos descobrir. Eu não tinha certeza de haver muito mais a conversar a não ser sobre uma busca errática, mas frequente, na internet por um antigo namorado e uma preocupação a respeito da vedação da máquina de lavar que estava prestes a se acabar.

Então, tive outro pensamento. Fiquei chocada com quão empolgante eu o achei. A Sardenha estava a apenas um breve trajeto de balsa de outra ilha.

Córsega.

Roberta

Os cinco dias que Jake tinha ficado longe pareceram durar uma eternidade. Cheguei ao aeroporto de Gatwick para buscá-lo séculos antes de o avião pousar, observando a multidão à procura de seu cabelo da cor de palha. Tive pequenas recordações de encontrar Scott quando ele voltava da Austrália, desesperada pelo momento em que ele me abraçaria e as semanas de separação se derreteriam. Eu ainda não conseguia acreditar que aquele grande amor se dissipara em algo desprezível e doloroso.

Todos sabiam que aquilo não ia durar, a não ser eu, a idiota e obstinada.

Afastei a tristeza que me dominara desde o Natal. Eu não queria mais passar meus dias curvada em posição fetal, mas ainda tinha momentos de desespero intenso que só Jake conseguia afastar. Estendi o pescoço procurando por ele. Meu coração continuava se erguendo e então se assentando toda vez que um homem do seu tamanho aparecia pela porta. Quando ele finalmente surgiu, parecia relaxado e feliz, e não pronto para explodir por causa lentidão da esteira das bagagens, das filas no controle de passaporte ou qualquer das outras coisas que Scott tomava como pessoais.

Ele me puxou para um lugar fora do tráfego principal de pessoas e me abraçou. Ele estava com cheiro de menta. Eu queria ser uma daquelas mulheres que se joga nos braços do namorado sem ligar para todo mundo em volta, mas, depois de um breve selinho, meu eu contido ganhou.

— Estava com saudades de você. — Jake era bem direto para dizer coisas simples.

Apertei a mão dele.

— Comprei sanduíches. Não tinha certeza do que você ia gostar, então providenciei uma seleção.

Na minha cabeça, vi Octavia me provocando. "Ele diz que estava com saudades e você responde maionese de camarão ou queijo e picles?" Até eu conseguia ver como ela ia achar aquilo engraçado.

— Você é um amor. Mas eu gostaria de sair do aeroporto. Vamos para a minha casa fazer um piquenique perto do campo de golfe?

Hesitei. De repente me senti tímida.

— Fiquei pensando se você não gostaria de ir ver minha casa nova primeiro... Preciso tirar umas medidas para algumas cortinas. Posso remarcar se você não estiver com vontade.

— Eu adoraria.

Eu gostava muito da capacidade de Jake de ir com a maré. Fomos de mãos dadas para o carro. Scott não era muito de dar as mãos. Ele economizava a parte física para o sexo. Jake jogou a mala no porta-malas e então entrou no carro, sem fazer nenhuma tentativa de se virar para ver se havia algo atrás de mim. Sair de ré de vagas de estacionamento parecia outra coisa que eu podia fazer sem Scott.

Jake assoviou quando parou do lado de fora da minha casa nova.

— Uau! Não tinha percebido que dava para contemplar o verde de cima. Que ótima localização! E perto da estação para quando você tiver trabalhos de design em Londres.

Eu estava encantada por ele ter gostado da casa, mas me surpreendi por curtir a aprovação dele em vez de *precisar* dela. Talvez o meu eu pré-Scott, a mulher da qual eu me lembrava de um passado distante, que podia oferecer uma opinião sem acrescentar "Ou talvez seja apenas eu" estivesse voltando. Já era tempo.

Entretanto, o corretor decidiu que Jake era aquele a quem maravilhar e andou pela casa destacando o aquecimento do piso, a Smart TV, as portas elétricas para a garagem. Até quando ele detalhou o sistema de fiação e o alarme contra assaltos, Jake assentiu educadamente. Era tão relaxante estar com alguém que eu não precisava vigiar como uma águia, pronta para intervir. Eu não conseguia imaginar me desculpando por ele. Medi as cortinas da sala e fui para a cozinha.

Jake abriu a adega.

— Muito interessante. Posso imaginar um domingo preguiçoso de sol ao ar livre com o Chablis gelando bem aqui. — Então ele corou. — Se você me convidar, é claro.

O fato de ele conseguir pensar vários meses à frente até o verão fazia brotar mais uma pequena raiz de confiança na minha alma.

— Deixa eu te mostrar lá em cima. — Minha vez de corar. Era hora de tirar todo aquele negócio de quarto do caminho para que eu não sentisse que havia algo não dito tipo "dando uma cotovelada e uma piscadinha" toda vez que o andar de cima, camas ou tirar as roupas eram mencionados.

O corretor murmurou algo sobre verificar a metragem na garagem. Depois que Jake tinha admirado o banheiro e a suíte de hóspedes, fomos até o quarto principal. Eu me inclinei sobre a grade do janelão com vista para o verde.

Ele ficou atrás de mim e colocou os braços ao redor da minha cintura.

— Posso estrear este quarto com você? — Era a primeira vez que Jake fazia uma referência direta a dormir junto. Uma carga de desejo me atravessou.

— Talvez.

Ele me puxou de frente para si e roçou os lábios nos meus.

— Me avise quando estiver pronta para ouvir tudo que quero dizer para você.

Dei uma risadinha, mas havia algo dançando bem no fundo de mim. Eu imaginava pequenas imagens de nós dois lendo o *Sunday Times* na cama nos fins de semana e *brunches* preguiçosos na mesa de jantar de madeira clara que eu tinha visto na cidade. Então uma imagem de Scott buscando Alicia e vendo o carro de Jake irrompeu em meus pensamentos. Afastei-a e voltei para o andar de baixo.

— Já são quase 14h30. Vamos almoçar.

Assim que entramos no carro, a euforia com a minha casa maravilhosa e com um homem lindo que parecia gostar muito de mim diminuiu. Eu claramente tinha um caminho a percorrer antes que pudesse dizer qualquer coisa que quisesse sem temer a resposta porque continuei adiando contar a Jake que ia me encontrar com Scott e não poderia ficar com ele à noite. Jake não percebia meu súbito silêncio, conversando sobre os folhetos de design de interior que tinha juntado para mim na exposição. Eu não conseguia me concentrar em cozinhas alemãs e novos aparelhos. Eu deveria ter cancelado com Scott, não com Jake, mas eu queria uma última conversa, procurar a prova final de que todo aquele amor de fato havia murchado.

Eu não sabia como explicar aquilo.

No fim, logo que chegamos à casa de Jake, deixei escapar que precisaria ir para casa às 18h30. Ele olhou para mim, surpreso e decepcionado, mas eu deixei as interrogações no ar, ocupando-me em colocar o piquenique numa mochila.

Andamos pelo campo de golfe, avançando rápido pela parte lisa entre os buracos passando no meio de jogadores e serpenteando pelo bosque. Eu pegara emprestado um par de galochas e um anoraque de Jake. Não sabia se me sentia afrontada quando ele disse que era o jeito mais sexy que já tinha me visto.

Ele riu.

— Apenas aceite o elogio pelo que ele significa. Você está linda, bem natural, como uma garota de propaganda de iogurte ou algo assim.

Jake se recostou numa árvore e me puxou para ele.

— Gosto de você usando minhas roupas. Adorei ver sua casa. Isso me faz sentir que você pode se tornar uma parte muito importante da minha vida.

Eu o beijei para não ter que responder nada. Num tempo consideravelmente curto, Jake havia enchido meu cotidiano com mensagens de manhã e telefonemas de boa-noite. E, ainda assim, Scott pairava nas margens dos meus pensamentos. De forma lógica, eu sabia que nunca poderíamos voltar um para o outro, mas a vergonha de não ter tentado o bastante persistia. Dormir com Jake seria a confirmação final de que eu falhara e de que meu casamento estava morto.

Até agora, eu havia me esquivado.

Mas ali, no campo de golfe, minhas restrições se dissolviam. O rosto de Jake estava frio, mas sua boca estava quente. Envolvida em todo aquele anoraque, eu ainda sentia sua pelve me pressionando e a minha devolvendo o cumprimento. Ele cheirava a xampu.

— Vamos voltar para casa antes de provocar um ataque cardíaco em algum jogador velho. Prometo que Angus não chegará do nada. Ele foi ao Lake District em um passeio da escola.

Assenti. Scott sempre se lamentava por eu nunca conseguir viver o momento, "carpe diem, Robster, carpe diem", então consegui não dizer: "E o piquenique?".

Fomos para a casa dele a passos largos, parando para nos beijar, famintos e impacientes. Esperava me sentir tímida quando chegamos na casa, mas o sexo era a área na qual eu preservava alguma autoestima. Mesmo quando Scott me odiava, ele ainda me desejava. Jake arrancou minhas galochas, jogou meu anoraque no chão e meio que me carregou, meio que me arrastou para o quanto dele. Só tive tempo de registrar que não havia nada no quarto a não ser uma cama enorme antes que ele me puxasse para si e tirasse minha roupa pela minha cabeça, mãos ágeis abrindo meu cinto, depois o dele.

— Venha. Não fique com frio. — Ele sacudiu o edredom e ficamos aconchegados por um instante, as línguas se provocando. As mãos de Jake estavam por todo o meu corpo, acariciando com gentileza, e então mais forte. Ele expirou com exagero e sorriu. — Você está bem?

Não respondi. O tempo para falar já tinha acabado. Só tirei minha calcinha e a cueca dele. Ele me puxou para si e escorregou para dentro de mim com um gemido. Eu me apertei contra Jake. Ele mordeu os lábios, com pequenos suspiros escapando. Scott sempre lutou comigo, dando-me instruções e fazendo exigências até na cama. Jake estava feliz em aceitar o que aparecera no caminho dele, os olhos me envolvendo com uma expressão que fez com que eu quisesse ficar presa naquele momento para sempre.

Conforme o ritmo aumentava, ele lutava para se segurar, sua respiração ficou cortada e eu adorei a sensação de poder que aquilo me deu. Ele exibia o olhar precavido de um homem que não tem certeza de quanto mais pode durar. Eu estava desesperada para não passar por aquela conversa "Não, tudo bem, não, não se preocupe, vai ser minha vez na próxima", então empurrei minha pelve forte contra a dele, arqueando as costas e agarrando-lhe os ombros até experimentar sensações tão primitivas que precisei me controlar muito para não gritar.

Jake rolou para o lado dele. Então, afastou meu cabelo do caminho com carinho e me beijou.

— Sabe que estou me apaixonando por você? Você devia vir com um alerta de saúde.

Sem responder, guardei aquele fragmento de conversa para mais tarde, a fim de revisitar quando pudesse pensar com clareza. Fazia um longo tempo desde que minhas emoções haviam estado tão descomplicadas. Apenas pura felicidade, sem uma camada encoberta de defesa. Permanecemos lá deitados, tocando o rosto um do outro, acariciando e murmurando até que caímos no sono. Quando acordei, estava um breu lá fora. Eu me aconcheguei em Jake. Era engraçado como eu me encaixava tão bem nele depois de anos me moldando em outro corpo.

Droga. Scott.

Soltei o meu braço para olhar o relógio. 19h15. Levantei. Jake ergueu a cabeça.

— Aonde você vai?

— São 19h15. Estou atrasada.

Scott detestava ficar esperando. Não havia jeito de eu estar de volta a tempo de o motorista de Scott me buscar. Remexi minhas roupas, peguei o celular e entrei correndo no banheiro.

Meu coração batia forte quando Scott atendeu.

— Sinto muito. Estou terrivelmente atrasada. Você se importa se a gente for lá no The Red Garden? É bem na esquina do meu apartamento.

Eu estava tentando manter a voz baixa para Jake não escutar. Scott odiava mudanças de última hora que não partissem dele mesmo, mas, depois de um bufo descontente inicial, ele se ofereceu para me encontrar em casa e desligou bem animadinho.

Voltei para me despedir de Jake. Ele estava sentado na beirada da cama. Seu rosto exibia uma expressão endurecida. A proximidade das últimas horas de repente virara um oceano.

— Aonde você vai hoje à noite?

— Voltar para casa, depois sair para um rápido jantar. Surgiu algo que preciso resolver.

— Algo a ver com Alicia?

— Eu não disse isso.

— Você não disse nada. Presumi que fosse Alicia, senão por que você cancelaria nossa noite hoje? — Jake colocou a cueca e se levantou. — Eu não sou o inimigo. Você faz amor comigo como se realmente me quisesse, mas não vai me dizer aonde está indo? Me ajude a entender isso.

— Vou jantar com meu marido. Ex-marido. Preciso discutir algumas coisas com ele.

Jake deu de ombros.

— Então, por que não me contar? Eu gosto disso? Não. Isso significa que você não deveria ir? Não. Mas gostaria de pensar que podemos ser honestos um com o outro.

Ele tentou me abraçar, mas eu estava desvairada pelo atraso. Scott ia me inspecionar com um microscópio; eu precisava ao menos de um banho. Dei um abraço rápido nele.

— Desculpe. Eu deveria ter explicado. Não sei por que não o fiz. Vamos nos falar amanhã.

Saí correndo para o carro, e deixei Jake colocando as calças e balançando a cabeça.

Octavia

Jonathan conseguiu ver sua ida para a Sardenha como se tivesse sido recrutado para quebrar pedras nas montanhas do Uzbequistão, em vez de ir para a Costa Esmeralda fazer o trabalho pelo qual era apaixonado, ao lado de praias de areia clara e marinas cheias de iates de trocentos mil dólares.

Passei a semana antes de ele partir respondendo a perguntas do tipo: "Preciso levar tabletes para purificar a água?" e "Vou precisar de creme de óxido de zinco para o nariz?". Quando chegamos ao: "É melhor eu levar um remédio pra segurar a dor de barriga se eu ficar mal", eu já estava em contagem regressiva. O interesse de Jonathan no próprio intestino estava no topo das "características menos prováveis para fazer você conseguir uma trepada", seguida de perto pela tendência dele de achar que todo pedaço ressecado de pele era câncer. As crianças já sugavam o meu suprimento microscópico de paciência para ser enfermeira. Não sobrava nada para os adultos.

No entanto, na noite antes de ele partir, fiquei surpresa por perceber que eu me encontrava um pouco inquieta. Os fins de semana esporádicos longe com Roberta, que haviam feito parte do início do nosso casamento, tinham desaparecido quando as finanças magras e a chegada das crianças os atropelaram de nossa rotina. Agora, Jonathan e eu ficávamos longe à noite tão raramente que eu não conseguia me imaginar dormindo sozinha na cama. Com a mala pronta, o passaporte à mão e sanduíches de queijo para a viagem na geladeira, senti uma pequena onda de afeição quando ele estendeu a mão para mim e anunciou que achava que deveríamos deitar cedo.

Corri para o banheiro, passei a gilete nas axilas, escovei os dentes e dei uma borrifada do perfume Calvin Klein que dera a ele de Natal. Pensei na ideia de ficar de sutiã. Até o cachorro olhava para mim de um jeito estranho quando me via nua, como se não tivesse certeza se eu era humana ou uma vaca. Os seios atrevidos dos quais eu tanto me orgulhava aos 20 anos, meu único atributo físico decente, agora ficavam pendurados no peito como escaladores de montanha pendurados de forma desesperada em uma corda puída. Dei uma olhada em mim no espelho, joguei o sutiã no cesto de roupa suja e voltei, sustentando meus peitos-torpedos-de-emergência com um braço.

De qualquer maneira, por Jonathan eu poderia tê-los amarrado com um laço. Ele estava estendido na cama, com o pijama listrado abotoado até o pescoço. A revista *Scientific Computing World* estava embolada no edredom. Deslizei para a cama. Era difícil acreditar que Jonathan já tinha insistido em estudar atenciosamente o livro *Sexo 365: Uma posição para cada dia*. A camisinha estourada que resultara em Charlie acontecera quando tentamos a posição Samba Atrevido. Agora eu teria sorte de conseguir um Tango de Dois Minutos.

Afundei de volta no travesseiro cheia de autoaversão. Maldita amamentação. Ninguém te conta que você vai arrastar seus peitos pelo resto da vida, deixando seu marido mais fixado numa reportagem sobre robôs de spam do que numa bela trepada à moda antiga com a mulher.

Na manhã seguinte, eu ainda me sentia a garota na boate que não havia conseguido uma dança. Jonathan parecia distraído, mesmo quando soprei e bufei reclamando de ele estar tão esgotado de ficar sentado sem fazer nada o dia todo.

Ele parecia preocupado e falou: "Não há paz alguma para os ímpios", como um serviço de reconhecimento de voz com um repertório limitado.

Eu pretendera levantar, fazer café da manhã para ele e deixar alguns bilhetes de "vamos sentir saudades" na mala para ele encontrar quando estivesse fora. Depois que ele virou minha pobre caixinha de remédios de cabeça para baixo, à procura de uma pomada para hemorroida "só por precaução", eu teria dificuldade para me importar, mesmo que ele estivesse indo para uma zona de guerra. Quando o motorista de Patri apareceu, minha irritação golpeava como um rato preso numa lata e eu deixei as crianças ficarem à frente das despedidas. Immi acenou com a pata de Stan. Consegui dar um abraço rápido e um toque seco de lábios.

Àquela altura, Jonathan estava com o doce aroma de trabalho conduzindo-o em frente, então provavelmente não teria notado caso Stan, e não eu, lhe desse um grande beijo babado.

Roberta

Irrompi no foyer do prédio. Scott estava sentado com os pés apoiados numa mesinha, mexendo no celular. Ele me lembrava um gato agitando o rabo, decidindo se atacava ou se relaxava, voltando a dormir. Ele nunca havia chegado cedo em toda a sua vida e ali estava ele dez minutos antes do horário. Eu não podia sair com meu ex-marido cheirando a outro homem. Corri até ele.

— Desculpe mudar os planos tão em cima da hora. Vou subir correndo para tomar um banho e já volto.

Ele se levantou. Eu me afastei.

— Você não precisa de um banho, está linda. Vamos direto para o jantar. Tem um monte de coisas que eu quero falar com você.

— Não, não. Andei à beça esta tarde. Devo estar fedendo.

— Tá. Vou subir com você. Gostaria de ver o que estou pagando.

Tentei me livrar dele.

— Por que você não toma um drinque no restaurante enquanto eu me troco e te encontro lá em alguns minutos?

— Não vou ficar lá sentado que nem um Elesbão sem amigos. Não se esqueça de que eu já vi isso tudo aí antes.

Não sei qual foi a cara que eu fiz, mas ele deu uma risada.

— Qual é, Robbie? Alicia me contou que você descolou um belo cafofo no centro da cidade. Pode me dar algumas ideias sobre aquelas terras que tenho em West Street. Vou assistir ao noticiário enquanto você se arruma.

Ele pegou meu braço e me conduziu ao elevador. Eu não sabia para onde olhar. Eu tinha certeza de que ele ia prestar atenção em tudo, na lama em minha calça, no meu cabelo bagunçado. Além disso, a alça do meu sutiã estava virada. Dava para senti-la entrando no ombro. Tentei parecer indiferente. Eu conseguia me ouvir engolindo em seco. Ele se apoiou na parede do elevador, me encarando.

— Você se sujou de lama mesmo hoje.

Aquela declaração manifesta me deixou nervosa.

— Fui caminhar, nós nos perdemos, é por isso que estou atrasada. — Nós. Droga! Tarde demais.

— Nós quem?

— Eu estava com alguns amigos, amigos novos. É minha resolução de Ano Novo pegar mais ar fresco. Estava um dia de primavera tão bonito... Aqui pode ficar um pouco claustrofóbico. — Eu esperava ter soado como se estivesse na companhia de um grupo de caminhantes locais.

— Amigos ou amigo?

— E isso importa?

Ele franziu as sobrancelhas. Forcei a palpitação do mal-estar. Eu não precisava mais ser o que ele queria.

Scott saiu do elevador primeiro.

— Pra mim, importa.

Suas palavras ficaram no ar entre nós, gentis, carinhosas, quase vulneráveis. Ele soou como quando nos conhecemos, antes de eu ter fechado negócio. Intensidade misturada a sensualidade. Scott colocava um holofote em você e a fazia se sentir uma estrela.

Quando chegamos ao apartamento, eu me atrapalhei com as chaves. Scott as tirou de mim e abriu a porta. Ele assobiou quando viu a cozinha cromada e a TV de plasma.

— Isso tudo é bem hi-tech.

— A maioria dos lugares para alugar é um lixo completo. Tive que achar um lugar no qual Alicia pudesse ser feliz. É bem apertado para nós duas, mas pelo menos é limpo e moderno.

— A escolha foi sua.

A única escolha, talvez. Ignorei o comentário.

Passei o controle da TV para Scott, dei a ele uma cerveja que estava na geladeira e fechei meu laptop, mas não antes de sentir uma pontadinha de prazer em meu estômago ao ver um e-mail de Jake com "Hoje à noite" na linha de assunto.

— Fique à vontade.

Mergulhei para dentro do banheiro. Enquanto entrava no chuveiro, fechei os olhos e pensei em Jake, sentindo sua falta. Esperava que ele não estivesse furioso comigo. Depois de esfregar cada vestígio dele para longe de mim e escovar os dentes, procurei em volta uma roupa íntima limpa. Que eu não tinha trazido comigo. Fiquei indecisa. Roupa íntima que eu usara com Jake ou me embrulhar numa toalha e ir pegar outra? Era ridículo ficar toda tímida agora com o homem que tinha visto cada inchaço no meu corpo pelos últimos 19 anos.

Fui discretamente como uma adolescente autoconsciente na direção do guarda-roupa, no canto da minha cozinha/quarto/sala. Scott levantou os olhos do jogo de rúgbi que estava vendo.

— Um colírio para os olhos. Você perdeu um pouco de peso. Está bonita, querida. Gosto mais de você assim, magrinha.

A dignidade me impediu de responder: "Esqueci as calças", mas não queria que ele pensasse que eu estava fazendo um strip-tease para ele.

— Não vou demorar. Só preciso me vestir.

— O que você vai usar para mim?

"Não te interessa" foi a primeira resposta que me veio à mente. Scott sempre gostava de dar palpite nas minhas roupas. Ele odiava qualquer coisa larga ou que não fosse feminina. Eu estava adorando usar pantalonas desde a nossa separação. Elas ficavam bem para a minha altura. Eu não queria que ele achasse que eu estava tentando lhe agradar, mas seria mais fácil ter uma discussão sobre Alicia se ele estivesse com o espírito receptivo. Francamente, com tanto a resolver, se uma blusa de babados fosse facilitar, então quem seria eu para discutir?

Scott se aproximou para se juntar a mim. Tarde demais, me lembrei da capa impermeável de Jake pendurada no armário, da qual eu prometera consertar a bainha. Agarrei meu vestido verde e rapidamente bati a porta.

Praticamente eu o enxotei do caminho deixando a toalha cair da parte de cima quando andei.

— Ops! — Scott encaixou a mão embaixo do meu seio. — Você realmente sempre teve belos peitos.

Puxei a toalha.

— Pare com isso. Me dê só cinco minutos para eu me arrumar. — Em algum lugar, porém, havia uma faísca de satisfação por ele ainda me desejar. Pelo menos eu tinha mais para colocar num sutiã do que Shana. Peguei uma calcinha e um sutiã quaisquer de uma gaveta e me virei na direção do banheiro.

Scott colocou a mão no meu ombro. Não olhei para trás. Só fiquei ali de pé, a culpa, a carência, a vergonha e a tristeza girando ao redor sem uma estratégia coerente entre elas. Ele me abraçou pelas costas e se aproximou para que sua boca ficasse perto da minha orelha.

— Você é linda.

Uma das mãos se moveu lentamente sobre meus seios. A outra me virou para encará-lo. Agarrei a toalha, meu braço erguido como uma barreira. Eu tremia. Todos os pelos do meu braço estavam arrepiados.

Tentei me desvencilhar, mas algo em mim não estava totalmente comprometido a escapar.

Scott não pensou duas vezes. Ele empurrou a toalha para o lado e correu a mão pelo meu traseiro, a boca colada na minha. As carícias, o beijo, a pressão de suas mãos e da boca eram parte de uma dança bem orquestrada que não precisávamos mais ensaiar. Eu reconhecia a dominância e a posse inerentes em cada gesto.

O oposto da ternura generosa que acabara de experimentar com Jake.

Uma ternura generosa que eu gostaria de experimentar de novo.

Dei um passo para trás. Scott continuou abrindo o zíper das calças.

— Quê?

— Não posso fazer isso. Apenas complica tudo. Não quero estar metade num casamento e metade fora.

Scott colocou as mãos nos quadris.

— Você não estava pensando nisso um instante atrás.

— Você está morando com a Shana.

— Ah, fala sério! É só sexo. Você sabe disso. — A voz dele tinha assumido um tom suave. Ele me estendeu uma das mãos. — Sente-se por um minuto. Sem gracinhas, prometo.

Eu me cobri e me sentei na beirada da cama. Eu o estudei, tentando entender onde tudo tinha dado errado. Em algum momento, ele me fizera acreditar que o amor podia superar tudo. Agora ele apenas me intimidava. Como a garota confiante que ele colocara num pedestal tinha se transformado em mim? As lágrimas se acumularam no canto dos meus olhos.

— Sinto a sua falta, Robbie. Cometi alguns erros, agi como um idiota completo.

Na minha cabeça, ouvi a voz de Octavia ecoando: "Nisso, você tem razão".

— Deixamos isso ir muito longe. — Ele fez um gesto. — O que estamos fazendo? Você aqui, confinada neste espaço minúsculo. Dormindo, comendo e vivendo no mesmo ambiente. Eu tagarelando naquele lugar velho e enorme. Acho que deveríamos tentar de novo.

Esperei que ele explodisse em risadas, fizesse seu discurso "Vou te levar na lábia". Mas ele parecia muito determinado. Eu conhecia esse homem. Eu lutara por ele. Eu o colocara acima dos meus amigos e da minha família. Tinha uma filha com ele.

Talvez eu fosse uma boba por achar que algum dia poderia deixá-lo.

Scott tentou me pegar nos braços.

— Volte para mim. Tudo vai ser diferente. Eu prometo.

Eu me encostei nele, seus contornos familiares se encaixando nos meus. Fechei os olhos. Imaginei-me voltando a morar com Scott, voltando à minha antiga vida. Eu tinha esperado por um pequeno estímulo de empolgação diante desse pensamento, uma sensação de corrigir o desequilíbrio. Em vez disso, o desânimo me consumiu. Eu me afastei.

— Não podemos voltar agora. Não resolvemos nada. Todos os nossos problemas ainda estão lá, à nossa espera.

— Que problemas?

— Alicia sabe quanto as coisas estão ruins entre nós. Ela foi envolvida. Ela me viu ir para a delegacia de polícia. Ela e eu sabemos que você começou um relacionamento com Shana no segundo em que saímos. Não podemos simplesmente varrer tudo para debaixo do tapete. — Minha voz começou a falhar.

Scott balançou a cabeça.

— Você está errada. Nós fomos feitos para ficar juntos. Você sempre disse isso.

Levantei e abri a janela. Senti como se estivesse sufocando.

— Me deixe colocar uma roupa.

— Por que eu não tiro a roupa, em vez disso? Vou te mostrar quanto eu te amo.

— Sexo não é amor, Scott.

— Quê? Você dando uma de freira agora? Um minuto atrás parecia que estava a fim.

— Scott. Não se trata de sexo. Realmente não. O sexo nunca foi um problema. Eu de fato amo você, sempre amei, mas não consigo mais viver com você. Como posso confiar em você de novo?

Scott ergueu as mãos.

— Qual é, boneca? Talvez eu tenha exagerado um pouco. Tenho estado sob muita pressão no trabalho, você sabe como as coisas têm sido no ramo imobiliário, o lugar que inundou em Queensland, o assentamento naquela área construída em Kent. Me dá um desconto.

— A maioria dos maridos não pensa: "As coisas estão meio esquisitas no trabalho, vou chamar a polícia para prender minha mulher".

Os lábios de Scott se cerraram. Entrei rapidamente no banheiro com as minhas roupas antes que ele respondesse com uma ladainha cruel sobre os meus defeitos. Tentei organizar meus pensamentos enquanto o sutiã tomava vida própria, envolvendo meus braços como um arbusto. Passei os punhos na água fria da torneira, puxei o vestido pela cabeça e voltei para a sala.

— Sempre estaremos ligados um ao outro de alguma forma. Temos Alicia e há uma quantidade enorme de história, boa e ruim. — Engoli, pensando, pela milionésima vez, se teríamos sido mais unidos caso eu tivesse conseguido produzir uma grande família barulhenta, se a dinâmica entre nós dois teria sido menos intensa. — Mas a verdade é que você não gosta muito de mim ou, pelo menos, você não se comporta como se gostasse.

— Engano seu. Eu te amo.

— Você não me ama, Scott. — Levei um choque quando percebi, depois de todos esses anos, que isso era verdade. — Você gosta de desfilar comigo na frente dos seus colegas de negócios, mas, me amar, por mim, pelo que e quem eu sou, não. Definitivamente, não.

Scott contorceu o rosto.

— Isso simplesmente não é verdade. Caramba, passei quatro anos voando para cá e para a Austrália com tanta frequência que nunca consegui superar o jet lag. Por que eu faria isso se não te amasse? Mudei meio mundo para estar com você.

— Isso já faz 15 anos. E você ficou com um pouco de raiva disso desde então. Não estou te culpando, só não acho que você se assentou propriamente. Talvez morar num subúrbio não seja adequado para você depois de crescer com tanto espaço. Talvez você sinta que é minha "culpa" o fato de não termos tido mais filhos. Mas, qualquer que seja o ressentimento que você tenha, estou na raiz dele.

Scott continuou balançando a cabeça como se eu estivesse louca, embarcando numa discussão aleatória.

— É claro que eu teria gostado de ter mais filhos, mas me acostumei a isso ao longo do tempo. Não, o que realmente acabou comigo é que nunca fui bom o bastante para você. Suas amigas do colégio praticamente desabando no chão porque você tinha se casado com um australiano sem grana. O seu pai discorrendo sobre etiqueta de negócios e eu não entendendo como "as coisas são feitas por aqui" quando ele era um maldito contador, um assalariado extravagante. A frustração da sua mãe a cada vez que eu me esquecia de puxar uma cadeira ou de abrir a porra da porta, como se ela tivesse perdido os movimentos dos braços.

Senti como se meu casamento fosse uma leve pena nas mãos, esperando o mais brando sopro de ar levá-lo embora para sempre. O medo de traçar uma linha final sob o grande amor que me consumira pela maior parte da minha vida adulta lutava para triunfar sobre a certeza de que voltar para Scott significaria me submeter aos humores dele para sempre. Eu teria de esquecer qualquer intenção de administrar meu próprio negócio. E Jake.

— Sinto muito que você se sinta assim. — Dei um tapinha no braço dele.

— De qualquer forma, gostaria de pensar que podemos seguir em frente. Vai ajudar Alicia se ela vir que somos civilizados um com o outro.

— Então você não vai voltar? — Uma acusação, não um pedido de informação. Meus ombros se curvaram. Fiz uma pausa. Meus lábios estavam secos.

— Eu adoraria achar que poderíamos fazer dar certo. Mas não podemos, Scott. Mesmo você não pode ter gostado muito dos últimos anos.

— É a sua cara, né? Nenhuma determinação. O negócio fica um pouco cabeludo e você cai fora.

— Discordo. Muitas mulheres teriam ido embora antes de mim.

— Bom, convinha a você, não? Levando uma vida mansa enquanto eu me matava de trabalhar. Saindo com aquela sua amiga mão de vaca enquanto ela vivia à sua custa.

Cruzei os braços.

— Octavia paga do jeito dela. E eu trabalhava tão duro quanto você, mas não era paga. Se você se lembrar, eu queria montar um negócio de design de interiores, mas você nunca permitiu.

— Quem teria contratado você? De qualquer forma, eu precisava de você para resolver as histórias das nossas propriedades.

— Porra, Scott, eu tenho um diploma, tenho certeza de que alguém teria me dado uma chance.

— Vire o disco. Todos sabemos, o universo inteiro sabe que Roberta Intelectual Green tem um diploma. Em Artes Criativas. Você faz parecer que é uma porra de uma cirurgiã de cérebros.

— Não estou tentando marcar pontos. Não quero que Alicia cresça achando que é normal viver como nós vivemos.

— O que você quer dizer com isso?

— Que não faz mal ter um homem gritando na cara dela se ela discorda, sendo rude com os amigos dela, fazendo-a transar mesmo que ela não queira.

— Quando você transou sem querer?

Levei as mãos à cabeça.

— NÃO se trata de sexo. Trata-se de você nunca considerar que o que eu tenho a dizer, o que eu penso e o que eu sinto, tudo isso importa. Trata-se de você conseguir as coisas do jeito que quer ou se tornar desagradável se não conseguir.

— Você é louca. Você teve tudo que quis e ainda não foi o suficiente. Mulherzinha Maravilha, pobre garotinha rica. É melhor você ir choramingar com o papai sobre o Scott malvado te fazendo infeliz. — Ele subiu o zíper e fechou o cinto.

Eu soltei a respiração.

— Eu sabia que você ia reagir assim e é por isso que estamos onde estamos. — Estendi a mão para ele. — Quero deixar registrado que não acho que eu seja a Mulherzinha Maravilha. Eu me sinto um fracasso monumental.

Ele afastou minha mão.

— Sai fora com esse papinho de penitência e autoflagelação. Você nem é tão bonita quanto acha. Em cima do lábio está ficando meio escuro. — Scott imitou um carinho num bigode, o que me fez querer correr para o meu espelho com lente de aumento.

Eu arriscara algo especial, algo gentil e honesto e completo com Jake por essa criança, esse petulante mal-educado que não conseguia assumir responsabilidade alguma por seus atos. Nunca conseguira. Nunca conseguiria. Inspirei.

— Gostaria que você saísse agora.

— Eu pago por este apartamento, porra, vou sair quando quiser.

— Nesse caso, vou me sentar lá embaixo no foyer até você ir embora.

Essa era a última vez que Scott ia botar banca. Nada mais de apelar. Nada mais de implorar. Nada mais de Scott, ponto-final.

Peguei minha bolsa, calcei uma sapatilha e saí. Na metade do corredor, a adrenalina começou a pulsar por meu corpo, empurrando-a para as pernas, acelerando o passo. Corri para o elevador. Olhei para trás por sobre os ombros. Nenhum sinal dele. Apunhalei o botão do elevador.

Eu não queria ouvir o que Scott diria agora que ele tivera tempo para pensar. Eu não precisava de mais insultos para repassar pelas próximas semanas e me perguntar se eles eram verdadeiros. O elevador chegou e soquei o botão para o térreo, desejando que as portas se fechassem, recostando-me com alívio quando comecei a descer. Meus pés ecoaram pelo chão de cerâmica da entrada num passo lento e deliberado, a Roberta equilibrada para o mundo exterior. Fiz um gesto com a cabeça para o porteiro e fingi estudar o "Quadro de Avisos do Condomínio de Apartamentos Fountain".

Folhetos de liftings não cirúrgicos no rosto e redução de celulite se espremiam, brigando por espaço entre anúncios de maquiagem semipermanente e acampamentos de ginástica. Eu ainda me acostumava ao fato de Jake mal comentar sobre a aparência das pessoas. Nem mesmo a minha. Eu ainda não decidira se isso era libertador ou insultante.

Ainda nada de Scott. O filho da mãe. Imaginei-o sentado por lá, pés no sofá, servindo-se de outra cerveja. Eu ia deixá-lo blefar e voltaria para a casa de Jake.

Mandei uma mensagem de texto para Jake: *Scott já vai. O esquisito de sempre. Desculpe por sair cedo. Está tarde para eu voltar? Bjs.*

Passaram-se dez minutos. Sem resposta. Talvez Jake tivesse saído. Eu não podia esperar que ele ficasse sentado me esperando. Eu estava pensando se ligava para Octavia quando Scott emergiu do elevador. Fiquei tensa, pronta para ir até ele a fim de acalmá-lo antes de darmos ao porteiro uma noite memorável.

Scott, porém, caminhou pelo foyer, levantou a mão e disse: "Muito a se pensar, Robbie. Desculpe termos perdido o jantar. Logo nos falamos novamente". Ele piscou e saiu todo satisfeito, como se fosse o primeiro dia ensolarado de primavera e ele tivesse saído para pegar o jornal.

Dezenove anos e eu ainda não estava nem perto de desvendar aquele homem.

Octavia

Dois dias depois de Jonathan ir para a Sardenha, Roberta ligou para saber se podia aparecer de noite. Todos os nossos encontros recentes tinham sido como um boletim de notícias, uma listagem rápida das últimas chateações na vida de Roberta. Com Jonathan longe e as meninas na cama cedo, eu finalmente conseguiria pedir a opinião dela a respeito de por que raios eu de repente havia desenvolvido uma estranha obsessão por Xavi.

Roberta estava atrasada, o que era comum para ela. Eu ficava espiando a rua, procurando pelo táxi dela. Eu mal podia esperar para começar a pular de um assunto para outro sem explicações ou preâmbulos. Diferente de Jonathan, que parecia desnorteado quando eu mudava de assunto sem segurar uma placa de "agora estou passando para um tópico distinto", Roberta não tinha problema em trocar do mau comportamento das crianças para a artrite da minha mãe, meus canos entupidos e qualquer outra mudança de assunto que eu me importasse de pegar do ar.

A incapacidade de Jonathan de se lembrar do básico sobre as pessoas que conhecíamos, sem contar as que ele não conhecia, drenava a energia das minhas narrações de histórias.

Quando Roberta finalmente chegou, meia hora atrasada, joguei os braços em volta dela e a abracei apertado.

Ela parecia impaciente para se livrar de mim.

— Desculpe pelo meu atraso. Tive um dia complicado.

Enfiei a cabeça pela porta da sala para verificar se Charlie não estava vendo nada que envolvesse bundas no computador, então a empurrei para a cozinha e servi o vinho.

— Então, o que está havendo?

Dei uma segunda olhada quando me sentei. Devia fazer pelo menos dez anos desde que eu tinha visto Roberta sem nenhuma maquiagem. Eu sempre invejara sua pele branca perfeita. A minha precisava de creme esverdeado para baixar o tom da minha tez acabei-de-passar-o-ancinho-no-fardo-de-feno. Naquele dia, era a vez de Roberta parecer manchada e atormentada. Ela tomou um grande gole de vinho.

— Não consigo falar com Jake. Ele não responde às minhas ligações nem aos meus e-mails. Passei de carro pela casa dele e ele estava lá, então sei que está me ignorando.

— Por que ele faria isso? Você terminou com ele?

— Fui muito burra. — Ela se virou para fazer carinho em Stan, em vez de olhar para mim. Normalmente, ela não chegava perto do cachorro porque ele deixava as mãos dela fedorentas. Eu sabia o que "burra" queria dizer. Peguei meu copo e o rodei.

Ela olhou de soslaio para mim.

— Você vai ficar furiosa comigo.

— Você não vai voltar pro Scott? — Eu me concentrei em pousar em vez de bater minha taça na mesa.

— Não. Definitivamente, não.

Relaxei. Roberta continuou coçando as orelhas de Stan.

— O que foi então? — Soei mais ríspida do que pretendi. A cabeça de Roberta se contraiu com meu tom, então sorri e falei: — O que você fez agora?

Roberta me pôs a par de Jake, o "sexo fantástico, generoso, muito bom para uma primeira vez". Ouvindo-a, eu me senti tão desejável quanto uma vovó de calçolas. Eu estava com muita vergonha de contar a Roberta que Jonathan caíra no sono antes que eu sequer tivesse me deitado na cama. Quando ela me disse que acabara beijando Scott, minha primeira reação foi "grande coisa", rapidamente seguida por um assombro silencioso por Roberta querer estar no mesmo recinto que ele, quanto mais trocar saliva.

— Você vai achar que sou patética, mas fiquei bastante confusa. Não acho que eu tinha aceitado que estava tudo acabado. Mas agora sei que não o quero.

Dei de ombros.

— É um passo à frente, pelo menos.

Ela me contou sobre o e-mail que Jake tinha enviado.

— Só tive a chance de ler depois que Scott foi embora. Foi tão meigo, me dizendo que ele sabia que dormirmos juntos havia sido um grande passo e que ele queria que eu soubesse que ele tinha valorizado. Então falou que sentia vergonha de admitir que estava com ciúmes, mas que eu não devia levar em consideração porque, racionalmente, ele sabia que eu precisava construir uma relação que funcionasse com Scott.

— Então qual é o problema? Ele entende que você precisa ser amiga do seu ex. Jake não precisa saber que você decidiu dar um beijo em Scott por pena, por razões que só você sabe.

— Mesmo que eu não tenha contado a ele que Scott tentou, ele não atende meus telefonemas. Não entendo. Ele manda um e-mail maduro e age de um jeito esquisito.

Levantei as sobrancelhas.

— Você acha que *ele é* esquisito?

Roberta ficou com aquela expressão beligerante no rosto.

— Tá, eu sei que você não teria feito isso porque você é supersensível — falou.

— Não se trata de ser sensível. Eu não teria me colocado numa posição de dar uma segunda chance para um brigão.

— Scott não é um brigão. Ele tem ideias excepcionalmente claras de como quer viver e de como espera que as pessoas se comportem.

— Ele *é* um brigão. Quando você vai parar de defendê-lo? Todos nós temos ideias claras sobre como queremos que as pessoas se comportem e com frequência nos desapontamos, mas não começamos a trancafiar as pessoas em celas ou deixá-las amedrontadas por discordarem de nós. Você está confundindo amor com obediência. — A frustração estava deixando minha voz mais alta. Roberta merecia algo muito melhor, se ao menos ela conseguisse enxergar. — É que eu fico muito triste que ele ainda domine a sua vida, mesmo que você esteja planejando se divorciar dele.

— Não vou mais permitir que isso aconteça. — A voz dela estava hesitante. — Você acha que poderia ligar para o Jake para mim? Só para verificar se o celular dele está funcionando e se estou certa de que ele está me ignorando deliberadamente?

— O que eu vou dizer? Minha amiga gosta de você, mas é muito tímida para falar?

Roberta deu de ombros.

— Apenas finja que é o número errado. Seria muito doloroso admitir que você está ligando em meu nome.

— Vou dizer que estou procurando o Stan — falei, fazendo um gesto na direção do cachorro. Até Roberta sorriu com isso.

Meu coração estava batendo forte quando Jake atendeu. Os olhos de Roberta estavam à espreita. Ele pareceu suspeito e irritado quando perguntei se Stan estava. Roberta se esticava para ouvir a voz dele.

Levei um segundo para olhá-la nos olhos.

— Ele está mesmo lá.

— Ele parecia estar em casa? Tinha algum barulho no fundo?

Não pude dar uma localização precisa com base num telefonema de vinte segundos.

Roberta ficava jogando as mãos para cima.

— Não entendo os homens. Acho que eu posso ir até lá e tentar resolver isso amanhã.

Pelo resto da noite, Roberta me perguntou zelosamente pelas crianças, por Jonathan e como os negócios estavam indo, mas eu podia ver que cada grama dela queria pular num táxi e sair correndo para a casa de Jake. Mesmo quando eu revelei que vinha vasculhando os continentes pela internet por notícias de Xavi, ela apenas balançou a cabeça.

— Você vai se sentir melhor se encontrá-lo? Você não está pensando em largar tudo e ir morar em um saveiro, né? Acredite em mim, não é divertido aqui do outro lado.

O grande assunto que eu queria conversar com ela, o fato de não conseguir parar de pensar em Xavi ou fantasiar em vê-lo novamente, simplesmente definhou. Até Roberta tirar a tampa da caixa de Pandora me encorajando a procurar por ele, eu vinha me virando com Jonathan, aceitando que o casamento da meia-idade não era uma emoção por minuto e, na verdade, não questionando minha sina.

Agora, porém, eu queria questionar tudo.

Por que estávamos morando numa cidadezinha conservadora se podíamos ter nos mudado para qualquer outro lugar no mundo? Por que a postura de Jonathan com tudo era sempre aquela que impunha o menor resultado de alegria? E por que, depois de todos esses anos, a necessidade de saber onde Xavi estava não criava tantas borbulhas quanto raiva dentro de mim, forçando uma saudade que eu sequer sabia que era capaz de sentir?

Só para variar, eu gostaria que Roberta focasse sua inteligência nas minhas "questões" e aparecesse com uma explicação mais ou menos decente para o porquê de uma ocupada mãe de três estar obcecada por um vagabundo de cabelos encaracolados de anos atrás.

No entanto, a verdade nua e crua era que, até onde Roberta sabia, eu era casada. Um corpo quente na cama e alguém para verificar os pneus no carro significava que eu não tinha problemas.

Roberta esfregou os olhos e pegou a bolsa.

— É melhor eu fazer algo.

— Você não vai fazer uma incursão à meia-noite até a casa do Jake, vai? Ela se irritou.

— Como você me conhece bem, hein? Não. Vou direto para casa.

Quando fechei a porta, percebi que Jonathan não havia ligado para dar boa-noite.

Roberta

Octavia tinha confirmado. Jake estava me ignorando. Ele me dissera que estava se apaixonando por mim, então por que de repente começar a agir como um completo filho da mãe? Eu obviamente o chateara e precisava descobrir como. O Rioja que Octavia e eu tínhamos consumido me convencera da sabedoria, não, da absoluta necessidade de mandar um e-mail para Jake e resolver isso com ele, de uma vez por todas. Que se danasse o orgulho! Eu me conectei e escrevi:

Querido Jake,

Desculpe se fiz algo que chateou você. Gosto muito de você e acho que poderíamos ter algo especial juntos. Por favor, por favor, me procure, mesmo que seja apenas para terminar comigo cara a cara! Não consigo suportar não saber.

Sua, Roberta.

Recebi uma resposta imediata na minha caixa de entrada.

Cara Roberta, acredito que você vai achar esse e-mail encaminhado autoexplicativo. Jake.

E aí, Jake,

São 21h30 e achei que você deveria saber que acabei de passar os últimos 45 minutos na cama com a minha mulher, aqui no apartamento dela. Concordo com você que o sexo com ela é "extraordinário", mas eu não te recomendaria se envolver muito, pois acho que ela ainda não está pronta para seguir em frente. Cometemos alguns erros no nosso casamento, mas ambos estamos prontos para tentar de novo, o que eu acho, cara, que quer dizer que você está fora da jogada.

Tudo de bom,
Scott Green.

Octavia

A semana de Jonathan na Sardenha passou voando numa feliz rebelião de deixar Stan lamber os pratos na lavadora de louças e ficar me demorando em banhos quentes esbanjadores em vez de me ater à regra de Jonathan de chuveiradas de quatro minutos. Entretanto, eu não queria que ele pensasse que não tínhamos sentido a falta dele, então Immi e eu fizemos uma placa de boas-vindas e botei um champanhe para gelar. Mesmo que a ausência não fizesse o coração ficar mais amoroso, ainda nos daria algo novo para conversar a respeito. Infelizmente, meu beijo supersexy de boas-vindas murchou como uma erva velha no fundo da geladeira quando ele empurrou a pasta para cima de mim e começou a reclamar sobre o fato de as lixeiras de recicláveis não terem sido esvaziadas antes mesmo de chegar à porta.

Eu me agarrei à minha fantasia.

— Champanhe?

— Estamos celebrando algo?

— Sim. Você de volta. Você conseguir um emprego. O início de abril e o fim do inverno. Não ter que vender a casa.

Jonathan bocejou.

— Vamos guardar para outro dia. Estou exausto. Não vou ficar acordado por muito tempo. Chá seria ótimo.

Coloquei a chaleira para esquentar, tirei uma taça do armário e estourei o champanhe. Ergui a taça para ele, arriscando-me a ouvir um murmurar sobre os meus "gostos caros".

— Bem-vindo.

Antes de eu colocar a folha de metal e o araminho na lixeira, Jonathan já colocara uma colher de chá no gargalo para conservar o gás. No humor que eu estava, não precisaria de uma colher de chá. Eu me forcei a perguntar como havia sido a semana dele.

— Você devia ver o sistema de computadores. Vou me divertir bastante trabalhando lá. Tudo de última tecnologia, mas podia muito bem ser uma carroça velha pelo uso que eles fazem dele.

E assim ele saiu, lançando-se numa explicação detalhada do sistema de computadores, dos obstáculos, dos potenciais problemas que ele antevira com um lampejo mínimo de interesse no front doméstico. Eu ficaria lisonjeada se ele conseguisse reunir apenas metade dessa paixão por mim.

Durante o jantar, tentei dirigi-lo para a parte da Sardenha que me interessava: se eu fosse com ele na próxima viagem, ficaria numa vila fantástica de pescadores com mulheres vestidas de negro fazendo toalhas de mesa de renda ou numa selva de concreto com galpões de computadores como companhia? Jonathan ficara tão obviamente faminto pela droga do trabalho que, mesmo quando tentou responder, voltou a uma descrição dos desafios de trabalho à frente.

— Então valeria a pena eu ir?

— Eu ficaria trabalhando até tarde.

Observei-o limpar cada grãozinho de cuscuz do prato. Servi minha terceira taça de champanhe.

— Estou dominada pelo seu entusiasmo. Você não gostaria de uns dias longe e sem as crianças?

— Sim, mas não quero que fique resmungando comigo porque não posso passar muito tempo com você. — Jonathan tirou os sapatos e começou a espalhar jornais antigos. Eu o encarei. Ele estava em casa havia precisamente uma hora e 25 minutos. Então pegou a caixa de polir sapatos, impaciente com a bagunça lá dentro.

— Não vou resmungar. — Por outro lado, eu podia explodir como uma garrafa de Coca Zero com Mentos dentro se ele continuasse prestando mais atenção às suas malditas marcas de chinelo do que à minha necessidade de mudar de panorama. Mantive a voz neutra. — Achei que Patri tivesse se oferecido para pagar para eu ir com você.

Jonathan espiou a parte do dedão de seu sapato como se uma grande inspeção de um sargento fosse iminente.

— Ele ofereceu, mas é um pouco cedo para ficar pedindo favores especiais. Movimentos circulares lentos com a escova de polimento. Esperei por um vislumbre de ímpeto, uma oferta para resolver aquilo em algum momento. Mas só houve um franzir de sobrancelhas enquanto Jonathan trabalhava tirando o pó.

— Você vai pedir a ele mais para frente?

Jonathan fez um gesto vago com a cabeça. Mais observação e polimento. Até então, a dedicação de Jonathan ao trabalho nunca me incomodara. De algumas formas, acabava sendo ideal. Eu não era interrompida por um homem ciumento e carente que constantemente queria minha atenção. Eu conseguira me dedicar a montar o negócio da creche e a criar nossos filhos relativamente livre da necessidade de Jonathan de arrumar as maçãs na fruteira de acordo com a data em que haviam sido compradas.

Enquanto ele trabalhava metodicamente na programação dos computadores, estávamos fazendo panquecas, plantando jardins de flores do campo para abelhas e ensinando truques a Stan. Jonathan comparecia quando explicações precisas de estratégia militar se faziam necessárias. Ou quando o dever de casa de ciências precisava de um vulcão de bicarbonato de sódio e vinagre.

Com o tempo, toda a família sentia-se grata que a obsessão dele por computadores deixasse menos oportunidade para ele descobrir os leves delitos da família, como o esmalte roxo no tapete de Polly e o autógrafo de Immi no peitoral da janela da sala. Jonathan tinha seu domínio certinho e organizado, e eu tinha meu próprio mundinho caótico, mas totalmente normal. Eu esperava que eles pudessem se sobrepor, que pudéssemos conviver na vida de cada um sem a necessidade de elaborados dispositivos de respiração.

Jonathan largou os sapatos e ajeitou os cadarços.

— Quem usou todo o branqueador? Preciso disso para os meus tênis.

— Não sei. Imagino que uma das crianças. — Eu não suportava quando Jonathan saía com os tênis brancos brilhando incandescentes.

— Francamente. Essas crianças fazem tudo o que querem. Já era hora de elas começarem a ajudar e arrumar as coisas depois de usarem.

— Desculpe se a casa e a sua família te ofendem e se as crianças não se encaixam exatamente nos seus pequenos parâmetros. Só para deixar registrado, estou bem mais interessada no fato de eles terem mente criativa e horizontes amplos do que em saber se alisam as malditas toalhas ou comem a casca do pão. — O champanhe estava abrindo uma parte em minha franqueza que provavelmente deveria ter permanecido fechada. Eu me perguntei por que ele não voltava correndo de volta para a Sardenha.

Jonathan deu de ombros e levou os tênis até o tanque, onde os esfregou com uma escovinha de unhas e sabão líquido. Eu adorava o jeito como ele colocava ordem em meu mundo. Ele amava o jeito como eu levava empolgação ao dele. "Minha pequena aventura", Jonathan me chamava. Eu me perguntei quando tínhamos ficado entrincheirados em lados opostos, e não em campos unidos.

O que precisávamos era de algum tempo longe, juntos, sem alguém implorando ajuda com o dever de física no segundo em que começávamos a conversar. A Sardenha ensolarada seria exatamente a passagem para isso.

Roberta

Segui o conselho de Octavia, forçando-me a deixar a poeira baixar um pouco, e então fui ver Jake. Escolhi uma segunda-feira, dez dias depois do fiasco com Scott, quando sabia que Angus estava na aula de tênis. Eu me agarrei à esperança de ele me dar uma chance se conversássemos cara a cara. Ele abriu a porta, sem sorrir e indecifrável.

— Posso explicar? Não dormi com Scott.

— Mas você esteve no quarto com ele? — Ele cruzou os braços.

Minha cabeça funcionava lentamente. Levei um instante para perceber que, em vez de me convidar para entrar, ele estava na verdade bloqueando a porta.

— Estive, mas não foi daquela forma. Como você sabe, minha sala é meu quarto.

— Consegui ir lá várias vezes e não chegar nem perto da sua cama. Vocês transaram?

— Não, é claro que não.

Aquela negação categórica cem por cento me desconcertou.

— Mas chegaram perto disso?

Eu podia ver aquilo pelo qual eu esperara, o que ele esperara, se despedaçando e desabando como um prédio destinado à demolição. Ainda assim, eu não podia mentir. Mexi os pés no capacho.

— Eu estava confusa. Talvez não estivesse pronta para dormir com você. Ele me queria de volta. Eu queria ter certeza de que estava fazendo a coisa certa.

— Responda à pergunta. Houve contato físico com ele?

— Sim, mas...

Ele deu um passo para trás. Mão na porta. Uma porta que estava se fechando.

— Jake, eu posso explicar. Sei que fui boba, eu não deveria tê-lo deixado entrar no apartamento, em primeiro lugar. Eu só o beijei. — Tentei pegar a mão dele, mas ele a tirou.

— Para relembrar os velhos tempos? Mesmo tendo acabado de fazer amor comigo, depois de esperar por tanto tempo? Achei que tivesse significado algo para você. Desculpe, mas isso não vai funcionar para mim. Tive uma esposa que desapareceu com um ex-namorado que ela encontrava de vez em quando durante o nosso casamento. Não vou me envolver com alguém que tem um substituto sob as asas.

— Jake, por favor, escute, cometi um erro. Quero ficar com você. Scott e eu estamos nos divorciando.

— Não posso ser a sua experiência. Passei muitos anos olhando por sobre o ombro. Eu prometi a mim mesmo que nunca mais me meteria nessa situação de novo. Tenho que ir agora. — Ele olhou para mim com aqueles olhos intensos. Algo se suavizou rapidamente, depois ele fechou a porta na minha cara. Fiquei em dúvida entre tocar a campainha ou ligar pela caixa postal como um bandido do elenco de *EastEnders*. Eu nutria uma pequena esperança de que, se ficasse ali tempo o bastante, ele reconsideraria e sairia novamente. O desespero enfim me impulsionou de volta ao carro, onde chorei no volante até que uma mulher com a neta a caminho do parque bateu na janela para ver se eu estava bem.

Nos dias seguintes, enviei e-mails para Jake com várias manifestações expansivas de desculpas e justificativas. Ele me ignorou. Qualquer que fosse o nível de generosidade e de compaixão que ele tivesse, era claramente igualado por uma reserva semelhante de autodefesa e determinação.

Mea-culpa. Eu não tinha escolha a não ser esquecê-lo.

Quando eu ia para a cama à noite, imagens de Jake passavam pela minha cabeça. Seu maneirismo de mexer na pulseira do relógio. O jeito como olhava para o longe enquanto pensava no que dizer. Sua calma como se não houvesse um único problema no mundo que não fosse insuperável.

Exceto ter contato físico com o meu ex-marido, é claro.

Eu ficava deitada perseguindo pensamento após pensamento, escrevendo cartas em minha cabeça, apenas para desprezá-las pela manhã. Passava dirigindo pela casa de Jake com tanta frequência que era impressionante ainda não ter aparecido num programa de crimes não resolvidos.

Como uma alcoólatra se esforçando para se sentir bem tomando uma garrafa de vodca no café da manhã, ataquei o jogo do namoro com desforra. Minha tentativa débil de autoajuda foi encontrar um novo amor para bloquear Jake e Scott. Os sites de namoro na internet sabiam mais de mim do que Octavia. Os questionários pareciam uma múltipla escolha nos quais eu constantemente marcava a resposta errada.

O "sim" em "Eu leio toda a bula antes de tomar qualquer medicamento" me fazia soar uma adulta responsável ou uma desmancha-prazeres estúpida? Será que alguém, em seu juízo perfeito, ia me escolher se eu marcasse "Às vezes fico tentada a caçoar das pessoas pelas costas delas"?

Felizmente, não havia espaço para marcar "Às vezes eu e minha melhor amiga damos risadinhas das fraquezas dos outros e gargalhamos até sair vinho pelo nariz".

Será que "Com frequência levo a conversa a um nível mais elevado" ia me arrumar um profissional articulado que conseguisse nomear cinco membros do Ministério ou um esnobe superintelectual com visões radicais sobre a pobreza global e o derretimento das calotas polares? Os quatro principais modos como me senti no mês passado? Essa era fácil. Deprimida, incapaz de lutar, solitária e com medo do futuro. Marquei otimista, calma, ativa e animada.

Eu estava tentando encontrar um namorado, e não alguém para me ajudar a estocar comprimidos para dormir.

Minha vida social se tornava rapidamente mais virtual do que real, consistindo em piscar, quebrar o gelo e deletar os homens que queriam saber minha posição sexual preferida no segundo e-mail. O número de pessoas piscando para mim podia alegrar ou arruinar meu dia inteiro. Concordei em sair com um homem chamado Rupert, que não mencionara sexo nos e-mails, trabalhava como veterinário e listou ler, praticar jogging e comer como hobbies.

— Veterinário é bom. Só que o nome dele é ridículo — comentou Octavia. Eu jurava que ela refletia o desgosto com o próprio nome em outras pessoas.

Eu me recusei a morder a isca.

— O resto dele parece bom. De qualquer forma, quem não arrisca não petisca...

Octavia estava fazendo o discurso "Você tem que se acostumar a viver sozinha" cada vez com mais frequência, o que só intensificava meu desejo de ser parte de um casal "normal" novamente. Todo mundo que me dizia que eu deveria ficar solteira por um tempo tinha um marido. Essas pessoas não precisavam acordar aos domingos e pensar em como preencher as 14 horas antes de voltar a dormir. Elas podiam cozinhar uma caçarola tamanho família e não ter de comê-la por seis dias consecutivos. Podiam ir ao baile da escola ou a um jantar sem uma discussão sobre onde "a esquisita sozinha" deveria se sentar.

Elas não precisavam nem gostar do marido. Só precisavam ter um.

Então, repeti meu mantra de "mente aberta" conforme andava para o Café Rouge no início ensolarado de abril para conhecer Rupert. Localizei-o de cara, inclinando-se para trás na cadeira, as mãos atrás da cabeça. Mais pesado do que parecia nas fotos. Uma pança caindo por cima das calças. Uma camisa rosa florida que o fazia parecer mais com um britânico de férias em Barbados do que um homem delicado à vontade com a sexualidade. Mas ele parecia amistoso e agradável.

— Rupert?

Ele pulou da cadeira.

— Roberta. O-lá.

Será que ele piscou? Com certeza, não. Ninguém com mais de 14 anos pisca. Talvez ele tenha passado muito tempo em sites de namoro e estivesse carregando aquilo para a vida real. Ele conseguiu apertar minha mão e me puxar levemente para si até que fiquei presa naquela terra de ninguém, instável, sem saber se ele ia me beijar no rosto ou não. Então, Rupert deu um passo para trás sem soltar minha mão até que me senti uma vaca sendo avaliada. Sentei sem ser convidada.

Ele se inclinou para frente, descansando o queixo nas mãos de um jeito "você tem toda a minha atenção". Seus olhos eram brilhantes e redondos como o resto dele.

— Então, Roberta...

Anos do meu pai e seu "a etiqueta faz o homem" me impediram de dizer: "Então, *o quê?*". Sorri. Ninguém ficava em sua melhor forma quando estava nervoso.

— Vamos pedir um café? — sugeri.

— Você não quer um drinque?

— Está um pouco cedo para isso. Tenho que buscar minha filha mais tarde.

— Você se importa se eu tomar?

Balancei a cabeça enquanto ele pedia uma taça de Shiraz.

— Pois bem, Roberta, me conte sobre você. — Ele se inclinou para a frente, como se estivesse prestes a tomar notas.

Eu me dei uma batidinha nas costas mentalmente. Não ia repetir o erro e acabar chorando no banheiro de uma forma desengonçada.

— Você primeiro.

— Determinada. Gostei. — Ele fez um gesto de tigre arranhando e um barulho de rugido.

Meus músculos faciais achavam mais difícil não se contrair, mas eu ia dar uma chance a ele.

Rupert se recostou na cadeira.

— Sou veterinário, como você sabe, lido principalmente com gado, cavalos, porcos, animais de fazenda.

Veterinário era bom. Dava para contar aos meus amigos sem ter de acrescentar uma advertência. Não era um vendedor de carros. Não era alguém que fazia experimentos com macacos. Não era um terapeuta sexual.

Ele me levou para uma viagem de A a Z sobre o que seu trabalho com veterinária envolvia.

— É claro que os cachorros são meu amor verdadeiro, mas meu primeiro emprego quando estava fazendo estágio foi numa fazenda e nunca consegui voltar aos animais domésticos. — Ele procurou no casaco, tirou a carteira e agitou uma foto bem debaixo do meu nariz. — Veja, estes são os meus cachorros, Boo-Boo e Remy.

Olhei para a foto de dois cachorros que pareciam ratos com orelhas enormes. Eles pareciam criaturas saídas de *Gremlins*. Era mais torturante que ser apresentado a um bebê feio e tentar procurar um elogio. Abri a boca algumas vezes antes de encontrar palavras.

— De que raça eles são? — Tentei manter a voz suave.

— Chihuahuas de pelo longo. Eles dormem na minha cama. Boo-Boo gosta de deitar com o rosto no meu travesseiro.

Acordar com a Orelha de Morcego não fazia parte de nenhum plano em meu futuro.

— Eles não são uns amores? Remy gosta de sentar nos meus joelhos quando estou assistindo à televisão. Ele fica com ciúmes quando eu me aninho a qualquer outra pessoa. — Outra piscada. Ele fez um gesto para a garçonete pedindo outra taça de vinho. Eu não tinha sequer acabado meu café.

Procurei por algo para dizer.

— Você tem algum outro bichinho de estimação?

Como se dois cachorros-morcegos não fossem ruim o bastante!

Então, Rupert me presenteou com uma descrição de sua gata, Felpuda, falando como ela gostava de se sentar no braço do sofá e ronronar quando começava

Os Simpsons. Nunca entendi essa coisa de desenhos animados para adultos. Ele fez uma demonstração de como coçava a barriga dela e como as patinhas se cruzavam, até que achei que devia ter alguma câmera escondida e que eu, em breve, apareceria naqueles programas de pegadinha. Assenti, sorrindo como se praticasse para ser ventríloqua, meu cérebro funcionando para encontrar uma estratégia de escape.

De repente, Rupert pegou a minha mão, derramando meu cappuccino.

— É tão maravilhoso conhecer outra pessoa que ama animais! Fiquei tão feliz quando vi que você dirige uma casa de acolhida para animais abandonados.

— O único bicho de estimação que já tive foi um hamster. — Não mencionei que o dera para Octavia porque tinha ficado com muito medo de tirá-lo da gaiola e ele me morder.

Rupert puxou a mão.

— Achei que você dirigia uma casa de acolhida. A criadora de border collie?

— Não. Desculpe. Acho que você me confundiu com outra pessoa.

Rupert puxou o celular, resmungando para si mesmo.

— Deve ter sido a Amanda. Talvez a Shelley. Quem sabe era a Tricia? — Ele desceu os e-mails. Então, olhou para cima de um modo triunfante. — Era Robyn. Robyn Grant. É isso. Ela adorava collies. Desculpe. Confundi com você. Sabe, Roberta Green, Robyn Grant, fácil de errar. — Ele desligou o celular. — Bom, não quer dizer que não possamos nos divertir.

Acho que ele estava almejando um olhar sedutor, mas bateu as pálpebras como se tentasse espantar um mosquito.

— Na verdade, acho que eu deveria ir. Tenho que buscar minha filha.

— Já? — Ele parecia distraído, como se ainda lutasse para se lembrar dos detalhes da garota Lassie superior. Ele fez um gesto pedindo a conta.

— Desculpe, não posso me atrasar.

Eu estava colocando o casaco quando ele disse:

— Vamos rachar? São 7,90 libras para cada um.

Não consegui sugerir que eu tinha tomado um café, e ele, duas taças grandes de vinho. Tirei uma nota de dez libras e observei-o enquanto contava seis libras em moedas.

— Vamos nos ver de novo?

Até ali, eu havia hesitado. Se ficasse muito mais, provavelmente ia acabar dormindo com ele, porque estava muito mortificada para dizer não.

Joguei a bolsa no ombro.

— Ando muito ocupada no momento. Mando um e-mail para você quando estiver livre.

A cara de Rupert adquiriu uma nuance sombria.

— Você está me dispensando, né?

— Acho que você ficaria melhor com alguém que goste de bichos um pouco mais do que eu.

— Você *está* me dispensando.

Nada como uma saída elegante. As cabeças em volta começavam a se virar para observar o espetáculo. Sem olhar para ele, falei:

— Não estou, só preciso ir embora para buscar minha filha. — E caminhei a passos largos para a porta.

Rupert trotou atrás de mim, segurando meu braço.

— Isso é só uma desculpa. Por que você quer ir agora? Você só está aqui faz pouco tempo. Qual é o problema com você? Seis das garotas com quem me encontrei querem me ver de novo. Até transei com três delas.

Escapei para a calçada. Contive a vontade de ser rude.

— Sinto muito, preciso ir, agora mesmo, senão vou me atrasar.

Saí andando, ignorando os gritos de "Espere um minuto". Andei tão rápido que as solas dos meus pés ficaram irritadas e queimando. Conforme pisei duro, ensaiei como faria Octavia rir com o fiasco mais recente, mas, na metade da descrição de Rupert, o cão Boo-Boo e a gata Felpuda, a sensação familiar de humilhação e desespero aumentou. Como Scott ia sacanear se soubesse que eu estava passando as tardes de domingo encontrando gordinhos amantes de Chihuahuas. Entrei voando pelo foyer do apartamento, de cabeça baixa, grata pelo fato de o porteiro estar ao telefone e eu não precisar trocar gracejos.

Pulei no chuveiro, lavando o aperto de mão suado de Rupert e dizendo: "Não vou pensar em Jake" alto. Em seguida, eu me enrolei numa toalha e peguei minha revista de interiores mais recente, mas o laptop estava me chamando. Talvez, apenas talvez, aquele que apagaria todas as lembranças de Jake tivesse piscado para mim. Minha caixa de entrada estava abarrotada de mensagens.

Rolei o mouse para baixo. Cliquei em Jordi, que listou entre seus interesses a arquitetura de Gaudi, pintura em aquarela e poesia. Gostei dele, mas o segundo e-mail me desanimou quando ele disse não estar interessado em se conectar a alguém que não apreciava a poesia de Philip Larkin à altura.

Eliminei Mark, que listou entre seus hobbies "se acalmar e relaxar" e jogar Xbox. Eu podia ir para a casa de Octavia e ver Charlie se perder em matanças tediosas, a boca aberta pendurada, olhos levemente maníacos. Apaguei Natale, um ítalo-americano que tinha "tomar sol nu" no topo da lista de hobbies. De um modo sedutor, ele escreveu que eu podia chamá-lo de Natal caso eu gostasse mais, pois "Natale é a palavra italiana para Natal".

— Pai, esse é meu namorado, Natal. — Não. Definitivamente, não.

Joguei o fã de Elvis, "O Rei", no lixo, completo com suas mechas encaracoladas de cabelo. Eu não queria ser vista pela cidade com alguém de sapatos azuis de camurça.

Analisei cuidadosamente entre a variedade de discursos de venda de homens de meia-idade, uma foto de um girassol gigante que um deles tinha cultivado desde a semente, fotos de homens segurando copos de cerveja e vergando os bíceps em camisetas justas, um com uma cobra em volta do pescoço grosso. O mais horrendo de todos era um que havia mandado um e-mail SEGUNDA CHANCE e aí foi me contando como seu casamento fracassado ensinara a ele a importância do sexo com regularidade, aquela velha anedota sabida por todos. Cliquei em excluir.

A única segunda chance que eu queria era com Jake.

Octavia

No meio de abril, Jonathan desaparecera de volta à Sardenha novamente por outros dez dias. Charlie, tramando algo em relação a garotas no quarto, estava muito ocupado para notar. Polly e Immi sentiam mais falta de Jonathan e ficavam pedindo para ligar para o papai. Nas poucas vezes que as deixei ligar para o celular dele, Jonathan permitia uma conversa de poucos minutos sobre Immi ganhar o desafio de jogos de mesa da turma ou Polly interpretar o Homem de Lata em *O mágico de Oz* antes de direcionar a conversa para quanto era caro ligar para um celular fora do país.

A pergunta "Você quer falar com a mamãe?" sempre provocava a mesma resposta: ele ligaria mais tarde do telefone da empresa. Algumas vezes ele telefonava, mas, com muito mais frequência, eu recebia uma mensagem de texto dizendo que havia alguma emergência, ou o servidor estava fora do ar, ou havia uma falha no sistema e teríamos de nos falar no dia seguinte.

Eu estava tão acostumada a Jonathan me dando uma lista de coisas a fazer, a verificar se estávamos com a melhor tarifa de eletricidade, a fomentar a venda das antigas revistas *Everyday Practical Electronics* dele no eBay, a me certificar de colocar o blazer de Immi na segunda liquidação dos uniformes, que me sentia culpada quando me atirava no sofá com um box de *Breaking Bad* e um saco gigantesco de salgadinhos. Ou se passava mais uma noite investigando os Santoni no LinkedIn.

No entanto, gradualmente, a casa toda relaxou. Sem Jonathan grudando o vocabulário de Immi na geladeira para testá-la em "onomatopeia" e "aliteração" antes que ela sequer tivesse conseguido engolir uma colher cheia de cereal matinal, ela ficava menos em pânico e parecia melhor na escola. Eu provavelmente entrei no modo acampamento de mãe apática, mas não conseguia me importar se Immi algum dia soletraria "hospedar" direito. Eu adorava a alegria de viver dela bem mais do que qualquer coisa que pudéssemos chamar de acadêmico.

Agora, sem Jonathan para microgerenciar cada machadada e esfregada da esponja, Charlie estava cortando lenha e limpando o carro com algo próximo a entusiasmo, se não eficiência. Polly compartilhava da paixão de Jonathan por computadores. Mas até ela reconhecia que, sem Jonathan nas refeições, havia mais conversa sobre nossa vida e menos sobre a importância de colocar as chaves de fenda de volta no lugar certo.

Num curto espaço de tempo, todos nós nos mexemos para preencher o espaço que Jonathan deixara. Se ele não tivesse cuidado, as ondas o engoliriam.

Apesar de todos os anos que precisei me acostumar ao jeito meticuloso de Jonathan, eu ainda ansiava por recuperar o modo como havíamos nos completado naqueles breves seis meses antes de eu ficar grávida. Viajáramos de forma maravilhosa juntos. Eu tinha a ideia de onde ir e ele colocava em prática de um jeito que não precisávamos ficar 13 horas esperando num porto de balsa. O que perdemos em espontaneidade, transformamos em tempo extra no quarto. Só precisávamos de algumas oportunidades sem filhos para recriar tudo aquilo. Então, apesar de ele criar dificuldades, fui em frente com os planos para a Sardenha. Toda vez que nos falávamos, eu fazia questão de perguntar: "Você teve algum contato com Patri hoje?", "Gostaria que eu ligasse para ele se você estiver muito ocupado?". Eu definitivamente telefonaria. Quando saíssemos de nossos papéis de mãe e pai, ele me agradeceria.

O medo de exibir meus membros flácidos e brancos num chique resort mediterrâneo me estimulou a treinar bambolê no Wii toda manhã antes do trabalho. Não consegui me livrar de muita gordura, mas de fato desenvolvi um belo apetite por presunto de Parma e focaccia de muçarela que só a deli italiana na esquina do trabalho podia satisfazer. Numa manhã, eu estava olhando para o enorme mapa da Itália atrás do balcão, quando um tapinha amável mandou um formigamento dolorido pelo meu braço.

— Octavia. Como vai? Indo bem sem aquele seu marido agora que o roubamos de você? Um homem muito, muito inteligente. — Patri estava sorrindo, camisa branca e paletó de linho, um charme elegante em seu rosto bonito e já gasto.

158

— As crianças acham difícil a rotina sem ele. Eu também, um pouco. Mas ele está adorando. Diz que lá é lindo.

— Vamos tentar não mandá-lo com tanta frequência. Peço sua paciência pelos próximos meses. Por que você não vai se juntar a ele? Estou sempre dizendo a ele, leve Octavia. Alugue um quarto de hotel, um apartamento, o que quiser. — Ele bateu na carteira. — Jonathan vai me fazer ganhar dinheiro. Posso arcar com os custos de manter a esposa dele feliz. — Ele piscou. — Se for como na minha casa, a mulher está no controle das férias, das festas e dos amigos.

— Ele me passou um cartão de visitas. — Ligue para a minha secretária. Você pode usar um dos carros da empresa quando estiver lá.

Jonathan obviamente levava a responsabilidade de não misturar trabalho com prazer muito a sério. Por sorte, ele havia se casado comigo para salvá-lo de si mesmo. Eu não precisava ser convidada duas vezes.

Roberta

Ainda que já fizesse um mês desde que Jake terminara comigo, minha obsessão por ele não dava sinais de que iria diminuir. Eu tinha parado de me enganar de que o único lugar que vendia meu chá de ervas preferido era a mercearia na rua dele do outro lado da cidade. Aceitei, de forma relutante, que iria passar de carro pela casa dele pelo menos uma vez por dia, além de examinar a foto dele no site da empresa pelo menos cinco vezes.

De vez em quando, havia uma enxurrada de namoro na internet. Às vezes eu conhecia um homem decente de quem eu me convencia que gostava até que ele me mandava uma mensagem para sair de novo e eu me via contando mentiras sobre compromissos de trabalho/férias/filha para evitá-lo.

O compromisso com minha filha não era uma mentira completa, considerando que, cada vez mais, morar sozinha com Alicia representava um desafio. No início, eu admirara a forma como ela havia lidado com a separação. Mas, nas últimas semanas, ela me ignorava com um silêncio mal-humorado ou criava uma atmosfera tensa no apartamento se arrastando e respondendo lacônica e monossilabicamente. Era impossível vislumbrar como eu saberia se algo a incomodava se uma simples pergunta sobre preferências para o jantar parecia necessitar de uma máquina de decifrar códigos. Para a minha vergonha, comecei a me sentir aliviada quando ela estava no colégio e eu podia me concentrar em organizar levantamentos de casas e finalizar planos para o meu negócio de design de interiores.

Numa manhã, eu me sentei no sofá para ler, com boa vontade, os arquivos das casas para permuta, quando toquei em algo pegajoso preso entre as almofadas de couro. Puxei. Uma camisinha usada. Larguei aquilo com um gritinho de nojo. De onde raios aquilo tinha vindo? Será que sempre estivera ali? Corri para lavar as mãos e voltei para examiná-la a certa distância. Não estava seca. Ainda dava para ver o fluido dentro. Mas era borracha. Podia não secar por cem anos. Certamente não estivera ali desde os antigos moradores. Scott? Será que ele deixara aquilo ali como um tipo de piada nojenta?

Alicia.

Alicia eternamente me encorajando a sair: para a casa de Octavia, para o clube de tênis, para jantar com Nicole e Brenda. Eu caí na conversa de que era mais fácil para ela estudar quando minha filha tinha o lugar só para si. A sensação de enjoo que tive quando percebi que Scott havia mandado um e-mail para Jake voltou multiplicada por quinhentos. Minha filha de 14 anos estava transando. Eu andara tão concentrada em mim mesma que não tinha notado. Ou não tinha me importado.

Não. Eu me importava.

Apenas não o suficiente para enxergar além de mim mesma, da minha dor, dos meus desastres pessoais, para notar como Alicia estava se virando.

Levantei. Desenrolei papel higiênico suficiente para chegar à lua e joguei a camisinha no lixo. Eu estivera tão preocupada em encontrar um novo namorado que me descuidei completamente de monitorar o fato de que minha criança, porque ela ainda era uma criança, estava embarcando em algo adulto para preencher o vazio deixado para trás por sua infância esmagada. Minha filha, que mal tinha peito para preencher um sutiã, já agia como uma mini-Lolita. Scott ia se considerar vingado, eu era uma péssima mãe.

Peguei o celular. Scott ou Octavia? Eu teria de matar Scott se ele achasse qualquer coisa a esse respeito remotamente divertida. Liguei para Octavia.

— Você está com a voz grave, o que houve?

Contei tudo a ela. Octavia riu quando escutou que eu havia colocado a mão numa camisinha, mas não senti a necessidade de pegar instrumentos afiados no galpão do jardim porque sabia que ela estava do meu lado.

— Você deveria estar agradecida por ela ser inteligente o bastante para usar camisinha. Sabe lá Deus se Charlie seria ajuizado o suficiente! Quatorze anos é mesmo nova, mas todos nós estávamos transando aos 16, então permitir uma mudança na cultura duas décadas depois é tão ruim assim?

— Eu não estava transando com 16 anos. — Eu não conseguia acertar nem aos 39.

— Tá bom, fora você, a Dama de Gelo. O resto de nós estava.

Senti um conforto estranho pelo fato de não haver a chance de eu perder meu senso de humor por completo enquanto Octavia estivesse por perto.

— Existe uma enorme diferença entre 14 e 16 anos. Nunca imaginei que Alicia estaria entre as precoces.

— Você quer que eu converse com ela?

A qualidade prática de Octavia e sua capacidade de se relacionar com crianças seriam bem melhores que o meu histérico "Como você pôde?". Mas eu passara a vida inteira me apoiando em Octavia. Eu precisava parar de usá-la como aríete ou escudo conforme a ocasião impunha.

— Eu mesma vou lidar com isso, querida. Mas obrigada pela oferta. Se eu me meter em apuros, posso reconsiderar.

— Você não vai. Você é mais forte do que pensa.

Eu me perguntei se havia percebido uma nota de mágoa na voz dela por não querer envolvê-la.

Sentada no carro, esperando Alicia sair do colégio, tive bastante tempo para pensar no que dizer.

Meu coração afundou quando ela apareceu. Nem sinal das melhores amigas dela, Lucy e Daniela. Eu não conhecia as duas meninas com quem ela estava. A loira usava muita maquiagem. Base pesada, muito escura para sua pele jovem. A garota de cabelo castanho tinha olhos fortes marcados por um grosso traço de lápis preto. As duas pareciam mais velhas que Alicia. As três estavam com a saia dobrada na cintura para que o menor dos ventinhos expusesse sua calcinha, ou fio dental, para todo mundo ver.

Com dor no coração, dava para notar como alguns garotos achavam que ela estava pronta para o sexo.

Alicia passou pelo outro lado da calçada, gargalhando de um jeito que não parecia natural para ela, alto e rouco. Ela gritou para um menino mais abaixo na rua, que respondeu com o dedo médio, para o divertimento das feiosas que a acompanhavam. Minhas mãos deixavam marcas de suor no volante. Para minha vergonha, eu sequer sabia para onde ela ia depois do colégio. Eu presumira que minha filha ia tomar uma Coca com Lucy e Daniela ou dar uma voltinha na Primark. Eu estava tão envolvida em meus dramas pessoais que nunca parei para verificar.

Eu sabia que a mãe gritando "chega aí" do outro lado da rua era a morte social, então resolvi ligar para ela. Vi Alicia remexer na mochila e, então, balançar a cabeça quando viu meu nome. Ela falou algo para as outras meninas, que deram de ombros e se sentaram num muro perto.

Tentei manter meu tom leve e segui uma abordagem "estava só passando, achei que a gente podia ir jantar cedo, sair do apartamento".

— Estou a caminho da cidade com algumas amigas.

— Talvez elas quisessem se juntar a nós — falei, rezando para não quererem.

Alicia suspirou.

— Não, elas certamente não vão querer.

Tentei não soar desesperada.

— Preciso falar com você.

Escutei-a mudar um pouco, de irritada para curiosa. Ainda não lhe ocorrera que ela era o assunto principal.

— Sobre o quê?

— Venha jantar e descubra. Estou parada do outro lado da rua.

Ela chamou as amigas, que jogaram as mochilas nos ombros e andaram relaxadas rua abaixo. Acenei do carro para Alicia. Ela deu um sorrisinho contido quando cruzou em minha direção. Quando entrou, todo o seu comportamento se tornou mais leve, como se tivesse saído do palco para debaixo das asas, onde podia parar de interpretar seu papel.

— A gente pode ir ao Frederico's? Faz séculos que a gente não vai lá.

No caminho, conversamos mais do que tínhamos conversado em séculos: sobre as competições de natação em que ela estava entrando, sua nova professora de música, como ela se vira gostando de física mais do que achava que iria gostar. Eu estava me coçando para perguntar quem eram as duas garotas com pinta de vagabundas, mas achei que começaria pelo principal, ou seja, com quem minha filha estava transando. Depois de sentarmos e quando a bruschetta preferida dela havia chegado, Alicia colocou a cabeça de lado, um maneirismo que era totalmente Scott e falou:

— E aí, qual é a grande pressa de falar comigo? Você finalmente conseguiu a casa?

— Vamos fechar a negociação amanhã. Com um pouco de sorte, podemos nos mudar no fim de abril. É a casa perfeita para nós. Se quiser, podemos escolher um edredom novo para o seu quarto.

— Então você não vai voltar pro papai?

— Não, não vou. — Eu tinha esperado que ela defendesse a causa dele, mas a convicção absoluta em minha voz pareceu lhe agradar.

— Acho que você não o fazia feliz, né?

Fiz um gesto exagerado de mastigar uma azeitona e tirar o caroço para me dar tempo de absorver a falta de lisura naquele comentário. Foco. Era uma vitória que estivéssemos conversando, em face de quão esparsas haviam sido nossas trocas recentes.

Eu não precisava ser correta, apenas fazer o que era correto.

— Não, eu não o fazia feliz. E vice-versa. Mas não é sobre seu pai que eu quero discutir. É com você que estou preocupada.

Uma onda de apreensão passou pelo rosto de Alicia.

— Eu? Eu tô bem.

— Estou um pouco preocupada que você esteja envolvida com um rapaz.

Eu soube na hora que meu pressentimento estivera certo. Desde a base do pescoço, a pele pálida de Alicia assumira uma cor rosa forte que se espalhou para cima.

— Que rapaz? — Ela ficou absorta pegando pedacinhos de tomate e cebola pelo prato.

— Isso, eu não sei. Eu esperava que você pudesse me esclarecer.

— Não estou envolvida com ninguém.

— Então, com quem você está transando?

Alicia levantou a cabeça.

— Eu não tô transando. — Seus olhos começaram a se encher de lágrimas.

Engoli minha vontade de gritar: "Pare de mentir". De algum lugar, consegui lançar:

— Não vou me opor. Mas realmente não quero você envolvida em algo para o qual não está emocionalmente madura ainda.

Octavia teria dito uma frase dessas.

— Eu não tô transando. Eu nem tenho namorado.

Eu tinha achado sua negação comendo o último pedaço de cheesecake mais convincente.

— Alicia. Encontrei uma camisinha no apartamento. Só pode ter sido sua.

Alicia pareceu se encolher para dentro de si mesma, as camadas de adolescente desafiadora se descascando até que ela parecesse assustada e confusa, da forma como ficava quando tinha seus 7 anos em festas em que a música pop fritava sua capacidade de pensar e crianças doidonas de bebidas azuis sujas se catapultavam de castelos infláveis.

Uma garçonete sem senso de oportunidade escolheu aquele momento para perguntar "Mais bebidas? Querem algum molho? Água?". Fiz um sinal para ela ir embora e peguei a mão de Alicia. Ela hesitou e, depois, apertou os meus dedos.

— Desculpa.

Agora as lágrimas estavam a toda, como se alguém tivesse levantado a válvula de uma panela de pressão depois de meses de sofrimento fervendo. Só consegui segurar minhas próprias lágrimas por causa do pensamento firme de que, se eu não deixasse meus sentimentos livres na frente de todos, minha filha poderia ser capaz de descarregar alguns dos dela em mim.

Dei uma grande garfada em minha salada niçoise para me dar tempo de controlar o queixo tremendo.

— Você não precisa pedir desculpas. Mas eu preciso saber o que está acontecendo. Com quem você está dormindo?

Alicia apertou o guardanapo contra os olhos.

— Buzz.

Esperei. E, enquanto esperava, tive o pensamento maldoso de que alguém chamado Buzz, que sem dúvida tinha linhas raspadas no cabelo e calças baixas até o meio da cueca, não deveria sequer chegar perto de Alicia Charlotte Louisa Deauville Green.

— Ele tá na escola técnica. Mas, bom, ele me deu um pé na bunda. Disse que eu era frígida.

Aparentemente, não tão frígida assim. Como uma garota de 14 anos podia ser chamada de frígida?

— Aposto que ele nem sabe o que essa palavra significa. — E certamente não sabia soletrá-la. — Você tem certeza de que não está grávida? — Quando falei isso, tentei me lembrar de caixas de absorventes internos no banheiro.

— Não sou tão burra assim, mãe.

— Eu não acho que você é burra. Só quero te ajudar a tomar boas decisões, e ter um bebê agora não ajudaria.

A miniadulta de novo.

— Sempre tomamos muito cuidado.

Sempre. Sempre. Quão frequente era sempre?

Em algum lugar além da pizza tropical dela com seus pedaços infantis de abacaxi, juntei a história de como suas novas melhores amigas, Sinead e Jaqs, a tinham adotado depois que ela abandonou a aula de matemática de Dotados e Talentosos. Resolvi lidar com essa pérola desconhecida depois. Parte de sua aceitação no grupo foi namorar o irmão de Jaqs, Buzz.

— Eu nem gostava tanto dele, mãe. Eu gostava um pouco no começo porque ele tava sempre me dizendo que eu era bonita, mas aí ele ficava querendo transar comigo, e eu não queria, mas Sinead e Jaqs disseram que eu era a Pequena Miss Puritana. Elas ficavam falando dos caras com quem tinham dormido.

— Quando você dormiu com ele pela primeira vez?

— Naquela noite em que eu fui à festa, eu ia ficar na casa do papai e você tava sei lá onde e o Buzz foi me pegar de carro.

Eu me lembrava vagamente de reiterar a importância do cinto de segurança e de não deixá-lo beber e dirigir. Esqueci completamente de mencionar a necessidade de se certificar de que ele mantivesse o pênis guardado nas calças.

A verdade é que eu não tinha investigado muito porque abrira mão da responsabilidade para Scott e não queria que nada estragasse minha noite com Jake. E, aos poucos, fomos seguindo, com Alicia finalmente jogando limpo. Detalhes após detalhes sórdidos caíram sobre mim: como eles às vezes faziam sexo no apartamento quando sabiam que eu estaria fora, como Buzz contara a todos que ela tinha chato, como os garotos andavam de pernas abertas toda vez que ela passava.

Eu negligenciara sua rabugice como se fosse algo "típico de uma adolescente" em vez de pensar na minha adolescente, numa carência desesperada de ajuda.

Mexi meu café macchiato.

— Sinto muito. Eu não estava disponível quando você precisou de mim. Nunca, nunca mais vou deixar isso acontecer de novo.

Depois de alguma persuasão, ela concordou em fazer um teste para DSTs, para que ela e eu pudéssemos apagar o passado e recomeçar novamente. Era irônico que eu tivesse passado a vida correspondendo à expectativa do refrão da minha mãe: "Não somos uma família que fracassa".

Não. Não uma família que fracassa. Só uma mãe que fracassa.

Octavia

Apesar de meus ataques por ambos os lados, depois de apenas uma semana de volta em casa, Jonathan havia conseguido ir embora por quatro dias sem mim novamente. No início, mesmo que eu lamentasse como uma coitada, ainda gostava das minifolgas do detalhismo dele. Agora o trabalho árduo de ser mãe solteira estava tirando o brilho do meu prazer culpado de jogar tudo na secadora sem olhar para fora para ver se eu podia pendurar as roupas. Eu me sentia tão exausta que a única coisa para a qual ainda tinha energia era minha busca sem sucesso por Xavi.

Nunca achei que Jonathan fazia muito para ajudar com as crianças, mas, no fim, apenas o fato de ter outro adulto na casa para ficar de olho nas duas mais novas, mesmo que estivesse sempre absorto em e-mails, me dava liberdade. Ainda que Charlie agora tivesse 16 anos, ele raramente estava por perto e não era confiável para cuidar das meninas. De repente, não dava mais para sair para tomar um drinque, para fazer compras no supermercado tarde da noite, nem mesmo havia uma hora na Zumba sem esquematizar alguém para tomar conta das garotas.

Tentei não me queixar com Roberta, especialmente porque ela acabara de lidar totalmente sozinha com todo o episódio do sexo com o delinquente local. Na verdade, as oportunidades de falar com Roberta sobre qualquer coisa haviam diminuído drasticamente. Eu sentia falta dela. Ou ela estava engolida pelo que chamava de "painéis de humor" para a casa, obtendo pequenas amostras de materiais da Osborne and Little, ou indo ao Geffrye Museum para mostrar a Alicia como o design de interiores tinha mudado ao longo das décadas.

Eu achava que todas as viagens culturais eram a maneira mais rápida de deixar uma garota de 14 anos à procura de emoções com as calças em volta dos tornozelos e os pés no para-brisa, mas Roberta sempre vivera num plano intelectual mais elevado.

Eu não a encontrava havia mais de uma semana quando ela me convidou para sair e tomar um drinque na noite anterior à conclusão do negócio da casa nova. Uma mudança de ares justificaria o custo de alguém para cuidar das meninas. Eu estava prestes a sugerir o bar da pequena adega no limite da cidade quando ela me informou que íamos ao The Clam com duas de suas novas amigas do tênis que eu iria "adorar".

Esmaguei o pensamento desagradável de ser a última a ser convidada.

Eu nunca tinha ido ao The Clam antes. Dei uma espiada pela janela. Meio vazio. Muito aço inoxidável. Arte abstrata. Abri a porta. O calor, a fumaça e o tipo de música eletrônica de que Charlie gostava me atingiram. Avistei Roberta imediatamente, empoleirada num banco alto no bar.

Como sempre, ela ofuscava todos os outros à mesa, não só por seus cabelos pretos emoldurando a pele clara. Roberta tinha presença, uma circunspeção a respeito de si mesma que polarizava as mulheres e desafiava os homens.

Fui em sua direção, já arrependida de ter concordado em ir. Ela se levantou para me abraçar, e suas amigas se afastaram para o lado, a fim de abrir espaço em uma mesinha ridícula que era tão pequena que mal conseguia conter quatro drinques. Então me apresentou às amigas, Brenda e Nicole.

Nicole estendeu a mão e falou:

— Prazer em conhecê-la.

Algo um pouco bruto em seu sotaque. Algo bem mais glamouroso em sua aparência.

Imediatamente me senti desalinhada. Nicole tinha as unhas feitas, luzes no cabelo, o colar de uma pedra que combinava com a blusa, posicionado exatamente no lugar certo, acima do colo liso e amplo.

— Ouvi falar muito de você. — Ela deu uma risadinha engraçada, como se houvesse escutado que eu tinha um hobby constrangedor, tipo colecionar vibradores.

Brenda mal interrompera a conversa com Roberta para me cumprimentar. Ela claramente considerava um esforço levantar as pálpebras na minha direção, apesar de talvez isso ser causado pelo peso do rímel. Talvez enfrentar a vida com o nome de uma vovozinha exigisse uma camada extra de Maybelline para assegurar que as pessoas não confundissem você com alguém que ficava sentada peidando numa poltrona o dia inteiro.

— O que posso pedir para você beber? — perguntou Roberta.

— Uma taça pequena de vinho, por favor. Estou dirigindo.

— Dirigindo?

— Sim. Tenho um dia aberto aos novos pais amanhã.

Roberta levantou para pegar meu drinque, dizendo a Brenda e a Nicole:

— Octavia dirige uma creche.

Nicole deu uma risada.

— Você deve ser paciente. Tenho uma filha de 3 anos e um bebê de 6 meses, e é o suficiente para mim.

— Acho que meus filhos saem perdendo. Já estou uma vaca resmungona quando chego em casa. Quem está cuidando dos seus filhos hoje? — perguntei, só para ser educada.

Aquela pergunta inocente disparou uma crítica violenta sobre como era difícil encontrar a babá certa e como ela até havia sido chamada de volta do tênis na outra semana porque a menina de 3 anos estava dando um chilique. Pobrezinha.

Brenda bebericava o vinho e olhava em volta, nem sequer fingindo ouvir. Tentei me lembrar de qualquer amiga de Roberta por quem eu tivesse me interessado ao longo dos anos. Ela era muito mais tolerante com as pessoas do que eu. Roberta tinha tempo para mulheres que franziam a cara com perplexidade no segundo em que você mencionava política e que realmente não davam a mínima para o que as indicadas ao Oscar usavam no tapete vermelho.

Roberta voltou, me passando o vinho e interrompendo o discurso de que babás turcas são piores que as polonesas. Aposto que Nicole não conseguia nem mesmo apontar Istambul num mapa.

— Nicole está prestes a voltar ao trabalho — falou Roberta.

Ela sorriu.

— Sim. O ex-marido foi demitido, então é de volta à labuta. Mas, de certa forma, estou meio que ansiosa por isso. Usar o cérebro de novo.

— O que você faz? — perguntei, pensando em que alguém cuja conversa era tão superficial podia ser especializada.

— Sou radiologista. Especialista em doenças uterinas.

— Uau! É um trabalho de responsabilidade. — Eu esperava que minha boca não tivesse se escancarado. — Já sabemos aonde ir para fazer um check-up quando dormirmos com algum safado.

Roberta me lançou um olhar de aviso.

— Você tinha que baixar o nível.

Por alguma razão, as palavras de Roberta doeram, como se eu a estivesse decepcionando na frente das novas amigas. Nicole riu.

— A julgar pelo nível de homem que conheço, não tem muita chance de eu dormir com alguém.

Roberta balançou a cabeça concordando, mas seu rosto se fechou por um momento. Ela não falava muito mais a respeito dele, mas eu sabia que Roberta ainda estava infeliz sem Jake. Esse negócio de se apaixonar pelo primeiro que apareceu era um pouco Disney demais para mim. Roberta precisava aprender a ser um pouco mais despachada, embora eu achasse que para mim era fácil falar, pois não estivera no mercado por duas décadas.

Ergui a taça para ela.

— Parabéns pela nova casa. Espero que seja o início de coisas maravilhosas que estão por vir. E boa sorte com seu negócio também.

Todas nós levantamos os copos, então Brenda de repente acordou para a vida como um boneco malévolo desesperado por um momento sob os refletores.

— Estou cogitando a ideia de voltar a trabalhar também.

Esperei apenas o tempo suficiente para parecer desinteressada antes de fazer a pergunta óbvia.

Seus cílios bateram com satisfação.

— Sou advogada de divórcios.

— Então, imagino que haja bastante trabalho para você.

Brenda esticou os lábios num sorriso.

— Eu posso pegar leve com uns dois casos por semana. Negociei um bom pacote para mim mesma quando deixei o ex, então é mais para não perder a prática do que por razões financeiras.

Pessoas que trabalhavam para não perder a prática me irritavam. Eu adoraria ter a oportunidade de "não perder a prática" em vez de me matar de trabalhar para manter minha casa medíocre com varanda e meu Volvo velho. O sentimento de fracasso em realizar meu potencial, acentuado por aquela maldita reunião da escola, espumou de novo. Caí em silêncio.

Nicole tentou me socorrer.

— E então, você joga tênis, Octavia?

— Não, detesto exercício. Roberta sempre gostou de esportes, primeiro netbol, hóquei e cross country na escola, mas eu só gosto de dançar. E de sexo.

Roberta ficou constrangida.

— Sinceramente. Você tem sexo na cabeça. Bom, você gosta de fazer caminhadas também. Estava sempre subindo em montanhas quando era mais jovem. Octavia é a pessoa mais aventureira que conheço.

— O mais perto que chego de uma aventura hoje em dia é levar as crianças de carro para a escola na neve.

Recentemente, eu começara a aparecer numa loja de trekking virando a esquina da creche para olhar as mochilas e as botas. Fingi estar numa viagem, em algum lugar desafiador e intimidador, algum lugar em que nunca estivera antes, onde eu precisaria de coragem, determinação e resolução. Nos horários de almoço chuvosos e cinzentos em que eu tinha de resolver as contas de tarde, entendi por que as pessoas largavam a vida e seguiam até que não houvesse volta.

— Trato o exercício como um emprego. Cinco dias por semana, às 9h da manhã, vou jogar tênis ou ir à academia e não deixo nada interferir. Os empreiteiros, encanadores e manobristas têm que se adequar — declarou Brenda, com uma olhadinha para seus bíceps bronzeados numa roupa decotada, ainda que estivesse bastante frio lá fora. A forma como disse aquilo fez parecer como se ela reservasse uma hora por dia para se dedicar a um sopão para os sem-teto.

Pelo menos Roberta revirou os olhos para mim.

— Octavia trabalha e tem três filhos. É mais difícil encaixar tudo se você tem que sair de casa às 7h30 e ir direto do trabalho pegar as crianças na escola.

— Sim, mas estamos fazendo tudo sozinhas, sem marido para ajudar. — A boca de Brenda teria se apertado se o Botox não tivesse arruinado sua capacidade de se enrugar. Ela não me interessava o suficiente para entrar numa discussão de-quem-é-a-vida-mais-difícil.

Nicole acariciou a gola de pele do colete e falou:

— Eu não sei o que faria sem a minha babá. Meu marido nunca fez grandes coisas mesmo. E não tenho que usar lingerie chique para ela.

Eu me perguntei como Roberta conseguia suportar toda essa merda pueril. A conversa mudou para bolsas, comprar na Radley ou não comprar na Radley parecia ser a questão.

— Você viu aquela bolsa linda branca da Valentino da Angelina Jolie? Fui direto pro eBay, para ver se eu conseguia uma. As ofertas começavam em 800 libras — disse Nicole.

— Por que você gastaria 800 libras numa bolsa? Você tira 800 libras de prazer dela, mais do que de uma de 70 libras? — Olhei para baixo, para o meu saco de lona preta.

Nicole deu uma risadinha.

— Adoro saber que tenho algo que outra pessoa não tem. Meu ex-marido ficava me comprando bolsas porque sabia que ia conseguir mais sexo. Se ele me desse uma Prada, definitivamente ia ganhar um boquete.

Fiquei admirada ao constatar como algumas mulheres davam trabalho. O que realmente fundiu minha cabeça foi o fato de elas conseguirem fisgar homens que as auxiliavam a satisfazer seus caprichos estúpidos. Jonathan só precisaria ir à reunião de pais para eu arrancar a calcinha.

Tremi de frio quando a porta se abriu e uma rajada de vento gelado nos envolveu. Um grupo de jogadores de rúgbi entrou, empurrando-se de brincadeira e chamando uns aos outros pelos apelidos.

— Ô, Pedreiro, você vai bancar?

— Tá na vez do Folha de chá.

— O Seis Pints Sônico pagou a última rodada.

Devo ter me desligado do debate sobre bolsas e olhado estupidamente mais do que era permissível para uma mulher casada e feliz porque "Ventania" de repente veio até mim, uma estaca de homem-montanha com um pescoço tipo um carvalho.

Ele se inclinou e sussurrou no meu ouvido:

— Você está parecendo superentediada. Quer se juntar a nós e tomar cerveja com a galera? Mas não podemos prometer que não vamos falar palavrão.

Fazia tanto tempo que qualquer cara, mesmo um que se parecia com um parente distante de um elefante africano, tinha reparado em mim que fiquei tão corada que dava para sentir minha cabeça suando. As outras três pararam imediatamente a conversa.

— Não, estou bem, só estava pensando em apelidos e tentando entender por que as mulheres não os usam.

— Se você joga rúgbi, precisa de um apelido. Você não escolhe. A rapaziada te dá um. Tá vendo o de cabelo comprido loiro? Ele é conhecido como Airbag porque tá sempre esbarrando em todo mundo. Aquele de cabelo ruivo é o Tijolo, porque ele lembra um.

Roberta e as amigas estavam de olhos arregalados para mim, esperando que eu me livrasse dele. Mas, linguisticamente, era a conversa mais interessante da noite. Ventania não parecia ter um diploma de bioquímica, mas havia certo charme nele. Esperei que percebesse que eu era uma gordinha de 1,60m usando um vestido largo da coleção passada e que, a apenas alguns centímetros de mim, ele podia escolher umas modelos desse ano, elegantes e em forma. Ele mal olhou na direção delas.

— Por que você não vem conhecer os rapazes?

— Eu já estava indo embora.

— Vamos lá, eu te pago uma bebida. O que você está tomando? Coquetel? Do que vocês, garotas, gostam? Mojito?

As três pareciam irrequietas. Talvez estivessem bobas por ele ter me escolhido em vez delas, talvez não conseguissem acreditar que eu ia bater papo com um bando de jogadores de rúgbi bêbados em vez de um grupo de mulheres civilizadas.

Desci do meu banquinho.

— Por que vocês não vêm comigo?

Brenda olhou para mim como se eu tivesse acabado de pedir para ela comer uma larva de mariposa.

— Vai na frente. Te encontro lá quando terminar meu drinque — falou Roberta.

Típico de Roberta. Rainha em despistar. Ela nunca conseguia dizer um "não" direto a ninguém.

Ventania fez um gesto na direção dos colegas.

— Não mordemos, sério. — Mas as outras continuaram fincadas nos bancos como um trio de gnomos sem as varas de pesca. Deixei Ventania me arrastar até os amigos dele, esperando que elas olhassem por cima da minha cabeça e direcionassem a energia para incitar Roberta até lá.

Ventania se inclinou até mim.

— Elas são suas amigas? Você estava com cara de quem preferia estar em casa vendo novela.

— Elas estavam falando de moda. E, como você pode ver, não me interesso muito por moda.

Ventania deu de ombros e mostrou o jeans e a camiseta.

— É só algo para impedir que a gente ande pelado, né?

Eu não conseguia tirar os olhos do pescoço dele. Ele me fazia lembrar os lutadores que eu e papai víamos juntos na TV, cobertos no sofá. Meu pai sempre dissera que a filha era o melhor dos dois mundos, "sem medo de ficar aconchegada com seu velho pai, mas durona o bastante para invadir pequenos países". Ele ficaria desapontado por eu ter acabado com uma vida tão monótona. Antes que eu pudesse ficar sentimental, um bando de amigos de Ventania se

173

juntou em volta, copos de cerveja nas mãos, acotovelando-se para ver quem era o mestre das brincadeiras espirituosas.

— Então qual é o seu nome?

Esperei pelo comentário inevitável.

— Então você tem sete irmãos e irmãs?

E em seguida todos começaram a se apresentar, discutindo sobre a origem dos apelidos.

— Manteiga, porque ele está sempre deixando a bola cair.

— Não, é porque eu me espalho pelo campo facilmente.

Ventania era aquele com quem todos eles concordavam.

— Você nunca vai ouvir alguém soltar uma ventania que nem ele.

Quando Ventania voltou com meu Mojito, todos estavam trocando impressões sobre quanto ele peidava e sussurrando sobre como ninguém queria dividir quarto com ele nas viagens da equipe. Ele não parecia nem um pouco envergonhado.

— Eles são uns mentirosos sem-vergonha, todos eles.

Passados alguns minutos, deixei de me preocupar por ter abandonado as outras e comecei a me divertir. Depois de ficar cheia de dedos com o ego desempregado de Jonathan e tentar me entrosar com as amigas de unhas lixadas de Roberta, era libertador poder xingar e falar bobagens, de um jeito brutal e sujo, sem ter de ligar e se desculpar no dia seguinte. Eu era o centro das atenções, meu eu rápido e engraçado em vez da resmungona que gritava com todo mundo por deixarem toalhas no chão do banheiro. Eu me senti vinte anos mais jovem e 12 quilos mais magra, leviana, como se estivesse prestes a zarpar para um verão não planejado.

Manteiga me fez o maior elogio.

— Você pode vir conosco na próxima viagem, viu? Pode ser nossa mascote da sorte. Todo mundo vai ficar brigando para dividir o quarto com você. Mas não conte pra patroa. Ela só me deixa ir se achar que estou dividindo o quarto com Ventania, porque ela sabe que nenhuma mulher, em seu juízo perfeito, entraria num quarto em que ele esteve.

De vez em quando, eu cruzava um olhar com Roberta e a chamava com um gesto. Ela continuou franzindo o nariz e balançando a cabeça enquanto as outras duas sussurravam uma para a outra.

Olhei para o relógio. 23h30. Eu precisava ir para casa. A babá elevava a hora em duas libras extras à meia-noite. Com um coro de desaprovação, eu me despedi. Ventania se inclinou.

— Posso te encontrar de novo?

Hesitei. Eu não conseguia me lembrar da última vez que um homem demonstrara interesse em mim. Eu não pensava em mim como alguém sexy havia um milhão de anos. Mostrei minha aliança para ele.

— Desculpe. Eu teria adorado.

Ele deu de ombros.

— Todas as garotas bonitas são sempre comprometidas. Pior pra mim. Me avise se você algum dia voltar pro mercado. Clube de Rúgbi de East Park. Você vai se lembrar do meu nome, não vai?

— Não poderia esquecer. Muito obrigada, eu me diverti muito. Você me resgatou da morte por mil bolsas.

O rosto dele mudou quando olhou atrás de mim.

— Sua amiga.

Eu me virei. Roberta estava de pé atrás de mim. Ela obviamente escutara a última parte da conversa. Ela franziu a testa e falou:

— Você vem? Vamos dar um pulo no Spice King para comer um prato com curry.

— Não, desculpe. Prometi à babá que estaria em casa até meia-noite. Vou sair com você.

Roberta suspirou. Eu tinha sido muito grosseira. Mas eu gostava de escolher meus amigos, não que os escolhessem para mim. Roberta superaria. Eu tinha aturado uma porção de noites em que algum cara lindo conversava com ela enquanto eu ficava presa ao sujeito que parecia o Corcunda de Notre Dame. Pelo menos ela tivera o próprio pequeno bando para conversar.

Sob gritos e vaias, nós saímos em grupo. Nicole me abraçou e deu um tchau efusivo. Brenda mal se deu conta de que eu estava indo embora.

Nem Roberta.

Roberta

Meu almoço de inauguração da casa nova, no feriado bancário de maio, com mais convidados do que eu tinha esperado, me deixou agitada como uma adolescente indo ao baile de formatura. Eu queria ser aquela mulher que caminhava com elegância até a porta, o cabelo preso frouxo por um lápis, taça de champanhe na mão, acenando para as pessoas entrarem com uma atitude "você vai ter que me aceitar assim".

Em vez disso, eu estava polindo copos, passando homus da vasilha de plástico para tigelas elegantes e colocando velas no lavabo. Eu queria exibir uma mulher na ponta de um novo começo depois de tempos desafiadores, e não ter todas as esposas cochichando "pobre Roberta" por trás das mãos e pedindo aos maridos que se oferecessem para cortar minha grama quando o verão chegasse.

Eu pensara em convidar Jake contando com a chance remota de ele ter me esquecido. Depois do Ano-Novo na casa de Patri, a ideia de estar numa festa, mesmo sendo a minha própria, sem um homem a reboque me fazia sentir um caracol que tinha perdido a concha. No fim, decidi que sempre poderia me trancar no lavabo do andar de baixo e admirar minhas paredes recém-pintadas, um cinza frio que eu gostava tanto que sempre o acariciava toda vez que entrava ali.

Alicia estava o mais empolgada que eu tinha visto em séculos. Ela contava com uma competência incrível para cores e estilo, e eu deixei o embelezamento da sala por conta dela. Deixei-a convidar quatro de seus próprios amigos e, com um esforço que provavelmente poderia ter desviado uma água furiosa de inundação, consegui evitar dizer: "Nem Jaqs ou Sinead". Meu coração sorriu com o som familiar de Lucy e Daniela, e não fiquei tão infeliz com a neta de Patri, Loretta, quando superei seu nariz com piercing.

Alicia hesitou com a quarta pessoa.

— Talvez você diga não.

Experimentei minha nova abordagem à la Octavia.

— Tente. Pode ser que não.

— Posso convidar o Connor? O amigo de Loretta, o menino loiro do Ano--Novo.

O alívio de não ser Buzz ou sua irmã odiosa me deixou muito mais entusiasmada em convidar outro jovem garoto para a vida de Alicia.

— É claro. Mas nada de gracinhas.

Ela me premiou com uma revirada de olhos e um "mãaaaaae", mas havia um afeto por baixo que fez com que eu sentisse que tínhamos forjado um novo vínculo, uma ligação linear mãe-filha, independente do triângulo familiar de três faces com todas as suas questões. Se eu só focasse no excesso de delineador, na rebelião contra os banhos diários e no hábito horrível de incluir "tipo" em todas as frases, Alicia parecia uma adolescente bem normal. Ela definitivamente estava menos rebelde e um pouco mais conversadora. Eu até tinha sido autorizada a olhar algumas mensagens de texto em que ela falava para a horrível Jaqs deixá-la em paz. De forma gradual, as noites insones pensando de maneira obcecada a respeito de ela ter perdido a virgindade diminuíam.

Bani aquela enxurrada de pensamentos quando as primeiras pessoas começaram a chegar vindas do clube de tênis. O nervosismo fez com que eu me derramasse desproporcionalmente por sobre garrafas de Frascati e um monte de narcisos silvestres. Alicia era muito mais sofisticada, pegando os casacos e oferecendo bebidas.

Nem sinal de Octavia. Ela deveria ter vindo cedo, para localizar e reparar qualquer nervosismo extremo de última hora, embora, dado quão sem cerimônias ela estivera no The Clam, eu estivesse bem feliz de vadiar por conta própria. Octavia achava que vinho de sobra compensava todos os defeitos de uma festa, enquanto eu gostava de arrumar vasos, velas e a iluminação. Em dado momento, ela irrompeu pela porta resmungando desculpas e olhando para Jonathan. Ele voltara da Sardenha naquela manhã e estava usando uma camisa em tom verde-claro que exibia "comprada na Itália" estampado por toda ela. Ele na verdade estava bem bonito. Em comparação, Octavia parecia pálida como leite. Ela deu um tapinha para ele me entregar a garrafa de champanhe que trazia embaixo do braço.

— Devo abri-la? — Ele conseguiu soar como o perfeito convidado, mas eu estava confiante de que o acharia escondido atrás de uma cortina para se certificar de que eu consumiria pelo menos 15 libras de seu precioso Veuve Clicquot.

— Você faria isso? Obrigada.

Ele saiu andando para a cozinha. Eu me virei para Octavia.

— Você está bem?

— Desculpe por nos atrasarmos. Comi umas vieiras com a data de validade vencida e paguei o preço vomitando nesses últimos dois dias. Só comecei a me sentir melhor hoje.

Fiz um gesto de desaprovação. Octavia achava que mofo em qualquer comida era um extra em vez de uma placa de "Não ultrapasse este ponto".

— Então obrigada por ter feito o esforço de vir. Foi você que me trouxe até aqui.

— Não seja boba. Eu não teria terminado a faculdade se não fosse por você. Até agora, tivemos nossos desastres em momentos diferentes.

— Tem certeza de que deveria estar aqui? Você parece bem abatida.

— Estou bem, apesar de ser melhor pegar leve com a bebida. De qualquer forma, eu não conseguiria aguentar um dia em casa sozinha com Jonathan. Ele está realmente começando a me encher o saco. Acabou de me falar que vai voltar para a Sardenha nesta quinta de novo.

Toda vez que eu via Octavia, ela parecia mais e mais farta de Jonathan. Embora ela fosse a última pessoa que eu esperara se casar jovem, eu fora a favor de ela se amarrar a Jonathan quando ficou grávida de Charlie. Achei que ele seria um pai razoável na época, ele parecia o complemento perfeito para os excessos dela, em especial nos anos turbulentos depois da morte do pai dela e do desaparecimento de Xavi. E o que quer que Octavia dissesse sobre estar feliz por criar o filho sozinha, a perspectiva parecia aterrorizante para mim. No entanto, conforme Jonathan envelhecera, sua influência sóbria se tornara pura desmancha-prazeres.

Eu, porém, não queria encorajar seu desgosto.

— Mas não acho que seja tudo diversão. Conhecendo Patri, ele deve estar trabalhando duro. Patri sempre quer seu quinhão.

Octavia suspirou.

— Eu sei, mas pelo menos ele tem as noites para si mesmo. Eu estou fazendo malabarismos com cinquenta mil coisas enquanto ele está bebericando Prosecco e mandando espaguete para dentro.

A única coisa que eu gostava de ser solteira, o que me fazia querer girar com os braços esticados, era não ter expectativas com mais ninguém. Saber que não havia com quem contar — logo, ninguém para me desapontar — eliminava muito ressentimento. Nenhum presente de aniversário inapropriado com que se sentir magoada, nada de bufar quando parentes vinham para o almoço de domingo, nem a suposição automática de que todas as tarefas tediosas, de resolver o seguro do carro a lidar com o ninho de vespa, eram minhas.

Ninguém para me dizer o que pensar.

— Você não poderia ir à Sardenha com Jonathan? — sorri.

— Estou implorando para ir. Patri me fez um convite aberto. Se dependesse de mim, eu estaria no primeiro voo para lá. Só tem a pequena questão das crianças. Eu esperava que minha mãe pudesse ficar com elas, mas ela está tão ocupada com o golfe e os almoços das coroas que nem me atrevi a pedir. Creio que ela também as acha meio difíceis agora que estão mais velhas.

— Eu ficaria com as crianças.

— É muito tentador, obrigada. Vou pensar nisso. Seria dureza levar todos a escolas diferentes.

— Eu daria um jeito.

— Eu teria que convencer Jonathan. Você sabe quanto ele luta com ideias flexíveis. Ele vai levar um tempo para ajustar a cabeça ao fato de a mulher dele estar no mesmo espaço do trabalho.

Nesse momento, Brenda veio pela entrada.

— Muitas felicidades em sua casa nova — disse ela, incluindo-me num abraço empolgado. Então me passou uma garrafa de champanhe. — Para curar a ressaca. Acabei de me recuperar do porre depois da sua festinha na outra noite. Você fez maravilhas na sala. O espelho ficou o máximo em cima da lareira.

Senti Octavia se remexer ao meu lado.

— Não foi exatamente uma festa, né? — falei. — Foi mais uma reuniãozinha improvisada para um bando de solteiras. Brenda, você se lembra da Octavia, daquela noite no The Clam?

Brenda disse "Oi" e sorriu vagamente. Octavia assentiu.

— Brenda me ajudou com o espelho. Levamos séculos para conseguir colocá-lo ali porque não tínhamos as buchas certas e uma furadeira decente.

Octavia saiu-se com um sorriso que nem um obturador de alta velocidade conseguiria ter capturado.

— Você deveria ter me ligado. Eu viria com a caixa de ferramentas de Jonathan.

— Eu sei, mas sempre acho que você é tão ocupada com as crianças. E você já me ajudou tanto!

Octavia não entenderia que agora eu queria resolver as coisas sozinha em vez de deixá-la tomar o controle. Era mais fácil fazer uma tentativa em novos desafios na frente de pessoas que já não tinham me classificado como "boa em compras, em ir aos esteticistas e em perder tempo arrumando as almofadas".

Mas ela não estava num humor conciliador. Desapareceu para buscar um drinque, deixando Brenda me informar dos últimos casamentos desfeitos no clube de tênis.

Enquanto eu fazia caras de "ohhh" para Brenda, meus olhos passavam pela porta da cozinha, à procura de Octavia. Ela estava na frente da minha adega, parecendo tão irritadiça que lembrava uma planta espinhenta humana, seus olhos se moviam rapidamente pelos convidados. Octavia geralmente era aquela que circulava entre os convidados com azeitonas e salgadinhos, à vontade com todos, de párocos e juízes da Suprema Corte a adolescentes monossilábicos e criancinhas de menos apelo. Ela tinha a capacidade de se lembrar dos nomes das pessoas, de seu destino nas férias, das escolas das crianças, lembrando-se delas em momentos impressionantes, meses, às vezes anos depois de tê-las conhecido.

Olhei de relance para Jonathan. Ele estava com a cabeça jogada para trás, emitindo aquela risada assoviada dele. Em geral, ele se arrastava pelas festas falando de quanto tempo levava para o fígado se regenerar depois de beber até que todos estivéssemos rezando para ele ir beber água mineral num quarto escurecido. Era quase como se os dois tivessem trocado de lugar por um dia.

Apresentei Brenda a um de meus antigos vizinhos e comecei a andar na direção de Octavia quando Alicia acenou para eu ir até ela. Ela estava com um rapaz loiro de expressão amigável.

— Mãe, esse é o Connor.

Ele me deu um aperto de mão firme e me olhou nos olhos.

— Prazer em conhecê-la. Eu estava acabando de falar com Alicia que o meu time da escola sempre joga tênis no clube aqui perto. Eles fazem uns churrascos ótimos. Talvez vocês duas gostassem de ir um dia.

Eu queria ligar para a mãe dele ali mesmo e dizer que ela deveria parabenizar a si mesma por ter feito um trabalho tão incrível. O garoto provavelmente ainda não tinha 16 anos, mas era charmoso, franco e mais confiante do que eu jamais poderia me imaginar sendo.

— Adoraríamos, obrigada. — Algo em mim se abriu como se eu estivesse me agarrando a um problema que tivesse desaparecido em sua própria harmonia.

Alicia cruzou um olhar comigo, ansiosa por aprovação. Assenti na direção da despensa. — Talvez o Connor pudesse ajudar você a trazer os baldes de gelo para as cervejas.

Eles saíram apressadamente. Ele parecia bem forte ao lado da silhueta magra de Alicia. Ele se inclinou para sussurrar algo para ela. Eu esperava que não fosse "Você tem camisinhas?". De alguma forma, eu precisaria confiar nela de novo. Eu me virei e peguei um prato de minibifes Wellington antes que mais dúvidas tivessem a chance de me inundar.

Assim que cheguei a Octavia, Nicole veio saltando em minha direção, o corpo magro carregando, com autoconfiança, um terninho de calça branco de linho num dia nublado. Lembrei a ela que conhecera Octavia no bar.

— Octavia, oi de novo! Como vai? A creche ainda muito bem-sucedida? Acabei de conhecer seu marido. É um homem inteligente, né? Sinceramente, programação de computadores. Tudo que consigo me aventurar nesse mundo é mandar mensagens de texto.

Incentivei Octavia a ser um pouco amigável. Ela havia aturado os discursos fingidos sobre a longevidade do amor no aniversário de casamento de quarenta anos dos meus pais, dançado valsa com a minha avó no aniversário de 89 anos dela e limpado vômito quando uma criança detestável passara mal na festa de 6 anos de Alicia. Mas agora, quando tudo que tinha que fazer era comer, beber e ser um pouquinho animada, ela não parecia conseguir fazer esse esforço. E daí que ela havia brigado com Jonathan? Eu logo não receberia mais convites se tivesse ficado de mau humor toda vez que Scott e eu chegáramos discutindo na porta de um anfitrião.

Nicole perseverou até que Octavia começou a se abrir, pedindo dicas a ela de como lidar com os padrões ruins de sono de sua filha de 3 anos, elogiando o conhecimento dela. Enquanto conversavam, inspecionei meu pequeno império. Alicia estava de novo com os melhores amigos e, se tivesse de ter um namorado, alguém como Connor seria bom para ela. Risadas pulavam de um grupo a outro contra um fundo de taças brindando, conversas animadas e a trilha sonora de *Dirty Dancing*. Finalmente, eu podia gostar da minha casa nova, onde tive tanta certeza de ter tomado a decisão certa. Nicole me trouxe de volta à conversa erguendo sua taça.

— Um brinde a duas mulheres de negócios inteligentes. Uma já bem-sucedida e a outra prestes a ser.

Mas, naquele breve momento no qual eu estava relaxando, uma satisfação silenciosa de que mesmo sem Scott, ou Jake, a vida ainda carregava a promessa de bons tempos pela frente foi sugada num instante.

Octavia esticou a cabeça para cima.

— Mulher de negócios?

Nicole se mostrou efusiva.

— Roberta vai ser a nova Kevin McCloud. A Patsy ali estava acabando de me contar que você criou um design fantástico para a sala dela.

Octavia parecia intrigada. Desejei que Nicole não tivesse escolhido aquele segundo exato para se nomear minha nova relações-públicas.

— Decidi ir em frente com aquele negócio de design de interiores do qual eu estava falando. É o que amo e acho que vai ser bom para mim voltar a trabalhar.

— Eu sabia que você estava pensando na ideia, mas achei que tinha desistido. Afinal, muita coisa mudou desde que você se formou.

Octavia estava levemente perplexa, como se eu tivesse dito que ia construir um reator nuclear do zero.

Nicole interrompeu.

— Não acho que importe, contanto que você tenha um bom olho. Basta ver como Roberta decorou a sala dela com aquele lindo papel de parede rosa na parte de cima da lareira. Eu nunca teria combinado com aquelas cortinas, mas está incrível. Mal posso esperar até que ela comece a trabalhar no meu quarto.

Octavia cruzou os braços.

— Então quando você tomou essa decisão? Não tinha percebido que estava a pleno vapor.

Nicole parecia confusa. Lancei um olhar desesperado para ela.

— Não montei um negócio propriamente ainda. Só tenho alguns amigos que me pediram para dar uma olhada em alguns de seus ambientes no momento.

— Ficar à frente de um negócio é um grande comprometimento. Você não pode apenas entrar e sair. Algo assim vai ser um banquete ou a fome, imagino. Talvez não seria melhor você trabalhar para alguém enquanto ganha alguma experiência?

Era incrível como as pessoas próximas a mim eram as que tinham menos confiança em minhas habilidades, embora, é claro, eu nunca tenha precisado provar isso a mim mesma. Enquanto Octavia estivera se virando com três filhos e se esforçando para fazer de sua creche holística um sucesso, eu tivera uma jornada relativamente fácil com uma filha e a organização da decoração das propriedades de Scott. Na nossa amizade, Octavia provavelmente julgava ser dela o monopólio do trabalho duro. Mas não mais.

Olhei minha amiga direto nos olhos.

— Verifiquei tudo com o banco e o novo consultor de negócios. Eles acham que tem potencial. Não quero trabalhar para outra pessoa e ser mandada. Vivi quase vinte anos disso com Scott. Vou cometer meus próprios erros. Estou determinada a criar uma situação em que, mesmo que Scott pare de me dar dinheiro, eu possa sustentar a mim mesma. E Alicia.

— Boa ideia. Bom pra você.

Ela parecia magoada. Mas recuou. Não era o momento certo de explicar que eu não quisera um excesso de opiniões e conselhos bem-intencionados. Eu só queria arriscar, me desafiar, sem todo mundo se metendo com "Mas você pensou bem a esse respeito?". Eu já tinha dúvidas próprias o suficiente sem a resistência de todas as outras pessoas.

Peguei dois copos vazios. Eu deveria ter contado a ela. Cada vez mais eu preferia confiar em pessoas que não me conheciam tão bem, que não tinham uma visão concreta de quem eu era e do que era capaz.

Guiei Nicole na direção de Brenda e saí em busca de música. Coloquei "Brown-eyed Girl", de Van Morrison, no iPod e logo um bando feliz de nós estava cantando de uma forma que não nos deixaria bem com os vizinhos. Quando me virei, vi Octavia falando com Jonathan, mandíbula cerrada, balançando a cabeça enquanto ele dava de ombros. Logo depois, ela veio e me abraçou rapidamente.

— Vamos ter que voltar por causa das crianças. Obrigada pela festa ótima. A casa está fantástica. Excelente escolha.

Jonathan me deu um rápido beijo na bochecha. Observei-os andando pela entrada da garagem, ambos curvados, como se estivessem abraçando a si mesmos para se proteger de um vento forte.

Eu nunca percebera antes que os casais podiam parecer tão solitários.

Octavia

Jonathan e eu ficamos calados no táxi de volta para casa. A mágoa por Roberta estar seguindo com uma nova vida, uma em que eu tinha sido dispensada da discagem rápida dela, havia ofuscado minha raiva por Jonathan partir para a Sardenha de novo tão rápido. Roberta até montara um negócio sem me contar. Eu, obviamente, era a amiga para as horas ruins. Nicole, Brenda e todas aquelas outras loiras parecidas eram as garotas das horas boas.

Coloquei a mão no joelho de Jonathan. Ele não se mexeu nem pareceu me notar.

— Desculpe por hoje. Sinto a sua falta, só isso.

Ele inclinou levemente a cabeça para um lado, num gesto de "agora é tarde". Senti uma pequena ardência nos olhos ao perceber que ninguém parecia precisar de mim. Nem Roberta. Nem Jonathan. Nem mesmo as crianças. O início da temporada de críquete significava que Charlie passaria cada minuto de seu tempo livre golpeando bolas nas redes do clube. Polly achava que não havia ninguém mais chato que sua família e ridicularizava meus conceitos da escritora Enid Blyton de todos nós indo caminhar juntos com o livro de flores do campo em mãos. Immi ainda gostava de participar da preparação de crumble de maçã, mas preferia brincar de zoológico sozinha no quarto.

A casa ecoava com as vozes que faltavam. Mamãe ia trazer as crianças de volta depois da hora do chá. Poderíamos ter ficado mais na casa de Roberta, mas, quanto mais eu a via com as novas amigas, com a nova casa, até mesmo com um novo negócio, mais presa à rotina eu me sentia. Talvez fosse o efeito pós-infecção alimentar que estivesse me deixando tão deprimida. Eu certamente não me tornara uma amiga tão ruim a ponto de invejar a vida de Roberta melhorando. Esperei Jonathan correr para a sala e começar a digitar no computador.

Não achei que meu ego conseguisse suportar ser posto de lado por vídeos do YouTube sobre investigação de problemas no computador.

— Quer uma xícara de chá? — perguntei.

— Na verdade, não, obrigado.

— Você tem trabalho a fazer?

Jonathan deu de ombros.

— Na verdade, não.

Eu tinha certeza de que me casara com alguém com um vocabulário mais extenso do que "Na verdade, não".

— Tá a fim de uma rapidinha? — comentei como uma brincadeira para ver se ele conseguia responder algo além de "Na verdade, não".

Ele enrugou a testa, então pegou minha mão e me conduziu para cima. Eu não tinha certeza do que ele pretendia fazer, mas não me surpreenderia se ele escolhesse aquele momento para me mostrar o mofo na parede do banheiro "porque ninguém nunca abria uma janela". No entanto, ele me puxou para o nosso quarto. Lutei para sair do modo chata implicante e engatar na marcha do velho sonho do amor, mas, como estava sempre reclamando sobre como ele era previsível, eu mesma precisava adotar um pouco de espontaneidade. Atirei minhas roupas enquanto ele dobrava o jeans, alisava as meias e acrescentava a cueca à pilha. Puxei o edredom até o pescoço. Jonathan não ia cair naquilo e arrancou a coberta de volta.

— Me deixa ver você.

Eu não entendia como um close da minha celulite podia aumentar a diversão dele, mas ele se lançou com gosto.

— Onde está seu óleo de massagem?

Era tão estranho Jonathan pensar além do papai e mamãe que hesitei por um instante, no caso de haver algum outro significado que eu não tivesse entendido.

Corri para o banheiro e procurei por ele no armário, voltando com um tubo melecado que provavelmente estivera ali desde que Immi era um bebê. Passei-o a Jonathan, sentindo-me autoconsciente, embora estivéssemos fingindo ser jovens e aventureiros.

Quando começamos a namorar, éramos os melhores clientes da Body Shop, comprando loções e óleos. Parecia incrível para mim agora o fato de eu costumar correr para casa após as aulas para colocar minha calcinha sexy, pronta para agarrá-lo no minuto em que ele passasse pela porta. No último semestre na faculdade, ele se mudara para o meu pequeno apartamento com portas de correr japonesas. Nossas gracinhas com frequência acabavam com os vizinhos batendo para demonstrar desaprovação. Pensamentos nada sexy se acumularam, tentando entender como o desejo se perdera ao envolver bebês, limpar cocô de cachorro e explicar frações. Tentei me focar na sensação deslizante do óleo enquanto Jonathan massageava minhas costas, mas ele obviamente esquecera quanto eu sentia cócegas e mudou para movimentos leves.

— Pare de se contorcer.

— Não consigo evitar.

Jonathan me virou e começou a massagear meus seios. Tentei não pensar na última vez que fomos ao Pizza Express e eu ficara horas com Immi assistindo aos chefs amassando a massa de farinha. Jonathan se inclinou e sussurrou em meu ouvido:

— Você está pronta?

— Quase.

Remexi na minha cabeça em busca de algo para me ajudar a entrar no clima, para que Jonathan não sentisse que havia mergulhado o pinto na parte áspera da esponja. Talvez a infecção intestinal tivesse consumido minha energia mais do que eu achava. Eu estava tentando evocar algumas imagens da gente no chuveiro quando Jonathan enfiou a língua na minha orelha. Meus ombros subiram em volta das orelhas e eu o espantei.

— Não faça isso. É como ter a orelha melecada de xampu no cabeleireiro.

Os ombros dele se curvaram.

— Deus do céu, Octavia! Você sabe como deixar um cara no clima.

— Desculpe. Você sabe que não gosto de você lambendo a minha orelha.

— Você gosta de alguma coisa que eu faço? — Ele parecia irritado.

— Claro que eu gosto. Vem cá. Só estamos um pouco enferrujados, só isso.

Fiz o que prometera a mim mesma nunca fazer. Mergulhei fundo nos recônditos da minha mente, encontrei Xavi, meus braços brancos, mais magros naquela época, envolvendo as pernas bronzeadas dele, um filme em câmera lenta passando por trás das minhas pálpebras, seus dedos escuros sondando e acariciando e aumentando a voltagem dentro de mim, carícia após carícia insistente. Quando Jonathan me penetrou, agarrei a memória de a gente invadindo a Bains de Caldane à meia-noite e fazendo amor nas piscinas termais, a água morna pressionando ao nosso redor, nos envolvendo, depois espirrando e batendo conforme nossos gemidos ecoavam na superfície.

Jonathan se forçou dentro de mim com o gemido baixo que eu reconhecia como meu sinal para ir em frente. Empurrei minha cabeça com força contra o travesseiro, agarrando firme com o corpo e a mente, a fronteira tremeluzente da traição incapaz de competir com a potência da memória de Xavi, até que me arqueei contra Jonathan e depois fiquei lá deitada tremendo com a descarga posterior. Fechei os olhos para deixar o momento se estender por um pouco mais de tempo.

Jonathan desabou de volta no travesseiro.

— A gente devia se livrar das crianças com mais frequência.

Procurei pela mão dele.

— Roberta falou que ficaria com as crianças, então eu podia ir com você para a Sardenha na quinta.

Jonathan parou de acariciar a minha mão.

— E por acaso Roberta consegue lidar com todos eles juntos?

— Tenho certeza de que ela ficaria bem.

— Três crianças são muita coisa para ela sozinha. E ela já tem a Alicia.

— Eu sei, Jonathan. Eu lido com três crianças sozinha com frequência, além de também trabalhar em tempo integral. — Tentei não soar mal-humorada, mas fracassei.

Jonathan se afastou de mim.

— Não é culpa minha se o único emprego que arrumei me leva para fora do país o tempo todo. No momento, minha prioridade é fazer com que Patri me contrate permanentemente, quando o período de experiência acabar.

Respirei fundo e tentei a transigência, uma técnica que eu observara Roberta usar e surtir grande efeito, mas que parecia tão estranha quanto usar um arco engraçadinho na cabeça.

— Você está certo. Ser contratado deve ser sua preocupação principal. Mas seria bom para nós dois termos um tempo juntos, mesmo que você esteja trabalhando.

— Estamos fazendo a transferência para um servidor diferente, então vai ser um período muito ocupado — Jonathan deu de ombros ao meu lado.

Devolvi com um "Bem-vindo ao meu mundo" e completei:

— Tudo bem. Eu me entretenho sozinha. Pelo menos teríamos uma parte da noite juntos. — Então me aconcheguei no ombro dele. — Vou ligar para a secretária de Patri e resolver tudo.

— Se você quiser.

Resultado. Nunca antes eu havia me considerado uma mulher que consegue as coisas do seu jeito com sexo.

Roberta

Eu estava arrumando a bagunça que tinha sobrado da festa na manhã seguinte quando meu celular tocou. Certifiquei-me de que não era Scott. Raramente tínhamos algum contato que não fosse por meio de nossos advogados do divórcio. Não reconheci o número. A parte eternamente otimista do meu cérebro esperava que fosse Jake.

A esperança murchou quando uma mulher soando bem arrogante se apresentou como Sra. Goodman, amiga da Sra. Walker. Quando me concentrei e me lembrei de que Nicole era a Sra. Walker, descobri que sua máquina de publicidade para meu negócio de design de interiores era um verdadeiro trem desgovernado. A Sra. Goodman queria todo um novo design para a sala de visitas, pois o marido, Sidney, morrera recentemente.

— Sidney não gastava um centavo com a casa. Agora que ele se foi eu vou é esbanjar.

Uma viúva muito da felizinha.

— Quando gostaria que eu fizesse uma visita para dar uma olhada?

A Sra. Goodman não perdia um segundo.

— Agora mesmo, querida. O tempo é uma questão muito importante. Minha cunhada está vindo do Canadá para ficar aqui dentro de três semanas.

Tentei não gritar de medo. Três semanas para reformar um cômodo inteiro do início ao fim. No entanto, eu também sabia que o único jeito de construir um nome para mim mesma era pelo boca a boca. Uma dúvida imensa se apossou de mim enquanto eu vestia um terninho, pegava minha melhor bolsa e juntava algumas amostras que usara para a minha própria casa.

A Sra. Goodman morava numa casa enorme dos anos 1930, na qual eu sabia que banheiros de um verde-abacate e marrom reinariam supremos. Estacionei o carro reunindo coragem para descer. E se eu não conseguisse imaginar o que fazer? E se ela falasse mal de mim para todo mundo? Eu me repreendi severamente enquanto andava pela entrada da garagem. Ela abriu a porta no segundo em que toquei a campainha, como se estivesse espiando pelo olho mágico. Era alta e exibia a leveza e a rapidez de um pássaro, muito ereta, quase como se tivesse levado o conselho sobre a postura para imaginar um fio te esticando da cabeça até o teto um pouco literalmente demais. Eu me ofereci para tirar os sapatos.

— Não precisa. Estou mudando todos os carpetes. E as cortinas. A cozinha é a próxima.

O pobre Sidney devia estar se revirando no túmulo. Ela me conduziu pela enorme sala, uma caverna escura com cortinas florais enlameadas e iluminação de vidro enfumaçado. Uma riqueza de possibilidades se espalhou pela minha mente.

— Que espaço fabuloso!

— Então você vai aceitar? — A Sra. Goodman me encarava de um jeito que me deixou apavorada de dizer não. — A Sra. Walker falou maravilhas de você, disse que era a melhor do ramo porque cuida de tudo, desde o design até a pintura. Ela me falou de você enquanto examinava minha... — Ela se inclinou apontando para a pelve. — Aqui embaixo.

Assenti apressadamente. Acho que todos os tópicos de conversa proporcionavam distrações adequadas. Quando vi o teto com cobertura de desenhos em relevo, eu me arrependi do slogan de "serviço completo".

— Não vejo minha cunhada há 12 anos. Ela se afastou de Sidney, mas nós sempre nos demos bem. Ela não deve ter a impressão errada e achar que Sidney era má pessoa.

Eu queria gritar que só havia feito minha própria casa e esboçado alguns designs para cômodos de amigos. Ninguém nunca me pagara pelos meus serviços e talvez o que eu gostasse como alguém de 39 anos, ela odiaria. A ansiedade varria quaisquer sugestões adequadas da minha mente.

De repente, ela agarrou meu braço, os dedos ossudos fincados em meu paletó.

— É muito estranho fazer isso por conta própria.

O rosto intenso da velha senhora me sacudiu para fora do meu medo. Puxei o bloco de esboços.

— Vamos nos sentar. A senhora gostaria que eu desse algumas ideias para pensar um pouco a respeito?

Acompanhadas por chá Assam e biscoitinhos, falamos de cores, texturas e sobre misturar o tradicional ao moderno. De vez em quando, a Sra. Goodman balançava a cabeça de forma veemente e a dúvida a meu próprio respeito me consumia.

— Não. Não. Muito excessivo. — Abajures de aço escovado obviamente eram obra de satã. Mas cortinas de listras de néon aparentemente eram obras-primas dos anjos.

Ela bateu palmas.

— Isso vai ser maravilhoso. Minha cunhada ficará muito impressionada. Você vai conseguir aprontar tudo em três semanas, não vai?

A Sra. Goodman tinha a aptidão de tornar perguntas retóricas soarem como ordens. Eu teria de trabalhar cada segundo de cada dia. Talvez nos fins de semana também. Eu tentava imaginar como conseguiria lidar com aquilo. Para o pesar de Alicia, estava programado de ela passar uma semana com Scott, porque, em breve, ele partiria de novo para a Austrália. Eu não queria que ela se sentisse negligenciada, mas seria bom para ela me ver trabalhando com afinco e me sustentando. Os olhos da Sra. Goodman varreram meu rosto de alto a baixo. Ela contava comigo para iniciá-la na jornada rumo à liberdade e à independência.

Eu estava bastante petrificada para decepcioná-la.

Octavia

Começou a tocar "Ladies' Night" no rádio quando entrei na cozinha para ligar para Roberta. Fiquei tamborilando na pia por um tempo, pensando em nossa festa de aniversário conjunta de 18 anos, seis semanas antes de sairmos da escola de vez. Roberta usou um vestido rosa-claro na altura do joelho. Ela o odiava, mas o pai insistiu. Isso foi antes de Scott, quando ela ainda andava na linha. Eu usei uma calça amarela e preta com botas douradas que iam até as coxas, um abelhão exótico. Estávamos em contagem regressiva para passar o verão viajando. Toda música era um hino para nossa liberdade, que, quando veio, não decepcionou. Apontamos num mapa para lugares dos quais tínhamos ouvido falar apenas vagamente e subimos num trem. Foram dois meses alegres em que responsabilidade queria dizer usar protetor solar.

Agora eu tinha a chance de recriar um pequeno fragmento daquela liberdade. Já que Jonathan estaria trabalhando, eu poderia visitar lugares desconhecidos de novo. Bem mais tentador que as semanas ventosas no País de Gales ou a porcaria casual do pacote para as ensolaradas, mas indistinguíveis, ilhas gregas aonde íamos desde que as crianças nasceram.

Eu me senti culpada por ter ficado tão mal-humorada na festa de Roberta. Em especial quando ela se ofereceu para cuidar dos meus filhos. Enquanto esperava Roberta atender, dancei de um jeito tão selvagem que podia sentir meu traseiro balançando de um lado para o outro.

— Oi. Só estou ligando para você saber que as surpresas nunca vão acabar.

— O quê? — Roberta parecia empolgada.

— Jonathan concordou que eu vá com ele para a Sardenha na quinta por seis dias se você tomasse conta das meninas. Nunca achei que ele iria concordar, mas acho que até ele percebe que precisamos de um pouco de tempo juntos e a sós. Você consegue?

Houve uma longa pausa.

— Ai, meu Deus! Querida. Eu tinha esquecido completamente disso. Quando vocês vão? Estarei trabalhando direto pelas próximas três semanas.

Roberta me contou toda a história triste da "coitada da Sra. Goodman, que tinha ficado viúva recentemente" e de como ela se comprometera a fazer tudo no dia anterior.

— Por quanto tempo ele vai ficar lá? Você poderia ir no mês que vem? Sinto muito mesmo. Você parecia tão em dúvida sobre ir que eu não achei realmente que fosse rolar.

— Não tem problema.

— Estou me sentindo muito mal. O problema é que Alicia vai passar uma semana com Scott e eu vou ficar na casa da Sra. Goodman o fim de semana inteiro. Talvez eu pudesse ficar com eles na quinta e na sexta? Talvez eu pudesse conseguir alguém para me ajudar com eles? — Dava para sentir a ansiedade na voz de Roberta.

— Não. Vai ficar muito complicado. Não estou me importando tanto de ir. Você tem que aceitar trabalho quando pode. Nossas agendas apenas não bateram, só isso.

Afundei numa cadeira. Era a lei de Murphy agindo para que, depois de anos perdendo tempo com cortinas, Roberta tivesse um contrato de verdade no momento exato em que eu precisava de ajuda. Sorte a dela ter um ex-marido para onde despachar Alicia. Talvez Scott finalmente começasse a servir para algo.

— Tenho que ir. Preciso impedir que a secretária reserve as passagens.

— Outra hora, qualquer outra hora, farei isso com prazer.

O problema era que, na minha vida, outra hora nunca vinha.

Quando disse a Jonathan que Roberta não podia ajudar, ele veio com sua frase preferida, aquela que eu colocaria em sua lápide.

— Deixa pra lá!

Ele podia ser o próximo na lista de "deixei mesmo pra lá" na minha cova.

Eu disse a mim mesma que haveria uma chance mais tarde, ainda naquele ano. Mas, conforme a semana passou, percebi que não conseguia mais esvaziar a máquina de lavar louça sem arremessar os talheres nas gavetas, causando um grande estrondo. Atirei as roupas para lavar das crianças nos quartos delas. Para a alegria delas, e depois consternação, desisti dos meus cálculos de cinco porções de frutas e verduras ao dia e pedi pizza todas as noites. Não fiz nenhuma tentativa de me manter dentro do limite semanal de 14 fatias. Eu encontrava Stan esticado na porta da cozinha lamentando-se por não ter passeado. Mesmo no trabalho, onde eu era paga para ter um comportamento alegre, eu passava menos tempo caçando borboletas e mais tempo trancada em minha sala. Eu tinha até parado de tentar localizar Xavi, enojada pelas minhas tentativas patéticas de injetar um pouco de empolgação à minha vida.

Quando o fim de semana chegou, Jonathan era um antiácido vivo e respirando, efervescendo e se contorcendo de irritação com as pilhas de jornal, os montes de sapatos e tênis entulhando o hall, os tufos de pelo de cachorro rolando pela cozinha.

— Você fez algum trabalho doméstico essa semana?

Normalmente eu entraria numa grande briga cheia de palavrões a respeito de como não era tudo minha obrigação. Em vez disso, eu apenas respondi: "Não".

Jonathan ficou ali parado, perplexo. As engrenagens do cérebro girando.

— Você está bem?

— Estou ótima. — Eu me perguntei se Jonathan seria capaz de interpretar aquilo como "Vocês não me valorizam e ninguém notaria que eu tinha desmaiado na garagem enquanto tentava encontrar a chave de fenda para consertar o chuveiro até que a) não houvesse mais papel higiênico ou b) o cheiro terrível do meu corpo apodrecendo engolisse vocês todos".

Na verdade, era uma boa ideia não manter mais do que quatro rolos de papel higiênico na casa a qualquer hora, para aumentar minhas chances de sobrevivência.

Jonathan começou a remover migalhas das superfícies com a palma das mãos de forma absorta. Segurei um sorriso quando ele encontrou as gotas de mel do café da manhã de Immi. Então, caminhou até a pia, molhando os dedos um a um.

— Tudo isso é porque você não quer que eu viaje de novo?

— Não tenho problema de você viajar de novo. Tenho problema com a forma como você organiza isso sem nem sequer checar se está tudo bem por mim. Você pressupõe que, embora eu trabalhe em período integral e ganhe quase o mesmo que você, eu deveria aguentar todo o peso da casa e de três filhos enquanto você entra e sai conforme lhe convém.

Esperei pelo discurso de mude o disco sobre não ser capaz de escolher quando ele trabalhava no exterior, mas, em vez disso, ele disse "Vou ligar para a sua mãe" e foi até o telefone.

— Denise? É o Jonathan. Surgiu uma oportunidade maravilhosa de Octavia se juntar a mim na Sardenha por alguns dias...

Eu queria, ao contrário, ficar na frente dele e sinalizar "Não quero ir".

Eu podia imaginar minha mãe verificando sua lista de aulas para ficar em forma, encontros da igreja para arrecadar fundos e enterros de qualquer um que ela só conhecesse de vista. Saí da cozinha. Eu não estava no clima de escutar um relatório detalhado da última demonstração de entusiasmo pela nova aventura que ela teria de perder, junto a "Você se lembra da Sra. Robertson? Ela era vizinha daquela senhora que dirigia as aulas de domingo da igreja, aquela para a qual eu queria que vocês mandassem a Immi? Câncer de garganta. Trágico. Que forma horrível de morrer!".

Jonathan me encontrou na sala alguns minutos depois.

— Sua mãe foi melhor do que se esperava. Você vem comigo depois de amanhã. Está tudo organizado.

Às vezes eu achava que minha capacidade de ser alegre tinha vencido aos 35 anos, fora da validade como os frascos de xarope pela metade no meu armário de remédios.

Eu deveria ter ficado encantada, mas Jonathan soava como se eu fosse uma bagagem extra que ele teria de carregar para o aeroporto. "Tudo organizado" era um termo relativo, que não levava em conta a logística das crianças da família Shelton ou tudo de que elas iriam precisar — sapatos de dança, luvas para o críquete, roupas de balé — antes de sequer guardarem uma escova de dentes.

Puxei o pequeno fio de empolgação enterrado sob as montanhas para que se mexesse antes da decolagem.

— Obrigada. Nunca achei que ela fosse concordar.

Jonathan sorriu.

— Ela sempre teve um fraco por mim. Salvei a filha preciosa dela de uma vida de libertinagem e vagueação sem propósito.

Francamente, eu mal podia esperar para ter outro momento de vagueação sem propósito. Eu não ousava aspirar aos altos vertiginosos da libertinagem.

Roberta

Quando Scott vinha buscar Alicia, eu sempre ligava para Octavia, a fim de não ter de interagir com ele. Eu nem ia mais até a porta, só grudava a orelha ao telefone e acenava para Alicia pela janela. Na única ocasião em que ele tentou conversar comigo desde que mandara o e-mail para Jake, seis semanas antes, eu sibilara "Seu cretino" para ele e retornara para dentro. Se eu havia experimentado um momento de triunfo fugaz, foi breve.

Aquela acusação, a única referência que fiz ao episódio, libertou uma campanha constante de e-mails e mensagens de texto feitos para me destruir. Nenhuma falha notada foi deixada em paz. Seus discursos violentos sempre começavam com alguma referência física a como eu estava ficando gorda, com celulite, até o formato feio do meu segundo dedo do pé. Inevitavelmente, sua "lógica", então, desceu a um fluxo de consciência impenetrável que, quando condensado, mais ou menos se resumia ao fato de que cada coisa boa que me aconteceu na vida fora graças ao meu desempenho na cama.

Eu ainda não havia atingido o estágio de conseguir apagar as mensagens dele sem ler. Ainda passava horas construindo réplicas cuidadosamente expressadas. Se eu passasse minhas respostas por Octavia, ela sempre me persuadia de que a melhor vingança era ignorar Scott por completo. "Não responda e ele vai acabar parando."

Nesse dia em particular, em vez de esperar no carro, ele veio até a porta e exigiu me ver quando Alicia atendeu. Eu quis recusar, continuar mexendo nas amostras de tons azuis tranquilos e cinza duro para encontrar a combinação perfeita para a sala da Sra. Goodman, perdida num mundo em que eu poderia fazer design em vez de simplesmente me proteger. Levei um instante para pôr os pés no chão, para dizer a mim mesma que Scott não tinha mais poder sobre mim. Eu me agarraria à alta moral, digna e controlada, independentemente do que ele me acusasse.

Scott parou na porta, barba por fazer, círculos escuros debaixo dos olhos. Eu só o tinha visto assim uma vez, quando ele pegara uma soma enorme de dinheiro emprestada para comprar terras no sudeste da Austrália e elas se revelaram contaminadas. Então me preparei, mas ele parecia mais perdido do que beligerante.

— É a mamãe. Ela teve um derrame. Preciso chegar lá rápido. Eles ainda não sabem qual é o dano.

— Quando? Ah, meu Deus! Onde ela está?

— No Hospital St. Vincent. Eles têm uma boa unidade para tratar de derrames, mas não saberemos a situação por alguns dias. — A voz dele começou a falhar. — Desculpe. Não posso ficar com Alicia essa semana. Não sei quanto tempo vou ficar fora. Vou pegar um voo para Sidney esta tarde.

Alicia soluçou ao meu lado. Ela sempre amara Adele. Nesse momento, Scott desabou. Coloquei a mão no braço dele.

— Entre por um minuto.

Eu o conduzi à cozinha, com pensamentos rivais oscilando. Não o queria na minha casa. Era meu porto seguro, longe de Scott. Pobre Adele. Ela sempre pareceu tão forte. A culpa se alojou. E se eu a tivesse deixado doente com o estresse da separação? Coloquei a chaleira no fogo. Aninhei Alicia, acariciando-lhe o cabelo.

— Calma, ainda não sabemos da gravidade, querida. Não vamos entrar em pânico. As pessoas se recuperam totalmente de derrames.

Passei uma xícara de chá a Scott. A mão dele estava trêmula quando a levou à boca. Uma parte de mim queria abraçá-lo até que ele se acalmasse. Nos velhos tempos, eu teria massageado os ombros dele. Agora, isso era impensável.

Muito "idiota mimada, filhinha de mamãe, desperdício de espaço, desocupada" ainda ressoando nos meus ouvidos.

A ânsia de ajeitar as coisas, a qualquer custo para mim mesma, se forçava até a superfície. Uma parte mais dura, mais malvada, lutava por meio do "Não é problema meu". Ele tivera sucesso em despedaçar algo em mim. O elo forte como aço, a lealdade que contrariava a censura das outras pessoas, tudo se havia fragmentado. Os insultos que ele me atirara, as acusações de egoísmo e sordidez tinham aberto uma fenda que nenhuma promessa ou desculpa poderia jamais fechar.

Então pairei indecisa, sem ser capaz de encontrar palavras para acalmar esse homem cuja pele, cujo ritmo de respiração, cuja cadência de voz eram tão familiares para mim quanto os meus próprios.

Ele tomou um gole de chá.

— Você vem comigo?

— Para onde?

— Para Sydney. Esta tarde.

Isso já funcionara. Mais de uma vez. Eu deixara tudo para lá, decepcionando as pessoas, até, para a minha vergonha, Octavia, em seu trigésimo aniversário, para partir com Scott para a Austrália. Dessa vez, não hesitei.

— Não.

Vi o golpe nos ombros dele.

Ele se virou para me olhar, os olhos suplicantes.

— Por favor. Você sempre foi tão boa com ela. A mamãe vai precisar do nosso apoio. Nós três podemos ir. Se você arrumar suas coisas rápido, dá tempo de pegar o voo, ele sai às 16h35. Ou tem outro às 23h15.

Coloquei a mão no ombro dele.

— Scott, sinto de verdade por Adele estar doente, mas não posso ir. Há pessoas dependendo de mim. Fui contratada para fazer um trabalho de design de interiores num período muito curto. Alicia não pode faltar na escola por sabe Deus quanto tempo. Esse é um ano importante para escolher as matérias em que ela vai dar ênfase. E, de qualquer forma, não está certo. Não quero dar falsas esperanças à sua mãe se todos nós aparecermos juntos. Por que não leva a Shana?

Scott bufou.

— Shana? A Shana não lida bem com crises familiares. Ela provavelmente nem vai estar em casa quando eu voltar. Enfim, a mamãe te ama. Ela nem conhece a Shana.

Então, eu era aquela a quem recorrer nas horas ruins, nos dramas internacionais — apesar de ser risível o fato de Scott achar que eu podia tomar parte em algo envolvendo hospitais sem desmaiar. Sempre gostei de Adele. Embora ela fosse irritante, seu coração era bom. Hesitei ao pensar em não ir até ela quando se encontrava doente e sozinha. Ainda assim, eu sabia que quaisquer chantagens ou ameaças que Scott brandisse nunca iriam me colocar naquele avião. Quando me separei dele, todos os outros relacionamentos que vieram como parte do pacote voltaram para a responsabilidade exclusiva dele, laços de família se desfazendo numa fração do tempo que levara para construí-los. Os olhos de Alicia me diziam que ela também não queria ir.

Peguei minha xícara e coloquei na máquina de lavar louça.

— Você precisa ir e se preparar para o seu voo. Não podemos ir. Quero que você dê um grande abraço nosso na sua mãe e diga a ela que fique bem logo.

Scott se levantou.

— Robbie, não faça isso comigo. Preciso de você do meu lado. Não consigo lidar com isso sozinho.

Eu não queria ter de me humilhar e mencionar que, menos de uma semana antes, ele estava me mandando e-mails para me dizer que desperdiçara os melhores anos da vida dele comigo. Eu era a mulher que "não sabia distinguir o cu do furo na orelha, uma porra de uma fraude gorda que não fazia ideia do que era trabalho e com menos criatividade do que um panda com um giz de cera na pata".

Ele veio até mim e segurou meu punho, de forma gentil, mas firme. Eu conseguia sentir a borda do granito da pia nas costas. Eu queria tanto me soltar que não conseguia me concentrar no que ele estava dizendo.

— Devemos ficar juntos, Robbie. Quando recebi o telefonema na noite passada, eu me toquei de que família é o que importa. Mamãe. Você. Alicia. O resto é superficial.

Dei uma olhada por sobre o ombro dele para Alicia, que estava pálida e atenta. O fato de ele achar que podia ter essa conversa na frente dela significava que ele não se tocara de nada. Espantei-o e me espremi para passar por ele.

— É tarde demais, Scott. Muito, muito tarde.

Ele abriu a boca para argumentar.

Levantei a mão para impedi-lo.

— Não. Não. Por favor, vá embora agora. Vá e pegue o seu voo e cuide da sua mãe.

Ele me encarou, como se não acreditasse totalmente que eu não o estava recebendo de volta, não estava correndo para acalmá-lo. Saí andando pelo corredor e abri a porta. Ele passou por mim balançando a cabeça. Fechei a porta atrás de mim e me apoiei nela. Meus joelhos tremiam, mas meu coração voava alto.

Eu finalmente tinha aprendido a dizer "não".

Octavia

No avião, Jonathan se enterrou no *Financial Times*. Ainda grogue por termos começado o dia às 6h da manhã, mergulhei nas memórias de outras viagens. Roberta e eu numa estação sueca no fim do mundo depois de interpretar mal os horários. Um *carabinieri* italiano lindo nos expulsando de uma praia particular, depois nos deixando dormir no jardim da delegacia de polícia. Roberta jogando charme para um chef de cozinha em Antibes para ele nos emprestar uma panela e podermos cozinhar macarrão na praia. E Xavi. Xavi em todo lugar. Cabanas na praia. Noites sob as estrelas. Rios nas montanhas. Mesmo agora, a dor arranhava pelas imagens ensolaradas dele em minha cabeça. Tentei encerrar as memórias questionando Jonathan sobre a Sardenha, mas ele parecia achar as taxas de hipoteca bem mais interessantes que qualquer coisa sobre a qual eu quisesse falar.

De vez em quando, pequenas faíscas de angústia sobre se eu tinha deixado um kit limpo de futebol para Charlie e pagado pelas aulas de sapateado de Polly me arrastavam de volta para casa. Mas, conforme o avião planava sobre os diferentes tons de água turquesa que rodeavam a Sardenha, minha vontade foi desatar o cinto de segurança e dançar. Nem mesmo a reclamação de Jonathan por causa do controle de passaportes lento conseguiu estragar a minha festa. A confusão do aeroporto, a esteira de bagagens com as malas se empilhando e então caindo para o lado, as crianças gritando, tudo parecia vibrante em vez de desgastante.

— Mal posso esperar para ver onde vamos ficar.

— Não fique muito empolgada. É um hotel italiano de poucas estrelas.

— Qualquer hotel está bom. Hotel significa não ter cozinha. Não ter cozinha significa não ter que cozinhar, não ter que lavar louça, não ter que lavar roupa.

Jonathan irrompeu porta afora, procurando de modo febril, como se estivesse esperando uma emboscada. Um homem bonito de paletó e calça escura levantou a mão bronzeada. Jonathan relaxou.

— Gianni. Que bom ver você!

Foi uma viagem rápida até o hotel em forma de caixa moderna. Eu não conseguia espantar o sentimento de que era um sacrilégio ficar em um lugar que poderia ser em qualquer local do mundo, com nada que o distinguisse como sardenho, italiano ou mesmo mediterrâneo, com móveis angulares escuros e cortinas em tom bege. A cama de casal estava mais para uma cama de solteiro e meia. Aquilo podia inspirar intimidade ou aversão, eu não tinha certeza de que caminho iria tomar. Jonathan pendurou todas as camisas, dobrou tudo nas gavetas e alinhou a escova de dentes e o aparelho de barbear no banheiro.

Eu lutava para persistir no ímpeto de liberdade que tinha brotado em mim assim que aterrissamos.

— Você quer ir almoçar?

— Não exatamente. Estou um pouco enjoado por causa do avião. Vou só tomar um banho rápido e ir para o trabalho. — Ele mexeu na televisão, lamentando por não conseguir sintonizar o canal de notícias.

— Eles estão esperando por você?

— Sim, muito. Não há nenhum tempo a perder quando estou aqui.

Jonathan Shelton, uma lenda em seu horário de almoço italiano.

— Devo sair para explorar um pouco os arredores. — Eu queria bater palmas. Explorar. Eu adorava a forma como a palavra soava.

— Vou verificar na recepção se Patri combinou de deixar um carro aqui — disse Jonathan.

— Seria incrível. Não vou muito longe. — A ideia de estradas abertas levando sabe-se lá aonde me excitou.

— Você que sabe! Não voltarei muito cedo.

— Eu sei. Não se preocupe, não estarei aqui sentada batucando nesses belos móveis marrons.

Jonathan deu de ombros. Minutos mais tarde, ele estava no chuveiro.

Não pude deixar de notar como ele parecia elegante quando fomos até a recepção. Até as pequenas manchas grisalhas em seu cabelo escuro carregavam certa seriedade de homem de negócios internacional. O estilo sardenho estava impregnando nele. Ele desenterrara uma camisa creme que raramente usava, nada menos que de gola aberta, o ápice do casual para Jonathan. O senhor na recepção o cumprimentou com um aperto de mão antiquado e retorcido.

— Eu estava me perguntando agora mesmo se o Sr. Cubeddu deixou um carro para minha esposa.

— Sua esposa?

Jonathan apontou para mim. O homem assentiu, parecendo um pouco confuso.

— Um momento.

Ele remexeu no balcão. Sussurrei no ouvido de Jonathan:

— Talvez as mulheres não dirijam na Sardenha.

— A julgar pelo modo como todas elas guiam, ninguém faz nenhuma prova.

O senhor voltou balançando uma chave.

— Fiat. Italiano. Muito bom.

Eu sorri e peguei a chave.

— Vou andando com você até o trabalho?

— É muito longe. Eu vou de táxi.

— Por que não levo você de carro? Eu me sentiria melhor se você estivesse no carro enquanto me acostumo de novo a dirigir do lado contrário.

— É melhor irmos logo então — concordou Jonathan.

Eu gostaria que Jonathan quisesse se mexer para passar um tempo comigo com mais frequência.

Dirigir pelas ruas de Olbia trouxe um fim súbito a qualquer tipo de comportamento pensativo. Evitar os outros motoristas que surgiam de ambos os lados do meu pequeno Fiat 500 branco sem qualquer indicação e com muita buzina focou minha mente. Na metade do caminho, comecei a me divertir, gritando "*Idiota*" e enfiando a mão na buzina enquanto Jonathan se agarrava ao banco e apertava o pé num freio que não estava do lado dele. Depois de uma pequena corrida pelos sinais de trânsito com um Punto prateado, deixei Jonathan na frente de um prédio que parecia mais um *palazzo* veneziano do que um centro nervoso de importação e exportação, sentindo um grande prazer de parar em fila dupla. Ele se inclinou e beijou minha bochecha.

— Obrigado. Mando uma mensagem quando estiver saindo do trabalho.

— Não vou me demorar. Devo fazer uma pequena viagem até a costa.

Jonathan seguiu na direção da enorme porta em arco, enquanto eu ia embora, pisando no acelerador para ganhar de um caminhão de três eixos.

Assim que deixei Olbia, o tráfego diminuiu. Vi a placa leste para a costa, o golfo Aranci, e norte para Santa Teresa di Gallura, o porto na extremidade nordeste da Sardenha. Eu conseguiria ver a Córsega de lá. Liguei a seta para a direita em direção ao mar, dizendo a mim mesma que a missão do dia era encontrar uma pequena praia e mergulhar meu pé suado naquela água azul-turquesa que eu tinha visto do avião. O tempo todo minha mente estava me implorando para ir para o norte. Fazia séculos que eu não me sentia despreocupada. Meu pé pegava leve no acelerador, meus olhos procuravam por um local adequado para fazer um retorno. Entrei no portão de um campo. Fiquei ali por um segundo, e então fiz uma curva com o carro, poeira voando atrás de mim, e dirigi para o norte, cada placa de Santa Teresa di Gallura me chamando para seguir em frente.

A empolgação forçou seu caminho como água por um buraco nas pedras. Eu ia encontrar um lugar nos rochedos, ia olhar para a Córsega e dizer adeus àquela parte da minha vida. Eu a enterrara por tanto tempo que seria ridículo desenvolver alguma obsessão esquisita por ela agora. Talvez eu tivesse um encerramento, como diria Roberta. Normalmente seguido por eu zombando dela num sotaque americano chique.

Fiz a contagem regressiva dos quilômetros. Quarenta e cinco, vinte e um, doze. E lá estava eu, dirigindo pelas ruazinhas, passando pelas lojas que marcavam a vida italiana. A deli com suas pilhas de enormes queijos redondos. O padeiro cheio de focaccia com formato de pires. A *tabacchi* com suas passagens de ônibus, selos e cigarros.

Peguei uma estrada aleatória para fora da cidade, escolhendo uma placa para Capo Testa. "Capo" tinha de significar o fim de algo. Que apropriado! Dirigi na direção do farol. Saí do carro e inspirei uma grande quantidade de maresia, tocada pelo aroma de menta selvagem. Mais abaixo, as pedras estavam rodeadas por uma água tão cristalina que nunca mais se poderia dizer às crianças: "Só faça xixi no mar". Immi teria adorado ver as formas de tartarugas e leões nas grandes protuberâncias lisas do granito cinza. Eu quase não queria olhar além do mar. Xavi poderia estar lá a apenas pouco mais de 15 quilômetros de distância. Uma pequena balsa deixou marcas brancas pelo mar, com destino à Córsega.

Encontrei uma pedra lisa para me sentar. Mandei uma mensagem para Roberta, para que ela soubesse que eu havia conseguido ir e que eu queria que ela estivesse comigo para fazermos como Thelma e Louise. Ela havia suportado a força da minha frustração com a falta de entusiasmo de Jonathan por eu me juntar a ele na Sardenha, que, mesmo eu, a rainha de não pedir desculpas, reconheci como injusta.

O sol se moveu. Duas horas se passaram e a balsa voltou, um pontinho que cresceu e cresceu, até que eu conseguisse distinguir as pessoas no convés. Olhei fixamente para os rostos virados na direção da Sardenha e para aqueles que ainda olhavam para a Córsega. Ali estava um microcosmo de sentimentos. Alguém se sacudindo impacientemente, desesperado para a balsa atracar, a fim de encontrar a namorada. Alguém dilacerado por um adeus. Alguém ansioso por explorar a Sardenha pela primeira vez, alguém exausto por já ter feito aquilo, visto aquilo. Deitei de costas, o sol gentil no rosto, nuvens gordas soprando por sobre a cabeça.

Onde estava Xavi? Ele estava lá, depois da água?

Sentei-me e estreitei os olhos, fitando o contorno rochoso da Córsega a distância. Depois de todos esses anos, meu anseio para ver Xavi havia se libertado do lugar profundo onde eu tentara colocá-lo para repousar. A brisa do início da noite beliscou meus braços nus. Levantei, tirando a poeira do jeans. Eram 18h. Ainda nenhuma palavra de Jonathan.

Ergui a mão num adeus silencioso.

Roberta

O dia em que comecei na casa da Sra. Goodman coincidiu com a chegada de uma carta do advogado de Scott. Presumi que fosse uma confirmação do cronograma de férias com o qual eu concordara, permitindo que Alicia fosse para a Austrália por um mês no verão, enquanto Scott supervisionava a recuperação da mãe. Dei uma olhada nela a caminho do carro. As palavras "Redução nos pagamentos mensais" saltavam da página. Coloquei a sacola de tecidos de lado e reli a carta.

Agora que ele era um "cuidador em tempo integral de sua mãe enferma e idosa" tinha reduzido os compromissos de negócio e só podia pagar metade da soma originalmente acordada. Uma torrente de pânico tomou conta de mim. De jeito nenhum Scott era um cuidador em tempo integral. Seria um milagre se ele aparecesse com flores e um jornal. Não. Ele queria se vingar de mim por não ter ido com ele. Eu sabia que ele faria todos os pequenos truques para reservar uma parte do lucro da empresa. Eu podia ir à falência tentando provar que ele estava escondendo dinheiro de mim. A carta tremeu em minhas mãos. Eu jamais seria capaz de sustentar minha casa se não conseguisse ganhar o complemento. E não podia arrancar Alicia de uma casa de novo. Com Scott pulando de um continente a outro, eu precisava dar a ela alguma estabilidade.

Lágrimas de autocompaixão jorraram de mim enquanto eu dirigia para a casa da Sra. Goodman. Descansei, tentando conter o fluxo pouco antes de chegar à casa dela, passando um pouco de pó de arroz em minhas bochechas coradas. Eu já estava vinte minutos atrasada.

E precisava desse trabalho como nunca antes.

A Sra. Goodman era antiquada, o comportamento pedante e aflito. Eu ainda lutava para manter a respiração constante quando me sentei à mesa da cozinha com as amostras, murmurando desculpas pelo atraso.

Ela se sentou em tom de desaprovação.

— Sei que vocês, jovens, não têm a mesma ética de trabalho que nós. Ouso dizer que você julga isso terrivelmente antiquado, mas eu acho uma simples cortesia não deixar as pessoas esperando.

Eu não conseguia me lembrar de ser censurada por meus modos em toda a minha vida. Eu queria dizer a ela que, no atual estado das coisas, suas cortinas e o papel de parede com relevo podiam esperar. Engoli de forma dura, alisei alguns esboços e desdobrei uma amostra de tecidos, cinza como aço, com alguns toques de turquesa e verde. Segurei-os contra a minha cor preferida do momento, Cinza Francês.

— Não sei se a senhora gosta ou não, mas talvez possamos considerá-la como fundo para uma cor luminosa contrastante.

A Sra. Goodman parecia confusa. Fui em frente, tentando não fungar.

— Pode ficar muito sofisticado. Podemos juntar outras cores com almofadas e tapetes.

Ela ainda olhava para mim como se eu estivesse fazendo um plano para uma sala psicodélica dos anos 1970.

— É claro que, se não entendi suas instruções, podemos discutir outras possibilidades. — Eu me inclinei para pegar outro painel de amostras. — O creme é uma opção levemente mais quente, porém um pouco menos moderna, na minha opinião. — Minha voz estava saindo em estouros desesperados. Não consegui separar minhas tabelas de cores e elas se espalharam pelo chão de linóleo.

A Sra. Goodman se recostou na cadeira.

— Que diabos está acontecendo?

Comecei a me arrastar para pegar as tabelas.

— Entendi tudo errado? Eu tinha certeza de termos discutido cores neutras em nosso primeiro encontro.

— Não estou falando das malditas cores. Você está confusa. São seus nervos? Imagino que você já tenha feito esse trabalho antes.

— Sinto muito. Tive más notícias esta manhã. Estou bem. — Mas, quando vocalizei o "m" de "bem", eu me dissolvi, as lágrimas rolando nos tecidos cuidadosamente selecionados. A profissional perfeita se acabando de chorar em seu primeiro encargo propriamente dito. Eu tinha sido um fracasso monumental quando menos podia me dar ao luxo. Scott estava certo. Eu era patética. *Quem iria me empregar?*

Através das minhas lágrimas, eu estava preparada para um discurso inflamado. A Sra. Goodman me surpreendeu colocando a mão no meu braço.

— É um homem, querida?

Concordei com a cabeça.

— Não deixe os babacas te botarem para baixo.

Senti um choque visceral com a palavra "babacas". A Sra. Goodman não parecia saber nada mais forte que "droga".

— Sinto muito por isso. Posso fazer o trabalho, realmente consigo... — Antes que eu percebesse, estava contando a ela toda a minha história triste.

Ela assentia, exclamando um estranho "chapa espertinho" de vez em quando.

Quando acabei, ela falou:

— Não se deixe intimidar. Meu Sidney era um brigão. Charmoso com tudo e com todos. Todo mundo achava que ele era um homem adorável, exceto a irmã dele, que o conhecia muito bem. Fui muito fraca para deixá-lo.

— A senhora parece sentir muito a falta dele.

— É claro que sinto a falta dele. Fomos casados por 48 anos. Mas vou te dizer uma coisa... — Ela se inclinou para a frente. — Ele era um baita de um desagradável. No entanto, no meu tempo era uma vergonha se divorciar. Ninguém fazia isso. Você ficaria no ostracismo. Todas nós fazíamos nossa melhor cara e nos achávamos sortudas se tivéssemos um marido para sustentar a casa. Mas você, você ainda é jovem. Você terá outras chances de acertar.

Não achei que jamais fosse acertar, mas o mero fato de alguém na face da terra achar que eu seria capaz fez meus soluços pararem. Aceitei a xícara de Earl Grey que ela me ofereceu e senti a tensão em mim se acalmar.

Ela se levantou.

— Venha comigo. — Eu a segui pela sala. — Está vendo esse conjunto de sofás? Eu queria couro porque tínhamos uma golden retriever na época, Ruffles, ela era um amor de cachorro.

A Sra. Goodman parou por um momento, mexendo no brinco de safira.

— Ela soltava pelo em tudo. Achei que o couro seria mais higiênico. Mas não, Sidney queria essa camurça azul-marinho. Nem um pouco prática, dá para ver cada fio de cabelo branco comprido nela e ele não gostava se cada lugar não estivesse brilhando como um broche novo. Eu não discutia com Sidney com frequência, especialmente não em público. Mas, como a vendedora na loja estava do meu lado, ele foi derrotado. Saímos sem comprar nada. No dia seguinte, quando eu estava fora fazendo compras, ele levou a cadela para passear e ela "se perdeu". Nunca mais vi Ruffles, mas, duas semanas mais tarde, o conjunto de camurça apareceu.

Eu me virei para a Sra. Goodman e falei:

— Então, acho que está na hora de nos livrarmos disso.

Ela bateu palmas.

— Vou lhe dizer o que sempre odiei: essas terríveis garrafas para servir bebida na cornija. Eu detestava quando Sidney bebia uísque.

Ela franziu os lábios como se tivesse falado demais.

Logo estávamos guardando as garrafas odiadas numa caixa de papelão. Eu me imbuí de um senso de rebelião por ela. A Sra. Goodman apontou para um pequeno armário de bebidas no canto.

— Aquilo vai embora. É possível ter um conjunto de sofás de couro creme e mesas de madeira clara? Isso ficaria um pouco demais?

— De jeito nenhum. — Eu tinha tantas ideias de possibilidades que mal podia esperar para começar. — Um grande espelho sobre a lareira. Essa lareira funciona? Podemos tirar o fogo a gás? Talvez um pouco de mobília francesa, um pouco ornada.

A Sra. Goodman ficou de pé com as mãos no quadril.

— Francesa. Sidney odiava os franceses. *C'est parfait*! — Ela pegou uma estatueta de uma senhora eduardiana. — Sidney me dava uma estatueta de presente a cada aniversário e a cada Natal. Eu odiava todas elas. Umas senhorinhas idiotas de roupas chiques, sem dúvida fazendo tudo por um homem. — Ela se virou para mim. — Vamos?

Antes de o dia terminar, tínhamos colocado as almofadas com pompons em sacos de lixo, jogado as cortinas fora, enrolado o tapete florido e esquematizado com a prefeitura para recolherem o sofá e as poltronas no dia seguinte. A Sra. Goodman estava inquieta de tanta empolgação, em especial depois de servir um xerez a nós duas.

— Sinto como se estivesse começando uma vida nova. Veja só. Faço 70 este ano. Talvez eu conheça alguém legal. — Ela jogou a cabeça para trás, em um gesto de flerte. — Não desista, querida. Você tem sua vida toda pela frente. Aquele seu marido vai se arrepender do dia em que a tratou como lixo.

Se meu negócio fizesse sucesso, eu esperava apenas que ele se tornasse irrelevante.

Octavia

Jonathan acordara antes de mim, e cantarolava no chuveiro quando abri os olhos. Eu caíra no sono antes de ele chegar na noite anterior. Eu me arrastei nos cotovelos quando ele apareceu, com a toalha em volta da cintura.

— Oi, como foi ontem? Desculpe não ter conseguido chegar a tempo de jantar, fiquei enrolado no trabalho. Estou começando a achar que eles guardam todos os problemas para a minha chegada.

Para um homem que havia ficado com os olhos grudados nos computadores até tarde da noite, ele estava extraordinariamente feliz.

— Não importa. Fiz uma agradável viagem à costa. Jantar sozinha foi um pouco estranho. — Eu queria sacudi-lo, dizer a ele que tirasse o nariz do trabalho e me desse um pouco de atenção. Eu não conseguia encontrar as palavras. Em geral, nunca tinha esse problema. Essa esposa submissa como um apêndice do marido importante/homem de negócios/aquele com quem todos contavam quase me assustava. Quem, qual, quando e onde estava meu papel? Todo mundo se encaixa.

Em geral.

Jonathan pareceu acelerar o processo de abotoar a camisa.

— Eu te falei que não ficaria muito presente.

— Não percebi que não muito presente significaria nunca presente. — Tentei falar com leveza, mas minha voz me dedurou. — Devo arranjar algum lugar para comer hoje à noite? Ou você quer se encontrar para almoçar? Passei por uma padaria fantástica perto do seu trabalho. Eu podia comprar duas focaccias.

— Almoçar? — Jonathan soou como se eu tivesse sugerido uma travessa de lagosta e uma dúzia de ostras.

Eu me joguei de volta no travesseiro.

— Esqueça. Nos vemos mais tarde.

Ele se levantou remexendo nos botões dos punhos.

— Desculpe. Eu sabia que tentar misturar o trabalho com férias seria um erro. Você queria tanto vir. Achei que ia gostar de explorar os arredores sozinha.

— Eu gostaria de pensar que podemos comer um sanduíche juntos. — Assim que falei, eu soube que era inútil.

Ele franziu os lábios e se inclinou quase sem contato com minha bochecha.

— Vou ver o que consigo. Tenha um ótimo dia.

A impotência se apossou de mim. Um maldito prato de espaguete compartilhado com a ocasional garrafa de Prosecco. Era pedir muito? Sem crianças. Um quarto de hotel no qual a gente podia transar sem Immi ficar entrando. O que mais o homem queria? Uma coisa era certa: andar por aí parecendo necessitada não ia trazê-lo correndo. Bem, eu não ia desperdiçar a oportunidade de explorar, eu estava sonhando com isso por bastante tempo. Eu ia me levar para uma noite fora. Ainda nos restariam três noites juntos. Dei uma olhada no guia, fiz uma rápida ligação para um hotel, depois escrevi um bilhete a Jonathan avisando que voltaria pela manhã. Rá. Veja como isso convinha a ele. Com uma sensação de ter recobrado o controle da situação, desci para o carro.

Dirigi. Dessa vez, sem hesitação. Apenas direto para Santa Teresa di Gallura, para a balsa das 11h para a Córsega e uma hora depois no Bonifacio.

Fora do porto, eu só tinha um destino em mente: Cocciu, o povoado de Xavi. À medida que eu dirigia, lampejos de casa me invadiram, preocupada se minha mãe ia se lembrar de esfregar creme nos emplastros para eczema na parte de trás dos joelhos de Polly ou dizer a Charlie que limpasse suas braçadeiras direito. Então, um declive cheio de papoulas, a forma como o sol batia no mar, o aroma de tomilho selvagem carregado no ar da primavera me catapultavam de volta à Córsega e eu pisava mais fundo no acelerador.

Eu me sentia tonta, como se tivesse tomado muito café preto com o estômago vazio. Eu estava tão avoada que ficava o tempo todo olhando pelo espelho retrovisor, para ver se as crianças estavam bem. Um pequeno bocado de liberdade girava dentro de mim. O tipo de liberdade que eu sentira 19 anos atrás, quando saí da balsa em Marselha com uma mala presa a um carrinho com elásticos nada confiáveis e a determinação de aproveitar ao máximo minha colocação como professora no exterior antes que uma carreira me sugasse às rédeas do trabalho.

Os caminhões continuavam rugindo atrás de mim e ultrapassando em curvas sem visibilidade, praticamente jogando meu Fiat no despenhadeiro quando passavam. Vez ou outra, eu ouvia o barulho de uma moto e uma besta reluzente passava rapidamente, curvada quase na horizontal. Não vi um único motociclista sem capacete. Claramente, as regras de segurança na estrada haviam mudado desde que Xavi e eu descíamos para a praia, carregando os capacetes nos cotovelos, invencíveis como só os jovens são.

Eu me lembrava do povoado como uma miragem. Construções altas de granito, com cinco ou seis andares, construídas direto na pedra. No entanto, quando avistei Cocciu, com o sol de maio brilhando atrás das casas, ela me lembrou mais das construções em montanha da Toscana que Jonathan e eu visitamos na lua de mel.

Meu estômago se revirava quando passei pela ponte nas cercanias do povoado. Talvez a casa dele nem estivesse lá. Estava. Lá estava a casa dele, ou melhor, a casa dos pais dele. Provavelmente, todos ainda moravam debaixo do mesmo teto, com sua velha mãe mal-humorada cantando de galo. Quase não olhei, não conseguia olhar.

Talvez eu não o reconhecesse.

E se ele estivesse lá com uma filhinha, sua própria versão mediterrânea de Immi? Ou talvez até uma adolescente, nascida logo após nos separarmos, quando achei que fosse acordar com uma sombra sobre mim para o resto da vida? Quando me sentei obstinada, mas de coração partido, olhando para o mapa-múndi, me perguntei onde ele estava e a quem amava. Lamentei pelos filhos que havíamos sonhado em levar para excursões a ilhas na Ásia, todos de pés sujos e sarongues tingidos.

Soltei o ar. Ninguém por lá. Nem mesmo a mãe bruxa, se ainda estivesse viva. Meu coração voltou ao ritmo normal. O castanheiro que plantáramos para o aniversário de casamento dos pais dele estava carregado. Nenhum sinal de bicicletas ou escorregadores de crianças. Por um instante louco, considerei bater à porta. O que eu diria? "Surpresa!" Meu estômago afundou diante do pensamento de uma esposa magérrima abrindo a porta, com uma expressão vazia e entediada. Deixei a ideia de lado como se fosse pura maluquice e acelerei, ajeitando-me ao volante conforme a casa desaparecia de vista.

Dirigi morro acima, passando pela escola onde ensinara inglês em meu terceiro ano da faculdade. O muro ainda era verde. Antes de eu conhecer Xavi, o muro havia se fechado atrás de mim, deixando-me com fins de semana solitários na pensão escura depois que todos os alunos tinham desaparecido, voltando para seus povoados vastos. Passei pelas quadras de tênis, procurando aqueles ombros largos, um saque com uma pancada divertida no final. Tive de lembrar a mim mesma para não procurar por alguém de 23 anos, balançando-

-se no local com energia contida. Não havia ninguém remotamente perto da idade de, o que, 42, 43? Sim, 43 no dia 8 de maio. No dia seguinte, na verdade. Depois de todos esses anos, eu me lembrava disso tão claramente quanto meu próprio aniversário.

Sorri quando recordei o que tinha feito para o aniversário de 23 anos dele. Jonathan ficaria bastante chocado.

Meu hotel, o San Larenzu, era logo depois. Ainda em pedra cinza, mas novo, quase bonito pelos padrões de forte sombrio dos povoados da Córsega. Mesmo agora, todos os lugares pareciam prontos para repelir os saqueadores genoveses com óleo fervente em vez de receber bem os turistas.

A garota atrás do balcão seguia a mesma regra. Educada, eficiente, mas circunspecta, as características fortes permanecendo taciturnas. Perguntei a ela a respeito dos horários das refeições, sentindo algo mudar quando o francês que eu falava sem esforço tantos anos atrás até que saiu bem, dadas as circunstâncias. Eu não soava como eu mesma. Eu soava confiante, blasé, como se meu mundo fosse o de contatos em hotéis, aperitivos em bares e nadar nua no mar da meia-noite. Ela apontou para um corredor e eu fui até meu quarto, impaciente para ir caminhar nas passagens estreitas pavimentadas em pedras. Joguei a mala na cama e dei uma olhada para fora da janela. Eu não me lembrava de todas essas montanhas.

As viagens eram desperdiçadas com os jovens. Xavi havia encoberto a paisagem de toda uma ilha.

Eu me troquei e coloquei o que Roberta chamava de "minha blusa hippie", azul-safira e vermelha. Meu reflexo no espelho roubava a pequena rajada de confiança. Xavi não me reconheceria, mesmo que eu trombasse nele. Meu cabelo estava bem mais curto hoje em dia e mais cacheado. Ficou assim quando eu estava grávida de Charlie e nunca mais alisou. Os mesmos olhos. Um pouco mais enrugados nos cantos. É claro, eu não precisava de óculos de leitura naquela época. O decote. Argh! Enrugado como um pedaço de papelão ondulado. Não, eu não precisava de disfarce. A idade era meu disfarce. Coloquei o chapéu de praia, de qualquer forma.

Menos *Uma janela para o amor* e mais Vamos lá, Córsega.

De volta à praça principal, escolhi um lugar no café do lado ensolarado. Cada cabeça com cabelo preto encaracolado chamava a minha atenção. Talvez agora ele estivesse careca. Motocicletas rugiam, entrando e saindo da piazza, minha cabeça, contra toda a lógica, procurando por uma Kawasaki vermelha reluzente. As memórias se amontoavam, até que começaram a se embolar umas nas outras. Jogando Belote no bar do outro lado. Colocando as mãos nos bolsos um do outro para nos mantermos aquecidos durante o desfile pomposo de Páscoa.

O passado era multicolorido, tão vívido que era como se eu estivesse vivendo minha vida em bege desde então. Eu me sentia muito agitada para ficar sentada num café. Levantei, dividida entre zarpar de volta à segurança e terminar o que eu havia começado. Eu dissera a mim mesma que era a mim mesma que eu viera encontrar. Mas era a ele.

Eu não tinha prova de que ele sequer estivesse na Córsega, muito menos em Cocciu. Se eu de fato o encontrasse, o que faria? Uma mulher desleixada de meia-idade perseguindo um sonho de 18 anos, em que mesmo o melhor resultado seria um pesadelo. Eu me agarrei ao que dizia às crianças quando elas entravam em pânico. "Vamos lidar com o que é, não com o que poderia ser."

Escolhi um rumo aleatório. Era baixa temporada. As pessoas me encaravam. Cada rosto era um rosto que eu achava que reconhecia, envelhecidos por duas décadas, como uma simulação da polícia — crianças que eu ensinara na escola, caixas de lojas, garçonetes, agora mulheres em seus 30 anos. Agora havia muito mais lojas, até um café com internet bem ao lado da cabine telefônica temperamental, onde eu ficara enfiando moedas de cinco francos para ouvir a voz da minha mãe dizer que papai tivera um treco.

Fugi da memória, disparando por degraus de pedra abaixo tão altos e íngremes que eu me arriscava a quebrar o cóccix a qualquer momento. Lá embaixo, havia uma praça com uma galeria de arte na esquina. Isso era novo. Entre as telas luminosas de girassóis e papoulas na vitrine, estava uma grande pintura de uma pequena baía, tipicamente Córsega com água translúcida, areia clara e as pedras cinza onipresentes. Foi a cabana da praia que chamou a minha atenção. O bar de Pietru. Barris de vinho como mesas, teto surrado de palha, pranchas de surfe antigas emoldurando a porta. Olhei e olhei. Foi lá que Xavi e eu tomamos algumas cervejas e deitamos na areia, ainda morna do sol, observando as estrelas cadentes se lançando pelo céu de agosto. Foi ali que eu dei meu coração e meu corpo a ele tão completamente que nunca cheguei a tê-los de volta.

Eu queria aquele quadro.

Comecei a empurrar para abrir a porta, de repente registrando o nome no vidro fosco conforme a campainha tocava. Jean-Franc Santoni. O irmão mais novo de Xavi. Apenas 12 anos de idade na última vez que o vi. Saí voando para a esquina, fora do campo de visão, a coragem em meu corpo indo embora.

Se eu quisesse saber onde Xavi estava, se eu realmente, de verdade, quisesse saber onde ele estava, encontraria as respostas na porta ao lado.

Roberta

Alicia ficou contra mim quando insisti que ela fizesse o teste para DSTs. Mas o fantasma da clamídia, da gonorreia ou algo pior me transformou numa mãe que não podia ser vencida. Brigamos, Alicia proferindo insultos a respeito do meu fracasso em supervisioná-la, de ser alguém com quem se consultar. Cada farpa se entocou bem lá no fundo, ameaçando derrubar minha determinação. Firmei os pés; eu já tinha feito uma bagunça com a minha vida, mas iria arrumar a de Alicia. Escolhi uma clínica particular em Londres para minimizar as chances de cruzar com alguém que conhecíamos.

Na manhã de sexta-feira, quando Alicia e eu fomos para a clínica, mal consegui manter uma fatia de torrada no estômago. Eu havia mandado uma mensagem de texto para Octavia, a única pessoa a quem eu contara aonde estávamos indo. Mesmo em férias, ela me respondeu imediatamente.

Espero que corra tudo bem. Eu sei que você era a Donzela de Gelo, mas não se esqueça de que sou uma velha conhecida da pílula do dia seguinte, dos chatos e de transar com homens com quem eu não suportava conversar, então Alicia não tem nada do que se envergonhar.

Eu quis ser jovem de novo. Mesmo que fossem apenas alguns meses antes. Embora eu me sentisse feliz por não ter de compartilhar esse episódio particular com Jake.

Quando chegamos à clínica, não sei quem estava mais mortificada, eu ou Alicia, quando paramos diante de uma enfermeira muito gentil, mas muito gorda. Eu nunca deixava de me surpreender com quantos profissionais de saúde eram capazes de, sozinhos, bloquear corredores. Mais uma vez, ela, sem dúvida, lutava para manter a boca fechada ao pensar que eu era uma mãe tão inadequada que minha filha estava fazendo sexo antes mesmo de ter idade para consumir bebida alcoólica.

Eu não queria ser a mãe que não havia feito o suficiente.

Eu me ofereci para ir com Alicia, mas a enfermeira praticamente me enxotou. Acho que ela imaginou que, se Alicia tinha idade suficiente para fazer sexo, tinha idade suficiente para aprender a respeito do mundo adulto dos esfregaços, da raspagem e da coleta de material para exames. Eu me resignei a ficar vagando pela sala de espera lendo pôsteres edificantes sobre herpes, clamídia e HIV. Essas três letras maiúsculas, HIV, fizeram algo se enfraquecer na parte de trás dos meus joelhos.

Eu nunca me perdoaria. Nunca.

Não importava que a Sra. Goodman estivesse tão impressionada com o que eu já havia realizado até agora. Não importava que o hotel ao lado do parque tivesse me chamado para dar consultoria em sua nova área do café. O meu trabalho mais importante fora guiar minha filha em segurança e eu fracassara. Virei o barco e deixei-a se afogar. Se eu merecia uma segunda chance na vida, agora seria uma excelente hora para recebê-la.

A enfermeira fez um gesto para que eu entrasse, como se dissesse "Tudo pronto".

— E agora o que acontece?

A enfermeira explicou que iria mandar os resultados por e-mail, o que me fez sentir uma grande onda de pânico no caso de Scott, de alguma forma, hackear meu computador. Qualquer interação que eu tivesse com ele ainda demandava que eu preparasse o estômago antes de abrir seus e-mails ou atender suas ligações.

— Posso ligar para saber os resultados?

A enfermeira fez uma cara de alguém que já tinha visto itens presos em orifícios onde não deveriam estar e, ainda assim, conseguiu não parecer chocada. Eu me consolei com o fato de que sexo de menores de idade nem sequer era registrado na escala.

— Sem problema. Os resultados levam alguns dias. Ligue depois das 16h da tarde na segunda-feira.

Passei a ela um maço de dinheiro. Se algum dia houvesse uma razão para Scott vasculhar minhas contas bancárias, ele não encontraria um pagamento a uma clínica que podia estar relacionada a coletas de amostras vaginais de sua filha menor de idade.

Nenhuma dúvida quanto a isso. Eu fracassara com Alicia. Isso não voltaria a acontecer.

Octavia

Desci rápido pela viela mais próxima, feliz pelas sombras. Fora do sol de primavera, estremeci, ajeitando meu cardigã fino ao meu redor. Eu havia deixado Jonathan para trás naquela manhã e já estava me metendo em encrenca. Corri a mão pelo granito bruto e olhei para as duas casas se erguendo vários andares acima, separadas apenas por alguns centímetros de distância. Dava para pular pelo beco de uma janela a outra. Talvez as mães da Córsega passassem a vida dizendo: "Sem pular pela janela" em vez de "Pare na faixa de pedestre". Charlie, Polly e Immi pareciam muito distantes. Eu precisava me lembrar constantemente de que tinha três filhos. De alguma forma, estar em Cocciu levava os anos embora. Eu ficava olhando para baixo, esperando ver a calça branca cortada com desenhos de melancia que eu comprara no mercado por um punhado de moedas.

Eu sentia falta daquelas moedas grandes de cinco francos com "*Liberté, Égalité, Fraternité*" estampado. Os euros não carregavam o mesmo sentido de um lugar especial e único, de história. Xavi serrara uma ao meio e me dera a parte com *Liberté*, "Para te lembrar que você é livre". No caso, a morte de meu pai acabara com a minha liberdade, lançando-me em minha primeira amostra de responsabilidade. Joguei minha metade da moeda em uma caçamba um dia após o enterrarmos.

Xavi amava a "*liberté*" mais do que me amava.

Quando precisei dele, ele precisou de estradas abertas e grandes céus, para transformar nossos sonhos em aventuras reais. Enquanto ele se mantivera no nosso plano de viajar à Nova Zelândia, eu ficara em casa, atordoada e desolada, tentando compreender um mundo em que meu pai nunca mais olharia para mim e Roberta em nossos jeans rasgados e diria: "Senhor, ajude essas jovens".

Xavi provavelmente estava dançando uma haka enquanto eu estava deitada no chão curvada com o cachorro, lutando para colocar a cabeça numa nova realidade em que o amor incondicional de papai — do tipo que significava que ele sorria com os olhos mesmo quando estava sendo travesso — havia ido embora para sempre. Minha própria viagem aconteceu dentro das quatro paredes do meu quarto. Agonizando, desesperada e com raiva. O sofrimento apenas pegara uma carona.

Um gato novinho miando e se esfregando nas minhas pernas me puxou de volta de sentimentos que permaneciam tão entalhados e em carne viva que gargalhavam na cara do velho clichê "O tempo cura tudo". Quanto tempo? Quanto, cacete?

Eu não deveria ter ido até lá.

Depois de 18 anos prendendo a tampa da Caixa de Pandora com uma pilha de blocos de concreto, duas horas em Cocciu e eu já estava atordoada por perda e traição. Roberta chamava isso de luto não resolvido, mas eu achava que era uma bobagem de autoajuda. Eu deveria ter tido uma boa e velha briga com Xavi quando papai morreu em vez de cortá-lo da minha vida e nunca mais falar com ele de novo.

Abaixei-me para acariciar o gato. Eu estava pensando em sua cara linda quando o bicho me atacou e mordeu minha mão. Eu o espantei. Malditos córsegos! Até os gatos tinham duas caras. Andei de volta para a galeria de arte, dizendo a mim mesma que iria deixar aquilo de lado. No entanto, a outra eu, aquela governando meus movimentos dos pés e das mãos, colocou uma sandália na frente da outra e levantou minha mão até a maçaneta da porta da galeria de arte.

Jean-Franc. Reconheci-o imediatamente. Ele era Xavi, só que não tão bonito. Mais magro, as mesmas características, porém dispostas de uma forma levemente mais próxima, com um efeito menos dramático. Tudo a respeito de Xavi era uma declaração. Grandes ombros largos. Olhos bem separados exibindo cílios com os quais era possível varrer o chão. Um estrondo de risada. E visão. Não havia nada que ele, que nós, não pudéssemos realizar. Ele fazia a viagem entre ilhas pela Tailândia parecer uma viagem de trem até a cidade litorânea de Margate.

Esperei que Jean-Franc me reconhecesse, mas nem mesmo um movimento de cabeça, apenas um "bonjour" educado. Fiz aquele gesto esquisito de "só estou olhando" e ele deu de ombros, um meio sorriso tão parecido com o de Xavi que os pelos se arrepiaram no meu braço. Vaguei entre as pinturas. Cada junípero agarrado a um afloramento rochoso, cada pescador de gorro preto segurando ouriços-do-mar me levou de volta, de volta àquele tempo em que eu era feliz, em que o mundo parecia cheio de possibilidades, em que eu não havia tomado uma única decisão para ferrar com o resto da minha vida. Eu queria me sentar no banquinho de couro no canto, colocar a cabeça entre os joelhos e dar um chilique pelos sonhos perdidos, pela falta de energia para o novo e desconhecido. Eu deixara o enfado e a mediocridade invadirem cada canto da minha vida.

Jean-Franc saiu de detrás do balcão. Parte de mim queria fazer algo louco de amante havia muito perdido, exigir saber onde Xavi estava, implorar a Jean--Franc que ligasse para ele, organizasse um encontro, custasse o que custasse, chacoalhar essa inquietação infiltrada. Talvez, se eu soubesse que ele estava casado e com filhos, eu fosse capaz de empurrá-lo de volta para os recessos da minha mente, para ser lembrado apenas em momentos estranhos com afeição em vez de me consumir o tempo todo.

Mesmo que eu o visse, mesmo que ele estivesse livre, e daí?

Eu nunca abandonaria as crianças. Eu não suportaria não alisar o cabelo de Immi antes de ela ir para a cama, perder quem fez o quê no dia de Polly, não estar por perto quando Charlie chegava, dizendo "Olha, não comece a gritar, mãe, mas...".

Pelo canto do olho, vi Jean-Franc se aproximando. Sorri para ele e saí de fininho em direção a um pequeno pátio onde os quadros estavam empilhados contra a parede e esculturas de barcos, conchas e sereias espalhavam-se entre pequenas mesas de metal.

— Se quiser se sentar para apreciar a arte, posso trazer um café. — O inglês dele tinha um forte sotaque, embora o timbre profundo fosse muito Xavi.

Antes que minha mente lógica pudesse se controlar, eu já estava concordando. Escolhi uma cadeira no sol. O calor brotando aqueceu meu rosto. Eu me recostei, dobrando o pescoço de um lado a outro, ouvindo os estalos conforme eu me alongava. Até aquele som de velha senhora me lembrava de Xavi e de como às vezes forçávamos os músculos tentando posições sexuais ridículas que envolviam pernas e braços em lugares que a natureza não pretendia que estivessem. Hoje em dia, eu teria sorte de não ter um problema amarrando os cadarços. Eu me endireitei na cadeira quando ouvi Jean-Franc. Ele colocou meu café na mesa.

— Então, você está de férias? Nessa época? Muito frio ainda.

— Meu marido está trabalhando na Sardenha, então aproveitei para explorar os arredores.

Esse era o problema. Jonathan estava por ali, vivo e presente, uma barreira bem pronunciada para sair beijando o irmão de Jean-Franc.

— Você gosta da Córsega?

— Eu amo a Córsega.

Devo ter soado um pouco mais entusiasmada do que a média porque os olhos de Jean-Franc se arregalaram de surpresa.

— Bom, do que já vi até agora, de qualquer forma. A vista é absolutamente maravilhosa. — Apontei para a pintura de um quadro. — É perto daqui?

— Sim, Propriano. Mas a pintei a partir de uma fotografia antiga, de quando eu era jovem. Agora tem muitos hotéis e muito mais turistas. Eu preferia quando havia menos pessoas visitando, mas é claro que agora é melhor para os negócios.

— Adoro suas pinturas de paisagens. Aquela do bar na praia que está na vitrine é fantástica.

Jean-Franc sorriu e uma memória de Xavi veio e foi embora novamente. Eu queria me deitar em algum lugar com gelo na testa. Era como assistir a uma TV de tela dividida. Imagens de Xavi tirando a tampa de uma cerveja com uma pedra, fazendo café no trailer, arrastando a prancha de windsurfe para a água competiam com minha conversa de meia-idade com um cara que provavelmente achava que eu me parecia com a mãe dele.

Apesar de, na verdade, eu não me parecer com ela. A mãe dele tinha a pele esburacada, um cabelo tão preto que era quase azul e um par de sobrancelhas espessas capazes de comunicar a enorme desaprovação em relação ao flerte de seu filho com uma estrangeira. A única grande alegria de ter me separado de Xavi era não vê-la, por 18 anos, enfiando as mãos no robe e torcendo o nariz a cada vez que passávamos dando risadinhas com nossos planos de dirigir um albergue da juventude na Nova Zelândia.

Jean-Franc foi caminhando até o outro lado do pátio e remexeu numa pilha de quadros.

— Gosto de pintar as pessoas em seu melhor. É fácil dar vida aos olhos e à boca.

Ele me mostrou um de uma garota apoiada contra uma torre genovesa arredondada, um dos muitos fortes do século XVI da costa da Córsega. Ela estava atenta a uma libélula, sua concentração e sua admiração saltando da tela.

— Isso é em Campomoro. Minha filha.

— Sua filha? — Jean-Franc era uma criança. Na minha cabeça, ele continuava aquele garotinho, sentado nos degraus do nosso trailer, implorando a Xavi que o levasse no barco para pescar. Agora ele tinha crianças dele. Eu me senti com 105 anos. — Ela é adorável. Quantos anos tem?

— Na pintura, uns 6. Mas agora tem 13.

— Treze!

Jesus! Jean-Franc deve ter transado antes de aprender a soletrar camisinha.

— Tenho duas filhas mais novas que isso. Você mesmo devia ser uma criança. — Num lugar remoto da minha cabeça, dei umas batidinhas nas minhas costas. Houve admissão da existência de crianças e falou-se a respeito.

Ele franziu a testa.

— Eu tinha 17 anos.

— Sua mãe deve ter ficado louca. Você se casou com a mãe da sua filha? — Esqueci que eu era uma inglesa educada que Jean-Franc nunca tinha visto antes.

Ele virou a cabeça. Questões de família não eram da conta de ninguém na Córsega. Ele ignorou a pergunta. Os Santoni eram todos iguais. Todos tinham essa fantástica carranca, que lhes corria pelas testas e se apertava até as sobrancelhas. Aposto que a mãe dragão tinha feito a carranca das carrancas quando Jean-Franc deu aquela notícia feliz em casa. Pelo menos a estrangeira não engravidou e roubou seu filho. Jean-Franc era um menino de 12 anos muito doce. Para ser justa, depois do cinema uma vez por semana e de um *café au lait*, não havia muito mais o que fazer em Cocciu, além de transar como coelhos.

Jean-Franc apanhou as pinturas. Eu deveria dizer a ele quem eu era. Ele não merecia ficar do lado errado do meu trabalho de detetive, de enganação e esperteza. Quando criança, Jean-Franc me adorava, provocando-me por causa do meu sotaque, meu completo fracasso em pronunciar o "r" gutural francês. Mas, no fim, eles eram um bando de guerreiros tribais de uma ilha, os Santoni. Jean-Franc perseguiria qualquer coisa que ameaçasse a estabilidade de sua família até um beco escuro e a manteria encurralada ali. Todos eles fariam isso.

Especialmente alguém que encorajou Xavi a ir para longe da Córsega.

Eu deveria apenas dizer: "Sou eu. Tavy". Mas precisava saber mais, precisava fazê-lo parar de fugir. Eu me inclinei e apontei para uma pintura ao lado dele.

— E essa?

Eu o vi fazer uma pausa, sem dúvida indeciso entre a perspectiva de realizar uma venda e se livrar da turista rude. De forma relutante, ele a virou para me mostrar.

— Pintei esta no Natal. — A voz dele soava contida, nada amistosa.

De repente, aquele rosto que eu conhecera tão bem e tanto amara estava bem em frente a mim. Soltei um gritinho como fazia quando Polly se escondia atrás da porta do banheiro e pulava em cima de mim. Tossi e tomei um gole de café. Jean-Franc olhou com desagrado e deu um passo para trás, como se eu pudesse, de súbito, arrancar toda a minha roupa e começar a correr como uma louca. Limpei a garganta.

Eu tinha de dar esse crédito a Jean-Franc: ele havia capturado os olhos de Xavi, atentos, mas sempre prontos a se iluminar. Xavi se alegrava com muitas coisas. Pedras no formato de coração que alinhávamos na janela do trailer. O tempo perfeito para fazer esqui-aquático. O peixe que pescávamos e preparávamos numa fogueira. Fisicamente, ele não parecia tão diferente. Algumas faixas grisalhas nos cachos. Marcado ao redor dos olhos pelo sol. Ele perdera aquela magreza angulosa que o fazia parecer como se estivesse sempre prestes a zarpar para algum outro lugar. Eu engoli seco.

— É uma bela pintura. É um amigo seu?

O vislumbre de um sorriso pelo elogio. Jean-Franc negou com a cabeça.

— Não, é meu irmão.

Esperei. Meu irmão o quê? Meu irmão que mora em Ulan Bator? Em Marselha? Em Sydney? Meu irmão que foi perdidamente apaixonado por uma garota inglesa e nunca se recuperou? Nunca se poderia dizer que a família Santoni era um bando de tagarelas. Sangue, pedra e aquilo tudo. Eu teria de parecer intrometida.

— Ele mora em Cocciu?

— Não. Londres.

— Londres? Londres na Inglaterra? — Meu joelho tremeu a mesa e fez a xícara de café chacoalhar. Se ele morasse no sul de Londres, podia estar a menos de uma hora da minha casa, em Surrey.

— Os córsegos às vezes entram em aviões.

Ele me encarou como se eu fosse uma idiota. Ele não apenas arrancou o quadro, como também o colocou de volta apoiado na árvore de uma maneira que significava que nossa conversa acabara. Eu queria perguntar mais, mas Jean-Franc pegou a xícara de café e marchou de volta para o balcão.

Xavi estava em Londres.

Não era surpresa que eu nunca o tivesse encontrado. Nunca me ocorreu que ele estivesse em Londres. Há quanto tempo ele estava lá? Eu podia ter topado com ele no metrô. Por que Inglaterra? Havia passado muito tempo para Xavi estar em Londres por algo que tivesse a ver comigo. Talvez ele estivesse morando num armazém convertido no East End, com esculturas de madeira e batik indonésio. Com uma esposa exótica e filhos independentes.

Melhor não saber.

Tirei um punhado de euros e peguei o retrato de Xavi. Pedi a Jean-Franc que o embrulhasse a fim de que eu fingisse para Jonathan que era um presente para Roberta. Mesmo que eu o mantivesse no sótão, ao menos esse Xavi iria para casa comigo.

Roberta

Alicia pareceu esquecer a grande nuvem negra pairando sobre nós no segundo em que saiu da clínica. Seu principal comentário sobre toda a experiência foi como a enfermeira era "imensa". Eu, por outro lado, passei aquele dia inteiro num nevoeiro de preocupação, pensando se estaria tudo bem com Alicia, acabando com a minha capacidade de me concentrar em qualquer outra coisa. Então, no fim da tarde, quando Alicia irrompeu pela porta com Connor e me perguntou o que eu iria usar no churrasco do clube de tênis, levei um instante até entender do que ela estava falando.

— Churrasco?

— Mãe, você sabe, você disse que ia conhecer a mãe e o pai do Connor hoje à noite. Qual é o seu problema?

A presença de Connor provavelmente salvara Alicia. Para ela, houvera um incidente em sua jovem vida, algo a superar e apagar da memória. Eu tinha quase certeza de que, quando morresse, "experiência sexual precoce da filha" estaria gravado no meu coração. Lutei para manter a voz calma.

— Desculpe. Estou com muita coisa na cabeça. A que horas começa?

— Às 18h. Você não vai com essa blusa listrada, vai?

Connor sorriu e disse:

— Deixa a sua mãe em paz. Ela está bonita. Quem me dera minha mãe fosse mais como você, Sra. Green. Meu pai sempre fala que ela se veste no escuro.

— Obrigada, Connor. Tenho certeza de que ela tem muitas outras qualidades para compensar. Vou fazer o meu melhor para não envergonhar você, Alicia.

Fui para o clube de tênis junto com Alicia e Connor com aquele sentimento familiar de deslocamento. Até a minha filha era parte da tribo da Arca de Noé, as pessoas que nunca precisavam se preocupar com onde iam ficar ou com quem iam falar em qualquer reunião social porque tinham levado o próprio parceiro. Senti como se todos circulando no clube olhassem para mim com pena porque eu tinha de grudar na minha filha adolescente para ter um fantasma de vida social.

Connor localizou os pais e acenou para eles se aproximarem. Eu pude ver o que o pai dele queria dizer. A mãe tinha o rosto vermelho, uma desconhecedora de maquiagem, usando uma calça muito curta e uma blusa de tricô de gola alta que não melhorava em nada os seios caídos.

Ela estendeu uma mão áspera ao toque.

— Muito prazer em conhecê-la. Sou a Catherine. Sua filha é absolutamente maravilhosa, uma menina encantadora.

Eu queria abraçá-la por isso, embora ela pudesse mudar de ideia se soubesse onde estivéramos pela manhã. Catherine tinha uma simpatia natural, uma cordialidade que me fez sentir má por ter reparado em sua blusa. O jeito relaxado com que ela brincava com o marido, Stuart, um homem alto e magro com uma grande cabeleira loira como a de Connor, me fez pensar em como eu sobrevivera todos aqueles anos com Scott, tentando antecipar que dia ele decidiria encarar uma observação irreverente da forma errada.

Mesmo quando ela dizia: "Querido, olha as boas maneiras, pegue uma bebida para Roberta", ele se desculpava e me perguntava o que eu ia querer. Eu nunca podia pedir a Scott que fizesse algo, por mais inofensivo que fosse, sem ter a certeza de que ele não iria disparar um "Do que morreu o seu último escravo?".

Estávamos indo para as mesas e cadeiras quando Connor agarrou o braço de outro adolescente de boné de beisebol e fez aquele cumprimento engraçado com as mãos e os punhos que me fazia sentir velha.

— Angus, cara. Você ganhou a liga. Muito bem.

Catherine se juntou a nós.

— Incrível. Wimbledon em seguida?

Fiquei de fora, não querendo atrapalhar o estilo deles, enquanto Connor apresentava Alicia a seu amigo. As boas maneiras fabulosas de Connor não permitiram.

— Essa é a mãe da Alicia.

Eu me vi apertando a mão de um jovem com olhos azuis enormes e um sorriso aberto e confiante.

Tentei imaginar por que Angus parecia familiar, e então quis não ter feito isso. Seios nus no sofá de Jake. Ofeguei e contribuí com uma onda de calor significante para o aquecimento global. Torci para ele não me reconhecer.

— Você não saía com o meu pai?

Senti o calor subir por meu pescoço, embora Angus parecesse distraído.

— Sim, eu saía. Tentei não olhar para Catherine ou Stuart. Como ele está?

— Tudo bem. Trabalhando muito. Ele disse que devia dar uma passada aqui mais tarde.

Desejei ter colocado algo um pouco mais estiloso do que jeans e camiseta. Eu me impedi de dizer: "A que horas?" e me concentrei em estabilizar as pernas. Consegui falar um "Que bom" neutro antes que outro garoto golpeasse Angus nas costas e que uma discussão sobre um feriado de tênis em La Manga se seguisse e eu perdesse o meu público.

O corpo inteiro de Alicia era um grande ponto de interrogação. Eu quisera esperar até estar firme com Jake para contar a ela e, é claro, tudo havia implodido antes que eu tivesse a chance. Catherine me salvou dizendo:

— Vamos achar uma mesa?

A cada poucos passos, ela parava para cumprimentar alguém. Ela me fazia lembrar Octavia, perguntando sobre férias, sobre filhos e até sobre porquinhos-da-índia. Fiquei de pé ao lado dela tentando bloquear a empolgação que percorria meu corpo. Encontrei companhia num springer spaniel, que me deu uma desculpa para me agachar e ignorar as outras pessoas sem parecer antipática.

Quando estávamos longe o bastante de Alicia e de Connor, Catherine falou:

— É horrível vir a esses eventos sozinha. Você é muito corajosa. Eu estava divorciada havia muitos anos antes de conhecer Stuart. Eu ficava escondida em casa de camisola. Stuart foi meu inquilino enquanto trabalhava como engenheiro em Gatwick, então eu tive a sorte de conhecê-lo.

Essa confissão tão cândida me trouxe de volta. Eu tinha certeza absoluta de que todos olhavam para mim do pedestal de seus casamentos felizes — ou pior, me evitando, para o caso de eu infectá-los com a "doença do relacionamento". Eu achava difícil de aceitar que, estatisticamente, uma em cada três pessoas seria como eu. Scott me isolara tão bem dos meus amigos ao longo dos anos que confiar nas pessoas não era tão natural. Eu queria despejar a bagunça monumental que eu fizera com tudo, mas me limitei a afirmar:

— Certamente estou achando isso um desafio.

Isso e não sair correndo pela multidão, à procura de Jake.

Pelo canto dos olhos, tive um vislumbre de ombros largos, cabelo loiro curto, uma camisa polo azul-claro ou qualquer uma das centenas de detalhes que faziam de Jake quem ele era e me virei, com o coração disparado. Continuei baixando as esperanças, dizendo a mim mesma que, de qualquer forma, ele não falaria comigo, ou que podia me humilhar.

Eu sabia que ele não faria isso.

Enfim, encontramos uma mesa e Stuart chegou com uma garrafa de Pinot Grigio. Joguei conversa fora, bebericando o vinho, tentando não deixar óbvio que eu estava procurando pela multidão. Conforme o tempo e o vinho passavam, eu me dei conta de um sentimento de desânimo tomando conta de mim. Ele não viria. Lembrei a mim mesma que a presença ou a ausência de um homem não governavam a vida da "nova" Roberta. Bem silenciosa, declarei: "Ninguém pode te fazer feliz, apenas você mesma".

Eu ouvia Octavia tagarelando na minha cabeça. "Baboseira Nova Era! Porcaria americana! Dê-me grana e uma passagem de avião para conhecer o mundo que você vai ver quanto fico feliz."

Mas eu não era como Octavia.

Stuart e Catherine sugeriram pegarmos um pouco de comida. Eu me agarrei à taça de vinho para ter o que fazer com as mãos. Conforme eu andava até a churrasqueira, me senti como a única solteira no mundo. As mulheres tiravam sujeirinhas dos casacos dos seus homens, os homens puxavam as cadeiras para suas mulheres, braços eram casualmente jogados em volta dos ombros. Minha garganta estava se estreitando. Não era a hora ou o lugar para sentir pena de mim mesma.

Eu acabara de chegar aos degraus perto da churrasqueira quando o filhote de Springer Spaniel passou a toda por mim, me desequilibrando. Caí no esforço de não esmagar o cachorro e quebrei a taça de vinho, cortando a palma da mão. Meu último pensamento antes de ficar nauseada foi em como Alicia ficaria furiosa comigo pelo constrangimento.

Eu tinha muitos anos de prática em sentar no chão antes de desmaiar. Coloquei a cabeça entre os joelhos para parar de girar antes de apagar. O sangue pingava da mão e espirrava nos degraus. Procurei lencinhos de papel na bolsa com a outra mão. Ouvi o barulho de saltos e o baque surdo de tênis na minha direção, mais o burburinho de vozes em pânico, as palavras se embaçando enquanto eu me concentrava em estabilizar a sensação de giro afetando-me a cabeça e o estômago.

— Deixe eu dar uma olhada nisso.

Eu estava com o rosto na curva do cotovelo, tentando parar o enjoo.

— Desculpe. Não consigo tolerar a visão de sangue.

Abri a palma da mão. Mãos fortes e gentis estenderam cada dedo.

Eu podia ver um par de botas Timberland quando olhei para baixo.

Ele gritou para alguém trazer o kit de primeiros socorros.

— É um corte bem fundo. Ainda está com um caco de vidro.

Eu conhecia aquele sotaque do interior. No entanto, antes que eu pudesse dizer qualquer coisa, vomitei por toda a minha blusa.

Octavia

Meu primeiro instinto fora sair correndo da Córsega com todas as suas antigas memórias esfoladas me levando a lugares aos quais eu não deveria ir. De repente, Cocciu tinha parecido sufocante, com suas construções imponentes se erguendo e se acumulando ao redor para manter os forasteiros na baía. Talvez eu tivesse imaginado que iria encontrar Xavi olhando para o mar além do Golfo du Valinco, ansiando para que eu surgisse como uma sereia rotunda. Na verdade, ele provavelmente estava comprando um *brunch* orgânico em algum lugar boêmio como Stoke Newington. Eu precisava parar com minha deprê de meia-idade e voltar para o meu marido.

Liguei para o celular de Jonathan. Era loucura ficar num hotel diferente, numa ilha diferente, quando tínhamos tanto a resolver. Se eu me apressasse, ainda conseguiria pegar a última balsa de volta à Sardenha. Talvez pudéssemos encontrar uma pequena trattoria, dividir uma massa, conversar. Conversar sobre nós, se conseguíssemos encontrar o "nós". Um pedido exagerado quando eu estava com tanta dificuldade de encontrar a mim mesma.

Tentei entender quando meu casamento havia ido de algo estável, que simplesmente "era", a algo fora de ordem, como se estivesse lutando para me manter de pé numa boia no meio de um lago.

Era provável que fosse tudo coisa da minha cabeça. Imagens em que eu me via voltando para a Sardenha, minha tola escapulida à Córsega esquecida, sem nenhum mal cometido, Jonathan saindo do escritório e dizendo: "Desculpe, rapazes, vou sair com a patroa, vejo vocês amanhã", passaram-se num flash pela minha cabeça.

O telefone caiu na caixa postal algumas vezes. Quando eu estava prestes a desistir, Jonathan atendeu com a voz toda abafada, como se tivesse atendido no bolso e se lembrado de que precisava falar no bocal alguns segundos depois. Ele pareceu incomodado quando falei que havia mudado de planos e que iria voltar à Olbia.

— Seu bilhete dizia que você não ia voltar hoje, então marquei um monte de reuniões para esta noite e para amanhã. Não posso cancelar; tem muita coisa acontecendo aqui, você sabe como são os italianos, não conseguem encontrar o próprio bolso sem instruções. Duvido que eu chegue em casa muito antes da meia-noite, então também é melhor você ficar onde está. Desculpe. Mas você teve um bom dia? Por onde esteve?

Ele não estava ouvindo de verdade. Era tentador dizer-lhe que eu estava na Córsega para ver se ele se tocava. Houve um tempo em que a simples menção à Córsega deixava Jonathan com ciúmes. Dava para ouvir vozes ao fundo, risadas. Os italianos claramente se divertiam muito no trabalho. Resmunguei algo sobre visitar algumas belas praias, mas a pausa longa antes de ele falar "Maravilha, muito bom, contanto que esteja se divertindo" o entregou. Eu me despedi rápido, mas, mentalmente, ele já estava mergulhando no paraíso dos computadores.

Minha fantasia de carbonara e vinho murchou como um saco plástico preso ao lado da lareira. Marchei direto para a recepção do hotel e reservei outra noite. Mandei uma mensagem de texto para Jonathan avisando que ele tinha todo o tempo do mundo que quisesse para trabalhar, pois eu voltaria dois dias antes de irmos para casa.

Tanta coisa para resolver no meu casamento. Em vez disso, talvez eu pudesse colocar o passado para descansar. Decidi assumir a abordagem "O que não mata, fortalece" e descortinar todas as memórias, na esperança de, enfim, espantar o fantasma de Xavi. Então, no dia seguinte, passeei pelas praias onde ficáramos horas falando bobagens e observando as nuvens.

Observar as nuvens. Quem diabos ainda tinha tempo para perceber as nuvens exceto de um jeito "Isso significa que o treino de futebol está cancelado?"?

O carro me levou em piloto automático para minha praia favorita, em Tizzano. Mais restaurantes do que eu me lembrava, mas tão cedo na temporada havia apenas algumas poucas famílias alemãs nas varandas. Eu me afastei delas e me deitei a fim de ficar olhando para o céu. O som das ondas, a areia nas costas, as nuvens vagando e se fundindo acima fizeram com que os anos voltassem. Xavi era tão real para mim que eu podia senti-lo. Pequenos detalhes que eu esquecera ficavam voltando. O jeito como ele conseguia nadar por séculos debaixo d'água. Seu rosto acima do meu, contando as sardas do meu nariz. Como ele gargalhava quando eu xingava em francês.

Quanto eu o amara.

Eu nunca havia reprimido nada, deixava tudo jorrar, nunca me monitorando para reservar uns cinco por cento vitais para sobreviver se desse merda. Eu não cometera esse erro com Jonathan. Com ele, eu só supria amor o suficiente, permitindo que uma quantidade mínima se espremesse pelas comportas para evitar que nosso relacionamento afundasse. Talvez, se Charlie não tivesse surgido, tivéssemos terminado depois de alguns meses, nossos opostos atraentes começando a se repelir.

O bipe de uma mensagem de texto esmagou as minhas memórias. Polly.

Mãe. A vovó é a controladora oficial da diversão. Não vejo a hora de você voltar pra casa na terça! Saudades, bjs.

Meu dedo pairou sobre o botão verde para ligar para ela, mas pensei melhor. Eu podia fazer algo bobo como chorar. Isso iria assustá-la. Eu podia contar nos dedos de uma só mão as vezes que tinha chorado desde que as crianças nasceram. Não havia espaço para mim no meio de todas aquelas lágrimas derramadas sobre meias-calças retorcidas, deveres de casa sujos, hamsters mortos.

Respondi: *Um abraço grandão e um monte de beijos molhados pra você. Também não vejo a hora de te ver. Seja legal com a vovó!*

Coloquei uma carinha rindo. Um segundo depois: *Eca para os beijos. Nem o Stan vai comer a comida da vovó. Bjs.*

O elástico invisível que ligava meus bebês a mim como luvas se estendeu pelos quilômetros. Cometi muitos erros na vida, mas também acertei em algumas coisas. Enfim, entendi por que a mãe de Xavi me odiara tanto. Não era ódio. Era medo de perdê-lo. Mas, de qualquer forma, ele partira.

No dia seguinte, dirigi até Calanques de Piana, uma paisagem engraçada de conto de fadas de granito vermelho. Eu havia me esquecido das pistas estreitas e da descida íngreme para o mar. Fiquei feliz por não ter Jonathan se contraindo no carro ao meu lado.

A última vez que eu estivera ali foi pouco antes de receber a ligação sobre papai, quando ainda achávamos que o mundo era nosso, estendendo-se à nossa frente por uma eternidade de viagens. Discutimos sobre as formas de animais que conseguíamos ver nas rochas, depois nos arrastamos pela trilha de caminhada acima num tremendo calor e eu me lamentando até não poder mais.

Eu planejara repetir a experiência, sem todo aquele lamento, e caminhar pelas pedras de formato estranho com os canos de chaminé engraçados para aproveitar a vista ao máximo, mas simplesmente não consegui reunir energia para tanto. Era como se alguém tivesse tirado todo o ar de mim. Subi até a Cabeça de Cachorro, onde vários turistas se apoiavam para tirar fotos.

Nós havíamos feito o mesmo. Nas fotos que eu revelara meses depois da morte do meu pai, eu parecia uma menina na ponta da idade adulta, confiança e amor irradiando de mim, a ingenuidade da juventude. Eu conseguia imaginar o lugar exato no qual Xavi ficara de pé. Meus olhos começaram a arder.

Voltei rápido para a estrada e me sentei no muro, as pernas dependuradas sobre um enorme declive no vale. Não me mexi. Observei as águias voarem a uma grande altitude e depois mergulharem. Escutei fragmentos de conversas passando. Olhei para os barcos sacudindo para longe, até que o sol começou a baixar, conferindo às rochas sua incrível cor avermelhada. Pôr do sol do jeito mais romântico. Meu traseiro do jeito mais dormente. Nem se fala o meu coração.

Talvez essa experiência não me deixasse mais forte. Talvez eu só fosse tombar como um periquito envenenado.

Mandei uma mensagem para Jonathan.

Volto amanhã à noite. Mal posso esperar para jantar com você.

Hora de dar um tempo à festa da pena.

Meu estômago roncou durante todo o caminho de volta para Cocciu. Fui na direção da praça do vilarejo, fazendo uma pausa para mergulhar as mãos na fonte congelante, recordando a frequência com que encontrava Xavi ali. O verão ainda não havia chegado. Cocciu ainda esperava pelos visitantes para lhe darem vida. Era quase possível ver por que Jean-Franc tinha descoberto o sexo tão cedo.

Escolhi a cafeteria que sempre preferi: Chez Ghjuvan, um bar aconchegante como uma caverna, talhado direto no granito, com mesas feitas de barris antigos e velas dentro de garrafas de vinho. Foi lá que Xavi e eu esboçamos nossa rota de Auckland a Dunedin, na Nova Zelândia. Conforme chegava mais perto, escutei música ao vivo. Então me preparei para as inevitáveis cabeças se virando quando "a estrangeira" entrasse. Felizmente, toda a atenção estava focada num grupo que tocava tristes músicas folclóricas da Córsega. Só um cachorro peludo perto do bar levantou a cabeça na minha direção. Sentei-me perto da porta.

A música era hipnotizante, quase fúnebre em sua intensidade. O vocalista não tinha mais de 25 anos, dedilhando sua guitarra e entoando "Terra Nostra" numa voz pura com uma paixão e um senso de pertencimento que me tocou. Tentei imaginar Charlie tolerando, nem se fale em aceitar, músicas dedicadas às montanhas, ao mar e à pátria e não consegui. Um homem de suíças grisalhas que parecia ter passado o dia arrebanhando porcos córsegos tocava flauta. Quando ele tocou a última nota lúgubre, uma mesa arruaceira no fundo explodiu em aplausos barulhentos, as interjeições de "bravo" balançando o teto baixo.

Olhei em volta. Umas poucas luzes de decoração natalina, cor-de-rosa e fofas, deslocadas entre lanternas de navios e anúncios antigos de bebida pendurados pelo bar. Um garçom se aproximou, não exatamente sorrindo. Ele não demonstrou surpresa quando pedi uma garrafa de vinho rosé, *grande*. Passou-me um cardápio rabiscado num pedaço de papel marrom com as extremidades em feltro preto. Eu só tinha comido um pouco de amendoim desde o café da manhã. Raramente comia carne, mas senti o súbito desejo de *sanglier*, javali, servido com um molho grosso rústico temperado com tomilho selvagem e alecrim.

Conforme a noite avançou e o vinho desceu, parei de me sentir autoconsciente, especialmente quando subornei o cachorro com umas batatas assadas para se tornar meu novo melhor amigo. A banda continuou com sua música assombrada, cheia de desejo e sofrimento. Assim que me perguntei se eles alguma vez tinham tocado algo próximo do alegre, eles começaram o equivalente córsego a "Parabéns pra você". A mesa no fundo foi à loucura, batendo palmas e gritando. Um grande pilar obscurecia minha visão. Eu só conseguia distinguir uma fileira de cabeças escuras e o tipo de pele que sugeria uma prole de pastores, pescadores e cultivadores de azeitonas.

Então, o vocalista declarou algo sobre os córsegos serem os guerreiros do mundo e começou a cantar "Sailing", de Rod Stewart. Depois de todas as letras sobre mulheres esperando e chorando por seus maridos bandidos, árvores solitárias em penhascos varridos pelo vento e mares de lágrimas, "Sailing" soava positivamente otimista.

O cachorro estava farejando meu prato, tentando dar uma grande lambida. Empurrei o focinho dele e fui subir para o banheiro, percebendo, quando me levantei, que andar direito requeria concentração. Quando meu pé tocou o primeiro degrau, o barman estalou os dedos para mim.

Tenho certeza de que ele quis dizer: "Com licença, senhora".

— *Toilettes par là* — disse ele, apontando para o fundo do salão.

Duas décadas de progresso, luzes de Natal e privadas melhores. Abri caminho pelas mesas, espremendo-me pela mesa de futebol onde um bando de adolescentes estavam inclinados, dez centímetros de roupa íntima à mostra por cima dos jeans. Charlie se encaixaria perfeitamente. Fiquei presa atrás de um garçom que servia pratos de *figatellu*, salsicha de fígado de porco, com o tipo de insultos engraçadinhos que vem de conhecer os clientes desde que eram bebês.

Cheguei para trás a fim de deixá-lo passar, apoiando-me contra a mesa atrás de mim e encontrando o olhar de um homem do outro lado. Jean-Franc. Ele parecia bem menos mal-humorado depois de algumas cervejas. Havia uma mulher de cabelo preto comprido ao seu lado, com muito delineador escuro e rímel. Eu me perguntei se era a mulher dele. Ela não parecia com idade suficiente para ter uma filha de 13 anos.

Ergui a mão cumprimentando, uma nova onda de culpa me fazendo querer ir até lá e explicar meu comportamento. Ele assentiu, e então se inclinou para a frente e gritou pela mesa:

— *Ta compatriote. Elle est anglaise.*

Todas as cabeças à mesa se viraram na minha direção. Fiz um daqueles acenos "prazer em conhecê-la, preciso ir" e cambaleei até o banheiro.

Alguns minutos depois, tentei voltar silenciosamente à minha mesa sem me tornar a atração da noite, mas Jean-Franc chamou a minha atenção com "*Eh, l'Anglaise!*" na saída. Ele empurrou a cadeira para trás, apontando para mim, explicando que eu era a mulher que comprara a pintura.

Um homem à minha direita me passou uma cerveja. "*Bière* feita de *castaignes* da Córsega." Cerveja de castanha era algo novo para mim.

Ergui a garrafa para ele e Jean-Franc, "*Santé*". Fui de volta para trás do pilar, oscilando um pouco, sem muita certeza de estar sendo convidada para me juntar ao grupo ou ostentada como uma história bem-sucedida da galeria. Eu ainda queria fazer as pazes com Jean-Franc, mas uma noite entornando um *grand rosé* afetara os neurônios encarregados das desculpas. Enquanto eu estava de pé, indecisa, houve um toque em meu braço por trás.

— Posso conhecer a mulher que quer um quadro meu em sua casa?

Eu me virei.

Xavi.

Eu encenara esse reencontro um milhão de vezes na minha cabeça. O jeito provocante como eu andaria na direção dele, encolhendo a barriga. Como eu iria sustentar o olhar dele com o meu. Como o mundo desapareceria, o volume abaixado. Em vez disso, engasguei com a boca cheia de cerveja até que ela saísse pelo nariz. Pelos meus olhos lacrimosos, vi suas sobrancelhas escuras se franzirem, uma exibição de descrença, surpresa e choque se espalhando por suas feições. Xavi pegou um guardanapo e me conduziu para longe da mesa enquanto eu gaguejava de forma hesitante.

Ele se sentou ao meu lado. Apertei o guardanapo contra o rosto. Agora que ele estava lá, eu não queria ver sua reação a mim.

— *C'est toi?* É mesmo você? — Ele soou como se segurasse uma risadinha.

Então, não tão gorda a ponto de ele não me reconhecer.

— Você deveria estar em Londres. Quase me matou me assustando daquele jeito.

Octavia Shelton. Romântica do Ano.

— É meu aniversário. Eu sempre venho para casa. — Ele retirou minha mão do meu rosto. Não parecia um estranho me tocando. Talvez as mãos fossem como colchões de espuma de memória, carregando a marca das pessoas que amaram para sempre.

Olhei para ele de soslaio. Eu me irritava com quão bem os homens envelhecem. Sua pele estava um pouco mais clara do que eu me lembrava. As rugas de sol que ele tinha ao redor dos olhos no verão, mais fundas. Ele nunca arrumaria aquele lascado no dente da frente. Ainda tinha o visual azeitado da vida ao ar livre, mesmo morando em Londres. Havia algo mais definido nele. A camisa e as abotoaduras. Elegante, urbano. Acho que nunca tinha visto Xavi usando outra roupa que não uma camiseta.

Eu queria enrolar um daqueles cachos no colarinho dele com o meu dedinho. Ele inclinou a cabeça na minha direção.

— E então, Tavy. Meu Deus! Tavy. — Ele ficava balançando a cabeça, esfregando a sobrancelha. — Qual é a história, *ma petite* Octavia?

Xavi podia morar na Inglaterra agora, mas ainda havia muito francês em sua fala. Ele pegou as minhas mãos. Minha aliança estava lá, ouro triste suspenso numa pele levemente enrugada.

A história. Procurei por um lugar sensato para começar, mas um ímpeto de emoção, violenta e pungente, bloqueara minha garganta. Balancei a cabeça.

— Eu não esperava ver você. Bebi demais. — Bem na hora, eu me senti fervendo de calor. — Preciso de ar fresco. Não estrague sua festa de aniversário com os amigos. Eu não devia estar aqui.

— De qualquer forma, já acabamos. Estou ficando no meu irmão e ainda tenho dois dias antes de ir para casa. Espere por mim lá fora. — Ele olhou para trás por sobre o ombro. — Por favor.

Deixei alguns euros no balcão e fui cambaleando para a praça escura, lágrimas rolando como se estivessem esperando pela liberdade por quase duas décadas.

Xavi saiu, as mãos nos bolsos da jaqueta de couro, o colarinho para cima, para se proteger do frio. Os ombros estavam levantados e ele trazia aquele seu olhar de empolgação, o mesmo que fazia anos atrás, quando tinha um plano, uma pequena pepita de malícia que queria colocar em ação. Eu estava segurando o fôlego, tentando controlar a choradeira. Em vez de uma frase sedutora e inteligente, consegui uma levemente embriagada: "Eu te arrastei para longe dos amigos?".

— Tá tudo bem. Já estou aqui há uma semana. Mas meus amigos estão muito interessados em saber quem é você. Eles acham que é um presente secreto de aniversário, enviado pelo correio da Inglaterra. — Ele ergueu as sobrancelhas.

— Tavy?

Xavi ainda tinha aquela entonação francesa sussurrada quando dizia meu nome, o que me fez sentir exótica e especial.

Ele pegou meu cotovelo e me guiou até o canto da praça.

— Por que está aqui? Dezoito anos é tempo demais para vir atrás de mim. — Xavi estava brincando, mas havia algo de mordaz em sua voz.

— Eu estava na Sardenha. — Minha voz soou trêmula.

— Sardenha. Por que Sardenha, se podia estar em *La Corse*?

— Não eram bem umas férias, mais uma viagem de negócios. — Tentei abrir espaço na conversa para Jonathan, mas as palavras ficavam se fechando sobre ele. Ele logo surgiria.

Xavi soltou uma gargalhada.

— Que negócio? Rolha? Vinho? Queijo de ovelha?

— Não, nada assim. — Obviamente, a relutância Santoni era contagiosa. Procurei um lenço no bolso. Ficar fungando não incrementava o visual.

Xavi parou e me virou para encará-lo.

— Tavy. — Meu estômago deu uma pequena revirada. — Você confia em mim?

— O que você quer dizer com "confia em você"? Como pessoa ou que você não vai cortar a minha garganta?

Eu sabia que ele não era confiável em não desaparecer quando as coisas ficavam difíceis.

Xavi jogou as mãos para cima, frustrado.

— Eu sei o que você está pensando de mim. Vamos falar disso mais tarde. Mas não, você me deixa te levar a um lugar?

Eu concordei. Efetivamente, Xavi era um estranho. E, ainda assim, eu sentia como se o tivesse visto na semana anterior.

— Então, você ainda é a garota que gosta de aventura?

Eu não conseguia suportar a ideia de ele pensar em mim como uma provinciana ou, seu pior insulto, *burguesa*.

— É claro.

— Vamos lá, então. Suba.

Olhei em volta. Ele indicou uma moto estacionada ao lado do muro. Não a fraca Kawasaki que colocávamos para sofrer, mas uma bela grande besta cromada que podia dar fim à vida contra uma árvore em dez segundos. Ele soltou o capacete preso a uma corrente grossa.

— Coloque isso. — Hesitei, então o peguei. — Tavy, Tavy, Tavy. — Seu tom era provocador. — *Allez*. Vamos lá. Quero te mostrar algo.

— Não subo numa moto faz anos. Eu bebi demais. Vou cair.

— Lembre-se de que sou um *pilote fantastique*. Apenas se segure. Vou devagar.

Cruzei os braços. Ele balançou a jaqueta na minha direção.

— Tome. Vista isso. Pode ficar muito frio. — Coloquei-a por cima da blusa, sentindo seu calor restante. Dei uma fungada no couro. O cheiro leve de loção pós-barba. Aquilo era novidade. Ele puxou outra jaqueta para si do baú da moto e me passou umas luvas. — Eu me lembro das suas mãos, sempre congelando.

Uma memória minha me arrastando para a cama e colocando as mãos geladas na barriga dele para fazê-lo pular me veio à mente. Concordei com a cabeça, olhando para baixo, para entender se eram as luvas dele ou um par menor de uma mulher, talvez uma esposa. Elas pareciam tranquilizadoramente grandes.

Xavi subiu na moto e deu uma batidinha no banco atrás dele. Eu havia colocado o capacete, mas me senti ridícula, um barril de meia-idade num chapéu de alienígena. Meu hálito de vinho me sufocava. Então o tirei de novo.

— Quero sentir o vento no cabelo.

Xavi sorriu de forma maliciosa e colocou o capacete no cotovelo.

— A essa hora da noite, não teremos muito problema com a polícia. Não no lugar para onde estamos indo.

Meus músculos internos da coxa reclamaram quando levantei a perna por cima da moto. Tive de procurar os descansos para os pés. Era difícil acreditar que um dia me vi como uma motoqueira, andando no assento traseiro do cara mais bonito da cidade.

Parecia um pouco íntimo passar os braços ao redor dele, então segurei sua cintura com as pontas dos dedos. Ele olhou por cima do ombro.

— Pronta?

O ronco da moto me fez querer enfiar o capacete de volta e grudá-lo na cabeça. Assim que ele acelerou, não tive escolha a não ser segurá-lo ao redor da cintura. Cada nervo do meu corpo estava se agarrando, os joelhos apertando a moto, as mãos rígidas. Quando chegamos à primeira curva, Xavi gritou:

— Lembre-se de se inclinar.

Lembrar-me de não gritar era um desafio maior.

Eu não parava de pensar em como a polícia francesa explicaria aos meus filhos que eu havia sido encontrada estatelada na montanha.

Em algum lugar ao longo do caminho, senti os antigos arroubos da *despreocupação*. Eu não estava mais agarrada a Xavi como se o menor relaxamento da tensão fosse me fazer deslizar pelo asfalto debaixo do meu nariz. Usei os zunidos virando as esquinas como uma desculpa para apertar meu rosto no ombro dele e inspirá-lo. Meus joelhos relaxaram. Meu cabelo voava para todos os lados, o ar gelado passando pelos meus cílios, enchendo meus olhos d'água.

Quando viramos numa trilha de terra que passava por uma plantação de oliveiras, Xavi diminuiu a velocidade.

— *Ça va?*

Eu esquecera o modo como ele formulava perguntas simples e fazia a pessoa se sentir como se ele a tivesse embrulhado num cobertor aconchegante. Expirei.

— Tudo bem, obrigada.

— Você sabe onde estamos?

— Não. — Eu já considerava um sucesso ter segurado a minha onda.

Ele ergueu as mãos num horror zombeteiro.

— Você esqueceu tudo da Córsega quando foi embora, hein?

Balancei a cabeça. Aquele nó esquisito na garganta voltara. Num minuto, eu estava sorrindo, um tipo de sorriso "dançando entre os narcisos silvestres" quando o mundo parecia cheio de possibilidades; no momento seguinte, grandes nascentes de emoção triste serpenteavam pelo meu peito. Pequenos fantasmas estranhos de mim mais jovem ficavam enfiando a cabeça pela porta, trazendo memórias havia muito enterradas do sentimento de estar vivendo, em vez de existindo.

Xavi acelerou novamente e descemos sacolejando a trilha sulcada, o feixe do farol assustando javalis e mandando-os, desembestados, de volta aos *maquis*, os arbustos do Mediterrâneo. Chegamos a uma área de mata atrofiada com árvores em volta.

Desci da moto arfando e olhei ao redor.

— É onde ficava o nosso trailer!

Xavi riu.

— Ele virou ferrugem há uns anos. Já estava caindo aos pedaços quando morávamos nele. Mas tenho algo mais para te mostrar.

Roberta

A humilhação espremeu cada última respiração do meu corpo. O mundo tinha parado de girar. Alguém apareceu com um balde e lavou os degraus. Catherine se sentou do meu lado não enjoado e não sangrento e falou:

— Minha mãe era como você. Uma vez nosso labrador cortou as partes baixas em algum arame farpado e ela abriu a cabeça quando desmaiou.

Eu sabia que ela estava tentando fazer com que eu me sentisse melhor, mas eu não sabia ao certo se já havia terminado de vomitar. Alicia ficou de pé perto de mim, mordendo o lábio inferior e se apoiando em Connor.

Jake tinha limpado minha mão e tirado o caco de vidro. Ele não olhou para mim. Era quase como se não tivesse me reconhecido. Então, enrolou gaze em volta do ferimento.

— Você deveria ir ao hospital para dar uma olhada nisso. — A distância, eu tinha consciência de que parecia preocupado.

Balancei negativamente a cabeça.

— Estou bem. — Levantei-me e, então, me agarrei a ele para me apoiar quando vi o sangue pingando da gaze.

Jake pegou meu braço e me sustentou.

— Você deve ir. Isso precisa de um curativo bem-feito.

— Se ainda houver vidro aí, pode infeccionar — Catherine o apoiou.

— Mãe, não seja boba. Se fosse eu, você me obrigaria a ir. — O rosto de Alicia estava pálido e preocupado.

— Eu vou com você de táxi. Stuart pode ir andando para casa com as crianças — comentou Catherine.

Jake suspirou e disse:

— Eu não bebi. Levo você de carro.

Através da dor, cintilou um pequeno estouro de prazer.

— Não posso ir assim, coberta de vômito. Vão pensar que eu estava bêbada.

— O sangue se espalhava. O mundo sacudiu de novo.

— Tenho uma camiseta no porta-malas. Vai ficar um pouco grande, mas vai quebrar o galho. Sua calça ainda está limpa.

Percebi vagamente Jake se apresentando a Catherine e eles combinando o que fazer com Alicia. Ele me levantou e caminhamos até o carro dele em silêncio.

— Isso é incrivelmente gentil da sua parte. Espero não deixar o seu carro com um cheiro horrível.

— Não pode ser pior que o chulé de Angus.

Jake tirou uma camiseta do porta-malas e me ajudou a me trocar, o toque firme e pragmático. Eu não podia culpá-lo: o cheiro de vômito não era lá muito empolgante. Eu me recostei no banco traseiro. Fora um "Tudo bem?", ele não disse nada por todo o caminho até o hospital. Apertei a bochecha no couro frio e esperei o movimento parar. Não ousei provocar meus sentimentos.

Jake me levou direto para a emergência. Eu queria perguntar por que ele estava se incomodando comigo, mas fiquei com medo de ele se fazer a mesma pergunta e me deixar sozinha.

Ele ficou atrás enquanto eu dava entrada. Quando a recepcionista deu de ombros e me falou que haveria uma espera de cerca de uma hora, ele foi até o vidro.

— Oi. Sei que vocês são muito ocupados, mas minha amiga está sangrando já faz algum tempo e ainda pode haver vidro enterrado na ferida.

A mulher atrás da mesa sacudiu o rabo de cavalo, sorriu e disse que ia ver o que podia fazer.

Sentamos em cadeiras plásticas cor de laranja que me fizeram querer esguichar álcool gel nas mãos. Jake se recostou, os braços cruzados. Comecei a lhe agradecer, mas ele fez um gesto de indiferença.

— Nem sequer percebi que era você de primeira. Só ouvi o som de vidro se quebrando e alguém gemendo.

Uma mulher de chapéu de lã tricotava à nossa frente. O metal estalava. Ao lado dela, uma jovem mãe ficava dizendo "Não é justo" ao celular enquanto seus quatro filhos batiam no xilofone, golpeando tambores e balançando pandeiros. Eu nunca deixava Alicia brincar com nada nos médicos. Jake olhava para os sapatos. Difícil de acreditar que ficávamos acordados até 2h da manhã sussurrando ao telefone quando não tínhamos nos visto. E até quando tínhamos.

— Encontrei seu filho hoje.

Jake assentiu.

— Ele se lembrou do nosso encontro anterior.

— Eu sei. Ele veio correndo me contar que você estava lá. Eu nunca disse a ele por que paramos de nos ver e não acho que ele conseguiria entender. Mas havia muito em nosso relacionamento que também me intrigava.

Olhei para o chão, depois estudei o papel de parede geométrico de mais ou menos 1985.

— Você não me deixou explicar.

— Havia algo a explicar? Parecia bem claro para mim. Você dormiu comigo, depois voltou para o seu marido. — Naquele momento, a bagunça das crianças de repente se silenciou e meus pecados retumbaram pela sala de espera na voz profunda de Jake.

Eu corei. Ele balançou as mãos num gesto de desculpas. Eu me virei para encará-lo, fitei bem dentro daqueles lindos olhos. Abaixei a voz a um sussurro.

— Vamos ser claros, eu não dormi com Scott. Eu não o quero, nem ele me quer. Ele só quer arruinar qualquer chance de eu ser feliz com outra pessoa.

Jake se remexeu na cadeira, mas não desviou o olhar.

Eu continuei:

— Eu estava desesperada para ter uma relação civilizada com Scott, para criarmos alguma estabilidade para Alicia. Ao longo dos anos, eu me acostumei a ir na onda dele, pelo bem de uma vida mais fácil, então quando ele se engraçou comigo naquela noite, eu não soube como reagir sem estragar tudo e voltar para o nível um. Caí na real muito rapidamente. Eu soube quando o estava beijando que aquilo era errado, que o que houve entre nós estava acabado.

Jake se retraiu ao meu lado.

— Não tive a intenção de ferir você — continuei.

— Talvez não. Mas feriu. — Ele olhou pela janela.

Minha mão pulsava de dor. Tentei clarear a mente, encontrar as palavras que o ajudariam a enxergar meu mundo, quando a senhora que estava tricotando começou a falar.

— Não sei por que vocês, casais jovens, dificultam tanto as coisas para vocês mesmos. Se você o ama e ele ama você, vocês têm que parar de se preocupar com o que aconteceu no passado. Na minha época, não fazíamos muitas perguntas e éramos bastante felizes. — Cleque, cleque. Ela arrumou os óculos no nariz e voltou a tricotar uma laçada, outra laçada, sem nos lançar outro olhar.

— Ela estava falando com a gente? — sussurrei.

Ele franziu as sobrancelhas e concordou com a cabeça. Se eu não estivesse choramingando de dor, teria rido.

A enfermeira me chamou.

Jake não se levantou.

— Você quer que eu vá com você?

Fiquei horrorizada com o pensamento de ele não ir.

— Sim, por favor.

Ele foi atrás de mim. Imediatamente, falou:

— Roberta tem um problema com sangue. A visão a faz ficar enjoada ou desmaiar.

A enfermeira me lançou o tipo de olhar que os adultos reservam às crianças quando perguntam: "Os fantasmas são de verdade?".

— Sente-se e olhe para o outro lado. Vou tirar o curativo.

Jake ficou de pé ao meu lado, apoiando-se em mim levemente. O jeito firme da enfermeira se amoleceu quando examinou minha mão.

— Isso está realmente feio. É bem fundo, o que significa que você vai precisar de pontos. — Ela me pediu para dobrar um dedo e o dedão. — Não acho que o vidro tenha cortado nenhum dos tendões, mas vamos pedir um raio X só por desencargo de consciência.

A mera menção a tendões evocou uma imagem de algo fibroso e elástico. A sala começou a rodar. Quando voltei a mim, estava numa cama com os pés para cima.

— Seu marido não estava brincando quando disse que você não gostava de sangue, hein?

Fingi não ter ouvido a parte do marido.

A enfermeira me colocou numa cadeira de rodas e pediu a Jake que me levasse ao raio X.

— Obrigada por vir comigo. Não lido bem com hospitais.

— Tudo bem. — A voz dele estava rígida, fechada. Uma das coisas que eu tinha amado em Jake era o fato de ele ser tão direto, tão aberto em seus sentimentos. Agora parecia que eu estava assistindo à TV com o som desligado.

Afundei na cadeira de rodas, muito infeliz para me preocupar com velhinhos incontinentes peidando diante de mim. O silêncio se tornou desconfortável. Eu não sabia como corrigi-lo. Tudo que eu dissera pareceu intensificar o ressentimento de Jake. Fazer um raio X, em comparação, era quase relaxante. Quando eles concluíram que não havia nenhum dano sério, o médico me despachou para dar os pontos.

Dessa vez, Jake não mencionou minha aversão a sangue. Murmurei uma explicação constrangida. A jovem enfermeira irlandesa foi muito gentil. Ela não parecia ter idade suficiente para costurar tecido, que dirá pele!

Ela falou com Jake.

— Apenas segure a mão boa dela com firmeza para mim e fique apertando. Converse com ela, para que não pense nisso.

Era um pedido complicado quando ele parecia estar achando tão difícil falar qualquer coisa comigo. Mas, quando a vi pegar uma agulha que parecia um anzol, agarrei a mão dele. Apesar do medo, meu estômago afundou ao toque dele. A enfermeira olhou para Jake com expectativa, e ele começou a falar comigo em tom calmante, como se eu fosse um cachorro me escondendo atrás do sofá numa noite de fogos.

— Então. Há quanto tempo você está frequentando aquele clube de tênis?

A enfermeira lançou um olhar estranho em sua direção. Acho que era uma mudança de "O que vamos jantar hoje, querida?".

— Hoje foi meu primeiro dia. O namorado da Alicia me convidou. Em geral, vou ao Longridge Avenue.

— É óbvio.

Eu me censurei. O Longridge Avenue era exclusivo, com uma lista de espera de vários anos.

Olhei para a enfermeira como se ela pudesse, de alguma maneira, me ajudar. O que não foi muito inteligente, porque ela estava injetando um anestésico no ferimento. Eu uivei com a picada, esforçando-me para manter minha mão ali.

— Continuem conversando. Qualquer coisa para distraí-la. — A enfermeira escondeu minha mão com o corpo dela.

— Fiquei chocado de ver você lá hoje — comentou Jake.

Aquilo desviou minha atenção da dor.

— Por quê?

— Não sei. Acho que não estava preparado para isso. — Jake estava tão próximo que eu podia sentir o cheiro de seu pós-barba. — Fiquei tão feliz quando conheci você, o mais feliz que estivera em anos. Fazer o que você fez, bem, só me fez sentir como um completo perdedor.

O canto de sua boca se retorceu, resignado. Apertei ainda mais a mão dele.

— Sinto muito, muito mesmo. Eu não estava pensando tão claramente naquela época quanto estou agora.

A voz dele baixara a um sussurro. Ele se agachou para falar no meu ouvido.

— Ainda que eu não tenha visto você por muito tempo, eu tinha certeza de que acabaríamos juntos. Mas não consigo lidar com outra pessoa em segundo plano. O que minha esposa fez quase me destruiu. Não posso passar por tudo aquilo de novo.

Eu me virei para falar bem na cara dele.

— Não há ninguém em segundo plano. Absolutamente ninguém, de nenhuma espécie. Mas eu realmente senti saudades de você nesses últimos meses.

Meu pai teria achado que me precipitei.

Houve um claro relaxamento da tensão em volta de sua boca. Seus olhos estavam examinando meu rosto. Meu coração, todo o meu ser se esforçava para se conectar a ele. Eu só precisava de uma chance.

— E você?

Jake desviou o olhar. Tomei consciência de um homem reclamando de dores no peito logo ao lado.

— Conheci uma pessoa recentemente.

Soltei a minha mão da dele, hesitante, enquanto controlava a minha voz.

— Que bom para você! Você a conheceu na internet?

— Não. Ela veio fazer paisagismo no meu jardim.

A esperança se esvaiu. Uma grande onda de cansaço correu por mim enquanto a enfermeira cortava algo e falou:

— Pronto, tudo terminado.

— Foi rápido.

— Não exatamente. Só acho que você teve outras coisas com que se distrair.

— Ela deu uma batidinha no meu braço e sorriu.

Agora eu só precisava de pontos no meu coração.

Octavia

Xavi parou a moto na beira da praia. Um silêncio cheio de interrogações pairou sobre nós enquanto caminhávamos pela areia. Depois de alguns minutos, eu me agachei e peneirei os grãos claros entre os dedos. Ele se ajoelhou ao meu lado.

— Não entendo por que você está aqui agora. *Curiosité? Nostalgie?* Você ainda é casada?

Minha aliança havia falado por mim.

— Você é? — Senti o estômago se contrair, pronto para absorver a dor.

— Não. Nunca fui. Ninguém teria me prendido.

Dei uma cotovelada nele.

— Não fode. É mais provável que ninguém conseguisse prender você por muito tempo.

— Você não respondeu à minha pergunta. Você está casada?

Xavi me fritava com os olhos, mas ainda hesitei. Eu sabia que, logo que as palavras saíssem, a vida real ia atropelar esse canto coberto de estrelas da Córsega. A carinha de Immi encheu a minha cabeça.

— Tenho três filhos. E um marido.

Xavi deu um pequeno assobio.

— Três filhos. Uau!

Esperei que ele me perguntasse idades, nomes, algo, mas ele fez um malabarismo com duas pedras e então se levantou, puxando-me para cima.

— Venha.

Segui-o pela praia, o cheiro familiar do tojo me levando de volta a tempos mais simples. Tomando banho com baldes de água. Catando lenha. Dias de sarongue e roupa de banho. Tremi de frio. O vento levantava pequenas franjas brancas à beira-mar.

Xavi apontou para um pequeno barco, subindo e descendo num triângulo prateado de luz, as velas amarradas batendo contra o mastro.

— Meu quase iate.

— É um progresso do velho barco de pesca, de onde tínhamos que tirar água com um balde.

— Adoro ele. Às vezes moro nele por alguns dias no verão. Jean-Franc o usa quando estou em Londres.

— Londres, Xavi. Por que Londres? É algo permanente? — Foi a primeira vez que pronunciei o nome dele, gostando da forma em meus lábios.

Ele deu de ombros.

— Alguma coisa é permanente? Estou lá há sete anos. Estabeleci a filial inglesa de uma agência de viagens neozelandesa. Agora sou especializado em férias com atividades pelo mundo. Não precisava viajar até aqui para me encontrar. Bastava pegar um trem para West Hampstead.

— Eu não vim aqui para te achar, seu cabeção. Você nunca fez nenhum esforço para entrar em contato comigo. Desapareceu como fumaça. — Fiz um gesto de "puf" com as mãos.

Ele se inclinou na minha direção e me cutucou.

— Você sabe que isso não é verdade.

— Não. Eu sei que é verdade. O papai morreu, você caiu fora e me deixou para lidar com tudo aquilo.

Deitei esticada na areia e tentei distinguir o formato da constelação Cassiopeia entre as estrelas. Esse não era um momento para confrontos. Eu queria aproveitar a única noite que podia passar com Xavi, e não usar o tempo para cutucar feridas de muito tempo atrás. Observei nuvens esparsas, em chiffon escuro aveludado, movendo-se pela lua. Sem a poluição visual da cidade, o céu era um lugar diferente.

Xavi se inclinou, apoiando-se no cotovelo, e olhou para baixo em minha direção. Seus olhos eram quase pretos em sua intensidade.

— Ela nunca te contou, né?

— Quem?

— Sua mãe. — Ele se levantou e chutou um arco de areia. — Ela não te contou. Vaca!

Aquilo me incomodou. Eu não tinha certeza de que Xavi e eu tivéssemos mais o tipo de intimidade que lhe permitia xingar a minha mãe.

246

— Me contou o quê?

— Que eu telefonei. Que eu voltei por sua causa.

Eu me sentei.

— O quê?

— Depois que seu pai morreu. Sim, eu fui para a Nova Zelândia. Mas, depois de duas semanas, fiquei tentando te ligar. Sua mãe me disse que você estava voltando para a faculdade e que eu devia te deixar em paz.

Arrastei minha lembrança de volta às semanas depois da morte de papai. Os meses em casa em que eu ficava deitada no meu quarto, ouvindo os discos antigos dos Carpenters do meu pai, cega a tudo e a todos até que minha mãe coagiu Roberta a me persuadir a voltar para a faculdade, para o início do meu último ano.

— Com que frequência você ligava?

Minha mãe era de aço, mas ela odiaria que eu fosse infeliz. Embora tivesse detestado ainda mais que eu largasse a universidade e viajasse para a Nova Zelândia.

— Jesus, Tavy, muito! Custava tanto dinheiro telefonar naquela época, não é como agora, com e-mail e mensagens de texto. Gastei uma fortuna em dores de cabeça de dois minutos com a sua mãe. Ela ficava me falando para esquecer você.

— Você conseguiu fazer isso muito bem por 18 anos. — Embora, para ser justa, tenha sido mais culpa da mamãe do que dele.

— Igual a você. Marido. Filhos. Não vejo você chorando pelo Xavi.

— Eu não abandonei você. Você me abandonou. — Eu estava como uma criança cutucando uma lesma com um graveto para ver se as entranhas dela se espalhavam.

Xavi atirou uma pedra no mar.

— Águas passadas. Você está com frio?

Assenti, querendo provocar, provocar, provocar um pouco mais. Xavi detestava mentes pequenas. Ele era o mestre do dar de ombros gaulês. A umidade da areia gelada rastejava por minha alma acima.

— Eu sei onde podemos nos aquecer. — Ele fez um gesto com a cabeça na direção do barco. — Tenho tudo que precisamos lá. Só tem um problema.

Lancei um sorriso sarcástico para ele.

— O quê? Temos que nadar até lá?

— *Beh, oui.* Não é muito longe.

— Não. Não. Eu estava brincando quando falei isso. É bobagem. Essa água deve estar congelante. As pessoas morrem numa água como essa.

— Quando estávamos aqui, nadávamos em março. Você sobreviveu naquela época.

— Eu sei, mas agora tenho quase 40, não 20.

— Então é isso? A vida acabou? Nada mais de diversão? Nada mais de coragem?

Xavi estava me provocando. Na minha vida, na minha vida real, eu era aquela que desafiava as pessoas, falava para elas onde estavam errando. Eu havia me acostumado às crianças, a Jonathan, até a Roberta, me procurando para aconselhamento. Agora, Xavi inventava que eu não tinha iniciativa por não querer morrer de hipotermia.

— Só estou tentando viver o bastante para ver meus filhos crescerem. Alguns de nós têm responsabilidades.

Xavi ficou com as mãos no quadril.

— E alguns de nós têm *joie de vivre*. Vamos lá, leve uma nova memória de ser jovem com você de volta para casa.

Tirar a roupa até ficar de calcinha e sutiã na frente de um cara que amei quando eu tinha a barriga no lugar *sans* estrias não era um bom negócio. Mas havia tempos eu não fazia algo louco assim. Pensei em recontar a história a Roberta e uma risadinha se agitou bem no fundo da garganta.

Agora. Devia ser agora, antes que eu me lembrasse do meu eu ajuizado.

— Então, vamos.

Xavi se virou para ver se eu estava séria. Eu fiz uma pausa.

— Você primeiro.

Ele atirou a jaqueta e começou a tirar as roupas como se fizéssemos windsurfe juntos todo fim de semana. Fazia muito tempo desde que prestara atenção a um homem, qualquer homem, mas ele continuava com aqueles ombros largos musculosos e os bíceps bem definidos. Fazendo um raio de um trabalho de escritório. A natureza era bem injusta. Ele estava de samba-canção, não o tipo largo que Jonathan preferia, mas a justinha apertada que os modelos usam. Eu me virei.

Ele desenhou um coração na areia com o dedão do pé, depois o apagou com o calcanhar.

— Vou começar a nadar em dez segundos. Não estou olhando para você — disse ele.

Fiz uma pausa quando chegou a hora de tirar as calças. No fim, dobrei-as e coloquei dentro da jaqueta.

— *Allez, allez, allez!* Estou congelando — Xavi começou a gritar.

Fiquei lá de pé de calcinha e camiseta. Eu não conseguia tirar a camiseta. Meu Deus, não! A paciência de Xavi tinha acabado.

— Já chega, vamos lá. — Ele juntou as roupas numa pilha e então pegou a minha mão. — Pronta? Não pare de correr.

Ele me puxou direto para o mar. A areia era macia sob os pés. Eu já estava com água pelos joelhos antes de me dar conta do frio.

— Continue andando. Continue andando. Quando eu falar para mergulhar, mergulhe comigo.

A água batia na parte de baixo da camiseta e eu soltava gritinhos quando as ondas tocavam a minha barriga. Ainda assim, Xavi me puxava para a frente.

— Vamos, trinta metros e estaremos lá. Mergulhe. Agora.

Submergi na água congelante. O frio golpeou meu couro cabeludo e esvaziou meus pulmões. Fui de bêbada a sóbria em um instante. Xavi estava abrindo caminho pela água, como se estivesse num passeio de domingo na piscina local, enquanto eu meio que nadava em estilo cachorrinho, meio que nadava de peito até ele, puxando o ar de forma irregular, o peito tremendo. A lua desapareceu atrás de uma nuvem e, por um momento, abanei os braços, entrando em pânico no negrume preto como tinta do mar. Uma lamúria exaltada escapava de mim. Tentei não pensar em lulas grudando nas minhas pernas.

— Tavy, estou aqui, me siga.

Fui rápido na direção de Xavi, chutando meu medo para baixo. Sua mão se fechou ao redor do meu antebraço, puxando-me nos últimos poucos metros até o barco. Ele posicionou minha mão na escada de aço.

— Segure-se. Deixe-me subir primeiro.

Ele foi me arrastando para dentro do barco. Meu peito ofegava, mas todo o meu corpo parecia revigorado, qualquer borrão do vinho desaparecido havia muito. Ele abriu uma escotilha para uma pequena sala e desapareceu descendo os degraus, ressurgindo com uma toalha.

— Entre e tire sua camiseta. Eu tenho cobertores aqui.

A alegria de não virar comida de peixe me fez rir. Eu não conseguia me lembrar da última vez que alguém me mandara tirar a roupa. Enrolei a toalha ao meu redor e desci os degraus devagar. Pela escotilha, eu podia ver a silhueta de Xavi no deque ao luar, linhas bronzeadas enquadrando seu lindo traseiro, secando-se sem vergonha.

Eu, por outro lado, estava igual à tia avó Gladys na praia de Brighton, debaixo da minha barraca de toalha, tentando tirar minha camiseta ensopada e a roupa íntima sem expor mais do que um cotovelo. Graças a Deus eu tinha pintado as unhas dos pés. Desejei ter depilado a virilha.

Xavi pulou para dentro, pousando suavemente nos pés, depois remexendo debaixo de uma das almofadas do banco. Ele exibiu um enorme cobertor felpudo, que enrolou ao meu redor.

Então, acendeu o gás.

— Você ainda não consegue resistir a um desafio, né? Agora se sente bem. Boa decisão.

Duvidei que Jonathan aprovasse. Uma cozinha de barco era um espaço íntimo para duas pessoas nuas com um passado sexual.

Xavi se transformou no papel de anfitrião perfeito. A cada vez que estávamos nos acomodando, o barco nos embalando, deixando memórias antigas da vida no trailer virem à tona, ele pulava para pegar café, vinho de tangerina, licores da Córsega, pistaches. Sua toalha ficava ameaçando escorregar e colocar seu traseiro nu a uma distância alcançável. Espantei esses pensamentos. Minha vida com Jonathan e as crianças era fechada, um círculo sem aberturas aleatórias para pessoas de fora. Eu havia encontrado Xavi, acalmado minha curiosidade. Tive uma de minhas próprias aventuras para contar a Roberta.

Isso tinha de bastar.

Puxei bem meu cobertor até que estivesse enfaixada como um bebê beduíno.

— Você ainda está com frio?

— Estou me esquentando, obrigada. O licor ajuda.

Xavi me falou de Jean-Franc e de sua paternidade prematura, fazendo-me gargalhar quando imitou a mãe ameaçando ir raspar a cabeça da garota.

— Ela agiu como se Jean-Franc fosse um menininho de quem uma predadora malvada tivesse se aproveitado. No fim, se conformou. Ela amava a neta. Agora, é claro, minha mãe está morta, já faz alguns anos.

— Sinto muito. — Eu sentia, mas também tive uma onda vergonhosa de alívio por não haver chance de topar com ela. Talvez agora eu fosse apenas enxergá-la pelo que ela era. Uma mãe que queria proteger o filho, em vez do corvo negro maldoso do qual eu me lembrava.

Entramos e saímos de nossas famílias, Roberta, os amigos dele e suas vidas, atualizando-nos do presente e nos deleitando com as memórias do passado. Toda vez que nos aproximávamos do assunto importante, o eu e ele, com o marido e as crianças espreitando nos cantos da conversa, um de nós escapulia, enterrando-nos em anedotas sobre o trailer praticamente flutuando num dilúvio de primavera ou da remoção paciente de Xavi de espinhos de ouriço--do-mar presos nos meus pés. Fiquei maravilhada com quanto demos risada, uma diversão real fervendo em nós com sua própria energia.

Eu não conseguia me lembrar da última vez que Jonathan me achara engraçada. Sempre que eu tinha um ataque de risos, ele só parecia confuso.

Em algum momento ao longo da noite, o espaço entre nós diminuíra e Xavi roçou em mim, os pelos dos braços enviando pequenas ondas de choque em minha pele.

Virei o punho de Xavi a fim de olhar para o relógio dele.

— Meu Deus! São 2h15.

— Você está com pressa?

— Não. Mas nunca vou para a cama tão tarde assim.

Xavi se virou para mim e falou:

— Você está cansada? Quer nadar de volta?

Eu queria não ter dito aquilo. Eu não queria ir embora, não queria abrir a mão e deixar esses momentos preciosos escaparem. A ideia de voltar àquela água congelante me fez estremecer.

— Você quer? — Eu também não queria ser uma mala sem alça digna de pena.

— *Non.* — Ele inclinou a cabeça para um lado. — *Non.* Absolutamente. — Seus olhos passaram sobre mim absorvendo meu cabelo, demorando-se na minha boca de uma forma que me fez querer verificar se havia um pistache perdido e enfim olhando diretamente para mim. Nós nos fitamos por um segundo, os olhos firmes, se embrenhando uns nos outros.

Esperei que ele se levantasse e fosse enrolar com as malditas castanhas de caju. Em vez disso, ele pegou minha mão, torcendo minha aliança. Deixei meus dedos relaxarem nos dele.

— E então?

— E então o quê?

— E então. *Ton mariage.* É um casamento feliz? — Ele estivera fazendo isso a noite toda. Escorregando para o francês sempre que o assunto era difícil.

— Depende de como você define feliz. — Xavi não era alguém a quem se podia iludir.

— Vou deixar mais fácil então. Você ama o seu marido?

— Sim. — Só havia uma resposta para perguntas desse tipo.

Xavi mudou de posição ao meu lado, abrindo um vão frio onde o calor da sua coxa estivera.

— Então por que não está na Sardenha com ele?

Ainda que eu tentasse, não conseguia olhar para ele.

— Ele está ocupado com trabalho, então pensei em sair para explorar os arredores.

— Mas você não está explorando. Você voltou a um lugar que conhece.

Bebi um gole de vinho.

— Só estava com vontade de ver o que tinha mudado.

— E eu, eu mudei?

— Quase nada. Mais maduro do que eu me lembrava. Quando éramos mais jovens, eu sempre achava que você poderia entrar numa briga a qualquer momento. — Fiz uma pausa. — Você está um pouco mais grisalho.

— Mas ainda bonito? — Xavi passou a mão pelo cabelo de um jeito zombeteiro de estrela de cinema.

— Você sempre foi muito convencido.

Xavi abaixou a voz.

— Você mudou, Tavy?

Dei um tapinha nele de brincadeira.

— Tire suas conclusões. Não vou te dizer.

Por onde eu começaria? Eu não podia ir até um trampolim sem me molhar. As frieiras de uma velha mulher no inverno. Com frequência, eu olhava no espelho do hall e me perguntava quem era a vovozinha ali de pé.

— Acho que você está mais triste do que eu me recordo. — Ele apoiou o queixo na mão.

Eu me lembrei de que ele não queria dizer "triste" da forma que Charlie queria dizer triste — constrangedoramente antiquada. Mas as palavras ainda atingiram um lugar dolorido.

— O que você quer dizer com triste? Não fico cantando e dançando o tempo todo. Quem fica?

— Eu vejo uma seriedade que você não tinha antes.

Caramba. Eu havia gargalhado mais naquela noite do que nos seis meses anteriores. Talvez eu pudesse arrumar um trabalho como lamentadora profissional. Dei de ombros.

— É a vida em família. Há sempre algo com que se preocupar. Não dá para ser tão despreocupado como quando se tem 20 anos. O casamento muda você. Os filhos mudam você.

Xavi se espreguiçou. O cobertor dele caiu, revelando aquele peito em que eu colocara minha cabeça por tantas noites. Meus olhos estavam coçando de cansaço, mas eu sabia que o dia seguinte me levaria para longe de novo. Para sempre.

Ele limpou a garganta.

— Eu voltei depois de um ano. Para pedir você em casamento.

— Pedir em casamento? Meu Deus!

A irreverência estava na ponta da minha língua, mas algo áspero passou pelo rosto dele.

— A mamãe sabia? — Minha cabeça girava. Como poderia ter sido?

— Não. Ela me falou que você ia se casar com Jonathan. Que você ia ter um bebê. — As palavras soavam ríspidas em seus lábios. — Fiquei chocado por você amar outra pessoa o bastante para ter um bebê tão rápido. Eu não tinha nada a oferecer a você, só uma prancha de surfe e um trailer. Não era vida para um bebê. Às vezes a vida é uma roleta-russa. Achei que queria aventura. Mas eu queria você e era tarde demais. — Xavi olhou de soslaio para mim. O bater das ondas contra o barco preenchia o silêncio.

Meus olhos formigaram com lágrimas inesperadas.

— Quem me dera ter sabido!

— Você teria vindo comigo?

— Não sei. O bebê não foi planejado. Engravidei pouco antes de terminarmos a faculdade. Acabei com uma vida bem diferente daquela que eu tinha imaginado. Mas Jonathan era, é, muito confiável. Eu sabia que ele não ia me abandonar. Eu não conseguiria ter passado pelo meu último ano da faculdade sem ele. Sabe, depois de papai morrer e você me deixar. Eu estava destruída.

Esperei que Xavi zombasse dos atributos conservadores de Jonathan, mas seu rosto se fechou.

— Eu posso ser confiável. Sei que fiz algo ruim. A responsabilidade, sabe, *ça m'a fait peur*, me assustava. No fim, fui eu que perdi.

Enquanto eu ainda formava meu chavão sobre nunca sabermos se teríamos sido felizes ou não, Xavi me beijou com uma paixão tão feroz que tudo se tornou vermelho por trás das minhas pálpebras.

Uma migalha de cérebro argumentava contra. Eu estava resistindo, tentando me agarrar aos meus votos de casamento, consciência, decência, qualquer coisa. Mas meu corpo não tinha marcha a ré. Foi como se eu tivesse mentido para mim mesma. Meu corpo sabia por que eu fora até ali, mas minha cabeça ainda fingia ser uma esposa respeitável. E, por baixo disso tudo, a consideração vergonhosamente superficial de que Xavi se assustasse quando visse minha barriga mole mais de perto.

No entanto, eu não queria que ele parasse. As mãos dele estavam por toda parte, arrancando toalhas e cobertores e me acariciando de um jeito que aniquilava minha capacidade de pensar.

Xavi parou por um momento, procurando meus olhos até que eu quisesse fechá-los contra ele no caso de minha alma inteira estar se derramando. Ele não estava perguntando ou pedindo permissão. Ele não precisava. Meu corpo lhe dava todas as respostas de que precisava. Ele se lançou sobre mim, íntimo, mas, ainda assim, diferente, a agressão e a possessão pairando no limite da sua forma de fazer amor.

Um pensamento inoportuno sobre Xavi se sentir como se tivesse caído numa pedreira na minha vagina pós-filhos me tirou do ritmo. Abri a boca para falar, para fazer uma piada. Xavi balançou a cabeça negativamente e colocou um dedo em meus lábios, diminuindo o ritmo e me silenciando com um beijo tão gentil que eu me senti como se estivesse caindo. Caindo em algum lugar do qual eu nunca iria querer sair. E então, como se um novo trem de pensamento o consumisse, ele me segurou pelos ombros, me fodendo com tanta intensidade que meu corpo o sugou, arrastando-o ao meu âmago até que meu pobre assoalho pélvico, exausto, se levantou para o desafio e nos apertamos um contra o outro numa libertação que carregava 18 anos de amor e perda.

Xavi ficou por cima de mim, seu corpo estremecendo, afastando meu cabelo do meu rosto, procurando meus lábios. Ele me beijou de um jeito que me fez pensar de novo em mim deitada na praia tanto tempo atrás, vendo o pôr do sol, inconsciente de que o cronômetro em forma de ovo havia tocado. Estudei o rosto dele. Xavi exibia aquela coragem dos Santoni, aquela aspereza que eu não tinha certeza de alguma vez ter desgastado. Agora, bem ali na minha frente, havia uma ternura, uma vulnerabilidade da qual eu não me lembrava. Ele se soltou de mim, puxando um cobertor e colocando-o à minha volta.

— Ele tem sorte. O seu marido.

Xavi sempre tivera um jeito de soar bravo quando estava triste.

Ele se virou de barriga para cima, mordendo o lábio.

Eu me apertei ao lado dele, tentando formular uma resposta àquilo.

A tudo aquilo.

Xavi Santoni havia estourado o círculo fechado da minha família e agora eu precisava encontrar o caminho de volta. Eu cometera um erro achando que não era romântica. Eu não era romântica com Jonathan. Eu podia ter ficado lá deitada acariciando o rosto de Xavi e contando a ele tudo que eu havia perdido, todos os sonhos que tivera, o puro desejo dentro de mim até que o sol nascesse.

Jonathan não fazia ideia do que eu queria da vida, exceto, talvez, uma nova lavadora de louça e um homem por perto para limpar as calhas.

Eu teria passado o resto do dia correndo as mãos pela pele cor de oliva de Xavi, me familiarizando de novo com cada sinal, cada pequena cicatriz antiga e nova. Eu mal me incomodava de transar com Jonathan se ele demorasse muito tirando as meias. Tínhamos parado de regar nosso casamento e ele murchara como um manjericão esquecido na janela da cozinha.

Em vez de alimentar a planta, eu havia arrumado uma muda em outro lugar.

Roberta

Quando deitei na cama tentando ignorar a pulsação na minha mão, não sei o que me deixou mais enjoada: olhar para o curativo ou a ideia de Jake fazendo amor com outra pessoa. Fiquei pegando meu celular, torcendo para o nome dele aparecer. Eu tinha muita certeza de que ele iria ligar para saber como eu estava. À meia-noite, não consegui mais me segurar. Mandei uma mensagem de texto: *Muito obrigada por ter cuidado de mim. Foi ótimo colocar os assuntos em dia com você. R.*

Não houve resposta. Eu me revirei na cama, convencendo-me de que ele não iria querer perturbar no caso de eu estar dormindo.

De manhã, eu me iludi de que ia ver se o jornal estava na porta, mas, na verdade, eu meio que esperava encontrar um buquê de flores ou um bilhete enfiado na caixa de correio. Disquei o número de checagem de últimas chamadas para verificar se não havia perdido alguma ligação enquanto estava no chuveiro. À medida que a manhã avançava, o tempo que eu deveria ter gastado procurando os lustres esféricos da Sra. Goodman desapareceu, pois eu checava minha caixa de entrada a cada dois minutos, supondo que ele podia achar mais fácil me mandar um e-mail do que falar comigo no telefone.

No meio da tarde, eu estava procurando motivos plausíveis, mas cada vez mais absurdos, para não ter recebido nenhuma notícia. Talvez ele tivesse saído cedo para uma conferência? Uma emergência na gráfica? Entendi que ele estava saindo com outra pessoa, mas eu sabia que não havia imaginado aquela química entre nós. Talvez eu tivesse sido muito indiferente. Octavia vivia me dizendo que os homens nunca adivinhariam que eu gostava deles porque eu era muito durona. Ou isso ou "Ele simplesmente não está a fim de você". "Ele está apaixonado por outra pessoa." "Não vale a pena se estressar por ele." E a preferida dela: "Deixe a fila andar".

Mas como?

Octavia

Acordei com o pescoço duro. A luz resplandecente brilhava pela portinhola bem nos meus olhos de ressaca. Xavi ainda me agarrava a ele, sombras escuras debaixo dos olhos, os lábios se contraindo de leve no sono. Remexi em meu coração buscando a culpa. Estava lá de fato, fervendo lentamente sob a superfície. Bem ao lado da afobação do amor, que só estivera dormente, não extinta.

Permaneci deitada de olhos bem abertos fitando o teto, tentando compreender meu novo eu. Sem acordar, Xavi me puxou mais para perto.

A vergonha por não ser a mãe que meus filhos achavam que eu era — prática, atenciosa, confiável — se abateu sobre mim. Quando me agarrei um pouco mais àquela sensação, o desejo de abraçá-los, de lhes dizer que não se tratava deles, mas do meu eu de antes deles, me deixou rígida. Muito além daquilo havia uma dor, um peso que seria minha penitência, o esforço hercúleo de aprisionar a força desse sentimento, esse desejo por Xavi no canto mais socado do meu coração.

Xavi se mexeu. Seus olhos se arregalaram e suas mãos se agitaram.

— *Putain*. Tavy. Achei que você era um sonho. — Ele se sentou. — Estou muito velho para dormir apertado numa cama pequena. Da próxima vez, uma cama grande de casal.

Algo fisgou bem no fundo.

— Nada de próxima vez.

Xavi esfregou os olhos.

— Não. Espere. Espere. Não consigo pensar sem café.

Olhei para as costas dele enquanto acendia o gás, ao mesmo tempo gravando o momento e o armazenando. Eu me embrulhei numa toalha e abri a escotilha, piscando com a luz do sol. Estávamos tão perto da costa, a distância parecia risível agora. Xavi me passou um café, e então se juntou a mim no deque.

— Tavy?

Balancei a cabeça.

— Não vai ter próxima vez, Xavi.

— Então, você vai me abandonar de novo. — Ele puxou uma corda da balaustrada e apertou nó depois de nó.

— Ninguém está abandonando ninguém. Pra começar, não estamos juntos. Eu tenho filhos, Xavi. Não posso ir para casa e dizer a eles que vou partir com um cara que conheci vinte anos atrás.

— Eu vou te mostrar algo.

Xavi desapareceu descendo os degraus. Retornou com uma caixinha quadrada feita de madeira de oliveira.

— Sabe o que tem aqui?

— Um rato morto. Bolinha de gude. Concha. Ouriço-do-mar. Não faço ideia. — O fato de que eu o deixaria de novo logo cancelou qualquer desejo de joguinhos idiotas.

Ele levantou a tampa. Recuei, esperando que ele fizesse algo pular em mim. Nada de inseto. Nada de bicho morto. Só a metade de uma moeda de cinco francos com *"-lité, fraternité"*.

— Você ainda tem a sua?

Balancei a cabeça negativamente, explicando como eu a jogara fora numa caçamba, num esforço para esquecê-lo.

— Eu nunca esqueci você, Tavy. Nunca vou esquecer. Eu tentei. Não sei o que há de tão especial em relação a você.

— Obrigada. — Eu sempre achara difícil levar Xavi a sério, até quando ele era honesto.

— Não, está tudo errado, eu sei o que é especial. Você é gentil, mas firme. Você me faz rir. Você não segue o resto das pessoas. Sua cabeça está preparada para qualquer possibilidade. Se você não tivesse uma família agora e eu dissesse "Certo, vamos para a África e montar uma escola", você iria. Eu sei que iria.

Eu amava Xavi por sua convicção. A verdade é que minha cabeça aberta havia se corroído ao longo dos anos até se tornar uma passagem estreita pela qual eu forçava o pensamento independente de vez em quando. Eu me senti uma anarquista quando tirei as crianças da escola num dia de sol e segui para a praia, para nos acabarmos nas ondas. Mas eu não iria despedaçar as ilusões do último homem que achava que eu era a Mulher Maravilha.

— Entendo que você tenha uma família. Eu compreendo família, mas não quero deixar você ir embora. E se esperarmos? Até as crianças crescerem? Quanto tempo? Nove anos? Estarei enrugado. Podemos envelhecer juntos. — Xavi tentava sorrir, mas a melancolia pairava entre nós.

— Chega de espera, Xavi. Não posso passar a próxima década desejando que meus filhos resolvam suas vidas para que eu possa ficar com você. Também não é justo com Jonathan. Ele é um bom homem. Nós dois temos que nos libertar um do outro. Talvez em outra vida a gente acerte.

Minha voz falhava, soava aguda, uma torrente de emoção subindo e descendo na minha garganta. Tentei me imaginar indo para casa, pegando minhas coisas, deixando as crianças com Jonathan, tornando-me uma mãe de fins de semana e feriados. Não dava.

Xavi estava fazendo desenhos com a areia no deque.

— Você me procurou. Agora que me encontrou, quer ir embora. Passei 18 anos longe de você para não te machucar. Você não estaria aqui agora se estivesse feliz.

Ele estava certo? Eu estava infeliz? Certamente o que eu sentia por Jonathan parecia sem graça e fraco, em comparação a como me sentia agora, sentada ao lado de Xavi. Mas talvez fosse a emoção de um corpo diferente depois de tantos anos com o mesmo, em vez de um amor profundo e duradouro implorando para ser ouvido. Talvez depois de uma semana com Xavi, eu estivesse resmungando com ele para "tirar a cara do maldito IPad e dar comida para o cachorro".

— Eu não deveria ter vindo.

— Nunca encontrei o amor depois de você. Talvez tenha chegado perto uma vez ou duas. No fim das contas, elas não eram você. Nunca encontro ninguém com essa *spontanéité*. Ninguém que veja o mundo como *une grande possibilité*.

— Não acredito nisso nem por um segundo. Sou uma fulana de meia-idade, gorda, com todo tipo de bagagem. Você é lindo, bem-sucedido, livre. Que mulher não iria querer você?

O ciúme arranhou dentro de mim como um gato subindo por uma cortina com a ideia de Xavi encontrando outra pessoa.

— Você.

— Xavi, não é que eu não queira você. Eu não posso ter você.

Os argumentos continuaram até Xavi seguir meu carro a Bonifacio de moto e ficar me abraçando, dizendo todas as razões pelas quais eu precisava vê-lo de novo, até que um camareiro mal-humorado ameaçou fechar os portões para a balsa se eu não entrasse naquele segundo. Inalei Xavi, encarei bem seu rosto para criar uma memória que durasse para sempre e fui embora, ainda com a sensação da mão dele na minha.

Eu não podia olhar para trás.

Roberta

No início da noite, o desespero impregnava cada cômodo da casa. Eu não queria ficar na cozinha porque ela me lembrava de fantasiar almoços de domingo ensolarado com Jake. Não suportava ficar no andar de cima porque me lembrava dele falando sobre "batizar" meu quarto como se fosse ontem. Fiquei preparando xícaras de café e me esquecendo de bebê-las. Procurei destinos de férias no Google para mim e Alicia, mas nada parecia interessante. Toda hora eu pegava meu telefone para passar uma mensagem a Jake, e daí o largava de novo.

A vida me ensinara que amor apenas de um dos lados nunca é o suficiente.

No entanto, quando a campainha tocou, cerca de 19h da noite, meu coração se animou pela primeira vez naquele dia.

Tinha que ser ele.

Ajeitei o cabelo para trás e alisei a camiseta. Preparei meu rosto para parecer completamente surpresa. Quando abri a porta, minha surpresa falsa se transformou em desapontamento genuíno. Não era Jake. Uma mulher esbelta, loira, de cerca de 30 anos.

— Olá. Desculpe incomodá-la. Estou procurando pela Roberta.

Seu tom era firme, até reservado, mas havia algo de resoluto e tenso nela, como se estivesse peneirando as palavras por uma rede fina.

Senti todo o meu comportamento se transformar numa posição alerta.

— Eu sou Roberta Green. E você é? — Só consegui dar um impulso amigável na pergunta.

Eu simplesmente não estava com paciência para aguentar o discurso de uma Testemunha de Jeová antes de sumir porta adentro para jogar uma revista religiosa direto na lata de lixo de recicláveis. Um "Não, obrigada" já se formava antes de eu sequer saber o que essa mulher viera dizer. A única coisa que me impediu de empurrar a porta para uma posição de se fechar foi a remota possibilidade de ela estar à procura de serviços de design interior.

— Eu sou a Lorraine. — Ela levantou as sobrancelhas, à espera de uma reação. Seus olhos, do azul mais claro que eu jamais tinha visto em alguém além de um husky, pareciam enormes em seu rosto anguloso. Eu mudei minha avaliação dela de "esbelta" para "magrela".

Eu sabia quem ela era, ainda que Jake não tivesse me falado o nome dela. É claro que eu sabia. A paisagista. Mas que azar o dela: minha mão machucada, o desespero de Jake e o mal-estar geral não eram uma boa combinação para cumprimentos de boas-vindas com a mulher que estava dormindo com o *meu* namorado. Eu ainda pensaria nele dessa forma, mesmo que ele se casasse com ela.

Eu não estava no clima de ser generosa. E eu duvidava que ela estivesse ali para discutir as melhores plantas para o meu jardim ornamental.

— Me perdoe, mas eu conheço você? — Eu podia sentir a sofisticação afetada que havia maneirado ao longo dos anos voltar à minha voz, o tom refinado saltando em minhas palavras de classe média e elevando-as. Octavia sempre dissera que eu bancava muito bem a viúva nobre insultada.

Ela mudou de posição, conseguindo combinar certa timidez com emoções que pareciam capazes de formar uma banda marcial a qualquer momento.

— Estou aqui para falar de Jake. — Sua voz era muito suave; seu discurso quase se dissipava com uma perturbação mínima às ondas aéreas. Totalmente discrepante da coragem necessária para chegar assim na casa de uma ex-namorada.

— O que houve com ele? — A cortesia habitual impunha que eu a convidasse a entrar. Mas eu não me sentia cortês, então ficamos de pé, atentas, ajustando nossas posições levemente. Mantive o rosto neutro, mas meu corpo optava por um leve porte relaxado no batente e um pouco de quadril projetado.

— Acho que você sabe que estou saindo com ele.

— Sei. — Eu me perguntei se ela sentia a rivalidade efervescendo no espaço entre nós.

Lorraine ajeitou o cabelo atrás da orelha.

— Estou ciente de que as coisas não acabaram bem entre vocês, mas eu só queria me certificar de que não há chance de vocês voltarem.

Odiei a ideia de Jake ter contado a ela o que acontecera. Era difícil enxergar como qualquer jeito de recontar a história — "saiu da minha cama e foi direto para a do ex-marido" — não me colocaria em desvantagem de alguma forma.

— Você não deveria perguntar isso a ele?

— Ele não fala sobre você, só fica repetindo que o que aconteceu entre vocês dois não é relevante. Mas não posso evitar pensar que ele não teria passado a tarde inteira com você ontem na emergência se tudo estivesse tão bem resolvido.

A voz de marshmallow começava a soar mais quebradiça.

— Foi porque todos os outros haviam bebido. Eu precisava de pontos e ele era o único sóbrio o bastante para me levar. — Balancei a mão na frente dela.

— Ele só estava sendo gentil. — Logo que falei isso, tive que esmagar a mínima esperança de que não era a verdade completa.

— Isso foi tudo?

Eu me disciplinara a ser tão lenta para me irritar ao longo dos anos que raramente confrontava alguém de uma forma direta. Então foi particularmente infeliz para Lorraine o fato de que as estrelas tivessem se alinhado do jeito errado para eu me recolher num buraco. Ninguém ia aparecer na minha porta, me interrogar e escapar ileso.

Fiz um sinal de indiferença esmerado com os ombros.

— Você está perguntando à pessoa errada. Ele me contou que estava saindo com você e pareceu bastante satisfeito. Como eu poderia saber quais planos ele tem para vocês dois?

Um flash de dor passou pelo rosto dela. Meu velho eu sacana surtira efeito com o "satisfeito". Ela esperara ouvir que ele a amava e que nosso namorico estava acabado. Lorraine desviou o olhar, a boca se contorcendo de emoção, presa entre querer me questionar mais e a vontade de não me dar outra chance de lhe dizer algo que ela não quisesse ouvir.

Fiquei em silêncio, mais parecida com meu pai do que eu jamais admitiria. Ele sempre ganhava discussões fazendo uma pausa até que a outra pessoa corresse para preencher o silêncio. Estremeci. Eu podia estragar o relacionamento deles para sempre. Plantar apenas dúvida suficiente para que nunca mais confiasse nele. Se ela de fato ficasse com ele, eu podia forçá-la a viver sob a sombra da insegurança pelo resto da vida. Mas ele não ia voltar para mim. Se ele a amava ou não, isso era irrelevante. De qualquer forma, eu era passado.

Lorraine olhou para cima. Se eu parasse de pensar nela como a inimiga, podia ver semelhanças entre nós. Orgulhosa, insegura e desesperada para se segurar no homem mais gentil que jamais conheceria. A diferença era o fato de ela ser jovem o bastante para construir uma vida livre de bagagem com ele, ter os filhos dele, fazê-lo feliz.

Suspirei, sentindo ceder o último pedacinho de resistência em mim.

— Volte para casa e fique com ele. Asseguro a você que ele não quer nada comigo.

O rosto dela relaxou.

— Tem certeza?

— Absoluta.

Pela primeira vez, Lorraine sorriu e eu pude ver por que Jake se sentira atraído pelo charme tímido dela. Eu me perguntei se aquela voz sussurrada o irritava. Talvez ela achasse que aquilo, de alguma forma, reforçasse sua posição como alguém que comungasse com a natureza, encontrando luz, brilho e margaridas pendendo em todos os lugares que remexesse com sua pá de jardinagem.

Ela arrastou os pés no lugar, pensando na coisa certa a dizer. "Perdedora" era provavelmente a mais exata. Agora eu havia me rendido em vez de fazer a competição voar pelos ares com uma espingarda de cano duplo, eu queria me enfiar em casa e apagar a imagem dela voltando para Jake, os medos atenuados, o futuro brilhando.

Ela, porém, não iria me deixar escapar tão facilmente.

— Obrigada. Você foi muito compreensiva. Me desculpe por ter aparecido assim na sua porta, mas eu estava louca de preocupação com a possibilidade de que ele fosse voltar para você. Eu não a culparia por querê-lo, ele é um homem muito adorável.

Ela estendeu a mão para mim.

Eu hesitei e, em seguida, a apertei.

— Eu sei — concordei.

Eu realmente sabia.

Octavia

Jonathan estava atrasado para me encontrar no restaurante Da Alberto na marina. Eu não conseguia relaxar. Virei o vinho tinto. Minha cabeça precisava de água mineral, mas meu coração precisava do esquecimento que o álcool proporciona. Enfim, eu vi Jonathan ziguezagueando pela multidão, parecendo um nativo num paletó de linho que eu não me lembrava de ter visto antes.

A culpa pairava em mim. Eu não era quem ele achava que eu era. Eu não era quem ninguém achava que eu era. Toda vez que eu pensava em Xavi, sentia como se estivesse caindo de um precipício. Isso me fez querer apertar a cadeira.

Jonathan me viu e assentiu com a cabeça. Respirei fundo e sorri. Ele veio rápido, de rosto vermelho e incomodado, e desabou na cadeira à minha frente.

— Oi. Então, você conseguiu. Desculpe pelo atraso. Encontrou o caminho para cá sem problemas?

Sem beijo. Jonathan não era alguém de cumprimentos excessivos em lugares públicos. Ou em qualquer lugar.

Ele pegou o cardápio.

— Estou morrendo de fome. Vim aqui outra noite depois do trabalho. A comida é boa. É cara, mas achei que podíamos gastar um pouco. O trabalho está indo muito bem. Falei com Patri e terei que vir pelo menos duas vezes por mês daqui em diante, talvez mais.

Jonathan parecia mais animado do que eu o tinha visto em séculos. Ficou falando sobre a equipe com a qual trabalhava, descrevendo as pessoas uma a uma até que Fabritziu se fundiu com Pascale e Dominigu.

— Nada mal para um bando de nerds italianos, alguns cérebros inteligentes entre eles. Fiquei surpreso de haver até algumas mulheres em posições sênior. Achei que seria uma empresa bem chauvinista tendo Patri na direção — declarou ele.

Eu queria me interessar, mas minha cabeça ficava vagando entre quem estava à frente da equipe de instalação e Xavi e a expressão em seus olhos quando nos despedimos. Fiquei feliz quando o garçom interrompeu Jonathan para anotar nossos pedidos. Meu apetite havia desaparecido. Fiquei com um prato de antepasto. Para um homem que fazia o estilo carne e dois acompanhamentos, e, em geral, começava a falar com "Não tem batatas?", Jonathan me surpreendeu escolhendo anchovas recheadas e uma tigela de mariscos.

— Gostei do paletó. — Eu evitei estragar o momento mencionando que ele tivera tempo para fazer compras, mas não para passar um segundo comigo.

— Sim. Está muito quente. Tive que arranjar algo mais leve. — Ele deu de ombros. — A comida me surpreendeu. Algumas das pessoas com quem trabalho insistiram para que eu provasse todas as especialidades diferentes deles. Descobri que eu até que gostava bastante, principalmente dos frutos do mar. Nunca comemos muitos frutos do mar, né?

Resisti a apontar que, sempre que eu sugeria mexilhões, Jonathan torcia o rosto e fazia um comentário sobre eles serem os canos de esgoto do mar e parecerem vaginas.

Esperei Jonathan me perguntar o que eu tinha feito. Se eu falasse algo sobre a Córsega, iria me entregar. Eu pesquisara no Google a distância entre Santa Teresa di Gallura, no norte, e Cagliari, no sul, e concluí que meu melhor plano de ataque era inventar uma viagem pitoresca pela costa da Sardenha. Pelo lento progresso que eu havia feito quando estivera nas sinuosas estradas secundárias, dava para escapar facilmente com duas paradas para pernoitar no itinerário.

Jonathan estava listando os colegas de que mais gostava, parando de vez em quando para pegar um marisco com pão. Eu deveria me sentir empolgada por ele estar se tornando mais cosmopolita, mas era como observar a cena de cima. Embora meu corpo estivesse presente, minha cabeça estava em outro lugar.

Enfim, Jonathan ficou sem assunto.

— E você? Se divertiu? O que você viu?

Xavi me empurrando para dentro do barco. Xavi olhando nos meus olhos, realmente me enxergando. Xavi me abraçando bem apertado, cantando para mim as músicas que ouvíamos na Rádio Cuore. Eu me arrastei para longe desses pensamentos.

Bebi um gole de vinho e encontrei minha voz feliz e resplandecente, aquela que eu usava com as crianças na creche quando queria que elas lavassem as mãos antes do almoço.

— Fiz um passeio bem devagar pela costa. Quase cobri a ilha inteira. Lendo sobre ela no guia, de qualquer forma.

— Vi um lugar fantástico para acampar perto de Palau com barracas já armadas. Dá para acampar bem na ponta da península entre os arbustos de tojo, com praias lindas de ambos os lados. As crianças iam adorar, devemos considerar trazê-las no verão. Aposto que Charlie iria se sair muito bem no windsurfe.

Jonathan torceu o nariz levemente.

— Acampar? Você acha que eles iriam gostar? Não acho que aquelas instalações de banho da Sardenha sejam grande coisa. Embora deva ser barato.

— Não é um grande luxo, mas as crianças teriam muita liberdade. Pode ser divertido por uma semana. Immi e Polly nunca têm um segundo sem a gente marcando em cima delas. Elas poderiam aprender um pouco de italiano. — Tentei não pensar nas aventuras que poderíamos ter tido com Xavi, agachados em volta de fogueiras, comendo coco em Ko Samui.

Jonathan deu de ombros.

— Ninguém na verdade fala italiano, fala? Espanhol seria mais útil.

— Mas é um idioma lindo. Talvez você achasse seu trabalho mais fácil se falasse. — Tentei manter o sarcasmo longe da voz.

— Na verdade, não. Quando as pessoas com quem preciso lidar não falam um inglês muito bom, elas pedem a ajuda de uma das secretárias para traduzir. — Jonathan esfregou o queixo com o guardanapo.

— Você não ficaria satisfeito de ser capaz de se comunicar na língua deles?

— O inglês é o idioma dos negócios. Qualquer um que queira competir internacionalmente tem que aprendê-lo. É assim que funciona.

Tive de deixar o assunto para lá. Eu poderia achar mil e uma razões para provocar Jonathan naquela noite. Aprender italiano, espanhol ou o maldito suaíli era a última delas.

Voltamos a um território seguro, conversando sobre as crianças e se teríamos de pagar uma escola particular para Immi se ela se revelasse disléxica. Eu me senti relaxada quando Jonathan veio com soluções racionais, guiadas por fatos em vez de emoções infundadas. Eu lembrei a mim mesma como me apoiara nele no meu último ano da faculdade, frágil com a morte de papai, praticamente incapaz de me manter em dia com o trabalho. Ele estivera lá, tomando decisões por mim, esperando pelo momento em que eu conseguiria me recompor. Apoiando minha decisão quando resolvi ter o bebê. Eu não podia deixar minha mente vagar, pensando no que aconteceria se eu tivesse descoberto antes que Xavi me queria. O bastante para querer se casar comigo.

Estendi a mão sobre a mesa para segurar a dele. Jonathan deu um aperto mecânico e depois me largou em favor do garfo. Quando ele acabou, sugeri um passeio pelo porto para comprar um sorvete e escolher nosso iate de fantasia.

Jonathan deu uma batidinha na barriga.

— Está cheio por lá e eu estou lotado. Não fiz nada além de comer nesses últimos dias.

E eu pensando que ele vinha trabalhando como um louco. Mas, considerando que eu mesma não estava em posição moral muito elevada, tentei salvar a noite.

— Vamos lá. Você consegue tomar um café. Vamos aproveitar ao máximo nossas duas últimas noites juntos. Você sabe como vai ser quando voltarmos na terça, correndo por causa das crianças. Não vou conseguir falar direito com você por uma semana.

Jonathan concordou com a cabeça e caminhamos pela marina. Escorreguei o braço por dentro do dele. Ele andou de forma desajeitada, fora de compasso, até que se soltou e enfiou as mãos nos bolsos.

Tentei curtir o entorno, o glamour e o alvoroço de tudo. Todas as mulheres com seus vestidos de estilistas, as menininhas com suas saias de babados e meias brancas até o tornozelo como algo saído de um comercial de sabão em pó. Até as senhoras idosas exibiam óculos estilosos e cortes de cabelo de fada.

— Quero provar um desses sorvetes *sa carapigna*. Li sobre eles no guia, são de limão e açúcar, de produção artesanal. Vamos nos sentar em uma dessas varandas?

— Estou bem cansado. Tem sido uma longa semana. Compre um para tomar enquanto andamos de volta ao hotel. Tenho que acordar cedo para o trabalho amanhã.

Desisti da minha fraca intenção de sentar na varanda de um café, olhando as pessoas, curtindo o momento. Jonathan precisava de foco. Ele ia a um restaurante porque eram 20h da noite e ele precisava comer. Ele não ia por um insight da cozinha regional, dos hábitos locais ou para se reconectar à esposa.

Ele estava ali puramente para fazer a barriga parar de roncar. Uma vez que isso tivesse sido alcançado, ele não conseguia ver motivo para ainda continuar lá. As portas da liberdade que haviam se escancarado enquanto eu estava com Xavi se fechavam para mim de novo.

Eu teria de aceitar isso, se quisesse uma vida estável para as crianças, "Pra que você quer fazer isso?" seria parte do meu futuro.

Fiquei na fila pelo sorvete que eu já não queria mais, observando um jovem casal a uma mesa trocando beijos e carícias, como se estivessem sozinhos no alto de uma montanha. Dei uma olhada em volta procurando Jonathan. Ele estava de pé, de braços cruzados. Ele poderia estar esperando o trem das 14h30 para Leeds no meio da estação de King's Cross. Sem prazer com o entorno ou interesse no que acontecia ao seu redor.

Pedi o meu sorvete, sentindo-me velha e invisível enquanto o barman continuava a brincadeira com a garota de cabelo comprido trabalhando ao seu lado, exibindo-se com um rodopio de chefe de torcida da casquinha do sorvete. Alguns homens tinham Porsches, alguns tinham casquinhas de sorvete.

Alguns tinham gosto por viajar e um pequeno barco no mar da Córsega.

Lambi o sorbet de limão, saboreando o gostinho azedo na língua, e me virei para encontrar Jonathan. Ele mudara de sua postura de espera por um trem atrasado e estava conversando, de forma bem entusiasmada, com uma dupla de mulheres.

Fui até lá e fiquei do lado dele, esperando para ser apresentada. Enfim, Jonathan apontou uma mulher pequena com cabelo preto cortado emoldurando seu rosto.

— Essa é Elisabetta. Ela trabalha para Patri. Essa é a amiga dela, Alessandra.

Elas apertaram minha mão e sorriram. Então, ambas fizeram aquilo que eu tinha percebido muito na Itália. Seus olhos devoraram o que eu estava usando, quase como se colocassem preço na minha roupa. A marca popular Florence & Fred provavelmente não competia muito bem com Max Mara. Prometi a mim mesma que iria comprar um par de sandálias na moda quando chegasse em casa, para substituir meus chinelos do supermercado Tesco.

— Sou a mulher de Jonathan — falei, preenchendo as lacunas caso elas achassem que eu era uma turista aleatória que por acaso tinha vindo ficar do lado deles. Um debate horrível sobre o que eu tinha visto na Sardenha se seguiu. Fora um momento desajeitado quando Elisabetta me perguntou se eu visitara umas tumbas ultrafamosas das quais eu nunca tinha ouvido falar, mas consegui soar bem convincente para alguém que mal havia passado 24 horas na ilha. Rezei para que Jonathan não as convidasse para tomar uma bebida com a gente. Felizmente, ele logo me apressou para o hotel com ambas as mulheres dizendo como haviam ficado satisfeitas em me conhecer.

Não havia dúvida de que eu as manteria na conversa "As mulheres inglesas não têm noção de moda" por um bom tempo.

Naquela noite, fui eu que me enfiei na cama e puxei o lençol até em cima. Dei as costas para Jonathan e me encolhi. Essa seria a última vez que eu me permitiria pensar em Xavi. Uma grande onda de pavor passou por mim. Medo de que eu nunca mais fosse capaz de voltar ao meu velho mundo. Medo de que eu nunca mais fosse ver Xavi. Medo de que eu causaria estragos na vida de Jonathan, na vida das crianças e de que todos os dedos fossem apontados para mim.

Quando eu desembarcasse do avião dali a dois dias, cavaria um lugar profundo e escuro no meu cérebro e enterraria Xavi para sempre.

Roberta

Quando me encontrei com Octavia, logo depois de ela voltar da Sardenha, parecia que ela estivera fora por anos. Tomando café, contei-lhe do meu alívio pelo fato de os testes de Alicia terem descartado qualquer doença horrível. Quando eu telefonara para saber os resultados mais cedo naquela semana e tinha ouvido a enfermeira digitando no computador, eu me sentira enjoada.

— Ela falou que os testes não eram infalíveis porque o período de incubação varia muito.

Octavia deu de ombros.

— Você fez o que pôde. Agora pare de se preocupar.

Ela parecia letárgica, de forma alguma como alguém que acabara de voltar de férias. Talvez achasse que eu tinha exagerado por nada. Então, com grande pressa, falou: "Tenho algo pra te contar". Ela soou tão séria que me preparei para más notícias. Quando anunciou o namorico com Xavi, fiquei tanto aliviada quanto horrorizada.

— Você foi com o propósito expresso de encontrá-lo?

A resposta dela de que haviam sido as circunstâncias — que Jonathan não tivera nenhum tempo para ela, que ela apenas queria revisitar alguns lugares, ver o que tinha mudado — não me convenceu.

Eu não conseguia assimilar o que ela me contara. Mesmo com toda a mania de limpeza e arrumação sem-fim de Jonathan, sua atitude parcimoniosa com dinheiro, seu mantra sempre repetido de "Não se envolva" quando Octavia queria "consertar" as pessoas, achei que ela o amava. Enquanto Scott e eu sempre tínhamos oscilado numa base frágil, Octavia e Jonathan eram o casal sobre o qual ninguém nunca discutia. Sempre admirei o fato de, assim que engravidou, Octavia ter desviado sua energia de viajar para criar uma família sólida sem um único momento de autopiedade.

Depois de soltar sua confissão, Octavia ficou sentada com as sobrancelhas levantadas, esperando que eu risse como fazia quando ela faltava às aulas da tarde, as bochechas afogueadas por beijar o namorado de outra pessoa nos morros atrás da escola. O que parecia divertido aos 16 anos arruinaria uma vida aos 39.

— Você não se sente mal por quebrar seus votos matrimoniais?

— Eu me sinto aterrorizada de ser descoberta, apesar de não conseguir me arrepender.

Octavia parecia tanto envergonhada quanto desafiadora. Eu estava com um nó no estômago. Para mim, era óbvio que ela ia ficar com Jonathan para sempre.

— Se você não vai partir com Xavi, por que arriscaria tudo assim? Imagino que não esteja pretendendo largar Jonathan, certo?

— Não, não estou. Como eu poderia? — A voz dela se arrastava. — Você acha que sou horrível, não acha?

— Não acho que você seja horrível. — Tomei fôlego. — Só estou bem chocada. Quando falamos sobre Xavi, há alguns meses, você passou a impressão de que nunca pensava nele. Estar entediada não é uma razão para sair e ter um caso. Eu adoraria ter tido a chance de me entediar com meu casamento. Você sempre teve estabilidade. Seus filhos têm estabilidade. Você não pode subestimar quanto isso é importante.

Os olhos de Octavia se arregalaram.

— Não se trata de você. Não quero me sentir como uma grande balsa me movendo pesadamente pela vida com um sofisticado sistema para não balançar. Sei que você passou por um grande trauma, mas não tem ideia do que é se sentir tão insignificante o tempo todo. Não estou à procura de um grande romance, mas gostaria de pensar que posso esperar mais de um relacionamento do que uma assinatura para uma revista escolar no Natal.

Percebi que a havia magoado, mas, antes que eu pudesse retroceder, Octavia continuou encolerizada.

— Você está acostumada a ter a atenção dos homens. Eu não. Ninguém olha para mim. Ninguém olha para mim há anos. Sabe do que mais? Uma vez na vida, eu me senti especial, como se houvesse algo em mim que ninguém mais tinha. Que não sou apenas alguém que limpa a porra do cereal do chão e sabe onde está o durex.

Eu sabia que essa era uma boa hora para interromper a conversa, antes que eu dissesse algo que não pudesse rebobinar.

— Pelo menos você tem alguém te apoiando, e não trabalhando contra você o tempo todo.

— Não tenho. Ele não está aqui metade do tempo. Eu tenho o pior dos dois mundos. Estou presa a um marido que não está aqui e, quando está, não dá a mínima atenção ao que faço, penso ou digo.

Octavia estava andando pela cozinha, balançando as mãos.

— Para você, está tudo ótimo. Você tem todo fim de semana e duas noites por semana para fazer o que quiser. Você só tem uma filha, então, quando ela não está em casa, fica livre. Eu tenho três filhos querendo um pequeno pedaço de mim. Quando tenho tempo para fazer o que eu quero? Eu mal me reconheço. Eu costumava cantar, dançar, ir a festivais, receber pessoas para jantar. Caramba, eu costumava até dar risada de vez em quando.

O calor da injustiça se espalhava por mim. "Para você, está tudo ótimo" deve ser uma das bandeiras de alerta mais claras que os humanos conhecem. Eu me segurei.

— Como você bem sabe, eu queria ter tido outro bebê.

Aquela ferida continuava em carne viva depois de todos esses anos, pronta a se abrir ao mais leve atrito.

Octavia balançou a cabeça em sinal de desculpa.

Escutei a raiva na minha voz, ainda que eu tentasse permanecer calma.

— Eu de fato tenho algum tempo livre, mas também tenho que trabalhar incrivelmente duro para compensar todo o caos que Scott e eu causamos. Eu me sinto envergonhada todo santo dia por termos fracassado com Alicia. Não acho que o casamento seja algo que você possa descartar como um capricho. Quem diz que os problemas não seriam exatamente os mesmos com Xavi daqui a alguns anos?

Octavia se sentou de novo. Colocou a cabeça nos braços, murmurando das profundezas da blusa.

— Não se preocupe, não vou a lugar nenhum. Eu só queria me sentir jovem de novo. Como costumava ser. A pessoa que eu era antes de me tornar essa desleixada velha entediante que ninguém reconhece. — Ela fez uma pausa. — Sei que isso soa egoísta.

Octavia era a primeira a admitir que tinha muitas falhas, mas não era egoísta. Tinha um espírito generoso e uma simpatia com as quais eu só podia sonhar. Eu não podia deixá-la jogar tudo fora.

— Não é moleza do outro lado. A grama não é mais verde. É um universo povoado de esquisitos, excêntricos e sósias do Elvis — falei. — Mesmo quando conhece alguém decente, há tantas questões envolvidas que você fica predisposto a estragar tudo. Você tem que levar as crianças em consideração. Não pode apenas pensar em si mesma.

A cabeça de Octavia se levantou.

— Esse é o problema, eu nunca consigo pensar em mim mesma. Há sempre alguma outra pessoa desagradável cujas necessidades são muito mais importantes que as minhas. Nunca deixo de levar as crianças em consideração.

Respirei fundo.

— Você é uma ótima mãe. Sei que é. Tudo que eu quis dizer era que ter um caso não vai fazer você se sentir melhor a longo prazo. Só vai complicar as coisas. Você é privilegiada por ter um núcleo familiar forte. Não vale a pena destruir isso por uma diversão.

— Xavi não foi "uma diversão". Não é como se eu tivesse visitado um site e começado a ficar com um sujeito velho qualquer com os próprios dentes. Eu voltei para alguém que amo. Amava. — Octavia passou os dedos pelo cabelo. — Negócios inacabados.

— E agora está acabado?

— Tem que estar.

Octavia

Quinze dias depois do meu retorno da Córsega, a sensação de queda ainda não havia desaparecido. A desaprovação de Roberta fizera uma façanha ruim parecer muito maior. Fui me arrastando, dia após dia, ainda funcionando, conseguindo lembrar quem tinha arrumado um novo cachorro na creche, qual mãe havia acabado de ter um bebê, quem tinha começado num emprego novo. Eu ainda consegui fazer o que era esperado de mim, embora precisasse tentar com mais afinco para parecer natural. Meu vício de procurar Xavi no Google não estava curado, mas morto. Eu não podia saber mais nada, nem ter qualquer contato com ele, se pretendia ser a mãe que planejara ser.

Tarde demais para ser a esposa que tinha planejado ser, mas não para ser mãe.

Polly foi a primeira a notar a mudança.

— Está bem melhor agora que você não entra gritando no quarto pra eu levantar.

Naquela manhã, eu havia sentado gentilmente no canto da cama e acariciado seus pés para acordá-la, ficando maravilhada com quanto aqueles dedinhos de bebê haviam crescido, virando quase um pé de adolescente.

Charlie resmungara: "Você não tá mais nem a metade do que era estressada. Entrou na menopausa?" depois que eu não dei importância quando ele derrubou um copo de meio litro de Coca no tapete da sala.

De vez em quando, minha saudade de Xavi me consumia. Para compensar, obriguei-me a focar nas qualidades de Jonathan, elogiando-o por seu trabalho duro com Immi e sua leitura, admirando o abrigo que ele construíra em vez de lamentar sobre o tempo que ele gastara enrolando.

Minha autopunição era me tornar a mulher que ele queria que eu fosse. Tarde na vida, eu tinha descoberto que o ditado preferido da minha mãe era verdadeiro. Mente vazia, oficina do diabo. Assim que as crianças iam deitar à noite, eu corria pela casa como algum tipo de superempregada, esguichando toda espécie de coisas não ecológicas nas torneiras do banheiro para remover calcário, trocando lâmpadas e passando aspirador embaixo da cama. Meu novo regime de trabalho doméstico me deixava exausta. Quando Jonathan não estava em casa, eu nem me dava ao trabalho de tirar a roupa direito, puxando o sutiã por debaixo da camiseta e caindo na cama de calcinha. O sono não vinha rápido o bastante para encobrir Xavi.

Conforme os dias se passavam, treinei meus pensamentos para longe dele. De vez em quando, Jonathan até notava meus esforços para ser uma boa esposa. Estava encantado com minha obra de envelhecimento falso da nossa cômoda de pinho. Ele vinha negando meu pedido de novos móveis para o quarto fazia algum tempo e passou um fim de semana inteiro me dizendo quanto dinheiro eu economizara. Não estraguei aquilo contando a ele que todo o ato de lixar acabara tanto comigo que eu fui me deitar por uma tarde inteira. Ele sempre achou que minha capacidade de tirar um cochilo durante o dia com a simples visão de um edredom provava que eu tinha uma natureza preguiçosa.

Numa manhã de sábado, quando Jonathan havia levado Charlie ao críquete, lutei para sair da cama às 9h30 e atender o carteiro na porta. Eu me sentia de ressaca, ainda que só tivesse tomado duas taças de vinho antes de cair no sono na poltrona. Fiquei de pé grogue na porta, vagamente envergonhada pelo meu roupão de dálmatas enquanto ele me pedia para assinar o recebimento de um envelope forrado de plástico-bolha. Mais tranqueira de uma das revistas de computação de Jonathan. Então, percebi que era para mim. Eu o abri, esperando mais algumas meias-calças grátis que minha mãe enviava de tempos em tempos, na esperança de que eu virasse a filha elegante que ela sempre quisera ter.

A metade de uma moeda de dois euros.

Eu soube de quem era sem sequer ler o bilhete. Então me arrastei passando pela sala, onde Polly estava ocupada cantando alto "Let Her Go", do Passenger, no karaokê. Esse título, "Liberte-a", tinha muito a ver com a situação. Sentei-me à mesa da cozinha, me sentindo com mais energia do que tivera desde que havia chegado da Sardenha. Ele não me esquecera.

O bilhete era muito Xavi, aquela letra ondulada mediterrânea bem característica.

*Tavy, aqui está uma versão moderna da nossa moeda. Estou com a outra
metade. Você tem meu coração. Você decide o que fazer com ele. Sempre
vou te amar.*

Mais o número de telefone dele.

Registrei vagamente o alívio por Jonathan não estar ali para me ver abrir
o pacote. Eu deveria ter ficado zangada com Xavi. Não éramos uma família
cuidadosa com telefones, computadores ou correspondências. Mas eu me sentia
muito feliz de ter notícias dele. Agora que ele sabia meu nome de casada e a
cidade, o Google obviamente operara sua mágica. Eu cheirei o bilhete, inspi-
rando um pouco do mundo dele, tentando ignorar o fato de que eu agora tinha
o número de telefone dele. Preparei uma xícara de chá para me distrair, mas o
primeiro gole me enjoou. Eu estava desesperada para ouvir a voz dele, a fim
de amenizar a dor que havia me incomodado desde que eu chegara em casa.
No fim, cedi, achei meu celular e saí para o jardim dos fundos. Puxei alguns
lençóis e toalhas do varal. As crianças não iam me importunar se parecesse que
podiam ser pegas para uma tarefa. Então digitei o número que veio anotado
no alto da carta e observei a tela mudar para "chamando".

Apertei o botão vermelho.

Meus filhos estavam lá sem cuidado no mundo. Não tinham culpa de eu ter
decidido dormir com um antigo namorado enquanto o pai deles estava enterrado em trabalho. Enfiei o telefone no bolso e levei as roupas para dentro. Em vez
de enfiá-las no roupeiro por bem ou por mal, dobrei cada fronha em quatro de
forma cuidadosa e alisei as capas de edredom com um capricho de hotel. Eu iria
compensar Jonathan, começando com um embargo a ligações secretas a Xavi.

Eu tinha duas horas até ele voltar do compromisso do críquete. Apenas o
tempo de limpar todas as marcas de cuspidas de pasta de dente dos espelhos.
Era uma das milhares de coisas que faziam Jonathan começar a gritar sobre
"mudanças que têm que ser feitas nessa casa".

Encontrei algo de terapêutico em polir tudo. Minha mãe teria dito que aquilo
estava esfregando meus pecados embora. Enfileirei os vários desodorantes de
Charlie no parapeito da janela. Vibração, Tentação, Inspiração, nomes ridí-
culos para algo que o fazia cheirar a purificador de ar de banheiro. Empilhei
os cubos de banho de Polly num canto arrumado do banheiro. Peguei a cartela
vazia de pílula que eu terminara alguns poucos dias atrás e acrescentei-a à
minha pilha de lixo.

Não. Mais de alguns poucos dias atrás. Uma semana atrás.

Descansei no assento sanitário e pensei. Eu sempre terminava num sábado. Eu deveria começar uma nova cartela naquela noite. Nada de menstruação. Meu coração estava se acelerando. Eu não tinha pulado nenhuma pílula. Não podia estar grávida. Cristo, era como ter 18 anos de novo, tentando relembrar quando havia transado e fazendo cálculos complicados sobre quando podia ter ovulado. Não, tinha que ser algo hormonal. Ou o estresse de encontrar Xavi de novo, depois ter de esconder aquilo.

Abandonei a limpeza do banheiro. Eu só iria dar outra checada no Google no que podia causar isso. O pânico estava diminuindo. Eu tomava pílula havia anos. Desde que eu ficara grávida de Charlie, não corremos nenhum risco. Por que ela me deixaria na mão agora? Eu estava certa de que era minha consciência culpada atrapalhando meu corpo. Corri para o andar de baixo e busquei no Google "tomando pílula, sem menstruação" e encontrei as respostas idiotas de sempre de "vc deve consultar seu médico" e "vc deve estar grávida". Passei os olhos pelas outras. "Meu médico afirmou que é normal pular uma menstruação às vezes." "Se você ficar muito magra, suas menstruações podem parar" — essa, eu podia cortar. "Tive infecção intestinal com vômito e diarreia por dois dias. O médico falou que eu deveria ter usado camisinha por uma semana depois disso."

Soltei um gritinho que fez Stan pular de pé. Vieiras vencidas pouco antes de eu ir para a Córsega. Ai, meu Deus. Ai, meu Deus. Eu não podia ter um bebê. Não agora.

Principalmente quando eu não sabia quem era o pai.

Roberta

Eu odiava discordar de Octavia. Nossa comunicação tinha sido breve e polida desde que ela me contara sobre Xavi, três semanas antes. Ela era bem melhor em falar verdades do que em ouvi-las. No entanto, quando terminei a sala da Sra. Goodman, e ela ficou muito satisfeita ("Um triunfo romano, querida, um triunfo!"), tentei fazer as pazes. Convenci minha amiga de que ela precisava de um dia para renovar o guarda-roupa. Afinal, vinha reclamando de se sentir desalinhada há séculos. Isso podia ajudá-la a se sentir bem novamente e talvez até Jonathan acordasse e a notasse.

— Fazer compras? Temos mesmo que ir?

Eu a persuadi dizendo que ela podia se sentar em cada banco disponível e eu ia juntar as coisas, levá-las até ela, lidar com os cabides, além de alimentá-la com sanduíches em intervalos regulares. Conforme nos dirigimos ao shopping, esperei que Octavia começasse nosso padrão habitual do resumo de notícias da família Shelton seguido por uma discussão sobre meu trabalho, relacionamentos e Alicia. No entanto, essa manhã foi diferente. Octavia se sentou no banco da frente como um Labrador exausto que não se importava de sair da sua cama.

— Você está bem?

— Sim. Tudo bem. Só um pouco cansada.

A Octavia taciturna me dava nos nervos. Ali estava uma mulher que tinha estendido opiniões a tudo. Eu preferia quando ela me provocava por ainda choramingar por Jake. Paramos do lado de fora da loja John Lewis.

— Não sei se estou no clima para isso — disse ela quando subimos a escada rolante para o departamento feminino.

Ignorei o comentário e a posicionei ao lado do provador, subornando-a com uma promessa de sushi, e andei em volta em busca de camisetas de gola V, blusas de manga três quartos e sandálias.

Enfiei as roupas pela cortina e, quase tão rápido quanto elas haviam entrado, saíram de novo. "Não são a minha cara." "Eu ia me sentir ridícula nisso." "Muito larga em cima."

Quando ela empurrou um vestido trespassado rosa maravilhoso de volta, empurrei-o novamente pela cortina.

— Confie em mim. Você vai ficar linda nele. Apenas experimente de novo.

Octavia balançou a cabeça negativamente.

— Não. Não estou com vontade. Desculpe. Nada parece bom hoje. Eu só pareço gorda e velha.

A rabugice de Octavia estava começando a irritar, mas eu me concentrei no meu desejo de fazer as pazes pela minha reação à experiência dela com Xavi. Os últimos seis meses haviam obviamente me transformado numa defensora evangélica dos casamentos das outras pessoas, ainda que eu tivesse saído do meu. Eu não queria me tornar alguém que agitava bengalas em público, pregando "Não cometerás adultério".

Tentei deixar as compras atraentes.

— O negócio é o seguinte: por que não compramos lingerie nova para você? O sutiã certo faz tudo parecer melhor.

— Não. Não. Não vou inventar moda com sutiãs e calcinhas.

— Um bom sutiã puxa tudo para cima e dá forma à sua silhueta.

Octavia começou a colocar os jeans.

— Roberta, me desculpe, não posso fazer isso.

— Vamos achar só uma coisa com a qual você se sinta bem.

Nunca rotulei Octavia como mal-humorada. Cheia de opinião. Áspera. Teimosa. Mas nunca mal-humorada.

Sem responder, ela colocou a mão na frente da boca e correu na direção da saída. Agarrei minha bolsa a tempo de vê-la espirrar vômito pelo único pedacinho de chão de cerâmica que não tinha um rastro de roupas. Até o vômito de Octavia era prático.

Repreendi a mim mesma. Essa não era uma competição de vômitos. Retirei meu cabelo do pescoço, apontei a sujeira para a assistente mais próxima e, então, afastei Octavia dali.

Logo que saímos, guiei-a até o banheiro, tomando cuidado para não respirar muito fundo.

— Você não se importa se eu não entrar com você? — Meu estômago estava começando a embrulhar.

Quando Octavia saiu, olhei para ela.

— Coitada de você. Deve haver uma virose por aí. Você deveria ter dito que não estava se sentindo bem.

Ela olhou para o chão.

— Eu tô grávida.

Senti uma torrente de surpresa, seguida por um pequeno golpe doloroso de inveja que sempre me atingia toda vez que alguém me dizia que estava grávida. Estudei o rosto dela.

— Você está feliz?

A veemência do seu "não" me chocou. Diferente de mim, que saudava cada linha azul com uma onda de medo, como o início de uma jornada que era improvável que eu terminasse, Octavia florescia com resultados positivos, como se tivesse encontrado seu nicho perfeito no mundo.

— Então o que aconteceu?

Ela estava muito abatida para fazer qualquer piada idiota sobre sementes e óvulos.

— Lembra que eu comi umas vieiras que me deram enjoo e diarreia? Bagunçou a pílula. Eu deveria ter usado um contraceptivo extra por sete dias depois disso. — Ela tentou sorrir. — Eu tinha que escolher aquela semana para me dar bem duas vezes.

— O Jonathan já sabe?

— Não. Ele não pode saber nunca. Marquei um aborto para o primeiro dia da próxima viagem dele à Sardenha, daqui a duas semanas. Eu já devo estar bem quando ele voltar.

A porta do banheiro bateu quando uma senhora idosa lutou com suas bolsas e dois netos. Eu tinha consciência das pessoas se movendo no shopping, das cores e das sombras passando por nós. Fechei os olhos. O pesar dos meus dois abortos espontâneos estava sempre lá, pronto para reaparecer.

Tentei tanto ter outro bebê, meus dois menininhos que nunca tiveram a chance de viver.

Eu me concentrei em manter o horror longe da voz.

— Você já marcou uma interrupção da gravidez? Tem certeza? Você conseguiria lidar com mais um, não? As crianças já têm idade suficiente para te ajudar um pouco. Eu sei que agora, que eles estão todos na escola, não é o ideal, mas você daria um jeito.

Octavia olhou para mim como se eu fosse a pessoa mais lerda no planeta.

— Eu não sei de quem é.

Uma grande rajada de fedor de banheiro nos atingiu.

— Vamos encontrar um lugar para sentar. — Arrastei-a pelo shopping, praticamente dando uma cotovelada numa mãe com uma criança de uns 2 anos para que saíssem da frente, a fim de pegar uma mesa numa lanchonete. — Você pensou nisso direito? Você só dormiu com o Xavi uma vez, né?

Octavia olhou para baixo na direção da bebida de gengibre que eu tinha comprado para ela.

— Também só dormi com Jonathan uma vez naquele período. É uma chance meio a meio exata.

— Ele tem o direito de saber que você pode estar carregando um filho dele.

— Quem? Jonathan? Ou Xavi?

— Jonathan. — Pensei por um instante. — E Xavi, acho. Ah, meu Deus, Octavia. Talvez o Jonathan entendesse se você contasse a ele. — Minha voz morreu enquanto eu me agarrava a vãs esperanças. — Um aborto. Isso é tão definitivo. Você se livrar do irmão dos seus filhos.

Octavia se retraiu.

— Obrigada por chamar a atenção para isso. Eu sei. Não consigo pensar no que mais fazer. Já dei mil voltas na minha cabeça. Não posso ter o bebê. Não se eu for ficar com Jonathan. Não tem chance de eu deixá-lo criar o filho de Xavi. Mais cedo ou mais tarde, eu teria que contar a ele e isso seria muito pior.

— Há quanto tempo você sabe? — Belisquei a rúcula do meu sanduíche.

— Uma semana, mas só fiz o teste hoje. Fiquei com esperança de que fosse o estresse que estivesse interrompendo minha menstruação, mas não, Octavia Shelton, a incrível produtora de bebês, ataca novamente. Já fiz a consulta por telefone com a clínica. Só tem a parte de negócios agora para resolver.

A praticidade fria de Octavia me causou dor no coração. Tentei não pensar na injustiça daquilo tudo, a súplica para não ficar menstruada, os ímpetos sem--fim ao banheiro para checar, o desvio da pergunta "Quando você vai dar um irmãozinho ou irmãzinha para a Alicia?".

— Você entrou em contato com o Xavi? — Só um esforço sobre-humano manteve minha voz natural.

— Não. — A voz dela virou um sussurro. — Você estava certa. Eu estava sendo egoísta. Enfim, não vou colocar uma arma na cabeça dele desse jeito. Ele me ama, sim, mas quem sabe se ele ia querer o bebê, mesmo que fosse dele?

Em qualquer outra ocasião, eu teria implicado com Octavia por ela admitir que outra pessoa estava certa. Tentei pensar de maneira lógica.

— Você ainda não pode fazer o aborto. Me prometa que você vai tirar um tempo para refletir sobre isso.

— Eu já refleti. Tudo o mais, todas as outras opções são piores. Dessa maneira, a única pessoa que se machuca sou eu.

Havia vezes em que eu invejava a assertividade de Octavia, sua visão de mundo firme enquanto eu ficava indecisa e vacilava, sempre me perguntando "E se?" mesmo depois de ter tomado uma decisão. Mas tudo em mim estava brigando com ela agora. Procurei uma forma de mudar as coisas, de encontrar um caminho. Limpei a garganta.

— Você não quer outro bebê? Você sempre pareceu tão realizada quando eles eram pequenininhos.

— Eu amo bebês. Não havia planejado ter outro, mas tenho certeza de que conseguiria lidar com isso. Mas não consigo lidar com viver numa mentira, sabendo que é o bebê de Xavi e deixando Jonathan pensar que é dele.

— Pode não ser do Xavi. Pode ser do Jonathan.

— E se não for? E se sair um bebê de cabelo preto com pele de oliva? E se eu não souber de quem é logo de cara?

— Você consegue passar pelo resto do seu casamento sem nunca dizer uma palavra? — Minha voz estava falhando. Abortos eram para garotas de 15 anos pegas de surpresa antes que suas vidas começassem, não para mães competentes da idade de Octavia. — Por quanto tempo Jonathan vai ficar na Sardenha? Você estará bem o bastante para esconder dele quando ele voltar?

— Ele tem sido um pouco vago sobre quanto tempo vai ficar fora, mas provavelmente uns dez dias. Acho que, como está no início, ficarei bem. É só uma sucção nesse estágio.

Octavia tinha talento especial para juntar forças e se colocar para cima. Ela havia me puxado tantas vezes, eu devia a ela retribuir esse favor. Mas não conseguia superar aquele bebezinho que nunca ia ver a vida.

— Desculpe. Só acho que é muito triste se livrar de um bebê, qualquer bebê. — Comecei a chorar. — Me prometa que você vai considerar contar para Jonathan. Você não precisa falar de Xavi.

— Não posso correr o risco. Consigo viver com isso. Vou sobreviver.

O queixo dela estava rígido. Octavia nunca parava de me surpreender. Por baixo daquele exterior relaxado, havia um núcleo duro de ferro.

— Não posso ficar sentada aqui me lamentando sobre as coisas que não consigo mudar. Tenho que fazer planos. — Ela empilhou os embrulhos usados dos nossos sanduíches na bandeja. — Vou precisar de cobertura na creche. Vou dizer à minha mãe que vou para um curso e pedir que ela venha cuidar das crianças. Preciso descobrir quando estarei liberada para dirigir depois.

Eu estava balançando a cabeça. Essa era a mulher que cantara para os seus bebês todos os dias da vida deles, dentro e fora do útero. Aquela que ainda se aconchegava com todos eles no sofá como uma grande pastora-alemã com seus filhotes. A mãe que tinha paciência de fazer carinhas com a comida, jogar partidas infinitas de Uno, se juntar a passos de dança, permitir que os filhos crescessem sem as regras rígidas e os regulamentos que pareciam fundamentais ao meu próprio estilo de criação.

Eu não conseguia ver como Octavia iria sair de um aborto e continuar a mesma pessoa. Toda vez que eu tentava falar, a tristeza, angustiante e fresca, levava minhas palavras embora.

Ela se recostou na cadeira, limpando migalhas da mesa.

— Sei que você não aprova, mas não consigo enxergar nenhuma outra opção.

Eu tinha de libertar minhas palavras.

— Não se trata de aprovar ou desaprovar. Não quero que você cometa um erro do qual vai se arrepender pelo resto da vida.

Octavia pegou a bolsa.

— É tarde demais para isso.

Octavia

— Preciso falar com você.

A frase soava tão improvável para Jonathan que automaticamente falei:

— Como é?

Forcei-me a olhá-lo nos olhos. Ele ia partir para a Sardenha no dia seguinte. Eu ia partir para a clínica de aborto assim que ele fosse.

Eu atara minhas emoções como um corpete, não me permitindo pensar a respeito do que estava fazendo. Não conseguia me lembrar de como um rosto neutro, sem culpa, se parecia.

— O quê? — Eu me virei para colocar a chaleira no fogo, qualquer coisa para escapar do olhar fixo dele.

Jonathan inspecionou suas unhas.

— Tenho algo importante para te dizer.

Eu me preparei para ele ter sido demitido de novo, nada de férias de verão, sua crítica habitual sobre encontrar pelos de Stan na comida dele.

— Vou ficar na Sardenha por seis semanas dessa vez.

— Seis semanas? — O máximo que ele tinha ficado antes eram dez dias. Bem típico de Jonathan deixar para me contar na véspera. Acho que ele pensou que eu só reclamaria por um dia. Meu primeiro pensamento foi que eu teria muito mais tempo para me recuperar. O segundo foi que ele perderia o dia dos esportes.

Antes que eu pudesse dizer algo mais, ele se adiantou:

— Estou considerando uma mudança permanente para lá.

Devo ter feito o tipo de cara que os garçons na França sempre fazem quando tento falar francês com eles.

— Quê? — Esse era o marido que ficou mal do estômago quando fomos à ilha de Wight. Agora ele planejava mudar os cinco de nós para outro país sem me consultar. — E as crianças? Existe alguma escola internacional por lá? E o meu negócio da creche?

Jonathan arrumou uma cadeira embaixo da mesa e ajeitou duas revistas.

Uma pequena parte da minha cabeça já se animava com o desafio, imaginando cenas de uma Immi beijada pelo sol brincando numa piazza com outras crianças, enquanto Charlie passeava de Vespa, óculos escuros na cabeça.

Enfim, Jonathan parou de polir manchas da mesa com a manga da camisa.

— Sinto muito.

— Espero que você já não tenha concordado com isso. Na verdade, não é uma decisão que você possa tomar de forma unilateral. Há cinco de nós na família. E Stan.

Jonathan levantou a cabeça.

— Eu conheci outra pessoa.

Olhei fixamente. Com um olhar de olhos arregalados, de pernas-ameaçando-não-me-segurar.

— Quem? — Minha voz estava rouca. Minha mão foi instintivamente até o ventre. Isso resolvia a dúvida sobre Jonathan querer o bebê, se fosse dele, ou não.

— Alguém com quem eu trabalho.

— Muito original. Não me conte, uma daquelas mulheres palito com quem trombamos quando eu estava na Sardenha?

Jonathan concordou com a cabeça.

— Cristo, elas deviam estar dando uma bela gargalhada. A esposa que não sabe que o marido está fodendo com a mulher bem na frente dela. Bacana. Qual delas? A bonitona nariguda ou a sem peito?

— Não faça isso, Octavia. Você está acima disso. O nome dela é Elisabetta. Você deve saber que as coisas não têm andado boas por um tempo.

— Talvez eu achasse que é como o casamento ficava depois de uma década mais ou menos. Mas não planejei jogar a toalha.

Até eu podia ouvir a falta de ultraje dos inocentes em minha voz. Enquanto imaginei que fazia um favor a Jonathan ao esquecer Xavi, ele fabricava uma vida com alguém que queria ficar com ele por amor em vez de dever. Isso me fez refletir sobre quando tínhamos parado de prestar atenção um ao outro, um pouco como um armário que você coloca no canto da sala no dia em que se muda e não toca mais nele por dez anos.

Eu ainda não estava sem raiva. Sim, eu tinha dormido com outra pessoa, nada de crédito para mim, mas eu não havia decidido desistir, sem falar no massacre deixado para trás.

— E as crianças? — Eu não conseguia nem imaginar como Immi ia ficar quando soubesse.

— Não planejei isso.

O medo da dor me deixou feroz.

— Por favooor. Me poupe do papo furado "Não planejei isso, foi a porcaria de um amor à primeira vista". Eu não me importo se você ficava com a sua agenda nas mãos, planejando suas tarefas de trabalho na Sardenha quando ela não estivesse no período menstrual. Não me importo se você economizou suas milhas aéreas para um *rendez-vous* em Roma nesse meio-tempo. O que me importa é como você vai explicar para os seus filhos que decidiu abandoná-los, sem discussão, sem debate. — Eu ainda não conseguia ouvir a hostilidade que eu esperaria na minha voz.

Que Jonathan esperaria de mim.

Jonathan arrumou os óculos de volta ao nariz.

— Vou explicar a eles. É claro que vou. Eu não vou simplesmente desaparecer. Espero que eles me visitem na Sardenha quando as coisas estiverem estabelecidas. Sei que estão na idade em que ficam mais interessados nos amigos do que em nós, mas eu realmente senti saudades deles nesses últimos meses. Eu ainda os amo, você sabe disso.

O subtexto eu não te amo estava bem claro.

Eu começava a entender por que Roberta tinha achado difícil deixar Scott, embora não parecesse nada de mais para mim. Olhar para o fundo do barril da total incerteza era aterrorizante. Eu me sentia magoada de pensar que Jonathan estava reservando sua atenção para outra mulher. Talvez outra família.

— Ela tem filhos?

— Não, já está muito velha para isso. Tem 46.

Senti um arroubo de admiração relutante. Aquelas malditas italianas sabiam como se cuidar.

— Então é isso. Você vai em definitivo. Sem interesse em escutar um apelo meu, pela família? Apenas feliz de se colocar em primeiro lugar e que se danem as consequências?

— É muito tarde para isso, Octavia. Vou fazer 40 no ano que vem. Não consigo imaginar mais trinta anos assim, ou mesmo outros dez. — Jonathan vinha dizendo que tinha quase 40 desde o dia seguinte que fizera 31.

— Então isso é uma crise de meia-idade? — interrompi.

Ele cutucou um fio solto na camisa.

— Não, acho que somos fundamentalmente errados um para o outro. Você é muito desassossegada o tempo todo. Quer experimentar coisas novas, expandir o negócio, visitar lugares estranhos e maravilhosos. Eu simplesmente não quero. Gosto da minha própria cama e da minha própria rotina.

A frustração crescia em mim.

— Me desculpe. Não me dei conta de que querer aumentar o negócio fazia de mim uma esposa ruim.

— Você sabe o que quero dizer. Você nunca está satisfeita e eu não posso te dar o que quer. Sinto como se você estivesse sempre olhando para mim e desejando que eu fosse diferente. A verdade é que, se você não tivesse engravidado do Charlie, nós provavelmente teríamos seguido caminhos separados anos atrás.

— Mas você certamente não se arrepende de ter tido as crianças? — Eu estava sentindo uma necessidade urgente de ficar longe de tacos de beisebol.

— De forma alguma. Nem por um minuto. É exatamente por isso que acho que precisamos nos separar.

Gargalhei alto com aquilo, insincera e sarcástica.

— Santo Jonathan, abandonando a esposa para morar em outro país pelo bem dos seus filhos.

— Não quero que meus filhos cresçam achando que o amor se resume a saber de quem é a vez de deixar na escola e resolver o dever de ciências. Quero que eles saibam que é encontrar o parceiro certo, que faz você sentir que pode ser uma pessoa melhor do que jamais imaginou.

Todo aquele lirismo italiano estava contaminando Jonathan. Desejei ter conseguido olhar com desprezo para ele. Mas eu sabia o que ele queria dizer. Xavi fez com que eu me sentisse a pessoa mais interessante, mais capaz e mais protegida do mundo. Eu não conseguia acreditar que não percebera que Jonathan tinha outra pessoa. Eu me orgulhava de ter olhos de águia. Eu era aquela que notava como um marido olhava para a esposa, como ela o tocava, como eles falavam um do outro. Mas eu ainda não percebera que o fato de ele não me querer na Sardenha não tinha nada a ver com a pressão do trabalho e tudo a ver com a pressão do pênis dele.

A aventura não era tão sedutora quando eu tinha de proteger três filhos. Eu estava bem certa de que as crianças não seguiriam a lógica de Jonathan. Respirei fundo.

— Me prometa que você vai voltar depois dessa tarefa e vamos pensar numa forma civilizada de contar às crianças que estamos nos separando e que você está se mudando para a Sardenha permanentemente.

— É claro. É para melhor. Enquanto ainda somos jovens o suficiente para construir outra vida.

Jonathan, o aventureiro menos provável do mundo, agarrando a oportunidade da felicidade com ambas as mãos. Octavia, a aventureira mais provável do mundo, assustada pra cacete.

Por um breve momento, considerei a cartada do "Estou carregando o seu filho". Mas Jonathan estava certo. O que eu tinha confundido com amor confortável de casados depois de 16 anos não era absolutamente amor. Apenas tédio e hábito. Eu tivera meu desejo por aventura, mas, de alguma forma, eu o imaginara com botas de caminhada e mochilas, não com uma série de refeições prontas para um.

A liberdade, no final das contas, não parecia assim tão empolgante.

Roberta

Vi Jonathan sair num táxi às 7h30. Fiquei observando a vizinha da casa ao lado sair para a escola com a própria prole, mais Polly e Immi. Charlie, enfim, despontou da casa por volta das 8h30, com Octavia gritando instruções da porta da frente. Eu havia estacionado mais para cima, observando a casa dela do espelho retrovisor. Eu sabia que Octavia não iria me deixar vir se eu tivesse telefonado antes. Ela via o fato de pedir ajuda como uma fraqueza. Eu lutara comigo mesma. Todas as vezes que houvera uma sombra de trauma na minha vida, Octavia estivera comigo. Scott. Jake. Alicia. Ela podia não concordar comigo. Em algumas ocasiões, tenho certeza de que pensou que eu era a pessoa mais inútil do mundo. Diferente das minhas amigas do tênis, ela nunca me dizia o que eu queria ouvir. No entanto, quando a situação ficava crítica, Octavia era a pessoa presente, de portas abertas, saca-rolhas na mão, o que quer que estivesse acontecendo na minha vida.

Agora era a minha vez de agir.

Eu precisava parar de pensar nas minhas próprias perdas. Abortos eram odiosos para mim. Quando pensei no que ela estava prestes a fazer, me senti impotente, à beira da raiva. Embora Octavia fosse continuar a vida como o habitual, separando os trajes da natação, os equipamentos do críquete e os almoços para a escola, recusando-se a se curvar à enormidade do que viria à frente, por dentro ela ficaria petrificada.

Ela tinha de ficar.

Andei até a casa e bati à porta. Octavia apareceu com umas roupas que pareciam ter ficado jogadas no canto da cama por tempo demais.

— Roberta!

O cabelo dela estava colado para baixo de um lado. Esperei que não fosse vômito. Ela parecia repleta de manchas. Definitivamente, não exibia uma boa aparência.

— Eu vou com você — falei.

Octavia expirou de forma longa, controlada.

— Obrigada.

E então me abraçou e soluçou.

Octavia

Roberta dirigiu. Eu me sentei no banco do carona divagando sobre quando me tornara essa grande chata que ficava choramingando sobre os próprios problemas. Desde que Roberta havia aparecido, eu não conseguira falar mais do que duas palavras. Era como se eu estivesse me acabando de chorar por dentro. Eu não chorava assim desde que meu pai morrera.

Quando meus filhos eram pequenos e choravam por estar cansados de andar, eu lhes dizia que guardassem energia para fazer o que precisava ser feito. Eu queria seguir meu próprio conselho, mas não conseguia. Toda vez que achava que a dor fosse terminar, uma imagem de Immi com chocolate ao redor da boca com 2 anos de idade passava num flash pela minha cabeça. Charlie, no gol, as sobrancelhas franzidas, com 6 anos. Polly colocando bugigangas de vidro na árvore de Natal, concentrada com a língua de fora, cabelo esvoaçante se soltando como um dente-de-leão. Então eu pensava nessa criancinha com o próprio cabelo loiro macio ou a cabeleira escura e meu estômago se revirava.

— Você não tem que fazer isso — disse Roberta.

Não respondi, apenas virei o rosto para a janela. Eu não me reconhecia. Se alguém chorasse em reuniões no trabalho porque se sentia desvalorizado, cansado ou estressado, só as leis empregatícias me impediam de perder a cabeça. Das milhões de coisas que me deixavam trincando os dentes, pessoas que não conseguiam se segurar provavelmente estavam no topo da lista. Ou pais que colocavam a própria felicidade acima dos filhos. Ou mães que achavam que sexo fora do casamento era a resposta. O que, conforme a vida me mostrara, definitivamente não era.

Agora eu iria fazer o que mãe nenhuma deveria fazer.

Lembrei a mim mesma que meu bebê era apenas do tamanho de um mirtilo, um cacho de nada. Ele não conseguia sorrir, acenar ou chutar. Eu testara minha determinação buscando na internet para ver quão desenvolvido ele estaria. Aparentemente, ele ou ela teria mãos que conseguiam se dobrar no punho, dobras da pálpebra e o pedacinho que me fez desligar o computador imediatamente, o início de um nariz. Charlie tivera o nariz de botãozinho mais maravilhoso quando era bebê, mole e enrugado. Eu teria publicado fotos dele no Facebook se existisse na época. Se eu fosse esse tipo de mãe.

Eu ainda não contara a Roberta que Jonathan estava me deixando. Eu não tinha vivido dramas por 16 anos e conseguira carregar um caso fora do casamento, gravidez e fim do casamento em dois meses. Precisava de toda a minha força para passar pelo aborto. Não havia espaço para uma discussão sobre casamento terminado. Recostei a cabeça e lutei para conter as lágrimas.

Roberta estacionou na parte superior da entrada íngreme para carros. "Trabalhando pelas suas necessidades de saúde para o futuro" parecia um slogan estranho para um lugar que lidava principalmente com abortos e testes de HIV.

— Vou entrar com você — Roberta puxou a chave da ignição.

Balancei a cabeça em negativa.

— Você sabe como fica em hospitais. Não quero que você desmaie na recepção.

— Não vou. Prometo. — Ela soltou o cinto de segurança. — Vamos acabar logo com isso.

Roberta passou pela porta primeiro. A recepcionista era treinada para agir como se eu estivesse lá para ir ao dentista e passar por um rápido encontro com o polidor de dentes.

— Sra. Shelton? A senhora está marcada com o doutor Washington às 10h10. Sente-se na sala de espera à esquerda.

Talvez lidar o dia inteiro com pessoas que estavam se livrando dos seus bebês deixasse o fato mais aceitável. Ou talvez ela passasse cada festa falando mal de mulheres como eu, que haviam feito besteira na contracepção e daí não conseguiram lidar com a consequência.

Nós nos sentamos. Olhei para as outras mulheres ali. Nenhuma adolescente. Na verdade, ninguém abaixo dos 30. Todas eram mulheres que pareciam ter idade o suficiente para ser mais espertas. Uma delas usava um terninho de calça elegante e botas de solas vermelhas, daquele designer de sapatos de que Roberta gostava. Imaginei que o bebê dela era produto de um rico homem casado que pegou a carteira assim que a linha ficou azul.

Havia uma mulher magra, corte de cabelo sério liso com uma franja austera, nariz pontudo. Eu não conseguia imaginá-la se esquecendo da camisinha nos arroubos da paixão.

Eu estava divagando na história da mulher com a roupa de tweed — mãe de quatro já? Jardineira de algum fazendeiro? — quando a enfermeira chamou meu nome.

— Vou com você? — Roberta começou a se levantar.

Balancei a cabeça. As chances de Roberta se manter na vertical enquanto eles sugavam a vida para fora de mim eram zero, mas eu a amava por se oferecer.

Ela apertou minha mão e sussurrou:

— Tem certeza de que está fazendo a coisa certa?

— Jonathan vai me deixar por outra pessoa. Não posso ter um bebê agora. Ele não ia querer, mesmo que fosse dele — sussurrei de volta.

— Jonathan vai te deixar? — A voz de Roberta saiu tão alta que acho que conseguimos distrair toda a sala de espera de suas preocupações por um instante.

O sorriso da enfermeira estava congelado numa transição entre "Sou uma pessoa gentil e não julgo" e "Vamos lá, tem uma fila depois de você".

Conforme me afastei, olhei para trás. Roberta estava com a cabeça entre as mãos. Desviei os olhos das outras mulheres sentadas ali. Segui a enfermeira pelo corredor, os sapatos plásticos dela rangendo no linóleo. Quando chegamos à porta, ela deu uma batidinha no meu braço e falou:

— Não se preocupe. Você vai ficar bem.

O doutor Washington, um homem negro e magro, se apresentou e me convidou a me despir atrás de uma cortina. A enfermeira me passou uma camisola. O médico confirmou que eu tinha escolhido fazer sem anestésico. Eu tomara uma variedade de drogas, peridurais, anestésicos inaláveis, quando meus filhos nasceram, mas senti que não deveria ficar inconsciente com esse, como se a dor fosse, de alguma forma, reparar o ato. Abri os zíperes das botas.

Será que eu também lamentaria para sempre o aniversário do meu bebê que deveria ter existido?

Desabotoei e tirei a calça jeans. Eu havia lido em algum lugar de um site "o que esperar quando você faz um aborto" que era uma boa ideia usar calças largas, nada muito apertado. Eu escolhera um par velho de jeans enormes nos quais eu vivia durante os meses depois que Immi nasceu, quando meu peso extra se pendurava como um namorado rejeitado. Imaginei que haveria espaço para o punhado de absorventes que eu iria usar.

A voz da enfermeira passou pela cortina.

— Tudo bem por aí?

Provavelmente eu estava ocupando um tempo valioso de operação.

— Estou indo.

Enquanto eu dobrava os jeans, uma meia cor-de-rosa minúscula caiu do bolso. Eu a peguei, me admirando com quanto ela era miúda. Era difícil de acreditar que os pés de Immi agora precisavam de uma tal variedade de tênis, sapatos de sapateado e chinelos.

Eu nunca seguraria esse bebê.

Nunca o veria arrancando as meias que eu lutara para colocar. Nunca ajeitaria um chapéu. Ou veria as perninhas chutando, gordinhas e apertáveis num trocador. Nunca sentiria a felicidade inexplicável que vem com um bebê comendo purê de abóbora sem reclamar.

Coloquei os jeans de volta.

De qualquer maneira, meu casamento estava acabado. Minha vida antiga tinha terminado. Mas eu ainda podia deixar uma nova começar.

Roberta

Levei Octavia para a minha casa naquela noite. Na noite seguinte, as crianças chegaram da casa da mãe dela. Stan dormiu na despensa. Fazia décadas que eu não via Octavia tão vulnerável e insegura. Agora, quando eu saía da sala, era como se ela quisesse me seguir. Ela dissera às crianças que não estava se sentindo bem e precisava que eu cuidasse dela.

Deixei as crianças na escola a caminho do meu novo trabalho, um anexo glorioso com teto de vidro para o qual eu deveria planejar os adornos com água e as plantas. Depois de um mau humor inicial por causa da invasão das crianças Shelton, Alicia abraçara o amor deles por karaokê e cada momento livre era ocupado por rotinas de dança, competições de cantoria e vídeos produzidos em casa.

O namorado dela, Connor, se tornava cada vez mais presente. Desde que eu conhecera a mãe dele, havia relaxado a um ponto em que parara de me preocupar. Quase. Connor e Charlie se entenderam bem — vê-los jogando rúgbi no jardim dos fundos me encheu de uma gratidão agridoce por eu não ter tido um menino. Eu queria correr para fora e impedi-los de se atracar, receosa por futuros pescoços, clavículas e orelhas horríveis.

Quando se tratava de filhos, normalmente Octavia ficava no centro das coisas. Agora ela estava ausente. Escutou Polly ler *Alone on a Wide Wide Sea*. Ajudou Immi em seu projeto sobre a Era Vitoriana. Até explicou a Alicia um pouco de gramática de espanhol, que eu fracassara em ensinar para ela. Mas seu entusiasmo, sua verve e alegria puras tinham desbotado como um par de cortinas penduradas por muito tempo numa janela ensolarada.

Eu nunca fora o tipo de dar cambalhotas pelo jardim, dançar com o rádio ou virar panquecas de um jeito extravagante. Minha tendência era ser a pessoa que corria atrás deles com o desinfetante, passando pano no chão do banheiro e organizando tênis deixados para trás. Entretanto, num esforço de dar a Octavia um pouco de espaço para respirar, me tornei uma daquelas adestradoras de cães superentusiasmadas que se vê na televisão e faz de uma bolinha barulhenta dentro de uma meia a coisa mais divertida de todas. Madalenas? Vamos fazer! Corrida de vacas no Wii? Muuuuuuuu. Jogo de tênis no clube? Meu par de tênis, por favor!

As crianças ficaram um pouco confusas, mas eu ganhei pequenas recompensas ao longo do caminho. Polly deslizou a mão na minha. Charlie olhou para mim um dia como se nunca tivesse me visto antes e falou:

— Nunca entendi por que a mamãe achava você divertida, mas acho que agora entendo.

No entanto, nada parecia ajudar Octavia. Tentei a gentileza:

— Você quer que eu te leve em casa para pegar mais algumas coisas? Não quero que você se sinta uma desabrigada temporária.

— Não. A gente se vira. Obrigada. — E então se afastou para o andar de cima, como se eu tivesse passado a impressão de que ela atrapalhava.

Tentei apelar para o espírito competitivo dela:

— Sabia que uma nova creche está abrindo do outro lado da cidade?

— Sim, ouvi falar. — Ela folheou a *Hello!*, uma revista que sempre desprezara, explicando: — Eu me sinto melhor lendo sobre a vida horrível das outras pessoas.

Eu preferia quando ela reclamava da concorrência, se enfurecendo com a "péssima administração" e o "tradicionalismo sufocante".

Tentei lembrar a ela que teria de encarar as consequências em algum momento:

— O que você vai dizer a Jonathan quando ele voltar?

Para isso, ela apenas deu de ombros.

Eu estava começando a entrar em pânico. Diferente das outras gestações, quando fuçava a geladeira a cada 15 minutos, Octavia tinha perdido o apetite. Fiz seus pratos prediletos, torta de carne, sopa de hadoque defumado, *Yorkshire pudding* com linguiças. Ela, porém, ficou ciscando no prato. Comprei mirtilos, suco de romã e *smoothies* de manga, para ela ingerir vitaminas. Embora sempre ficasse agradecida, nada disso chegou à sua boca.

Stan dormia diretamente embaixo do meu quarto, soltando alguns latidinhos e suspiros durante o sono, o que era suficiente para me tirar do meu. Eu continuava lá deitada, vendo o quarto ficar mais claro, me preocupando com o que iria acontecer com Octavia. Quando eu desistia de dormir, com frequência a encontrava encolhida na poltrona da cozinha, embalando um chá de gengibre. Fazia uma década que ela tentava perder peso, e agora, que precisava de sustância, ficava sem.

Eu não conseguia ver como o bebê podia estar se desenvolvendo. Era quase como se estivesse matando o bebê de fome, por ter mudado de ideia sobre o aborto. Eu não sabia como consertá-la.

Ou talvez eu soubesse.

Octavia

Durante a semana que fiquei com Roberta, ela se transformara em Mary Poppins. Eu meio que esperei vê-la flutuando alguns centímetros acima do chão, debaixo de um guarda-chuva. No segundo sábado, para que eu pudesse "montar uma estratégia para lidar com Jonathan", ela levou todas as crianças ao shopping, para terapia de compras. Normalmente, eu ia esbravejar sobre como "Não se trata do que você tem, mas de quem você é", mas eu estava descobrindo rapidamente que princípios eram um luxo que eu não podia bancar.

Roberta me fizera tomar banho e me vestir porque falou que ia focar minha cabeça. Ela estava certa, ficar de camisola não melhorava as tomadas de decisão, mas eu ainda rabiscava quadrados cada vez menores num bloco em branco enquanto caminhava, trôpega, por cada opção "beco sem saída" de como poderia descosturar minha vida da de Jonathan.

Quando a campainha tocou, imaginei que seria uma entrega de mais velas de cera de abelha, cápsulas de café ou das calças do superpoliéster sem as quais Roberta não conseguia viver.

Era Xavi.

Eu tinha muitas emoções para uma única resposta. Eu não sabia se xingava de surpresa, gritava de alegria ou chorava.

Ele entrou, colocou os braços ao meu redor e fechou a porta com o pé. O choro venceu. Ficamos de pé no hall de Roberta enquanto eu soluçava com lágrimas enormes fora de controle. Pela primeira vez desde que descobri a gravidez, o mundo se acalmou um pouco. Quando levantei a cabeça, o ombro da camisa dele havia ficado escuro.

— *Bien. Tu as fini?* Acabou com as lágrimas, meu repolhinho?

Sorri com aquilo. Xavi sempre traduzia o *chou chou* francês.

— Como você me encontrou?

— Um passarinho. — Ele levantou meu queixo e deu um beijo intenso nos lábios.

— Roberta? Não acredito que ela tenha feito isso. Ela era tão contra.

— Que você me encontrasse? Ou que dormisse comigo?

— As duas coisas. — Mais ainda ter engravidado. Eu deixaria que ele tocasse naquele pequeno detalhe.

— Depois eu te digo o que ela me contou.

— É melhor você me contar agora. Venha para a cozinha. — Graças a Deus ele me encontrara na casa da Roberta, onde todos os rodapés estavam limpíssimos, as toalhas de mão trocadas, o centro do papel higiênico que tinha acabado jogado no lixo de forma constante. Nada de corrida maluca para tirar as calcinhas que secavam no aquecedor ou brandir a escova sanitária para tirar as marcas da privada.

Eu me ocupei fazendo café para ele, percebendo que o desespero profundo que me puxava para baixo havia ficado levemente mais fácil de suportar.

Ele veio por trás de mim e colocou os braços ao redor da minha cintura, que começava a crescer. Ele ainda não tinha comentado.

— *Alors.* Roberta me conta que Jonathan está te deixando. Ele tem outra pessoa, *non?*

Concordei com a cabeça. As palavras dele cutucaram a ferida. Meu amor por Jonathan não era nem um pouco como meu amor por Xavi. Nada ardia em chamas, nada doía, nada provocava saudades, mas, ainda assim, havia um aconchego, uma solidariedade básica ombro a ombro que vem de criar filhos juntos. Talvez eu não amasse Jonathan, mas isso não me impedia de sentir que todo um capítulo da minha vida estava prestes a ser arrancado como um curativo supergrudado, que deixava tudo escorrendo por baixo.

Xavi inclinou a cabeça para um dos lados. Os cílios longos curvados para cima. Mesmo quando Xavi estava vulnerável, ele ainda tinha indícios de rebeldia.

— Então. Você está triste?

— Estou. Não sei por quê. Fracasso, eu acho. Não sei o que isso vai causar às crianças.

Andei até o sofá bege de Roberta. Eu sempre sentia a necessidade de verificar se não estava com chocolate grudado na parte de trás da calça antes de me sentar. Xavi também foi. Coloquei as pernas em cima de seus joelhos. Ele massageou meus pés.

Peguei a mão dele e falei:

— Tudo mudou, Xavi.

— Pode ser uma mudança boa? Posso ter esperanças de envelhecer com você?

Ele parecia tão sincero que uma gota de vida, de alegria, se agitou em mim. Ele se inclinou e me beijou. Meu corpo se rendia, à beira de apagar o fato de que o pacote completo eram três crianças e um bebê com um pai indeterminado. Eu me recostei, sentindo-o mudar de posição para se deitar ao meu lado. Meu cansaço se dissipava, levando junto minha determinação. As mãos dele estavam subindo, deslizando sobre a minha barriga. Olhei para ele, mas Xavi não fez nenhum movimento de se demorar ali. Lutei para ficar numa posição sentada e o empurrei. Ele recuou.

— Então, você tem uma resposta para mim?

— Tem muita coisa que você não sabe sobre mim agora.

Como uma deixa para tirar a história do bebê do caminho, eu não poderia ter sido mais óbvia se tivesse contratado uma banda de dança folclórica para balançar seus sinos e gritar "A-rrá".

— Quero descobrir tudo que não sei a seu respeito, da sua família. Para mim, nunca deveria ter havido uma lacuna de 18 anos. Então continuemos agora, antes que seja tarde demais.

Os primeiros bocados de pânico se esticavam para me agarrar.

— O que mais Roberta te contou? — Eu gostaria que ela tivesse me avisado o que ia fazer. Eu teria passado fio dental, para começar. E preparado meu discurso "Você pode ser pai, ou não".

Xavi sorriu.

— O que você acha que ela me contou? Fora o fato de que é melhor eu não foder com tudo dessa vez?

Apesar de tudo, sorri pelo uso não familiar do palavrão por Roberta. Ela estava ficando mais feroz à medida que o tempo passava. Xavi não ia facilitar para mim. Ele ainda respondia a tudo com uma pergunta. A alegria que eu sentira ao vê-lo estava virando alarme.

— Então por que você veio?

Ele entrelaçou os dedos nos meus.

— Você sabe por quê. O que eu disse quando mandei a moeda. Eu te amo. Posso esperar.

— Esperar pelo quê?

— Você ficar livre. Livre para me amar. — Ele fez parecer bem simples.

— Livre das crianças?

Xavi deu de ombros. Ele hesitou.

— Não. Não livre. Não acho que uma mãe jamais fique livre. Fico preocupado de soar arrogante, mas eu gostaria de ser parte da vida deles. Penso que é sempre difícil para as crianças aceitarem outra pessoa, então talvez seja mais fácil para nós quando elas ficarem mais independentes.

Merda. Ele não sabia. Achei que só estivesse tentando me enganar, me enrolando e me botando pilha. Ele não fazia ideia de que teria de esperar pelos 18 anos seguintes. Eu precisava contar. Eu sentia o medo se formando, o pânico de que ele fosse embora, exatamente como fez todos aqueles anos atrás. A expressão no rosto de Xavi quando eu disse que não poderia ir à Nova Zelândia, meu próprio momento de percepção de que ele iria assim mesmo, sem mim, tudo isso ficaria gravado na minha cabeça para sempre.

Bem naquele momento, senti vontade de fazer xixi.

— Já volto.

Eu não queria que ele me escutasse no banheirinho ao lado da cozinha, então fui para o andar de cima. Molhei os punhos na água fria. Estudei meus lábios no espelho. Um pouco mais rosados do que o normal. Eu nunca entendera a saudade antes. Saudade era para quem não era ocupado o bastante. Tipo casal de livro romântico.

Mas, meu Deus, como eu entendia agora!

Xavi podia ser capaz de encarar os filhos que eu tinha, até mesmo amá-los, ou, pelo menos, gostar deles, no fim das contas. Mas um bebê era um compromisso, um compromisso em que pais de verdade com frequência vacilavam. Xavi estava acostumado a velejar na Córsega, fazer kitesurfe no Brasil, caminhada na Cordilheira do Atlas. Ele não fazia ideia do que era andar com um bebê chorando a noite inteira, comer com uma gritaria de fundo, estar tão cansado que as palavras nadam pelo seu cérebro sem energia suficiente para se organizar em um pensamento.

E isso sem olhar para cada dobrinha, cada unha, cada dedo e pensar se metade daquele bebê era seu, ou apenas responsabilidade de outro homem.

Voltei para o andar de baixo. A derrota preenchia o espaço no qual a esperança estivera. A atração pela aventura, pelo desconhecido, pelo mundo a explorar havia tentado e levado Xavi para longe quando ele só tinha a mim com quem lidar, sem minha atual rede desordenada de vínculos. Naquela época, ele não conseguira esperar sequer dois meses para eu lidar com a morte do papai. Não havia razão para imaginar que ele se juntaria a mim nessa jornada incerta e vitalícia. Não havia razão para prolongar aquilo. Marchei para a sala, pronta para a história se repetir.

Xavi apertou minhas mãos e me puxou para ele. Deixei minhas costas tão côncavas quanto possível, adiando o inevitável. Eu precisava dizer naquele momento. Bem naquele momento. Sem preparação.

— Estou grávida.

Seus olhos escuros se arregalaram.

— Grávida? — Ele afundou de costas no sofá. Tentei ler seu rosto, mas ele tinha ficado com seu jeito da Córsega. Os muros de pedra encobriam qualquer emoção. Se ele sentia qualquer alegria, estava fazendo um ótimo trabalho em escondê-la.

Xavi se levantou.

— Uau! — Ele passou os dedos pelo cabelo. — É meu?

— Não sei. — Eu ia ter que me acostumar com aquilo pelos meses seguintes. Octavia Shelton, dona de um estabelecimento dedicado ao bem-estar dos bebês das outras pessoas, não fazia ideia de quem era o pai de seu filho.

Ou melhor, podia oferecer uma escolha de dois.

Xavi andou até as janelas.

— Pode ser meu? — Os ombros estavam levantados até as orelhas.

— Há uma possibilidade igual. Me desculpe. Não dormi com Jonathan desde que dormi com você. — Eu me sentia mais envergonhada de admitir que dormira com meu marido do que havia ficado ao contar a Roberta que fora para a cama com Xavi.

— *Bien.*

— Bem o quê?

— Não sei o que dizer. Não sei por que, mas nunca pensei nisso. Apesar de, na minha idade, dever saber como os bebês são feitos.

Os hormônios não estavam a meu favor. Revirei os olhos.

— Então você não se incomoda com as crianças, mas não quer o bebê? Porque pode ser do Jonathan ou porque é um bebê? — Meu corpo estava ficando tenso, repelindo o inevitável.

Xavi suspirou e apertou as bases das mãos nos olhos.

— Eu não esperava por isso.

— Nem eu. — Contei-lhe das vieiras, mas creio que ele achou que eu era uma idiota que não entendia de contracepção, de novo. — Você não respondeu à minha pergunta.

Percebi que eu estava me agarrando ao conto de fadas de "Fique tranquila, querida. Eu te amo tanto que podemos sobreviver a qualquer coisa. Vou amar o bebê sendo o pai ou não. Ainda é parte de você".

Esperei. Xavi continuava balançando a cabeça e levantando as sobrancelhas. Eu não conseguia competir com seu orgulho de macho. O silêncio dizia tudo. A possibilidade de um bebê de outro homem era mais forte do que seu desejo de estar comigo. Andei até ele.

— Vá. Vá agora. Meu bebê precisa de amor incondicional. — Deixei o "E eu também" de fora.

— Tavy. Não seja boba. Não vou a lugar nenhum. Eu te amo. Se o bebê for meu, você sabe que serei o homem mais feliz do mundo. Preciso de um momento para pensar se posso aceitar um bebê que não seja meu. Preciso ser honesto comigo mesmo e com você. Não quero fazer uma promessa enorme que não consiga cumprir.

— Não faça nenhuma promessa, ponto. Vou sobreviver muitíssimo bem. Sobrevivi da última vez — eu o interrompi.

— *Putain*, Tavy. Você está me dando uma tremenda notícia hoje. Estou tentando assimilar isso tudo.

— O que há para assimilar? Estou grávida, pode ou não ser seu, sozinha com três filhos. Ou você está dentro porque me ama, ou não está porque não me ama o suficiente.

Eu devia ter sido mais esperta em vez de fazer uma armadilha de ultimato. Xavi cruzou os braços.

— Eu te magoei muito tempo atrás. Não quero fazer o mesmo de novo. Isso não é algo que a gente possa dizer: "Beleza, sem problema". Isso é algo que temos que pensar a respeito como adultos e fazer planos.

Eu conhecia uma recusa gentil quando ouvia uma.

— Não se preocupe. Eu não pude contar com você naquela época e, obviamente, não vou poder contar agora. Algumas coisas nunca mudam.

Xavi veio na minha direção, mas eu recuei.

— Tavy. Pare. Você não está sendo justa. Pode confiar em mim, mas temos que pensar nas outras pessoas também. Talvez Jonathan decida que quer voltar.

Talvez as crianças se recusem a me aceitar. E, no meio disso tudo, talvez eu seja pai. Ou talvez não. Não quero cometer erros desta vez.

Eu sabia aonde isso estava indo. De novo.

— Não, Xavi. Não. Se você realmente me quisesse, não ia precisar pensar a respeito.

Andei até a porta da frente com Xavi discutindo e tentando me pegar nos braços. Não fiz nada além de empurrá-lo para a rua.

— Não preciso de ninguém. Nem de Jonathan. Nem de você.

Roberta

Deixei uma massa amorfa no sofá e voltei para encontrar um furacão. Tudo estava brilhando e arejado. Octavia tinha passado pano no chão, trocado as roupas de cama e colocado tudo na máquina de lavar. As janelas estavam abertas. Eu meio que esperei encontrar Stan sentado num grande banho de espuma no jardim. Ela acompanhou as meninas para dentro, admirando-se com o monte de coisas roxas e cintilantes que Immi trouxera da Claire's, o biquíni novo de Polly e a coleção de frentes únicas de Alicia, que só uma menina de 14 anos poderia usar. Ela se ocupou me fazendo chá, me dizendo para colocar os pés para cima, mas, de alguma forma, evitou meu olhar até eu quase implodir de curiosidade.

No segundo em que as garotas desapareceram para uma sessão de provas, eu disse:

— Algum visitante esta manhã?

Percebi o rápido tremor em seus lábios.

— Acho que você sabe. — Ela sorriu. — Obrigada por tentar ajudar.

— E?

— Ele não quis saber do bebê.

— Não! Quando eu o procurei até encontrá-lo na agência de viagens, ele falou que faria qualquer coisa para ficar com você. Eu o adverti para que nem pensasse em bater à minha porta se não estivesse falando sério. Eu o atormentei por séculos antes de passar meu endereço. Ele se apressou em me dizer quanto te amava.

— Você não contou do bebê a ele?

— Eu queria. Mas não achei que era um segredo meu para contar. O que ele disse? Me conte tudo. Do começo ao fim.

Eu escutei. Não interrompi, embora eu quisesse desesperadamente. Octavia tivera a chance de ficar com o amor da vida dela, mas, como a coreografia da conversa não havia sido exatamente como ela esperava, ela o expulsara.

Octavia foi diminuindo o ritmo até parar. Ela parecia bem encabulada, como se escutar tudo aquilo em voz alta a fizesse perceber quanto soava ridículo.

— Não seja tão dura com o cara. Ele não disse que não queria saber. Ele falou que queria pensar direito nas coisas antes de fazer promessas que não poderia cumprir. Nem todo mundo é tão pão, pão, queijo, queijo como você. O resto de nós é um pouco menos direto. Não somos como você, pequenos exércitos marchando em linha reta em direção aos objetivos. Alguns de nós hesitam e ficam indecisos, e precisam da metade de um dia para pensar em como se sentem, algumas vezes metade da vida.

Octavia balançou a cabeça.

— Ou ele está dentro ou não está. Passei minha vida adulta inteira com um sujeito indiferente ao que eu queria ou sentia. Chega disso.

Quase engasguei com o chá diante daquela afirmação. Octavia tinha algumas tremendas qualidades, mas ser transigente não estava entre elas.

— Então é isso? Você o encontrou depois de todo esse tempo, o ama, pode estar carregando o bebê dele e porque ele quer dois dias para pensar em tudo antes de prometer que vai te apoiar, não importa o que aconteça, você o expulsa.

— Talvez ele não me prometesse nada. De qualquer forma, não posso contar com ele. Não posso contar com ninguém, a não ser comigo.

Senti um golpe de injustiça com aquilo.

— Espero que isso não me inclua.

— Não, eu quis dizer em relação aos homens. Você tem sido maravilhosa. É por isso que eu vou te deixar em paz agora. Arrumei todas as nossas coisas. Espero que não fique achando nossas tranqueiras embaixo do sofá pelos próximos seis meses. Vou pegar minha filharada e deixar você em paz.

— Você não precisa ir embora. Ia ficar aqui até Jonathan voltar.

Isso não era o que eu pretendera.

— Preciso seguir em frente com a minha vida. É melhor para as crianças se elas estiverem em casa. Não posso continuar esperando que você recolha os pedacinhos.

Exatamente quando achei que Xavi havia tocado no lado vulnerável de Octavia, a aspereza dela estava de volta e, com isso, seu julgamento severo de todos, incluindo a si mesma. Tentei de novo.

— Sou sua amiga. Todos nós precisamos de uma ajudinha de vez em quando.

— Você tem seus próprios problemas para dar conta. Não pode me carregar. Sei que ainda está sofrendo por Jake. Você não me engana com as idas até a cooperativa na rua dele. Você nunca fez compras em outro lugar que não o supermercado Waitrose. Ótimas azeitonas, aliás.

Nada escapava dela.

— Culpada. Que pateta triste de meia-idade que eu sou! Sei que é ridículo. Não perco as esperanças de que ele vai se livrar da paisagista e perceber que não pode viver sem mim.

— Tenho inveja de você ainda acreditar nessa baboseira melosa.

— Fico furiosa de ainda ansiar por esse sonho da Disney. — Comecei a guardar as bolsas de nossa excursão de compras.

— Foi assim que você cresceu. Scott indo e vindo de avião, chegando na véspera de Natal, aparecendo nas festas de Ano-Novo quando você não esperava mais por ele. Eu nunca tive isso. A ideia de um gesto super-romântico de Jonathan era vir me buscar do lado de fora do mercado quando estava chovendo.

— Octavia se curvou para pegar um brinquedo mastigado de Stan de debaixo do sofá. Só olhar para o negócio velho mastigado me fazia querer lavar as mãos.

— Tem certeza de que não dá pra remendar as coisas com Jonathan?

— Se eu fosse me jogar aos pés de algum homem, seria de Xavi. Eu nem sinto falta de Jonathan, fora aquela maneira meio pavloviana de um corpo quente na cama. Pelo menos ele ainda telefona para as crianças, mesmo que não pareça dar a mínima se estou com a cabeça enfiada no forno ou não.

Ela dobrou a horrível cama de Stan cheia de pelos. O aspirador estava acenando para mim.

— Mas Jonathan não era alguém de grandes confrontos emocionais, né? E você fica muito assustadora quando entra em um.

— A idiota ficando assustada. Esse é o nosso casamento, nossa família. Eu jamais poderia simplesmente desaparecer, sem saber se as crianças estavam berrando no travesseiro toda noite.

Pela primeira vez, não invejei o fato de ela ter um bebê a caminho.

Octavia

Três semanas depois de eu voltar da casa de Roberta, meu lar estava se desfazendo. Immi chorava na hora de dormir porque sentia saudades do pai, o que não era um bom sinal para quando aquilo se tornasse permanente. Polly, normalmente a de natureza mais doce da minha prole, mandou que eu fosse me ferrar quando pedi a ela que esvaziasse a lavadora de louças. Até meu Charlie despreocupado estava se fechando em seu quarto em vez de assistir à televisão comigo. Era como se as crianças pudessem farejar a incerteza, apesar dos adultos tentando fingir que tudo estava bem. Ignorei a bateria de mensagens de texto que Xavi mandara desde que eu retornara, embora eu quase tenha fraquejado algumas vezes. Com tantas mudanças correndo na nossa direção, eu não me daria ao luxo de apostar num homem que podia ter ido embora de novo antes mesmo de o bebê sequer nascer.

Naquele dia, ele havia telefonado de novo. Antes que eu cedesse e atendesse, decidi mandar uma mensagem e acabar com qualquer esperança. Se nós nos falássemos, seria mais difícil manter o que era certo para as crianças à frente do meu cérebro autocentrado.

Não posso arriscar a felicidade dos meus filhos mais do que já fiz. Espero que você entenda e respeite meu desejo de ser deixada em paz.

Digitei *Sempre vou te amar*, depois apaguei e apertei enviar. Eu me permiti soluçar de forma curta, mas alta, na mesa da cozinha, enquanto Stan se aninhava em minha mãe e gania. Depois lavei o rosto e abri uma barra de chocolate tamanho família. Um microscópico fragmento de um lado bom: não havia ninguém para se importar se meu traseiro ocupava um ou dois bancos.

Depois de catar um monte de migalhas de chocolate, descansei com os pés para cima. Eu tinha passado do chocolate para uma caixa de docinhos de alcaçuz e, depois, para chá de alcaçuz. Era estranho como o alcaçuz normalmente me dava ânsia de vômito, mas, quando eu estava grávida, ficava com desejo de sentir o sabor. Eu havia ligado o iPod, mudando rapidamente de "Last Request", de Paolo Nutini, para os sons animados do Beach Boys. Eu estava me colocando num estado mental em que pudesse visualizar qualquer tipo de esperança pelo futuro quando Jonathan entrou, decidido, pela cozinha. Eu pulei. Ele se espantou.

— Octavia! Achei que você estaria no trabalho.

Arranquei os fones de ouvido.

— Caramba! Você me assustou, porra! Eu estava exausta, então saí mais cedo do trabalho. Achei que você não ia voltar pelas próximas duas semanas.

— Tudo em mim correu para se ajustar à ideia de que ele podia ter voltado por um bom motivo.

Não houve animação. Não houve suspiro de alívio.

— Eu queria ver as crianças. E realmente precisamos começar a resolver as coisas.

Ele de repente farejou o ar.

— O que você está bebendo? — Jonathan olhou para a minha caixa de doces.

— Isso é alcaçuz? — Seu olhar subitamente desceu até a minha barriga, que ainda não exibia uma saliência perceptível. O calor se espalhava pelo meu rosto.

— Você não está grávida, está? — Ele riu, como se a insinuação fosse ridícula.

— Estou.

Jonathan pareceu encurralado no canto de uma caverna com um urso enorme correndo até ele com a boca aberta. Então desabou numa cadeira. Esperei até ele falar. Ele parecia esmagado, a liberdade de começar uma vida nova transbordando como água por uma represa. Enfim, gaguejou:

— Grávida como? Você não está tomando pílula? Que diabos aconteceu?

— Há cerca de 12 semanas. Você lembra que tive intoxicação alimentar com as vieiras? Foi isso que aconteceu, a pílula não funcionou direito.

Seu rosto enrijeceu.

— Nosso *timing* não foi muito bom. — Ele colocou o rosto nas mãos e, então, começou a massagear as têmporas, como se a "notícia feliz" tivesse lhe causado dor de cabeça.

Eu me levantei. Uma palavra minha e todo esse fiasco de bebê tomaria outra dimensão.

— Essa é uma visita passageira?

Jonathan olhou para longe.

— Eu queria explicar as coisas às crianças.

— Então você não vai voltar?

Eu nem esperava por um sim, mas achei que deveria perguntar por educação pervertida.

Jonathan sacudiu as mãos num gesto de "pra quê?".

— As crianças sabem do bebê?

Minha vez de olhar para o canto mais afastado da sala.

— Ainda não.

Jonathan ficou retirando cereal ressecado da mesa. Teoricamente, agora ele estava acostumado a se sentar em limpas mesas sardenhas de carvalho em vez de velhas mesas gastas de pinho.

Eu me levantei, sentindo os seios doerem conforme se ajustavam à gravidade.

— Você quer um café?

Eu ensaiara um milhão de vezes na minha cabeça como iria contar a Jonathan, revidar por ele ter me deixado, magoá-lo como ele havia me magoado. Agora, quando tinha a chance, minha principal emoção era arrependimento. Eu queria protegê-lo. Depois de todos esses anos, não parecia necessário ganhar pontos com uma vitória. Observei a chaleira ferver. Quando ficou pronto, eu já soltara as palavras.

Minha voz saiu num tremor agudo.

— O bebê pode não ser seu.

— Quê?

Aquilo tirou a cabeça dele das mãos.

Entreguei-lhe o café.

— Me desculpe. O bebê pode não ser seu.

Despejei toda a história, encobrindo os detalhes bizarros aqui e ali, como minha investigação sem-fim na internet. Fazia pausas de vez em quando para engolir e assoar o nariz. Eu não conseguia olhar nos olhos de Jonathan. Eu não queria ver em seu rosto a mágoa, ou o alívio, de que talvez ele não precisasse assumir a responsabilidade pelo bebê. Jonathan escutou sem interromper, parecendo confuso, como se tentasse escolher entre dois programas de TV ao mesmo tempo. Eu queria sacudi-lo e perguntar se ele estava ouvindo o que eu dizia.

A única vez que ele esboçou alguma reação, de total concordância, foi quando falei que não achava que havíamos despertado o melhor em cada um de nós. Seu entusiasmo pelas nossas falhas me feriu.

— Mas nem tudo foi ruim, foi? — Eu não queria acreditar que todo o nosso casamento tinha sido uma árdua viagem infeliz.

— Não creio que eu achasse isso na época.

De fato, um elogio e tanto.

— Então, o que você quer fazer?

— Não quero nenhum envolvimento com o bebê.

Engoli em seco. Se havia algo que eu julgava conhecer em Jonathan era que ele cumpria o seu dever.

— Nem mesmo se for seu? — Eu não conseguia registrar a reação dele. Quando fiquei grávida de Charlie, ele praticamente me obrigara a comer espinafre e me arrastara para o altar.

— Não. — Jonathan olhou para o chão. — Tem certeza de que quer ter o bebê enquanto estamos nos separando? Não é a melhor época para trazer uma criança ao mundo, né? E ainda é cedo o bastante para pensar em outras opções.

— Aborto, você quer dizer?

Jonathan assentiu.

— De jeito nenhum. Não. Não vou fazer isso. — Eu não tinha nenhum problema em me apegar de volta à superioridade moral agora, quando Jonathan estava agindo como um covarde. Decidi esconder meu quase aborto na clínica.

— Me prometa que vai pensar a respeito. Sei que é algo que achamos que jamais teríamos que fazer, mas ter um bebê agora seria loucura.

— Não é algo que *eu* algum dia vá fazer. Não vou me livrar do meu filho só porque ele não se encaixa perfeitamente na sua visão de mundo.

— Octavia, me escute. Eu estarei morando na Sardenha e você vai estar aqui. Você não vai me mandar um bebê de três meses para férias de 15 dias, vai? Como eu poderia criar um recém-nascido a distância? Já vai ser difícil o bastante me manter próximo dos filhos que tenho.

Jonathan parecia desesperado, como se estivesse prestes a chorar.

— Você tomou a maldita decisão de se mudar para a Sardenha com "Betta". Não comece a se lamentar comigo sobre a dificuldade de se manter em contato com as crianças. Você. Escolheu. Isso.

Tudo nele se curvou.

— Seja honesta, Octavia. Você realmente queria se arrastar por mais quarenta anos assim? Se for adiante com essa criança, não conte comigo de jeito nenhum. Não vou desistir da minha chance de ser feliz só porque você foi idiota o bastante para fazer besteira com o anticoncepcional.

Esperei.

— Pela segunda vez.

Por um rápido instante, considerei quebrar uma cadeira na cabeça dele. Quando minha voz saiu, ela me fez lembrar do barulho que Stan faz quando outro cachorro tenta montar nele.

— É difícil eu ser culpada por uma camisinha estourada. Mas, como você tocou no assunto, fui eu quem me arrisquei em não achar que precisava da pílula do dia seguinte. E sabe do que mais? Estou muito feliz que tenha feito isso porque não me arrependi nem por um segundo de ter Charlie. Mas, como você está tão ávido por repartir a culpa, deixe-me apenas apontar que eu nem sequer queria me casar. Foi você que ficou martelando sobre responsabilidade e sobre pôr um anel no meu dedo. Parece que você mudou sua disposição em relação a esse assunto nos últimos 16 anos.

Eu queria berrar com a onda de proteção que sentia por esse feijãozinho, agarrando-se à vida na minha barriga, pequenas unhas se formando, minipunhos se abrindo e fechando. Naquele momento, entendi as mulheres que cortavam o pênis dos maridos. Eu podia ter fritado o de Jonathan com cebolas e alho, e servido a Stan, gritando de alegria enquanto o fizesse.

Jonathan coçou o queixo, como se a acusação que eu proferia contra ele fosse profundamente injusta.

— Não se trata de fugir da responsabilidade. Eu não teria nenhuma chance de formar um relacionamento com esse bebê, que, não vamos nos esquecer, pode ou não ser meu. Mesmo quando eu estava em casa, você sempre encorajou as crianças a zombarem de mim, o quadrado, o geek, o mané no canto. Eles provavelmente não sentem a metade da saudade que eu sinto deles. Da última vez que tentei falar por Skype com Polly, ela disse que estava muito ocupada.

Eu me perguntei se havia alguma verdade nas palavras dele. Senti um vislumbre de reconhecimento levar minha raiva embora. Eu tinha tanta segurança no amor das crianças que nunca pensara em qual seria a sensação de duvidar dele.

— Crianças são assim, egoístas, é como elas sobrevivem. Não quer dizer que não te amem. A julgar pelo comportamento delas, elas definitivamente estão sentindo a sua falta.

O rosto dele relaxou levemente.

— Elisabetta e eu gostaríamos que elas fossem passar um tempo com a gente, para que pudessem conhecê-la. Você sempre quis que elas tivessem experiências com outras culturas. Elisabetta está realmente empolgada em ensinar italiano a elas. Ainda são jovens o suficiente para se tornar bilíngues.

Eu olhei para Jonathan. Todas as vezes que tentara persuadi-lo a tirar um ano sabático, nos mudarmos para fora, pensar além da vidinha limitada que vínhamos levando, ele havia ficado como um cavalo de corrida que se recusa a pular o maldito obstáculo. Agora, ele era a porra do Sr. Cosmopolita, subitamente apreciando o esplendor da minha argumentação, mas passando-a para outra figura materna colher os frutos.

Coloquei a mão na barriga e prometi ao bebê que o compensaria por escolher um pai tão medíocre, quer ele se revelasse um mediterrâneo, em quem não se pode confiar, ou um branquelo que foge à responsabilidade.

Roberta

A revista *Surrey World* dedicara uma página dupla ao meu trabalho naquela manhã, sob o título "Uma pessoa para ficar de olho". Eu me sentei para ler sobre "o olho incrível para detalhes de Roberta Green, designer de interiores de futuro" e meu "negócio de sucesso", "estilo ousado, mas acessível" e "o nome nos lábios da sociedade de Surrey" durante o café da manhã. Havia fotos da sala da Sra. Goodman, do quarto de Nicole e do anexo com teto de vidro, feito sob medida para bebericar vinho. Nem sequer olhei para as fotos em que eu aparecia e me encolhi.

Eu fizera algo que ninguém havia pensado que era possível. A dona de casa fútil, a mulher cuja maior habilidade era escolher um lustre vintage ou fazer um cômodo parecer maior, tinha se virado sozinha e feito disso um sucesso. Alicia estava tão orgulhosa que levara uma das revistas para a escola com o intuito de mostrá-la aos amigos.

— Mãe, você é tão *cool*!

Antes de terminar meu muesli, o telefone tocou. Um homem de negócios local queria que eu, a antiga eu com meu bloco de desenho, lápis e ideias na cabeça, fosse dar uma olhada num hotel dos anos 1970 que ele acabara de comprar e no qual pretendia fazer uma reforma chique. Dei um soco no ar estilo a-primeira-a-cruzar-a-linha-de-chegada. Roberta Green, uma mulher no controle do próprio destino.

Eu devia isso a Jake.

Eu jamais teria coragem de dar uma simples opinião na casa de outras pessoas se ele não houvesse me encorajado. A euforia com meu momento de fama, de provar que eu não era apenas alguém que conseguia combinar uma bolsa com a roupa, me deixou ousada. Jake merecia que eu agradecesse. Peguei a revista e escolhi um champanhe do rack. Eu não bateria à porta, só os deixaria na frente com um pequeno bilhete. Eu não queria topar com Lorraine desenterrando os dentes-de-leão.

Conforme me dirigi à casa dele, perdi a coragem. As cortinas ainda se encontravam fechadas. Esperei que eles não estivessem num preguiçoso sexo matinal. Fiquei surpresa com quanto esse pensamento me machucava. Eu me aproximei da entrada da garagem, espiando em volta da cerca viva, para tentar ver algum sinal de Lorraine sussurrando com suas malvas-rosa. Enfiei a pequena mensagem dentro da revista e estava colocando a garrafa em cima quando Angus saiu.

— Oiê. Tudo bem aí? — Ele jogou a mochila no ombro. — Isso é pro papai?

— Sim, eu precisava agradecer de alguma forma a ele.

— Quer que eu chame ele pra você?

— Não, não quero incomodá-lo. Apenas fale para ele que deixei isso aqui.

— Peguei meus oferecimentos e empurrei-os nos braços dele. Saí andando pela entrada da garagem, a mulher de negócios equilibrada se transformando numa idiota sem palavras. Angus gritava para o andar de cima do jeito nada constrangido dos rapazes adolescentes.

— Pai, pai, a mulher que cortou a mão tá aqui.

Eu queria correr, mas também não queria, meus pés não conseguiam decidir se aceleravam ou se demoravam. Cheguei ao carro, olhando para trás a fim de conferir se via Lorraine correndo para fora, brandindo a tesoura. Em vez disso, Jake estava na porta, o cabelo de pé, sem camisa e com calça de pijama. A saudade me atravessou. Ele ficou de pé com o champanhe em uma das mãos, lendo o bilhete na outra. Destranquei o carro, sentindo como se fosse me desintegrar de vergonha por minhas palavras sentimentais. Quando arremessei a bolsa para dentro, tive um vislumbre de Jake descendo a entrada para carros, descalço.

Ele estava fazendo um sinal para mim.

Fiquei de pé ao lado da porta do carro, pronta para desaparecer.

Ele gritou por cima do carro:

— Obrigado pelo champanhe. Não posso levar todo o crédito pelo seu sucesso. Mas, ei, aceito os louros onde me forem oferecidos. Você tem um tempinho para tomar um café enquanto leio o que dizem de você? — Ele chegou mais perto, fazendo uma careta quando o cascalho machucou seu pé.

— Não, você não pode ler enquanto eu estiver lá sentada. Isso seria um tormento. Enfim, metade da matéria é licença poética da jornalista. Ela me faz parecer a Mulher Maravilha.

— Para mim, parece que você se saiu muito bem. Entre um minuto.

Ele havia engordado um pouco desde que eu o vira pela última vez. Torci para que fossem refeições prontas individuais com muita gordura em vez de múltiplos jantares românticos.

— A sua "amiga" está aqui? Não quero ser intrometida. — Não consegui imprimir um tom neutro à pergunta.

— Não, só o Angus, que vai para a escola a qualquer minuto, e eu, que quero saber as novidades.

Ignorei a punhalada de decepção por Jake não ter dito que Lorraine era história do passado.

— Tudo bem, então. Cinco minutos. Preciso encontrar uma pessoa que quer que eu renove um hotel logo mais. — Eu me perguntei se ele percebia a meia-verdade de que "logo mais" era dali a uma semana.

— Olha só! Roberta Green, conselheira dos grandes e bons. — Jake deu a volta até o meu lado do carro.

Balancei a cabeça.

— Eu não quis dizer isso. O negócio está bem no começo, ainda estou me encontrando, mas tive alguns golpes de sorte.

Ele me conduziu pelo caminho onde Angus estava agachado, remexendo em um monte de maços de papéis com a pontinha virada na mochila. Ele deu um sorriso insolente de alguém que adora um pouco de provocação.

— Eu estava falando com a mãe do Connor sobre você. Achamos que é perfeita pro meu pai.

Eu me senti como a garota estúpida na aula que não sabe se algo é uma brincadeira ou não. Não respondi caso ele fosse cair na gargalhada, então, em vez disso, me saí com um tipo de grunhido "haha".

Jake fingiu empurrá-lo.

— Anda logo. Você não pode chegar atrasado no último dia do trimestre.

Angus tentou atacar Jake como no rúgbi, e Jake virou o filho de costas, com mais empurrões e ombradas de um jeito que só os meninos podem fazer. Eu teria ficado preocupada com sapatos arranhados, calças sujas ou desaprovação dos vizinhos.

Enquanto Jake dava um pulo no andar de cima para se trocar, estiquei os olhos para a correspondência ao lado. Contas e extratos bancários. Nenhuma carta endereçada a Lorraine. Então, ainda não estava morando ali.

Quando Jake voltou com o cabelo úmido enrolado em volta do colarinho, eu estava sentada à mesa, toda inocente. Eu precisava daquele café que Jake oferecera. Ao me ver ali, não sabia por que viera. O silêncio ameaçava se tornar constrangedor quando Jake comentou:

— Conheci seu marido outro dia.

— Onde? — Meu estômago se contraiu.

— Nós éramos uma das três empresas que ele contatou para imprimir os folhetos de um novo empreendimento na Austrália. Tínhamos sido recomendados por um dos corretores da cidade.

Esperei. Ele sorriu de modo malicioso.

— Um tipo direto de homem.

— Intimidador, você quer dizer.

— Eu diria implacável. E charmoso, na verdade. Tudo o que importa é o que ele quer, mas, de certa forma, te passa isso de um jeito que faz você sentir como se ele estivesse te fazendo um favor.

— Não o vejo há séculos. Atualmente ele passa muito tempo na Austrália. Ele só se comunica para saber de Alicia e, agora, principalmente por mensagem de texto.

Jake começou a cortar pão para fazer torrada.

— Não estou te desculpando, embora eu veja como ele podia te encurralar num canto. Ele foi bem esperto para conseguir concessões de mim. Já lidei com muitos tipos escorregadios, mas ele é muito inteligente em dançar alguns passos à frente, depois reivindicar como seu direito algo que você discutiu vagamente meia hora antes.

— Você sabia que ele era meu marido, muito em breve ex-marido, antes de ir?

— Pesquiso todo mundo com quem negocio no Google.

— Você não falou de mim com ele, falou? — Eu não conseguia suportar a ideia de Scott julgando aquele que veio depois dele.

Jake balançou a cabeça negativamente.

— Ele obviamente não conectou meu nome ao que aconteceu antes. Nem comentei que te conhecia. Nosso relacionamento de trabalho não teria começado bem. Ele indicou que estava procurando alguém para trabalhar em vários portfolios de propriedades diferentes, então potencialmente há bastante a fazer ali.

Ele me passou um café e se sentou em frente. Observei o jeito preciso como espalhou manteiga, nada "light" ou margarina, nos quatro cantos da torrada. A nova franja boêmia e desajeitada caía bem nele. Torci para que extrair informações de mim não fosse a única razão pela qual ele estivesse preparado para me deixar entrar na casa dele.

— Você conseguiu o contrato?

— Sim, consegui.

Aquilo me fez estremecer. Era como descobrir que seu melhor amigo estava saindo de férias com alguém que você odeia e achava que ele também.

Eu não tinha direito de me sentir traída. Mas me senti.

— Tenha cuidado. — Engoli meu café, queimando a língua. — Enfim, eu queria trazer a revista e te agradecer pelo estímulo. Você me empurrou na direção certa. — Peguei a bolsa. Jake colocou a mão para me impedir.

— Eu não disse que aceitei o contrato.

— Você não aceitou?

— Não. Eu não tinha nenhuma intenção de aceitar qualquer trabalho vindo dele.

— Então, em primeiro lugar, por que você foi?

— No começo, não percebi que era o seu ex. Então, quando entrei no Google, topei com uma foto sua em algum jantar de caridade com ele. Você estava absolutamente maravilhosa. — De repente ele parou de falar, como se não tivesse pretendido articular aquele pensamento. Então suspirou. — Você quer saber a verdade sincera?

Eu contive minha observação pedante de que a verdade era intrinsecamente sincera.

— Sim, em geral a verdade funciona para mim. — Percebi muito tarde que provavelmente eu havia me exposto a uma carga de hipocrisia.

— Eu queria era saber quem é que exercia tanta influência sobre você.

Senti uma pequena onda de felicidade, seguida de frustração.

— Por quê? Achei que você estava apaixonado pela jardineira. — Só um esforço sobre-humano deixou o rancor de fora da minha voz, embora eu tenha omitido o termo "paisagista".

— Lorraine? Não. Definitivamente, não. É tudo que digo. Pode perguntar ao Angus. Ele é um grande fã seu, caso não tenha percebido.

— Você sabe que ela foi me ver?

— Sei, sim.

— E? — Eu me forcei a não desviar o olhar.

— E me perdoe. Se serve de consolo, terminei com ela na hora.

Tudo ficou em silêncio. A expressão no rosto de Jake era gentil. Eu tinha uma chance de fazer os dados jogarem a meu favor se conseguisse encontrar as respostas certas.

— Só para você saber, o Scott não tem mais influência sobre mim.

— Tem certeza disso? — A aspereza retornou à voz de Jake. Ele dobrou os dedos para trás até as articulações estalarem.

— Cem por cento de certeza absoluta. Já fui xingada o suficiente.

Jake parecia enojado.

— Ele também não ficou muito satisfeito comigo. Não conseguia acreditar que alguém dissesse não a ele. Ficou me oferecendo mais e mais dinheiro e então se tornou desagradável.

Ouvir aquilo me deixou enojada.

— Scott odeia quando não consegue as coisas do jeito dele. — Eu queria pular e abraçá-lo por ter enfrentado Scott.

Ou por qualquer razão.

— Provavelmente vou acabar enterrado numa velha pedreira sob uma tonelada de concreto. — Jake me lançou um grande sorriso aberto que contrastava fortemente com o sorriso irônico de Scott.

Ele deu a volta até o meu lado da mesa. Eu me senti quente e tremendo. Então, ficou de pé na minha frente e colocou as mãos nos meus ombros. Não ousei olhar para cima e não encontrar o que eu esperava.

— Você sabe quem exerce influência sobre mim? Quem eu tentei esquecer e não consegui? Quem me estragou para sempre para as outras mulheres?

Fiquei imóvel. Se eu não falasse, não haveria chance de estragar tudo.

— Olhe para mim. — Com um esforço enorme, fitei os olhos dele, intensos e sérios. — Eu te odiei por um tempo. Mas meus instintos continuavam me dizendo que você era uma pessoa de essência honrada. Tentar casar o que você fez com o que eu sabia ou, pelo menos, tinha bastante certeza de que você sentia não fazia sentido nenhum.

— Me perdoe. Você não pode ter me odiado mais do que eu me odiei.

Soltei a cabeça para a frente, sentindo o cheiro de Jake. Ele não se mexeu. Eu congelei, pensando se tinha entendido mal os sinais. Então, senti um beijo no topo da minha cabeça. Mãos firmes me fizeram levantar.

Jake se afastou um pouquinho de mim.

— Chega de Scott?

— Chega de qualquer um. Só você. — Quando o beijo veio, estava cheio de promessas, de desejo; era carinhoso, mas ávido; protetor, mas poderoso.

Uma vez na vida, não me importei nem um pouco em me deitar numa cama que não estava feita.

Octavia

Para meu horror, Jonathan não perdeu tempo e se atracou às tarefas domésticas que eu deixara escapar, feliz, durante a ausência dele. Por um breve instante, quando o encontrei passando lençóis na cozinha, fiquei quase grata por sua ajuda. Em seguida, ele estava prendendo a roupa de cama em volta das almofadas ferradas do velho sofá e percebi que ele era muito sovina para gastar dinheiro com hotel.

— O que você está fazendo?

— Nas atuais circunstâncias, não acho que seria apropriado dividir a cama de casal.

— Ah, por favor. Não venha com esse papo de advogado corporativo pra cima de mim. Não é "apropriado" que você esteja aqui de forma alguma.

— Não sou o único a cometer uma transgressão. Potencialmente com consequências de menor alcance.

— Jonathan. Por favor, não fique todo cheio de si comigo. Por que não procura um hotelzinho?

Ele continuou alisando os lençóis.

— Por que *você* não procura? Preciso economizar dinheiro se você vai dividir nossos bens em breve.

— Porque sou aquela que vai cuidar das crianças. Qual é a desse discurso pseudoadvogado? — De repente a ficha caiu. — Meu Deus. Você já procurou um advogado de divórcio, né?

Jonathan assentiu.

— Não vejo por que prolongar essa situação.

Agora eu iria me tornar uma "situação".

Havia o risco de eu pegar o taco de críquete de Charlie e sair depredando a casa com um golpe violento na cabeça de Jonathan como meu *grand finale*, então joguei as mãos para cima.

— Ótimo. Fico feliz de ver que as considerações em relação ao dinheiro tenham prioridade sobre tudo. A gloriosa Elisabetta não se incomoda de você estar sob o mesmo teto que a sua esposa?

— Ela sabe que tudo acabou faz tempo.

Aquele dardo ainda atingia fundo. Será que ele estivera esperando ansiosamente por anos, planejando uma substituição, enquanto eu ralava na vida em família, ciente de que eu não estava louca de alegria e risadas, mas achando que eu estava feliz o bastante?

— Então vamos esperar que o bebê não seja seu, senão vai ser meio difícil de explicar — falei.

O que salvou Jonathan de mais espinafração foi Charlie chegando em casa suado e faminto depois de uma partida de críquete. Eu não conseguia aguentar a imbecilidade de Jonathan. Charlie fez um pouco de charme adolescente e o que eu chamava de cumprimentos "e aí, mano?", mas eu podia ver que estava empolgado de ver Jonathan. Depois de um abraço desajeitado, Jonathan demonstrou sua felicidade de ver Charlie investigando detalhadamente onde ele havia deixado seus tênis fedorentos e as tornozeleiras.

— Por quanto tempo você vai ficar em casa dessa vez, pai? Mãe, a gente pode se mudar pra Sardenha? As mulheres são sinistras lá. Tem sol. Eu podia aprender a fazer windsurfe. — Ele deu um sorriso malicioso para Jonathan. — E imagino que a gente ia te ver com mais frequência.

Senti uma necessidade súbita de soluçar. Eu planejara levar Charlie silenciosamente para um canto e lhe contar a verdade quando Jonathan não estivesse por perto para que ele pudesse chorar, ficar com raiva, dar pontapés sem o pai discursando sobre garotos da idade dele serem muito velhos para "dar show", como ele dizia. Eu não sabia como aliviar o golpe.

No fim, entrei em pânico e disse:

— Eu definitivamente estaria aberta a me mudar para o exterior.

Quando Charlie começou a tagarelar a respeito, pensando em quem iria convidar no verão e se poderia voltar de vez em quando no Natal para não esquecermos como era o inverno, eu quis apontar para a minha barriga e para a cama de Jonathan no sofá e gritar: "*Não é* tão fácil assim" até que minha garganta tremeu.

— Sente-se. Seu pai e eu temos algo a te contar que pode ser um choque.

Jonathan espreitava pelos móveis da cozinha, como se quisesse engatinhar por baixo do rodapé.

Apertei os olhos, peguei a mão de Charlie, o que o alarmou, e falei:

— Seu pai e eu não vamos mais morar juntos.

Charlie ficou com uma expressão de descrença, como se Jonathan e eu fôssemos um caroço congelado, incapaz de ter identidades separadas.

— Por quê?

— É meio complicado, mas seu pai se apaixonou por outra pessoa, que mora na Sardenha, então ele vai se mudar para lá de forma permanente e...

— Sua mãe está grávida, mas não sabe quem é o pai.

— Eu estava prestes a dizer a Charlie que não era algo unilateral, se me der uma chance.

— Eu achava que vocês nem transavam mais. Ai, meu Deus. — Charlie torceu a franja em volta do dedo, como fazia quando tinha 2 anos. — Você vai ter o bebê?

Apesar dos esforços de Jonathan, parecia que Charlie tinha ignorado o elemento crucial de múltiplos candidatos a pai. Mas ele parecia bem-informado sobre aborto. Concordei com a cabeça.

— Vou, querido. Não vou vir com a história de "Vai ser maravilhoso para você ter um irmãozinho ou irmãzinha" porque entendo que pode não se sentir nesse clima agora. Mas espero que você possa aceitar.

Charlie parecia confuso e um pouco aborrecido.

— Pelo amor de Deus! Ainda podemos nos mudar pra Sardenha? Daí pelo menos meus amigos não vão ver você andando que nem pata. E, afinal, quem é que o papai pegou? — Ele não parecia acreditar que alguém fosse desejar o pai.

Eu me virei para Jonathan. Ele estava cutucando uma mancha imaginária na calça jeans. Ergui as sobrancelhas. Essa era uma pergunta à qual eu não ia responder.

Jonathan se lançou numa longa explicação sobre relacionamentos, como as necessidades das pessoas mudam com o tempo, como as pressões do trabalho às vezes mudam a perspectiva de uma pessoa sobre a vida, como era importante não viver uma vida pela metade. Charlie estava com os olhos vidrados. A frustração me corroía. Exatamente quando achei que teria de preencher as lacunas, Jonathan enfim soltou o nome "Elisabetta". Então teve a audácia de dizer:

— Ela não vai substituir a sua mãe, mas espero que, com o tempo, você a veja como um tipo de tia inteligente.

Eu não bufar como um rinoceronte se preparando para o ataque deve ter me garantido um lugar no céu. O esforço de não me lançar para cima de Jonathan com o gosto de uma Jack Russel na menopausa me dava indigestão. Levantei-me e tomei um grande gole clandestino de Gaviscon.

Charlie se sentou perdido por um momento.

— Puta merda!

Nenhum de nós reagiu ao palavrão. Charlie se levantou e fez um sanduíche gigante de presunto. Jonathan estava se coçando para mandá-lo limpar a manteiga da bancada da pia, mas conseguiu se segurar com o pano até que Charlie resmungou que ia jogar no Xbox e saiu.

— Ele parece ansioso para ir à Sardenha — comentou Jonathan. — Talvez ele pudesse passar o verão lá.

Resisti ao impulso de gritar "Cale a boca". A ideia de emprestar meu lindo filho para ficar na casa de outra mulher que pudesse comprar a afeição dele com sorvete e pizza me fez estremecer.

— Nós temos três filhos. Então, você vai ficar com todos e tirar o verão de folga para tomar conta deles? Ou a "Betta" vai ser uma madrasta tipo dona de casa e partir para a praia com as crianças todos os dias?

Até para os meus ouvidos eu soei amarga. Meu coração doía com a ideia de Immi pulando e segurando a mão de outra mulher. Como eu sabia que ela faria. O melhor para todas as crianças seria se elas gostassem de Betta. Eu não tinha certeza de ser madura o bastante para encorajar isso.

Abaixei a voz.

— Vamos ter que lidar com as meninas um pouco melhor do que fizemos com Charlie. Talvez você queira contar a sua versão primeiro, para não sentir a necessidade de pular para cima da minha. Nós dois cometemos erros aqui. Não estou tentando colocar a culpa em você. Vamos fazer isso da forma menos dolorosa possível.

Jonathan concordou com a cabeça, mas nada nele parecia proativo. Fui procurar Charlie.

Ele não desviou os olhos de sua fúria assassina no Xbox. Sentei-me no braço da poltrona, mandando um foda-se para Jonathan. Coloquei a mão no ombro de Charlie.

— Você está bem?

Resmungo.

Resmunguei de volta.

— Isso quer dizer que eu te amo e que sinto muito por ter feito besteira. — Resmunguei de novo. — Isso quer dizer, por favor, você pode não dizer nada às suas irmãs até que seu pai e eu tenhamos uma chance de falar com elas?

Charlie apertou o botão de pausar.

— Mãe, pare de resmungar. É bizarro. — Ele olhou para mim. — Eu tô bem. Uma porção de gente na minha sala tem pais separados. Ainda não vejo por que a gente não pode ir morar lá também. Quando o papai perdeu o emprego, você estava sempre falando de se mudar pro exterior. Agora que eu quero ir, você não quer. É porque você tem um namorado aqui?

Virei o rosto dele para mim.

— Eu não tenho namorado nenhum. Acho que cometi um erro enorme e julguei ainda estar apaixonada por alguém que conhecia. Em vez de tentar consertar as coisas com o seu pai — eu sei que estou sempre te falando sobre não desistir —, não segui meu próprio conselho a esse respeito ou, bem, sobre sexo seguro. — A boca de Charlie se contorceu de repugnância. — Desculpe, eu sei que você não quer ouvir isso, mas sinto a necessidade de explicar.

Charlie ergueu as mãos.

— Mãe, tá tudo bem. Acho que não preciso ouvir mais nada. Então, você não tem motivo pra ficar aqui.

— A não ser a creche.

— Você não consegue arranjar alguém pra cuidar do negócio de modo que você pegue o dinheiro, mas não faça o trabalho? Você não ia ficar tão exausta o tempo todo.

— Eu não conseguiria ficar sem fazer nada.

— Você podia aprender italiano. Você tá sempre me dizendo pra aproveitar o momento, que é tão importante não chegar aos 85 anos e dizer "eu poderia/ teria/deveria". E você vai ter outro bebê, então, de qualquer forma, não vai conseguir trabalhar por um tempo.

Ele ficou em silêncio.

— Se for um menino, você acha que vai gostar mais dele do que de mim? — Ele tentou fazer parecer uma brincadeira, mas algo em sua risada o denunciou.

— Como eu poderia amar alguém mais do que você? Nunca, nunca, nunca. — Abracei os ombros dele e, para variar, ele relaxou em mim.

— Você vai pensar sobre mudar para a Sardenha? — ele perguntou através de um rosto cheio de cabelo meu na frente. — Um pensamento de verdade, não só uma enganação.

Apertei a mão de Charlie. Eu adorava o espírito aventureiro dele. Graças a Deus, meu filho herdara pelo menos uma característica boa de mim.

— Vamos ver. Não tenho muita certeza de que seu pai gostaria de me ter como vizinha.

— Não precisamos morar perto. Desse jeito, a gente podia ser um tipo de família. Pelo menos ainda iríamos vê-lo.

Quando as crianças nasceram, eu não tinha considerado ser "um tipo de família".

Nunca me ocorreu que um dia íamos sentar com eles e contar que um de nós estava indo embora voluntariamente. Eu tinha 21 anos quando meu pai morreu e, algumas vezes, eu ainda sentia tanto a falta dele que queria correr para o jardim e gritar pela injustiça daquilo tudo. Parecia cruel privar as crianças de um pai ainda vivo, fazê-los sofrer aquela agonia da saudade, aquela necessidade de conexão. Provavelmente um pouquinho de Jonathan, arrumadinho e meticuloso, seria melhor que nada.

Logo que me permiti especular sobre quão maravilhoso seria começar novamente em um lugar novo, uma porção de imagens desfilou na minha cabeça com cores ensolaradas: uma casa com terraço, degraus de pedra levando a uma porta de carvalho, caminhos avançando para a praia. Pés descalços. Varandas. Crescer numa comunidade em vez de num subúrbio sem rosto de Surrey. Fins de semana na praia juntando ouriços-do-mar. Caminhadas no outono pegando madeira para o fogo do lado de fora. Na verdade, tudo com que eu sempre sonhara para os meus filhos.

Uma sementinha de empolgação forçou passagem.

Roberta

— Isso é uma loucura completa. Você não vai se mudar para uma ilha minúscula, onde o seu marido mora com a amante. Eu simplesmente não vou permitir que você faça isso.

A gravidez havia fritado o cérebro de Octavia. Ela viera me ver toda animada com vistas do mar, pizzarias e terraços no telhado com gerânios, exatamente como ficava quando planejava uma viagem pela Ásia com duas libras por dia.

— Você não tem senso de aventura — comentou Octavia. — O Charlie está super a fim. Vamos alugar a casa aqui. O Jonathan vai morar com a "Betta" e nós vamos procurar algum lugar para alugar. As escolas vão deixar as vagas deles abertas por um ano. Estou encarando isso como um ano sabático.

— E quando o bebê chegar? Você não vai ter ninguém para te ajudar.

Eu já tinha visto Octavia assim antes. Quando ela colocava uma ideia na cabeça, nenhum argumento a influenciaria. Eu podia apontar as ciladas até ficar roxa.

Ela deu de ombros.

— Os italianos amam crianças. Vou achar alguma adolescente com dez irmãos para me ajudar. Não pode ser pior do que estar na Grã-Bretanha, onde esperam que as crianças se sentem comportadas sempre que estão em público. Pode ser até que eu consiga ir a um café e amamentar sem todos caírem chocados no chão.

Octavia soava hostil. Eu sabia que devia ficar calada e lhe desejar boa sorte, mas me senti na obrigação de falar as coisas que ela estava ignorando.

— Aposto que a Polly não quer ir. Ela ficaria com saudades de todos os amigos.

Octavia não reconheceu exatamente, mas admitiu que Polly havia se ento-cado no quarto quando eles revelaram as confusões dos Shelton em toda a sua glória. Ela me deu um meio-sorriso.

— Eu prometi a ela uma Vespa quando tiver idade suficiente, o que a amo-leceu um pouco.

— E a Immi?

— Ela é mais próxima do Jonathan, então faria qualquer coisa, contanto que ainda possa vê-lo. A Immi vai ser a que mais vai precisar dele quando o bebê chegar. Ela está acostumada a ser a mais nova. A principal preocupação dela era o Stan, mas eu acho que podemos levá-lo se econtrarmos um lugar que aceite cachorros.

— Que tipo de lugar você vai alugar?

De repente, Octavia achou um canto da mesa muito interessante.

— Ainda não tenho certeza. Preciso ver o que está disponível.

Uma imagem da gangue dos Shelton descendo de uma balsa com uma se-leção de pertences quebrados e Stan puxado numa corda me veio à mente. Eu não conseguia imaginar como Octavia jamais conseguiria organizar a casa o suficiente para alguém se render a pagar para morar lá. Ela teria de pintar aque-las paredes turquesa da sala. E a cozinha verde-limão era de gosto duvidoso.

Octavia se mostrava tão animada que seria maldade jogar um balde de água fria nos planos dela, mas a mulher estava louca. A mera ideia de se livrar de todas as suas bugigangas de viagem, dos trabalhos de arte de muito tempo atrás das crianças, dos jeans nos quais ela se iludia que iria caber de novo estava me dando dor de cabeça.

— As crianças estão bem em relação ao bebê?

— Acho que Charlie está com um pouco de ciúme. Ele tem sido muito rude comigo. Talvez ele não se incomode tanto se for uma menina. Achei que Immi seria aquela a ficar com raiva, mas ela está empolgada a respeito. Sempre aperta o ouvido na minha barriga para ver se consegue escutá-lo respirando.

— Ele?

— Eu me convenci de que é um menino.

— Você tem algum pressentimento sobre de quem é?

— Eu não ouso pensar nisso. De qualquer forma, o coitadinho vai crescer sem um pai, então acho que não faz muita diferença. Mas sair daqui vai ser uma coisa boa. Seria tão difícil para as crianças com todo mundo fazendo fofoca na escola, dá para imaginar como a creche vai ficar, todas as mães me desejando boa sorte, daí zarpando para cochichar no estacionamento?

— E eu? Você não vai sentir a minha falta? — Eu só estava meio que brincando. A ideia de não ter Octavia na mesma cidade era estranha para mim. Nós viajáramos pelo mundo, mas voltamos para morar a 15 minutos uma da outra. Eu sabia que estava sendo egoísta, mas Octavia era tipo família, só que melhor.

— Você pode me visitar sempre que quiser. Me mandar e-mail todos os dias. Vou esperar todas as fofocas. De qualquer forma, você está toda de amorzinho. E estará muito ocupada para sentir saudades minhas agora que é a designer máxima da região.

Eu podia ouvir a dúvida nas palavras dela. Pela primeira vez, eu tinha uma vida estável, sustentada por um emprego lucrativo. Jake estava comigo, e o alívio do meu pai por eu finalmente ter encontrado um "cara decente" significava que as ofertas de paz paternas estavam em processo de entendimento e aceitação.

Octavia, por outro lado, passava pela fase mais dura da vida dela. A mudança para a Sardenha parecia tão imprudente quanto ficar no convés do Titanic em vez de correr para os botes salva-vidas.

— O Jonathan está satisfeito?

— Em certo nível, ele não se importaria de nunca mais me ver de novo, mas se mostrou bem receptivo à ideia de as crianças estarem por perto. Não consigo vê-lo voando para lá e para cá todo mês para passar tempo com eles se ficarmos na Inglaterra, depois de ter se instalado direito na nova vida. Quanto a este pequeno aqui... quem sabe? — Ela acariciou a barriga.

— Você contou seus planos para o Xavi?

— Não. Não tenho falado com ele. Pedi que ficasse longe e ele ficou. No fim das contas, ele nunca conseguiria tolerar o bebê de outra pessoa. — Nessa hora, ela apertou os dedos nos olhos. — Não me pergunte dele.

Suavizei minha voz.

— Você vai contar a ele?

Octavia franziu as sobrancelhas.

— Não. Ele teve a chance de embarcar e não conseguiu se comprometer. Enfim, agora vamos partir para a Sardenha, é irrelevante. Não há espaço para eu titubear. Preciso me manter firme pelas crianças. Não posso ficar me preocupando se Xavi vai se sentir subitamente encurralado e ir embora para as montanhas.

Eu sempre havia embarcado nos planos malucos de Octavia, mesmo quando achava que ela estava totalmente errada. Mas, dessa vez, alguém de fato precisava ser a voz da razão.

Octavia

O verão e o início das férias escolares passaram batido enquanto eu desfazia nossos 16 anos de casamento. Jonathan ficou por uma semana, organizou sua oficina e foi rosnar no sótão, de onde desceu árvores de Natal, caixas de boletins escolares e apresentações de negócios de meia vida atrás.

— Então, é isso. Acho que você dá conta do resto — disse ele, enquanto empacotava a última chave de fenda necessária na mala lotada. Francamente, foi um ótimo trabalho não ter deixado o martelo largado à vista, considerando que eu poderia ter me sentido tentada a reajustar seus dentes.

Eu não conseguia superar o fato de que o casamento pegava duas pessoas que se amavam — porque eu amara Jonathan — e as transformava em versões piores de si mesmos até que estivessem praticamente resmungando "babaca" pelas costas um do outro a cada oportunidade.

Na manhã em que Jonathan partiu, eu me escondi na cozinha enquanto ele se despedia das crianças, com medo da dor delas. Charlie bateu os pés escadaria acima. A angústia de Immi foi tão espalhafatosa e catastrófica que eu me senti impotente diante dela. Polly estava contida. Até sua movimentação pela casa se tornou considerada e determinada, como se estivesse se concentrando em andar.

Quando chegou a minha vez, ele parou na porta cercado pelas malas e falou: "Eu entro em contato então", como se tivesse ficado de me dar uma cotação para o isolamento térmico do roupeiro. Precisei treinar meu cérebro para não dar um abraço mecânico nele. Era como aprender a fazer tudo ao contrário.

Nos fins de semana seguintes, Roberta trabalhou duro comigo, Deus a abençoe, liberando os armários e embalando minha louça. Ela havia parado de me chamar de louca, mas dava para ver, pelas suas tentativas de apontar os empecilhos do meu plano, que eu definitivamente estava na categoria de mães irresponsáveis.

Quanto mais eu via das qualidades de Jake, menos preocupada eu ficava de deixar Roberta. Ele ajudou carregando móveis em várias vans, cadeiras de plástico mofadas para a reciclagem, tudo com bom humor e gentileza. Quando o vi no jardim fazendo carinho no cabelo de Roberta e beijando-a gentilmente como se ela fosse uma joia que ele tivera a sorte de encontrar, precisei desviar o olhar.

Jonathan me mandou uma tonelada de e-mails, todos com o mesmo tema:

Não nos considero suficientemente bem de vida para doarmos coisas que poderíamos vender. Tenho bastante certeza de que haveria mercado para meus livros de computação, as ferramentas que sobraram e equipamento de esportes.

Infelizmente para ele, eu não me considerava suficientemente motivada para ganhar 2,5 libras vendendo os pés de pato que ele vinha guardando desde a faculdade. Eu iria precisar de mais do que um snorkel velho para me tirar da merda. Assim, doei a maioria das nossas tranqueiras, feliz da vida. Vendi minha coleção insignificante de joias no eBay, incluindo meu anel de noivado e minha aliança. Coloquei a metade da moeda de dois euros que Xavi havia me mandado numa caixa de fósforos. Não consegui me desfazer dela da mesma forma que sua antecessora.

Em meados de agosto, estávamos acampando na sala e eu me preparava para deixar as crianças ficarem com Jonathan pelos 15 dias seguintes, para que eu tomasse as últimas providências em paz.

Toda vez que eu pensava nas crianças indo embora, queria me agarrar a elas e engarrafar seus cheiros, suas risadas, até mesmo seus humores. Eu lhes prometera um feriado na praia assim que chegasse lá. Já havia reservado uma barraca tamanho família num camping, perto da casa de Jonathan.

Quando contei a Roberta, ela ficou com uma cara que parecia que eu tinha misturado o chá de hortelã dela com um dos ossos de Stan.

— Uma barraca? Pelo amor de Deus, Octavia! Não me diga que vocês vão usar banheiros coletivos?

— Lá tem todos os confortos modernos de uma casa, tipo geladeira, luz elétrica e tal. É apenas temporário, enquanto as crianças e eu procuramos um lugar para morar. Quero que a gente decida junto.

— O que você vai fazer se não achar algo rapidamente?

— Nada. Acho que vou ficar lá até encontrarmos. Nós gastamos quase todas as nossas economias quando o Jonathan estava sem emprego. Vou ter alguma renda da creche, é claro, mas tive que pagar uma grana preta para conseguir uma boa gerente. Vai melhorar quando o aluguel da casa começar a entrar.

Eu queria ter tido uma câmera para gravar a cara de Roberta.

— Você não pode ficar numa barraca. Você está grávida. Por favor, não faça isso. Você precisa descansar. Como é que vai se alimentar direito num camping?

— Roberta. Algumas pessoas moram em barracas a vida inteira e sobrevivem perfeitamente bem. Não preciso de conforto cinco estrelas.

— Você podia ficar aqui numa casa de quatro quartos, e o Jonathan não ia poder fazer nada. E a roupa para lavar? — Roberta não entendia uma vida dura, só serviço de quarto e chocolates no travesseiro de hotel.

Tentei acalmá-la.

— Eu prometo que volto para a Inglaterra se não conseguir me resolver antes de o tempo esfriar.

— Octavia! Você não pode ficar numa barraca até outubro. O que está tentando provar? — A voz de Roberta aumentava com horror.

— Não estou tentando provar nada. É uma aventura. Estaremos a vinte metros do mar. Apenas pense, nada de aulas de dança, nada do maldito treino de críquete, nada de noites de pais com mães de classe média se preocupando com as brincadeiras com macarrão cru dos filhos de 2 anos, nada daquele estresse do sexto ano para Polly, será que ela vai ou não vai entrar na escola secundária especial e todos nós vamos para o inferno num carrinho de mão se ela não entrar? Eu mal posso esperar.

Roberta desenrolou mais um pedaço de plástico-bolha.

— Eu estava começando a achar que a Sardenha podia ser a decisão certa para você. Mas você não está pensando direito nas coisas. Camping não é prático a longo prazo. Onde você vai guardar os passaportes? E se você entrar em trabalho de parto antes do tempo previsto?

Ela continuou falando até que Jake foi buscá-la e eles foram jantar num bistrô francês na cidade. Quem me dera se uma garrafa de Sancerre e alguns *cuisses de grenouille* bastassem para me fazer feliz!

Roberta

Jake nos levou ao aeroporto para nosso voo para a Sardenha. Sabe lá Deus como Octavia estava se sentindo porque eu mesma queria me agarrar a Jake. Eu havia esperado enquanto Octavia andava pela casa na noite anterior, verificando se tudo estava pronto para os inquilinos se mudarem na semana seguinte. Ela não ia admitir, mas se despedia de sua antiga vida. Sua coragem me humilhava. Ela foi descendo pelo caminho da entrada, olhou para trás por cima do ombro e falou: "Nunca amei essa casa. São apenas tijolos e argamassa. Aventura, aí vou eu".

Eu a forçara a me deixar ir com ela. Alicia tinha ido para a França com a escola e eu convenci Octavia de que precisava de uma dose de sol antes que meu grande projeto no hotel começasse no outono.

No começo, ela resistiu.

— Você não vai querer ir e morar numa barraca. Não seja boba, você vai odiar.

Ela estava firmemente decidida a provar que era mais forte, mais dura, mais capaz do que qualquer mero mortal se mudando para um novo país com três filhos e outro a caminho.

Eu me mantive firme na bateria de objeções de Octavia.

— Você está sempre chamando atenção para o fato de que eu me beneficiaria de alargar meus horizontes. Então aqui estou eu, pronta a estendê-los para longe. Se for verdadeiramente intolerável, eu vou e fico num hotel.

Despedir-me de Jake quase fez com que eu me agarrasse ao casaco dele de um jeito impróprio. Fomos breves, mas ele sussurrou: "Cuide-se, vou sentir muita saudade" no meu ouvido, o que me encheu de um calor que eu podia trancafiar e revisitar quando preciso.

Quando entramos no avião, Octavia se recolheu, enterrando-se num livro, sua tática de sobrevivência habitual quando estava assoberbada. Fiquei feliz com o silêncio. Eu me forcei a relaxar no assento, focando em imagens de Jake, algumas tão fortes que eu conseguia sentir a força me puxando de volta à Inglaterra bem fundo no estômago. Notei que Octavia usava sua metade da moeda de dois euros numa corrente no pescoço. Não fiz nenhuma observação. Ela apertou meu braço quando começamos a descer na Sardenha.

— Obrigada por vir comigo. Estou feliz que você esteja aqui. Espero que o camping seja tolerável. Receio que não tenha mordomo. Mas a barraca é toda sua.

Eu desviei o olhar quando o avião estremeceu até parar. Não queria que ela lesse nada no meu rosto.

Octavia se levantou imediatamente, arrastando as malas do compartimento de bagagens. Espiei pela janela, estreitando os olhos para ver se conseguia distinguir algum detalhe no solo. Fiz uma prece silenciosa.

Agora não tinha volta.

Octavia

Fiz uma pausa nos degraus da aeronave e acariciei a barriga.

— Bem-vindo à sua nova vida, bebê.

Apenas um trajeto de táxi entre mim e as crianças. Eu não conseguia acreditar em como 15 dias tinham parecido longos. Roberta fora uma dádiva de Deus, persuadindo Jake a ficar com Stan até que eu me instalasse, resolvendo os voos e os táxis, enquanto eu organizava todas as questões de última hora em casa. Eu queria me sentir empolgada, mas, quando a bagagem estava passando pela esteira, eu achava que podia explodir em lágrimas. Malditos hormônios!

— O motorista de táxi vai estar com uma placa com o nosso nome?

— Acho que sim. — Roberta estava dando uma olhada pelo vidro para o salão de desembarque.

— Que empresa devemos procurar? — Meus tornozelos estavam inchando e a ideia de entrar num carro com ar-condicionado com um mínimo de barulho era muito tentadora. Originalmente, eu tinha tentado convencer Roberta de que a gente iria se virar com o transporte público. Ela havia olhado para mim e dito: "Não ando de ônibus. Nunca".

— Não consigo me lembrar da empresa, vou saber quando vir. Tenho os detalhes anotados na bolsa.

Pegamos minha mala enorme e a arrastamos ao lado da mala lustrosa de alumínio de Roberta. Ela se recusara a me deixar viajar de moletom.

— Comece como você pretende continuar. Não pode estar esculhambada. As crianças não veem você faz duas semanas. Não vai querer que elas achem que você se abate quando elas não estão junto para cuidar de você.

Francamente, Charlie não perceberia se eu aparecesse com um babuíno na cabeça, mas coloquei o presente de boa sorte de Roberta, uma linda camisa azul-marinho e uma calça preta de linho de alguma loja de roupas para gestantes metida a besta da qual eu nunca tinha ouvido falar. Eu passara pelas minhas outras três gravidezes de legging, mas não queria parecer ingrata.

Nós nos apertamos em direção à sala de desembarque. Roberta ficou um pouco para trás, mexendo na bolsa. A multidão estava me deixando claustrofóbica, então segui em frente, com um braço protetor defendendo meu bebê, procurando um espaço para respirar. Passei por todos os parentes bloqueando a saída com seus abraços nos netos que retornavam e olhei para trás, à procura de Roberta.

Uma mão agarrou meu braço.

— Então você acha que pode vir para a Sardenha e não falar nada?

Minha mão foi voando até a boca. Olhei fixamente para Xavi, o exemplo típico de um córsego impetuoso, jogando as mãos para cima, num gesto tipo "Que porra é essa?".

— O que você está fazendo aqui? Como você soube? — Era demais para eu absorver. Uma onda de alívio me deixou leve. Ele estava ali. Ele havia ignorado meu pedido de ser deixada em paz. Ignorado minha maluquice.

Talvez ele me amasse mesmo.

— Estou aqui porque você não fala comigo e tem algo que precisamos resolver. — Mas não houve braços abertos, nenhuma declaração de amor.

Ele me afastou da multidão, os ombros rígidos. Então me colocou num banco e começou a andar do jeito que eu via anos atrás, quando algo ficava no caminho dos seus planos para viajar.

— Que absurdo é esse, Tavy? Você não me fala nada, só duas linhas de "Me deixe em paz", e aí descubro que você vai morar numa barraca com um bebê. Desaparecendo sem dizer nada ao pai? Não quero meu filho ou filha nascendo num camping na Sardenha, como um imigrante sem-teto.

Eu era minha pior inimiga. Eu estivera errada em ter esperanças. Isso não se tratava de amor, mas de orgulho.

— Tenho três, em breve quatro, filhos para cuidar e não muito dinheiro para fazer isso. É verão. Podemos sobreviver. Você mesmo morou em barracas no passado. — Dizer aquilo em voz alta, de fato, pareceu uma estratégia de criação de filhos insensata. — Enfim, o bebê que "você não quer que nasça num camping" pode não ser seu.

— Eu sei disso — disse Xavi baixinho, fazendo com que eu me sentisse instantaneamente mesquinha.

Roberta nos alcançou, parecendo encabulada. Então Xavi não vinha espionando minha casa ou invadindo minha conta de e-mail. Eles se cumprimentaram com uma cumplicidade que me deixou furiosa. Olhei com raiva para Roberta.

— Eu tinha que contar a ele. Não podia deixar de contar. — Ela fez uma careta.

— Eu deveria estar vindo para a Sardenha em busca de um novo começo.

Eu não sabia o que sentir. Não havia dúvidas de que Roberta tinha as melhores intenções, mas ela não era uma amiga que deveria fazer as coisas pelas minhas costas. Fazer as coisas pelas minhas costas era algo para amigos com menos intimidade, conhecidos, pessoas em quem eu não confiava ou com quem não contava na minha vida.

Olhei para Xavi, que estava de pé com os braços cruzados e uma sobrancelha erguida. Minha leitura mental da linguagem corporal dele havia diminuído com os anos. Mas não dava para disfarçar que ele se sentia extremamente aborrecido comigo. Eu me forcei a não provocá-lo, a não me jogar em cima dele. A compensar todos aqueles momentos perdidos.

Ele não merecia uma segunda chance.

Roberta se virou para mim.

— Eu tenho um motorista me esperando. Vou ficar num hotel esta noite. Vá com Xavi. Vocês têm algumas coisas para conversar.

Eu me levantei.

— Não. Não posso. As crianças estão me esperando hoje. Não vou decepcioná-los.

Roberta começou a olhar por cima do meu ombro.

— Já esquematizei tudo para amanhã. Falei com Jonathan e expliquei que houve um contratempo com a casa e que nós viríamos um dia depois.

Toda a minha adrenalina maternal corria pelas veias. Eu estivera pensando no cabelo loiro de Immi, seus dedinhos nos meus, Charlie se arrastando na minha direção, *cool* demais para me beijar até que ninguém estivesse olhando, Polly tagarelando, contando todos os detalhes do período deles na Sardenha. Minha angústia foi instantânea.

— Não posso ir. Eles vão ficar se perguntando por que eu mesma não liguei. Jonathan vai falar todo tipo de coisa para eles, colocando-os contra mim, como uma mãe não confiável. Ele ao menos acreditou em você?

A areia se movia sob mim. As pessoas estavam tomando decisões sem mim e por mim.

Roberta assentiu.

— Acho que ele ficou feliz por você estar resolvendo os assuntos da casa e ele não ter que fazer isso. Ele disse que as crianças estavam passando o tempo todo na praia, que, de qualquer forma, mal sabiam que dia era.

Eu precisava confiar que Roberta não estava tentando me magoar, apesar de minha reação ser visceral. Não dando a mínima para a mãe deles. Os e-mails e as mensagens de texto deles tinham sido cheios de mergulhos e sorvetes e "pizza maravilhosa".

— Por que você não me contou? Daí eu poderia ter me preparado.

Xavi se intrometeu.

— Se Roberta tivesse dito algo, você diria não. Estou tentando falar com você todas essas semanas e você me diz que não pode estar comigo por causa das crianças. Você decide qual é a verdade e nunca deixa ninguém se explicar.

A fúria na voz de Xavi me chocou.

Meu cabelo estava grudando no pescoço.

— Eu não queria falar com você porque não podia arriscar desabar quando, de repente, você desaparecesse de novo.

— Você não tem ideia do que está falando. Eu queria apoiar você.

— Como você fez da última vez, imagino?

Uma série de xingamentos em francês se seguiu tão rápido que não consegui entender todos eles.

Roberta subiu a alça da mala. Ela nem se incomodou de se dirigir a mim.

— Xavi. Você não veio até aqui para brigar. Precisa conversar com Octavia, então por que simplesmente não faz isso? Você pode largá-la no camping de noite, se for preciso.

Nunca pensei em Roberta como alguém capaz de lidar com homens dominadores, mas Xavi parou de andar para lá e para cá. Então, enfiou as mãos nos bolsos.

— A longo prazo, será bem melhor para as crianças se chegarmos a uma conclusão. Não estou te raptando. Levo você até elas quando quiser.

A emoção de deixar a Inglaterra tinha sugado de mim a capacidade de lutar.

— Vou ligar para o Charlie do carro.

Roberta me abraçou e desapareceu. Ela conseguiu combinar desculpa e desafio. Eu iria revirar as cinzas das minhas emoções depois. Desde que minha mãe espantara Xavi para que eu me casasse com Jonathan, não acho que alguém jamais tenha arriscado de novo decidir o que era melhor para mim. Eu fiquei observando-a ir embora, o avanço confiante de uma mulher acostumada a instruir motoristas, segura, sabendo que, se não gostasse do destino, sempre haveria dinheiro suficiente para escapar para outro lugar.

Xavi me ajudou a levantar. Sua voz permanecia tensa, porém uma fração mais amigável.

— Você está com uma boa aparência. O bebê está te fazendo bem. Venha. Vou te levar até o carro. — Ele levantou minha mala balançando a cabeça. A explosão escaldante do sol do lado de fora me fez piscar. Ele apertou o controle para abrir a porta de uma BMW conversível. — Nada de moto hoje.

— Para onde vamos? — Eu ainda não conseguia saber se ele planejava me levar a um advogado astucioso para assinar papéis abrindo mão de quaisquer reivindicações sobre sua futura renda ou se estava simplesmente a caminho de uma conversa do tipo cartas na mesa. Xavi era um homem de opiniões. Estávamos empatados. Ele ignorou a pergunta, cuidando para puxar o cinto de segurança com gentileza em volta da minha barriga.

Xavi avançou devagar para fora do aeroporto. Fiquei dando umas olhadas nele. Ele era um velho cretino bonitão. A necessidade de uma explicação pairava no ar. Ele pegou a estrada para o norte, depois de Palau, onde eu sabia que as crianças estavam. Liguei para Charlie, lutando para manter a voz firme.

— *Ciao, sono Carlo.*

— Muito impressionante. Afiado no italiano, Charlie. É a mamãe. Você está bem? Sinto muito por hoje. Houve um contratempo de última hora. — Não consegui contar uma mentira direta. A saudade de mexer no cabelo bagunçado dele se arrastava em meu coração.

— Relaxa. A gente andou de banana hoje. Estamos na praia. A Immi e a Polly fizeram umas amigas, então estão bem.

— Banana?

— Sabe, uma daquelas boias infláveis que te arrastam pela água.

— Ai, meu Deus. Vocês usaram colete salva-vidas? — Eu sabia que Xavi podia ouvir. Isso me deixou autoconsciente, como se ele estivesse julgando minha capacidade de ser uma boa mãe para o filho dele em potencial.

— Sim. Foi demais. Vamos te ver amanhã, né? — Ele parecia moderadamente entusiasmado.

— Sim, mal posso esperar. Diga ao seu pai que ligo para ele mais tarde. Mande um beijo para Immi e Polly. — Minha voz começou a fraquejar. — O sinal não está muito bom. É melhor eu ir. Vejo vocês amanhã. — Acrescentei: — Te amo —, mas Charlie já tinha, obviamente, voltado a olhar, abobado, as meninas de biquíni.

Xavi olhou para mim.

— Tudo bem?

Assenti com a cabeça. A confusão tomou conta de mim. Eu não sabia aonde estava indo, eu não sabia o que Xavi queria, meus filhos tinham se ajustado à vida sem mim. Reconheci uma grande dor pela saudade do que poderia ter sido, pela vida simples que eu podia ter tido com Xavi se tudo houvesse dado certo da primeira vez. Se, se, se.

E, no meio daquilo tudo, eu estava com fome, o tipo de apetite voraz que você sente quando um bebê sugou toda a parte boa do seu corpo, deixando você com o equivalente a um pacote de Haribo e um tubo de Smarties para sustentá-la.

— Xavi, você pode me dizer onde esse tour misterioso vai acabar?

— Relaxa — respondeu o homem que agarrava o volante como um colete salva-vidas.

— O negócio é que eu preciso comer; senão, fico enjoada. É o bebê.

Sem se desconcentrar da estrada, ele tateou o banco de trás e puxou uma sacola cheia de pãezinhos rústicos — presunto de javali, queijo de cabra com geleia de figo —, o que fez meus lanchinhos horríveis do trabalho da loja da esquina parecerem precisar de respiração boca a boca.

— Posso comer no carro?

Xavi me olhou como se eu tivesse ficado maluca.

— E eu lá sou homem de fazer drama por causa de umas migalhas? Se está com fome, deve comer. Eu até achei o queijo de cabra pasteurizado pra você.

Pensei em Jonathan ficando louco quando encontrava embalagens de chocolate no porta-luvas do carro e me perguntei de novo como dois homens tão diferentes tinham dominado a minha vida. Eu estava aspirando os últimos pedacinhos salgados de queijo de cabra quando chegamos a Santa Teresa di Gallura. Parecia que se haviam passado décadas desde que eu ficara de pé no cabo e fitara pela água, meu casamento ainda intacto, meu bebê ainda não concebido.

A vida como eu a conhecia.

— Xavi? Estamos indo para a Córsega?

— Sim. Parece certo voltarmos ao início para isso.

Parei de tentar adivinhar o que estava acontecendo.

— Preciso estar de volta amanhã.

— Não se preocupe. Eu te levo logo cedo.

Olhei direito para Xavi pela primeira vez quando entramos na balsa. Eu não conseguia me lembrar de vê-lo tão sério antes, afastado de mim. A ideia de que ele viajara até lá para fazer o grande gesto romântico parecia bem improvável. Eu estivera certa de não esperar nada dele.

— Você está bem?

— Nervoso. — Ele se soltou um pouco. Aquela boca linda não estava mais tão tensa.

— Fale comigo. Do que tudo isso se trata?

— Eu tenho tentado falar com você por meses. Agora eu vou te mostrar algo.

Eu me senti como se visse o mundo através de óculos de natação. Não conseguia entender por que Xavi faria o esforço de me encontrar no aeroporto, e se manter frio comigo, mal falando. Por que não apenas ficar em casa numa sala gelada e úmida e se sentar em tachinhas por diversão? Eu estava muito cansada para jogos. Virei-me no banco e mantive os olhos no horizonte. Eu superaria isso. Deveria ter me mantido firme e me recusado a deixar Roberta me tirar do caminho. Poderia estar com meus filhos.

Quando se viu em território familiar, Xavi relaxou. O volante deslizou por suas mãos enquanto ele fazia o caminho costa acima. A alguns quilômetros de Propriano, ele começou a se inquietar. Rádio ligado, rádio desligado. O banco mais na vertical. Janela abaixada, depois para cima. Fizemos uma curva fechada descendo uma estrada de terra. Senti as crateras na minha bexiga. Estacionamos bem a tempo para o meu assoalho pélvico, a pouco menos de trinta metros do mar, numa clareira cercada por carvalhos e oliveiras. À direita, havia uma casa de pedra cinza com uma varanda de madeira.

Xavi saiu do carro, alongando as costas como um gato.

— Venha.

Ele me ajudou. Minha pele formigou onde os dedos de Xavi tocaram. Ele pegou minha mão, o aperto firme como se eu pudesse sair correndo.

Xavi parou em frente à casa, puxando para fora da camisa a corrente que sempre usou no pescoço. Então soltou uma chave.

— Essa é sua nova casa. Não é luxuosa, mas espero que goste.

Eu o encarei. Depois, desejei que tivesse sido mais eloquente e graciosa do que um: "O quê?".

— Essa é uma das minhas casas. Eu normalmente a alugo. Agora a dou a você e sua família por quanto tempo quiser.

Meus olhos ficaram marejados diante dessa oferta inesperada.

— É absolutamente maravilhosa, mas por que você faria isso? Não sou responsabilidade sua.

Xavi jogou as mãos para cima num gesto que eu lembrava bem.

— Você deve ter meu bebê aqui. Isso faz de você minha responsabilidade. Deixe alguém te ajudar, Tavy. Jesus. Você é tão *têtue*, tão teimosa.

Eu não conseguia me livrar da minha resistência, mesmo querendo. Xavi apertou a chave em minha palma.

— É sua. Pegue.

Lágrimas quentes começavam a rolar pelo meu rosto.

— Não posso. Porque, então, estarei envolvida com você para sempre. Vou começar a ter esperanças.

— Esperanças de quê?

— Você sabe do quê.

— Não sei de absolutamente nada quando se trata de você. — Ele deu um passo à frente e me puxou para si pelos ombros. Então sussurrou no meu ouvido.

— O que você disse? — Eu precisava ter certeza.

— Você ouviu.

Xavi me largou, pegou uma pedra e a arremessou numa árvore.

— Tavy. Já chega. Eu te amo. Eu te amo tanto que meu coração dói. Quero ficar com você o tempo inteiro. Passo esses meses achando que você não me ama mais, então talvez seja melhor eu ficar longe. Imagino que você quer voltar para o seu marido e me esquecer. Eu aguardo, ainda esperando que você telefone quando sua cabeça entender o que você deve fazer pelo bebê. Mas não. Eu cometi um erro, *un erreur si grand* 18 anos atrás e você nunca me perdoa. Passo a minha vida inteira procurando outra garota que me perturbe que nem você. Mas eu a encontro? Não. Em vez disso, estou esperando por outra chance durante todos esses anos. Essa é minha outra chance. Eu te dou a casa para você ficar "envolvida" comigo para sempre. Eu te quero. O bebê virá e nós vamos amá-lo. Espero que o bebê seja meu, mas, se não for, vou amá-lo do mesmo jeito.

Fiquei de pé, dobrando a barra da túnica. Eu estava esperando pelo "mas" ou pela brincadeira.

Os homens não faziam discursos assim para mulheres como eu.

Eles resmungavam coisas como "Tudo bem?" e davam uma batidinha na minha mão. Eles não ficavam na minha frente, implorando para que eu os escutasse ou, então, para tirar o medo do meu coração me girando na direção deles. Eles não apresentavam soluções para meus problemas, não me prometiam que, acontecesse o que acontecesse, iam, definitivamente, me achar sexy.

Todas as emoções que eu guardara transbordaram. Desabei a cabeça no peito dele.

— Obrigada. Muito obrigada.

Eu nunca tinha visto Xavi falar assim antes. Quando éramos jovens, víamos o amor como algo comum com um *"Je t'aime"* brincalhão de vez em quando enquanto abríamos mais uma garrafa de cerveja.

Naquela época, não sabíamos quão enorme o amor precisava ser para sobreviver.

Ali, no sol ardente do meio-dia, Xavi me beijou até que o ímpeto nos meus ouvidos se misturou ao baque do mar nas pedras. Quando paramos para respirar, ele pegou minha mão como se estivéssemos andando pela areia havia séculos, com um mero intervalo de 18 anos no meio.

— Venha dar uma olhada na casa. — Então me puxou pelos degraus e abriu a porta, revelando uma sala clara, toda em madeira branca, com vista para o mar. Subimos até a varandinha. Eu me curvei sobre o parapeito, imaginando uma mesinha e cadeiras em que pudesse me sentar com Xavi sob as estrelas e ousar sonhar com o futuro.

— Isso é o paraíso. O paraíso absoluto. As crianças vão amar. Vou ter que arranjar uma prancha de windsurfe. — Meu coração pulava de alívio por ser capaz de prover uma casa decente a eles. Ainda uma aventura, mas uma aventura com mais estrutura, com água quente, travesseiros e papel higiênico. A sobrevivência extrema podia ficar para depois.

— É a minha favorita das casas. Isolada. Segura para as crianças. Talvez muito solitária? — A dureza havia deixado seus olhos, mas algo incerto continuava lá.

— Depende de você. — Um breve vislumbre do meu eu paquerador de muito tempo atrás.

Xavi sorriu, o rosto todo relaxando.

— Estou planejando montar uma agência de viagens em Propriano, a uns dez minutos de carro daqui. Ainda vou manter a de Londres. É a minha fonte de renda. A de Propriano vai ser mais um hobby.

Ele me levou para o andar de cima, me mostrando dois quartos pequenos com paredes caiadas, decoradas com conchas, redes de pesca e madeira flutuante. Então abriu a porta para a suíte máster, um cômodo claro deslumbrante com vista para a baía. Ele me empurrou gentilmente para a cama e colocou o rosto contra a minha barriga.

— Pensei muito neste dia.

— Estou assustada. E se o bebê não for seu e você não conseguir amá-lo?

Xavi levantou a cabeça.

— Eu vou amá-lo. Nem sempre vai ser fácil, mas até as pessoas que você ama te deixam bravo. — Ele levantou as sobrancelhas e se colocou por cima para me beijar. — Podemos? — Suas mãos começaram a descer. — Se eu for gentil? É seguro?

Eu assenti e me entreguei a ele, sentindo seu amor me preencher. Xavi me olhou.

— Esperei todos esses anos para ter você na minha casa, na minha vida. Eu te prometo que nunca irei a lugar nenhum, nunca. Viajei o mundo e agora vejo que você sempre foi o meu destino.

Eu me senti como se tivesse passado meses de pé com armas em riste e pudesse finalmente aceitar que nenhum bandido iria irromper pelas portas do bar. Todos os sentimentos recortados e esfarrapados se dissolveram em algo morno e calmante. Consegui até sussurrar um "Eu te amo" sem me sentir uma idiota completa.

Às vezes, os amigos conseguem ver as coisas que nos cegam.

Epílogo — Três anos depois
Roberta

Agarrei firme na mão de Gabriel, vendo seu cabelo amarelado voar a cada pulo das ondas. Fazia tanto tempo desde que Alicia era pequena que eu me esquecera de como as crianças achavam a praia fascinante, exclamando por conchas, cavando tesouros de pedra, encantadas com pegadas se enchendo de água. Immi se aproximou para pegá-lo no colo.

— Venha ver os ouriços-do-mar. — Ele girou atrás dela, perninhas gorduchas tropeçando na areia. Ele era muito pálido comparado aos outros.

Charlie, em particular, havia se tornado muito mediterrâneo. Ele tinha as cores, o bronzeado, o modo de andar adolescente. Até Angus ficara com um marrom dourado profundo. Os dois zarpavam toda manhã na Vespa de Charlie, teoricamente para jogar tênis, mas, no fim, havia mais encontros com as meninas de cabelos compridos e saias curtas do que pontos por saques. Alicia estava sentada sob um grande guarda-sol, um chapéu enorme na cabeça, o Kindle em uma das mãos, o celular na outra, ainda orgulhosa com os resultados maravilhosos das provas.

Jake se adaptara muito bem ao ritmo das férias de um sujeito da Córsega.

— O que há aqui para não gostar? Sei que você sente muita saudade de Octavia, as crianças estão se divertindo e eu estou passando um tempo num lugar em que nunca estive com um guia nativo.

Andei até ele em seu esconderijo preferido, uma das redes que Xavi tinha pendurado para que as crianças dormissem do lado de fora, sob o céu estrelado.

— Chega para lá. Vou me juntar a você — falei.

— Não há um momento de paz, né? — resmungou ele, zombando enquanto minha escalada na rede ameaçava jogar a nós dois na areia. — Um cara não pode ter dois segundos para si mesmo sem você se apertar no meu recanto? — Ele se esticou para me beijar e olhou em volta. — Você acha que daria para fazer amor numa rede sem cair?

Eu dei uma risada.

— Vai sonhando. A gente nunca ia chegar às preliminares sem o Gabriel decidir se juntar a nós. Vamos tentar escapar uns dias sozinhos antes do Natal.

Jake acariciou meus cabelos.

— Mas você não ia ficar sem ele, ia?

— Meu Deus, não. Eu não teria ligado de ficar mais um tempo junto com você sem um bebê, mas agora posso dizer que tenho o Gabriel. Esperei tanto tempo por esse serzinho... Acho que também foi o teste final para nós.

— Roberta! Por favor, pare de procurar por provas de que eu te amo. De quanto mais você precisa?

— Eu sei. Eu sei mesmo.

Jake se aconchegou em mim.

— Vamos fazer mais um?

— Correndo o risco de soar ingrata, vou recusar.

— Ingrata com o quê? — perguntou Octavia, vindo com uma bandeja de cervejas de castanha nas quais Jake e eu tínhamos ficado viciados.

— Ele quer ter outro bebê. Eu me sinto abençoada, mas completa nessa área.

Octavia gargalhou.

— Acho que eu também. Muito velha agora.

Xavi veio da praia com Polly. Luc estava em seus ombros, as perninhas bronzeadas contrastando com as solas brancas dos pés. Octavia abaixou a bandeja e perguntou:

— Pescaram algum peixe?

Xavi balançou um balde na direção dela.

— Duas *raies*, sabe, arraia, e três tamboris. Nada mal. A Polly aqui está ficando muito boa com a vara de pescar. Então, o suficiente para o churrasco desta noite.

Octavia colocou Luc no chão e beijou a cabeça dele.

— E você, Lukinha? O que pegou?

Luc estendeu os braços o máximo que pôde.

— Peguei um *requin* grande assim.

— Um tubarão? Ai, caramba. Você ficou com medo?

— Não. Era um *requin* bonzinho.

Xavi concordou com a cabeça.

— O *requin* sabia que você era tão grande e corajoso que ele não ousou desafiar você. — Ele balançou Luc no ar, gritando.

Eu estava encarando de novo. Toda vez que eu olhava para Luc, mudava de ideia. Ele se parecia muito com Charlie quando era pequeno. Os mesmos gestos. Seus olhos eram escuros, um brilhinho cigano travesso. O cabelo era castanho-médio, parecido com a cor do da Polly. Ele tinha uma intensidade exatamente como Xavi, um jeito de julgar as pessoas. Eu via a coragem de Octavia nele, a maneira de ficar empacado. Até agora, eu não notara nenhum dos modos enjoados de Jonathan. Quem saberia se a frescura vinha da natureza ou da criação?

Quando ousei, depois de algumas taças de vinho, perguntar a Octavia o que ela achava, ela deu de ombros.

— Até onde eu sei, onde sabemos, Luc é filho de Xavi. Jonathan tem se mantido fiel à sua palavra. Não tem mostrado nem um tiquinho de interesse, muito menos tentou reclamar direitos de paternidade. Xavi já o ensinou a pescar, jogar petanca, falar francês, ter uma mente aberta, aproveitar o momento, abraçar a aventura... não preciso saber.

Octavia e eu levamos nossas cervejas para a rede na varanda. Ela brindou com sua garrafa na minha.

— À vida pós-divórcio, à amizade, à sobrevivência, a achar, e redescobrir, bons homens no final.

Ergui minha garrafa para ela.

— À aventura, de preferência sem barracas.

Olhei para Jake. Ele olhou para Gabriel. Gabriel correu para Alicia. O universo realmente parecia conspirar como deveria.

Impresso no Brasil pelo
Sistema Cameron da Divisão Gráfica da
DISTRIBUIDORA RECORD DE SERVIÇOS DE IMPRENSA S.A.
Rua Argentina, 171 – Rio de Janeiro, RJ – 20921-380 – Tel.: (21)2585-2000